Zu diesem Buch

... und dann habe ich gesehen, wie die Kugel in mein Gesichtsfeld drang.
Es war eine Kugel vom Kaliber 22 mit starker Durchschlagskraft. Der letzte Schrei. Andere, so scheint es, sehen in diesem Augenblick den Kurzfilm ihrer Existenz. Bei mir war es diese Kugel, die ich sah.

Benjamin Malaussène, das prädestinierte Unschuldslamm, der geborene Sündenbock, wird erschossen. Zum erstenmal in seinem Leben ist er aus sich herausgekommen, hat eine Rolle übernommen, die Rolle des bislang anonymen Bestsellerautors JLB, hat eine Identität mit aufgebaut, ist eine berühmte Persönlichkeit, da schlägt das Schicksal zu und die Kugel in sein Gehirn.

In *Belleville* bricht die Hölle los. Commissaire Coudrier beginnt die Leichen zu zählen. Er hat eine ganz bestimmte Ahnung, wer der Racheengel sein könnte. Die Italienerin oder die Griechin oder die Österreicherin. Als Van Thian, Verdun – das schweigsame Baby – blickt ihm dabei über die Schulter, zielt und schießt, entdeckt sein Kollege endlich den Fingerzeig auf die Identität des Täters.

Unterdessen tobt im Krankenhaus die Schlacht der Mediziner. Professor Berthold, der geniale Chirurg, und Professor Marty, der geniale Arzt, sind nicht der gleichen Ansicht, was die Chancen von Benjamin Malaussène anbetrifft. Berthold will die Maschinen abschalten, Marty will sie anlassen, obgleich das Enzephalogramm keine Gehirnströme mehr anzeigt. Aber Thérèse hat gesagt, daß Benjamin erst mit dreiundneunzig Jahren stirbt.

Daniel Pennac, zufällig 1944 in Casablanca geboren, hat sich familienbedingt in Europa, Afrika und Südostasien aufgehalten. Er lebt heute in Paris als Lehrer und Schriftsteller zahlreicher Romane und Kinderbücher. Für den Roman «Wenn nette alte Damen schießen» (Nr. 2921) wurde er mit dem ‹Prix Mystère de la critique›, dem ‹Prix de la ville de Grenoble› und der ‹Trophée 813 du meilleur roman policier› ausgezeichnet. In der Reihe rororo thriller erschien bereits «Im Paradies der Ungeheuer» (Nr. 2922). Der vorliegende Roman stand monatelang in Paris auf der literarischen Bestsellerliste. Weitere werden folgen.

Daniel Pennac

Königin Zabos Sündenbock

Aus dem Französischen von
Wolfgang Rentz

Rowohlt

rororo thriller
Herausgegeben von Bernd Jost

10.–12. Tausend September 1993

Deutsche Erstausgabe
Veröffentlicht im Rowohlt Taschenbuch Verlag GmbH,
Reinbek bei Hamburg, Juli 1991
Copyright © 1991 by Rowohlt Taschenbuch Verlag GmbH,
Reinbek bei Hamburg
Die Originalausgabe erschien 1990 unter dem Titel
«La petite marchande de prose»
in der Série Noire bei Gallimard, Paris
Copyright © Éditions Gallimard, 1990
Redaktion Jutta Schwarz
Umschlagfoto Peter Anders/Stern
Umschlagtypographie Peter Wippermann/Britta Lembke
Satz Sabon (Linotronic 500)
Gesamtherstellung Clausen & Bosse, Leck
Printed in Germany
1290-ISBN 3 499 43003 7

Inhalt

   I. Das Bockspiel   9
  II. Clara heiratet   24
 III. Um Clara zu trösten   60
  IV. Julie   135
   V. Der Preis des Fadens   177
  VI. Der Tod ist ein geradliniger Prozeß   214
 VII. Die Königin und die Nachtigall   260
VIII. Es ist ein Engel   286
  IX. ICH – ER   300

*Für Didier Lamaison
und Paolo Pereira Quissapaolo.*

*Zur Erinnerung an John Kennedy Toole,
der daran starb, daß er nicht gelesen wurde,
und an Vassili Grossman,
der daran starb, daß er es wurde.*

Der Autor dankt

Paul Germain, Béatrice Bouvier
und Richard Villet,
die ihn jeweils durch
die Wälder der Druckkunst,
die Partitur der chinesischen Lautübertragungen
und die Kellergeschosse der Chirurgie
geführt haben.

«Ich ist ein anderer,
aber das ist nicht von mir.»

Christian Mounier

I. Das Bockspiel

> «*Sie haben ein seltenes Laster,
> Malaussène: Sie fühlen mit.*»

1

Mir ging zunächst ein Satz durch den Kopf: *Der Tod ist ein geradliniger Prozeß*. Diese Form von Deutlichkeit einer Aussage vermutet man am ehesten im Englischen: *Death is straight on process*... irgend etwas in der Art.
Ich war gerade dabei, mich zu fragen, wo ich das gelesen hatte, als der Riese in mein Büro eindrang. Die Tür hinter ihm war noch nicht wieder ins Schloß gefallen, da hing er bereits über mir.
«Sie sind Malaussène?»
Es war ein außerordentlich großes Gerippe mit einer ungefähren Gestalt drumherum. Es hatte Knochen wie Keulen, und der Ansatz zu seinem Haardickicht lag dicht über dem Rüssel.
«Benjamin Malaussène, sind Sie das?»
Er war wie ein Bogen über meinen Arbeitstisch gespannt und hielt mich in meinem Sessel gefangen, wobei seine gewaltigen Hände die Armlehnen erdrosselten. Die Urgeschichte in Person. Ich saß gegen die Rückenlehne gepreßt, mein Kopf versank zwischen den Schultern, und ich war unfähig zu sagen, ob ich ich war. Ich fragte mich nur, wo ich diesen Satz gelesen hatte: *Der Tod ist ein geradliniger Prozeß* – ob es auf englisch war, französisch oder eine Übersetzung...
Als nächstes beschloß er, uns auf dasselbe Niveau zu bringen: Mit einem Hüftschwung riß er uns vom Boden hoch, meinen Sessel und mich, und stellte uns auf den Schreibtisch, ihm gegenüber. Doch

selbst in dieser Anordnung überragte er die Situation noch um gut einen Kopf. Durch die Brombeerhecken seiner Augenbrauen hindurch wühlte sein Wildschweinauge in meinem Gewissen, als hätte er seine Schlüssel verloren.
«Es macht Ihnen wohl Spaß, Leute zu quälen?»
Er hatte eine seltsam kindliche Stimme und einen schmerzhaften Akzent, der sich terrorisierend gab.
«Stimmt's?»
Und ich saß da oben auf meinem Thron und war unfähig, an etwas anderes zu denken als an diesen beschissenen Satz. Der nicht mal schön war. Bescheuert. Vielleicht von einem Franzosen, der auf Ami macht. Wo hab ich das bloß gelesen?
«Haben Sie noch nie Angst gehabt, daß jemand herkommt und Ihnen aufs Maul haut?»
Seine Arme zitterten mittlerweile. Sie übertrugen die heftigen Vibrationen seines gesamten Körpers auf die Armlehnen meines Sessels, eine Art Trommelwirbel als Vorbote eines Erdbebens.
Das Läuten des Telefons löste dann die Naturkatastrophe aus. Das Telefon läutete. Diese hübschen, fließenden Modulationen der heutigen Telefone, der Speicher-Telefone, der Programm-Telefone, der vornehmen Telefone, die aus jedem Menschen einen Direktor machen...
Das Telefon explodierte unter der Faust des Riesen.
«Halt's Maul, du!»
Ich stellte mir meine Chefin vor, die Königin Zabo, wie sie da oben, am anderen Ende der Leitung, durch diesen Keulenschlag bis zur Taille im Teppichboden versank.
Woraufhin sich der Riese meiner schönen halbdirektorialen Lampe bemächtigte und das exotische Holz über dem Knie zerbrach, bevor er fragte:
«Daß ein Typ aufkreuzt und aus Ihrem Büro eine Achterbahn macht – ist Ihnen das niemals in den Sinn gekommen?»
Er gehörte zu der Sorte von Tobsüchtigen, die den Worten immer eine Handbewegung vorauseilen lassen. Bevor ich antworten konnte, krachte der Fuß der Lampe – der nun wieder seine ursprüngliche Funktion als tropische Keule erfüllte – auf den Computer, dessen Bildschirm in blasse Splitter zersprang. Ein Loch im Ge-

dächtnis der Welt. Doch damit noch nicht genug. Mein Riese hämmerte so lange auf die Tastatur ein, bis die Luft von Zeichen geschwängert war, die man wieder in den Zustand der ersten Unordnung der Dinge zurückversetzt hatte.
Mein Gott, wenn man ihm freie Hand ließe, würden wir glatt wieder in Prähistorie zurückfallen.
Er hatte jetzt von mir abgelassen. Er hatte den Schreibtisch von Mâcon, unserer Sekretärin, umgekippt, per Fußtritt eine Schublade aus dem Sekretär befördert, die mit Büroklammern, Stempeln und Nagellack vollgestopft war; sie zerschellte zwischen den beiden Fenstern. Dann bewaffnete er sich mit dem aufgeständerten Aschenbecher, dessen bleierne Hemisphäre diesen seit den fünfziger Jahren unentgeltlich pendeln ließ, und attackierte damit systhematisch die gegenüberliegende Bibliothek. Er machte sich an den Büchern zu schaffen. Der Bleifuß richtete ungeheure Verwüstungen an. Dieser Typ besaß den Instinkt primitiver Waffen. Bei jedem Schlag stöhnte er wie ein kleiner Bengel; es waren diese ohnmächtigen Schreie, aus denen die einfache Musik der Eifersuchtsdramen komponiert sein muß: Ich schleudere meine Frau gegen die Wand und flenne dabei wie ein Schloßhund.
Die Bücher flogen durch die Luft und fielen tot zu Boden.
Es gab keine sechsunddreißig Arten, das Massaker zu stoppen.
Ich stand auf. Mit beiden Händen packte ich das Kaffeetablett, das Mâcon mir zur Erweichung meiner vorherigen Meckerer (eine Gruppe von sechs Druckern, die meine Chefin zu Arbeitslosen reduziert hatte, weil sie sechs Tage zu spät geliefert hatten) gebracht hatte; ich schmiß das volle Tablett durch die Vitrinen der Bibliothek, in der die Königin Zabo ihre schönsten Einbände ausstellt. Die leeren Tassen, die halbvolle Kaffeekanne, das Silbertablett und die Glasscherben machten ausreichend Krach, um den anderen mitten in der Bewegung innehalten zu lassen; mit ausgestrecktem Arm hielt er den Aschenbecher in der Luft und drehte sich zu mir um.
«Was tun Sie da?»
«Dasselbe wie Sie: ich kommuniziere.»
Und ich warf den Briefbeschwerer aus Bleikristall, den mir Clara zu meinem letzten Geburtstag geschenkt hatte, über seinen Kopf hinweg. Der Briefbeschwerer, ein Hundekopf, der vage Ähnlichkeit mit

Julius hatte (Pardon, Clara, Pardon, Julius), klatschte diesem alten Talleyrand-Périgord ins Gesicht, der den Talion Verlag heimlich zu einer Zeit gegründet hatte, in der, wie heute, jedermann Papier benötigte, um mit allem und jedem abzurechnen.
«Sie haben recht», sagte ich, «wenn man die Welt nicht verändern kann, muß man eben die Kulissen verändern.»
Er ließ sich den Aschenbecher auf die Füße fallen. Und schließlich kam es, wie es kommen mußte: Er brach in Schluchzen aus.
Die Schluchzer machten ihn fix und fertig. Er erinnerte jetzt an eine dieser Spielzeugfiguren, die in sich zusammenfallen, wenn man den Boden des Untergestells hineindrückt.
«Kommen Sie her!»
Ich saß wieder in meinem Sessel, der immer noch auf dem Schreibtisch stand. Taumelnd kam er auf mich zu. Zwischen den Strängen seines Halses machte der Adamsapfel unglaubliche Bewegungen, um den Schmerz zu vertreiben. Ich kannte dieses Leid gut. Es war nicht das erste Mal.
«Kommen Sie näher!»
Er machte noch zwei oder drei Schritte, und wir befanden uns wieder auf demselben Niveau. Sein Gesicht triefte. Selbst seine Haare waren tränendurchtränkt.
«Entschuldigen Sie bitte!» sagte er.
Er wischte sich mit den Fäusten die Tränen ab. Er hatte behaarte Finger.
Ich legte ihm meine Hand ins Genick und drückte seinen Kopf gegen meine Schulter. Eine halbe Sekunde lang Widerstand, dann gab alles nach.
Mit einer Hand unterstützte ich seinen Kopf in meiner Achselhöhle, mit der anderen streichelte ich seine Haare. Meine Mutter konnte das sehr gut, und es gab überhaupt keinen Grund, weshalb ich das nicht auch können sollte.
Die Tür ging auf, und herein kamen die Sekretärin Mâcon und mein Freund Loussa de Casamance, ein Senegalese von einem Meter achtundsechzig, der Augen hat wie ein Cockerspaniel und Beine wie Fred Astaire; außerdem ist er der mit Abstand beste Spezialist für chinesische Literatur in der ganzen Hauptstadt. Sie sahen, was es zu sehen gab: Ein literarischer Direktor, der auf seinem Schreibtisch

saß und einen Riesen tröstete, der inmitten eines Ruinenfeldes stand. Mâcons Blick schätzte mit Entsetzen die Schäden ab, und Loussas fragte mich, ob ich Hilfe brauchte. Ich bedeutete ihnen mit einer Handbewegung, sich zurückzuziehen. Lautlos schloß sich die Tür.

Der Riese schluchzte immer noch. Seine Tränen liefen meinen Hals hinunter, ich war bis zur Hüfte klatschnaß. Soll er doch ruhig nach Herzenslust flennen, ich hatte ja Zeit. Die Geduld des Tröstenden ist abhängig vom Ärger, den er selbst hat. Heul nur, mein Kumpel, wir stecken alle bis zum Hals in der Scheiße, darauf kommt's jetzt auch nicht mehr an.

Und während er sich in den Kragen meines Hemdes entleerte, dachte ich an die Verlobung von Clara, meiner Lieblingsschwester. ‹Sei nicht traurig, Benjamin, Clarence ist ein Engel.› Clarence... wie kann man sich nur Clarence nennen? ‹Ein Engel von sechzig Jahren, mein Schatz, er ist dreimal so alt wie du.› Das samtene Lächeln meiner kleinen Schwester: ‹Ich habe soeben eine doppelte Entdeckung gemacht, Benjamin: Engel haben ein Geschlecht und sind alterslos.› ‹Trotzdem, meine Clarinette, trotzdem, ein Engel als Gefängnisdirektor...› – ‹Aber einer, der aus seinem Gefängnis ein Paradies gemacht hat, Benjamin, vergiß das nicht!›

Verliebte Mädchen haben auf alles eine Antwort, und die älteren Brüder bleiben mit ihren Sorgen allein: Meine Lieblingsschwester wird morgen einen Knastdirektor heiraten. So sieht's nämlich aus. Ist doch nicht schlecht, oder? Wenn man dann noch hinzufügt, daß sich meine Mutter vor ein paar Monaten mit einem Bullen davongemacht hat, und zwar so verliebt, daß sie seitdem nicht ein einziges Mal mehr angerufen hat – dann kann man sich ein ziemlich hübsches Bild von der Familie Malaussène machen. Ganz zu schweigen von den anderen Geschwistern: Thérèse, die in den Sternen liest, Jérémy, der seine Schule abgefackelt hat, der Kleine mit der rosaroten Brille, dessen geringster Alptraum zur Realität wird, und Verdun, die Allerjüngste, die von der ersten Sekunde an brüllt wie die Schlacht gleichen Namens...

Und du, weinender Riese, was für eine Familie hast du denn? Vielleicht keine Familie, und du hast alles auf ein Pferd gesetzt, die Schreiberei, ist es so? Er beruhigte sich ein wenig. Ich nutzte die

Gelegenheit aus, um ihm eine Frage zu stellen, auf die ich die Antwort schon kannte:
«Man hat Ihr Manuskript abgelehnt, nicht wahr?»
«Zum sechstenmal.»
«Dasselbe?»
Er nickte wieder mit dem Kopf, den er endlich von meiner Schulter nahm. Dann schüttelte er ihn ganz langsam:
«Ich habe es so oft überarbeitet, wissen Sie, ich kenne es schon auswendig.»
«Wie heißen Sie?»
Er nannte mir seinen Namen, und sofort sah ich das fröhliche Gesicht der Königin Zabo vor mir, wie sie das besagte Manuskript kommentierte: ‹Ein Typ, der Sätze schreibt wie etwa: *Mitleid! schluchzte er rückwärts,* oder der glaubt, dadurch Humor zu beweisen, indem er die Galeries Lafayette WÜHLWORTH nennt und das dann sechsmal hintereinander wiederholt, unerbittlich, seit sechs Jahren. An welcher Art von pränataler Krankheit leidet er, Malaussène, können Sie mir das sagen?› Sie hatte ihren gewaltigen Kopf geschüttelt, den das Leben ihr auf den magersüchtigen Körper gepflanzt hatte. Dann hatte sie wiederholt, als hätte es sich um eine persönliche Beleidigung gehandelt: ‹*Mitleid! schluchzte er rückwärts*... und warum nicht auch: *Guten Tag! sagte er und trat ein* oder: *Tschüs! sagte er und ging hinaus*?› Sie hatte sich zehn Minuten lang einer glänzenden Variation hingegeben, denn es ist nicht Talent, woran es ihr mangelt...
Am Ende hatte man ihm das Manuskript ungelesen zurückgeschickt; ich hatte die Ablehnung mit meinem Namen unterschrieben, und der Junge wäre um ein Haar vor Kummer in meinen Armen gestorben, nachdem er zuvor mein Büro in ein Schlachtfeld verwandelt hatte.
«Sie haben es nicht einmal gelesen, stimmt's? Ich hatte die Seiten 36, 123 und 247 verkehrt herum hineingelegt, und so liegen sie immer noch.»
Klassisch... Durchtrieben, wie wir sind, werden wir Verleger doch nicht auf solche Tricks hereinfallen! Aber was antworten, Benjamin? Was soll man diesem Typen antworten? Daß er sich in ein Denkmal aus mittelmäßigem Infantilismus verbeißt? Und seit wann

glaubst du denn an die *Reife*, Benjamin? Ich glaub an gar nichts, verdammt noch mal, ich weiß nur, daß die Schreibmaschine für Kindereien verhängnisvoll ist, daß das weiße Blatt Papier das Leichentuch des Blödsinns ist und daß derjenige noch nicht geboren ist, der diesen Schund der Königin Zabo verkaufen wird. Diese Frau dort ist ein Manuskriptscanner. Es gibt nur eine Sache auf der Welt, die wirklich zum Heulen bringt: das Martyrium des Konjunktiv Präteritum. Und nun, welchen Vorschlag wirst du ihm machen, diesem Riesen dort? Daß er zum Pinsel greift? Gute Idee, wenn er auch noch den Rest des Hauses auf den Kopf stellen soll... Er hat fünfzig Lenze, war immer knapp bei Kasse, und seit mindestens dreißig Jahren gibt's für ihn nur Literatur – diese Kerle sind zu allem fähig, wenn man versucht, ihr Geschreibsel zu zerschnippeln!
Also gab es für mich nur eine einzige Möglichkeit. Ich sagte zu ihm:
«Kommen Sie mal mit!»
Dann sprang ich von meinem Sessel aus direkt auf den Fußboden. Ich wühlte in Mâcons aufgebrochenem Schreibtisch herum, bis ich den Schlüsselbund fand, nach dem ich suchte. Ich durchquerte das Büro in der Diagonalen. Er folgte mir, als wären wir in der Wüste. Die Wüste nach einer israelisch-syrischen Reiberei. Ich kniete vor einem metallischen Aktenschrank, der bei der ersten Schlüsseldrehung die Hosen runterließ. Er war bis obenhin mit Manuskripten vollgestopft. Ich schnappte mir das nächstbeste und sagte zu ihm:
«Hier, nehmen Sie!»
Der Titel lautete: ‹*Ohne zu wissen wohin ich ging*›. Als Autor firmierte Benjamin Malaussène.
«Das ist von Ihnen?» fragte er mich, als ich den Aktenschrank wieder zuschloß.
«Ja, und all die anderen auch.»
Ich legte den Schlüsselbund wieder zurück in Mâcons Ruinenfeld, genau dorthin, wo ich ihn gefunden hatte. Er war mir nicht mehr gefolgt.
Mit engagierter Miene betrachtete er das Manuskript.
«Das verstehe ich nicht.»
«Ist doch ganz einfach», sagte ich, «sämtliche Romane von mir wurden viel öfter abgelehnt als Ihrer. Ich gebe Ihnen diesen, weil es

mein Nesthäkchen ist. Vielleicht können Sie mir ja sagen, was an dem nicht hinhaut. Ich steh jedenfalls drauf.»
Er sah mich an, als hätte mich der Möbelwalzer bekloppt gemacht.
«Aber wieso ich?»
«Weil man die Werke anderer besser beurteilen kann, und Ihre eigene Arbeit beweist zumindest, daß Sie lesen können.»
An dieser Stelle hustete ich, drehte mich für eine Sekunde um, und als ich meine Augen wieder auf ihn richtete, waren sie voller Tränen.
«Ich bitte Sie, tun Sie es für mich!»
Ich glaube, er wurde blaß. Dann breitete er seinerseits die Arme aus, aber ich wich der Umarmung geschickt aus und dirigierte ihn zur Tür, die ich sperrangelweit aufgemacht hatte.
Er zögerte einen Moment. Ein Beben hatte seine Lippen erfaßt. Er sagte:
«Es ist schrecklich, wenn man daran denkt, daß es immer noch jemanden gibt, der unglücklicher ist als man selbst. Ich werde Ihnen schreiben, wie ich darüber denke, Monsieur Malaussène. Ich verspreche Ihnen, daß ich Ihnen schreibe!»
Er deutete auf das verwüstete Zimmer und sagte:
«Entschuldigen Sie bitte, ich werde dafür aufkommen, ich...»
Aber ich schüttelte verneinend den Kopf und schob ihn sanft nach draußen. Ich machte die Tür hinter ihm zu. Das letzte Bild, das er von unserer kleinen Zusammenkunft in Erinnerung behielt, war das meines tränenüberströmten Gesichtes.

Ich wischte mir mit dem Ärmel übers Gesicht und sagte:
«Danke, Julius!»
Da der Hund keinen Mucks von sich gab, ging ich näher auf ihn zu und wiederholte:
«Nein, im Ernst, danke! Das nenn ich einen Hund, der seinen Herrn verteidigt!»
Genausogut hätte ich mit einem ausgestopften Köter reden können. Julius der Hund war am Fenster sitzen geblieben und hatte mit dem Eigensinn eines japanischen Malers der Seine beim Fließen zugesehen. Um ihn herum hatten die Möbel getanzt und auch das Bildnis

aus Kristall, das sich Talleyrand geleistet hatte – aber Julius den Hund hatte das alles nicht gejuckt. Mit schiefem Maul und raushängender Zunge hatte er hinaus auf die Seine geschaut, die vorüberfloß mit ihren Lastkähnen, den Kisten, den alten Latschen, ihren Lieben... Er hatte so unbeweglich dagesessen, daß ihn der ausgeklinkte Lulatsch bestimmt für eine Skulptur der primitiven Kunst gehalten hatte, die aus einem Material geschnitzt zu sein schien, das selbst für einen großen Wutausbruch zu schwer gewesen wäre.

Auf einmal kam mir das Ganze komisch vor. Ich kniete mich direkt vor ihn hin und rief leise:

«Julius?»

Keine Antwort. Nur sein Geruch.

«Du hast doch nicht etwa schon wieder einen Anfall?»

Der ganzen Malaussène-Familie graute vor seinen epileptischen Anfällen. Meine Schwester Thérèse behauptet, sie würden immer eine Katastrophe ankündigen. Und dann blieben jedesmal diese Macken zurück: schiefes Maul, raushängende Zunge...

«Julius!»

Ich nahm ihn auf den Arm.

Nein, er war völlig lebendig, ganz warm, hatte ein verstaubtes Fell und stank aus allen Löchern: Julius der Hund war kerngesund.

«Gut», sagte ich, «wir haben uns lange genug was vorgemacht, jetzt werden wir der Königin Zabo unseren Rücktritt erklären.»

War ‹Rücktritt› das Stichwort? Er sprang auf und war sogar vor mir an der Tür.

2

«Das ist schon das dritte Mal in diesem Monat, daß Sie Ihren Rücktritt erklären, Malaussène. Von mir aus bin ich bereit, fünf Minuten zu opfern, um Sie wieder aufs Gleis bringen, aber mehr auch nicht.»

«Keine Sekunde, Majestät, ich trete zurück, darüber gibt es keinerlei Verhandlung.»

Ich hatte die Türklinke schon in der Hand.

«Wer redet denn von Verhandeln? Ich verlange lediglich eine Erklärung.»
«Keine Erklärung. Ich hab die Nase voll, das ist alles.»
«Die letzten Male hatten Sie auch die Nase voll. Sie haben chronisch die Nase voll, Malaussène, das ist Ihre Krankheit!»
Sie saß nicht in ihrem Sessel, sie war dort eingepflanzt. Sie hatte einen solch schmalen Oberkörper, daß ich immer das Gefühl hatte, sie würde gleich zwischen die Polster rutschen. Wie auf eine Lanze gespießt, saß ein außerordentlich fetter Kopf auf diesem Körper und pendelte leicht hin und her – wie der Kopf einer Spielzeugschildkröte auf der Ablage hinter dem Rücksitz.
«Sie haben einem armen Typen das Manuskript zurückgeschickt, ohne es überhaupt gelesen zu haben, und ich habe das Ganze ausbaden müssen.»
«Ja, ich weiß, Mâcon hat mir davon erzählt. Sie war völlig durcheinander, die arme Kleine. Er hat die Nummer mit den verkehrten Seiten abgezogen?»
Sie amüsierte sich köstlich zwischen ihren Hängebacken. Immer wieder fiel ich auf das Spiel mit den Erklärungen herein.
«Genau, und es ist ein Wunder, daß er nicht das Haus in Brand gesteckt hat.»
«Da haben Sie's! Man müßte Mâcon rauswerfen. Schließlich ist es ihre Arbeit, die Seiten wieder richtig herumzudrehen. Ich werde den Schaden von ihren Zulagen abziehen.»
Am Ende dieser so mageren Arme saßen auch noch pneumatische Hände. Es schien so, als hätte man Babyhände auf Schraubenzieher gesteckt. Vielleicht hatte mich deswegen die Rührung gepackt. Wie viele Babyhände ich schon gesehen hatte! Der Kleine hatte immer noch Babyhände, Verdun natürlich auch, Verdun die Winzige, die Allerletzte. Und in gewisser Hinsicht auch noch Clara, Clara, die morgen heiraten wird... Babyhände.
«Mâcon rauswerfen? Ist das alles, was Ihnen dazu einfällt? Sie haben für heute schon sechs Drucker arbeitslos gemacht, reicht Ihnen das nicht?»
«Hören Sie, Malaussène...»
Die Geduld einer Frau, die nie um eine Erklärung verlegen ist.
«Jetzt hören Sie mal gut zu: Ihre Drucker haben mir nicht nur den

Bildband sechs Tage zu spät geliefert, sondern darüber hinaus auch noch versucht, mich reinzulegen. Hier, riechen Sie mal da dran!»
Ohne Vorwarnung hielt sie mir ein offenes Buch unter die Nase: So 'ne edle Jubiläumsausgabe, Vermeer van Delft, echter als in Natur, exorbitanter Preis. Liest kein Mensch und paßt in jede Zahnchirurgenbibliothek.
«Sehr hübsch», sagte ich.
«Sie sollen es sich nicht *ansehen*, Malaussène, Sie sollen dran *riechen*. Was riechen Sie?»
Es roch gut nach neuem Buch, des Verlegers frischem Brötchen.
«Es riecht nach Leim und frischer Druckerschwärze.»
«So frisch nun auch wieder nicht. Welche Druckerschwärze?»
«Wie bitte?»
«Um welche Druckerschwärze handelt es sich?»
«Hören Sie doch auf mit dem Zirkus, Majestät! Woher soll ich das denn wissen?»
«*Venelle 63*, mein Junge. In sieben oder acht Jahren werden sich hübsche rote Ringe um die Buchstaben bilden, und das Buch wird hinüber sein. Ein chemisch instabiler Mist. Die hatten wahrscheinlich noch Restbände auf Lager, die sie uns andrehen wollten. Aber sagen Sie mal, wie haben Sie sich überhaupt diesen Besessenen vom Hals geschafft? So überdreht wie der war, hätte er Sie doch umbringen können!»
Plötzlicher Themawechsel, das war ihre Methode: Patient tot, der nächste bitte!
«Ich habe aus ihm einen Literaturkritiker gemacht. Ich habe ihm ein nicht zurückgefordertes Manuskript in die Hand gedrückt und ihm gesagt, es sei von mir. Ich bat ihn um seine Meinung, um Ratschläge... ich bin auf Gegenkurs gegangen.»
(Mein Lieblingstrick übrigens. Ich bekam dann aufmunternde Briefe von den Autoren, deren Romane ich abgelehnt hatte: ‹In diesen Seiten steckt viel Sensibilität, Monsieur Malaussène! Eines Tages werden Sie es schaffen, machen Sie es wie ich, geben Sie nicht auf, Schreiben ist eine lange Patience...› Ich antwortete postwendend. Ich brachte meine ganze Dankbarkeit zum Ausdruck.)
«Und das funktioniert?»
Sie sah mich mit ungläubiger Bewunderung an.

«Das funktioniert, Majestät, das funktioniert jedesmal. Aber ich habe die Nase voll. Ich trete zurück.»
«Weshalb?»
Weshalb eigentlich?
«Hatten Sie Angst gehabt?»
Nicht einmal. Es gab da zwar diesen Satz über den geradlinigen Tod, der mir ein bißchen zu schaffen machte, aber der verrückte Lulatsch hatte mir nicht unbedingt Angst eingejagt.
«Ist es die Inhumanität des Verlagswesens, die Ihnen Kummer bereitet, Malaussène? Möchten Sie lieber in Immobilien machen? Oder in Öl? In Banken? Wie wär's denn mit dem Internationalen Währungsfonds? Sehr zu empfehlen: Die Lebensmittellieferungen an ein Entwicklungsland unter dem Vorwand stoppen, es könne seine Schulden nicht zurückzahlen – in dieser Rolle kann ich Sie mir ziemlich gut vorstellen: Millionen Tote in Aussicht!»
Sie kam mir immer wieder mit dieser männlich-mütterlichen Tour. Und am Ende hatte sie mich jedesmal wieder rumgekriegt. Diesmal nicht, Majestät, diesmal mach ich den Abgang. Sie mußte es in meinen Augen gelesen haben, denn sie erhob sich halb, die rundlichen Fäuste umgedreht auf den Schreibtisch gestemmt. Ihr gewaltiger Kopf drohte wie eine reife Frucht vornüber auf ihre Schreibunterlage zu fallen.
«Zum letztenmal, hören Sie her, Sie elender Kretin...»
Sie arbeitete an einem kleinen, schäbigen Metallschreibtisch. Der übrige Raum glich eher einer Mönchszelle als einem direktorialen Refugium. Er hatte weder Ähnlichkeit mit dem Vorzimmer des Louvre, wo ich meine eigenen Fähigkeiten erprobte, noch mit dem Glas-Alu-Design Calignacs, des Verkaufsdirektors. Was das Büro angeht, so waren alle im Haus besser bedient als sie. Was die Klamotten angeht, so wäre sie durchgegangen als die Halbtagssekretärin ihrer ältesten Pressereferentin. Sie mochte es, wenn ihre Angestellten im luxuriösen Ambiete arbeiteten und in Seide furzten. Und der kleine Korse mit der zackigen Uniform, der in ihr steckte und der umgeben war von lauter arschgesichtigen Empire-Marschällen – dieser Napoleon setzte noch eins drauf:
«Hören Sie, Malaussène, ich habe Sie als Sündenbock engagiert, damit Sie für mich den Kopf hinhalten, damit Sie die Nervereien

absorbieren und im richtigen Moment losheulen. Damit Sie das Unlösbare lösen, indem Sie Ihre Märtyrerarme weit auseinanderbreiten – mit einem Wort: Sie sollen für alles *geradestehen*. Nebenbei bemerkt, Sie stehen phantastisch gerade! Sie sind ein erstklassiger Geradesteher, niemand auf der Welt könnte besser geradestehen als Sie. Und wissen Sie auch, warum?»

Sie hatte es mir bereits sechsunddreißigmal erklärt: Weil ich ihrer Meinung nach der geborene Sündenbock war, weil es mir im Blut lag, weil ich an Stelle des Herzens einen Magneten besaß, der die Pfeile anzog. Doch an diesem Tag fügte sie noch hinzu:

«Nicht nur das, Malaussène, da ist noch was anderes: Das Mitgefühl, mein Junge, das Mitgefühl! Sie haben ein seltenes Laster: Sie fühlen mit. Gerade eben noch haben Sie anstelle des infantilen Riesen gelitten, der mein Mobiliar zerschlagen hat. Und Sie verstanden die Natur seines Schmerzes derart gut, daß Sie den genialen Einfall hatten, das Opfer zum Henker, den ausgestoßenen Schriftsteller zum allmächtigen Kritiker zu machen. Genau das hatte er gebraucht. Nur Sie haben ein Gespür für so einfache Dinge.»

Sie besitzt ein messerscharfes Rasselorgan und ist eine Mischung aus staunendem Mädchen und abgebrühter Hexe. Unmöglich, bei ihr zwischen Enthusiasmus und Zynismus zu unterscheiden. Was sie glücklich macht, sind nicht die Dinge an sich, sondern die Tatsache, daß sie die Dinge versteht.

«Sie müssen doppelt blechen in dieser niederen Welt, Malaussène!»

Ihre Hände schwirrten mir unter der Nase herum wie fette Schmetterlinge.

«Sogar mir gelingt es, Sie in Rührung zu versetzen, das steht fest!»

Sie drückte ihren rundlichen Zeigefinger in ihre hohle Brust.

«Jedesmal, wenn Sie Ihren Blick auf mich richten, höre ich, wie Sie sich fragen, wieso ein so monumentaler Kopf auf einer solchen Bohnenstange wachsen konnte!»

Irrtum, dafür hatte ich schon meine kleine Erklärung: erfolgreiche Psychoanalyse. Der Kopf ist geheilt und der Körper weg vom Fenster. Der Kopf freut sich überschwenglich über seine Heilung; nur er allein profitiert von den schönen Dingen des Lebens.

«Ich sehe von hier aus, wie Sie die Geschichte meiner inneren Schmerzen aufstapeln: Am Anfang eine unglückliche Liebe oder ein zu lebhaftes Bewußtsein von der Absurdität der Welt, dann das finale Heilmittel der Psychoanalyse, die das Herz raubt und das Gehirn versiegelt, die magische Couch, hab ich recht? Das bezahlte Alles-fürs-Ego, nicht wahr?»
Ach du Scheiße!...
«Hören Sie, Majestät...»
«Sie sind der einzige meiner Angestellten, der mich offen Majestät nennt – die anderen tun es hinter vorgehaltener Hand –, und da verlangen Sie, daß ich mich von Ihnen trenne?»
«Hören Sie, ich hab die Nase voll und gehe, das war's.»
«Und die Bücher, Malaussène?»
Sie brüllte diese Worte und hippelte dabei auf den Füßen.
«Und die Bücher?»
Mit einer weit ausholenden Geste deutete sie auf die vier Wände ihrer Zelle. Die Wände waren nackt. Kein einziges Buch. Dennoch schien es, als wären wir plötzlich ins Herz der Bibliothèque nationale eingedrungen.
«Haben Sie an die Bücher gedacht?»
Blinde Wut. Die Augen spritzten ihr aus dem Kopf. Violette Lippen und schneeweiße Fäuste. Anstatt mich in meinen Sessel zu verkrümeln, sprang ich ebenfalls auf und brüllte nun meinerseits:
«Die Bücher, die Bücher, Sie haben nur dieses eine Wort im Kopf! Nennen Sie mir doch mal eins!»
«Was?»
«Nennen Sie mir ein Buch, einen Romantitel, egal welchen, einfach so, los!»
Ein paar Sekunden lang blieb ihr die Luft weg, ein Zögern, das fatal für sie wurde.
«Sehen Sie», triumphierte ich, «nicht mal ein einziges fällt Ihnen ein! Wenn sie wenigstens *Anna Karenina* oder *Asterix* gesagt hätten, dann wär's okay gewesen!»
Dann:
«Komm, Julius, wir gehen!»
Der Hund, der an der Tür saß, hob seinen dicken Hintern.
«Malaussène!»

Doch ich drehte mich nicht um.

«Malaussène, Sie treten nicht zurück, ich werfe Sie raus! Sie stinken stärker als Ihr Hund, Malaussène! Wenn Sie von Herz reden, dann hat das Mundgeruch! Sie sind ein Stück Fliegendreck in Menschenform, ein falscher Fuffziger, der den Arsch noch vollkriegen wird, ohne daß ich dabei mitmische! Gehen Sie mir in Gottes Namen aus den Augen, und machen Sie sich darauf gefaßt, daß ich Ihnen die Rechnung schicke – für das verwüstete Büro!»

II. Clara heiratet

Ich will nicht, daß Clara heiratet.

3

Bis tief in die Nacht hinein mußte ich warten. Erst dann kapierte ich, weshalb ich den Sündenbockkittel bei Königin Zabo an den Nagel gehängt hatte.
Inzwischen hatte ich in Julies Armen Zuflucht gesucht, mein Kopf hatte sich zwischen Julies Brüsten verkrochen (‹Julie, ich flehe dich an: Gibt mir deine Brüste!›), ihre Finger fuhren verträumt durch mein Haar. Doch erst als ich Julies Stimme hörte, machte es bei mir Klick. Ihre schöne, fauchende Stimme aus den Savannen.
«Im Grunde genommen», sagte sie, «hast du deinen Rücktritt erklärt, weil Clara morgen heiratet.»

Das war verdammt wahr! Den ganzen Tag über hatte ich an nichts anderes gedacht. ‹Morgen heiratet Clara Clarence.› Clara und Clarence... Die Königin Zabo hätte nicht schlecht gestaunt, wenn sie das in einem Manuskript gefunden hätte! Clara und Clarence! Solche Klischees gibt's nicht mal in den Heftchenromanen. Aber Spaß beiseite, es war die Sache an sich, die mich fertigmachte. Clara würde heiraten. Clara würde aus dem Haus gehen. Clara, mein kleiner Schatz, das Federbett meiner Seele, würde weggehen. Keine Clara mehr, um die allabendliche Anbrüllerei zwischen Thérèse und Jérémy zu schlichten; keine Clara mehr, um den Kleinen am Ausgang seiner Alpträume zu trösten; keine Clara mehr, um Julius zu hätscheln, wenn er im Lande der Epilepsie ist; kein Gratin dauphinois und auch keine Hammelschulter à la Montalbán mehr. Höchstens sonntags, wenn Clara vielleicht die Familie besuchen würde. O Gott... Gottogottogott... Ich hatte den ganzen Tag über nur daran gedacht, jawohl. Als dieser Grasaffe von Deluire ankam und rummeckerte, weil seine Schmöker nicht schnell genug in den Flughafenbuchhandlungen auslagen (Was daran liegt, daß die Buchhändler sie nicht mehr wollen, du arme Null! Du hast den Bonus verspielt, weil du im Fernsehen das Maul zu weit aufgerissen hast, anstatt artig deinen Bleistift zu spitzen, schnallst du das denn nicht?!), da dachte ich an Clara. Ich jammerte: ‹Es ist meine Schuld, Monsieur Deluire, es ist meine Schuld. Bitte, bitte, sagen Sie bloß nichts der Chefin!› Dabei sagte ich zu mir selbst: ‹Morgen geht sie weg, und heute abend sehe ich sie zum wirklich letztenmal...› Und ich dachte auch immer noch daran, als die Gauner aus der Druckerei kamen und zu sechst für ihren hoffnungslosen Fall plädierten; und auch als dieser prähistorische Vollidiot die Bude zerkleinerte, war es Claras Abschied, der mir die Seele zermalmte. Das Leben des Benjamin Malaussène ließ sich auf einen knappen Nenner bringen: Seine kleine Schwester Clara zog aus seiner Wohnung fort, in die eines anderen. An dieser Stelle war das Leben des Benjamin Malaussène zu Ende. Und Benjamin Malaussène, mit einemmal von einem Überdruß ohne Horizont überwältigt, von einer großen Woge des Kummers (Auweia!) aus dem Cockpit des Lebens hinweggespült, reichte bei seiner Chefin, der Königin Zabo, seinen Rücktritt ein und spielte dabei den Moralisten, was ihm ebenso gut stand wie dem Opferstockplünderer das Meßgewand. Selbstmord oder was?

Draußen, als Julius und ich so dahinschlenderten und wir uns wegen dieser Sieg-Niederlage albernerweise ganz groß vorkamen, schob sich Loussa de Casamance, mein Freund im Verlag, mit seinem roten Lieferwagen an uns heran, den er mit chinesischen Büchern vollgeladen hatte, darunter Unmengen von *Die wilden Kräuter* aus dem neuen Belleville. Er lud uns ein. Er war es, der mir als erster den Kopf wieder geraderückte. Er besaß den guten Instinkt eines senegalesischen Infanteristen, der Monte Cassino überlebt hatte. Ein paar Minuten lang ließ er seine Bibliothek auf Rädern ohne ein Wort zu sagen dahinrollen. Dann sah er mich schräg von

der Seite an; das Auge, das sich mir zuwandte, schimmerte seltsam grünlich. Er sagte:
«Gestehe einem alten Neger, der dich liebt, das traurige Privileg zu, dir zu sagen, daß du ein kleiner Idiot bist.»
Er hatte eine Stimme von spöttischer Sanftheit. Aber auch das erinnerte mich nur wieder an Claras Stimme. Letztendlich würde mir Claras Stimme vielleicht am meisten fehlen. Schon als sie ganz klein war, eigentlich von Geburt an hatte Claras Stimme das Haus vor dem Radau der Stadt bewahrt. Ihre Stimme ist so warm, so rund und paßt so sehr zu ihrem Gesicht, daß man sogar meint, man würde sie auch dann noch hören, wenn sie in der Dunkelkammer schweigend ihre Fotos entwickelt. Ihre Stimme ist wie eine Wolljacke in der Morgenkühle.
«Wenn du mich fragst», sagte Loussa, «ich finde die Sache mit dem Buch unter den Büchern der Königin Zabo gegenüber nicht besonders loyal.»
Loussa war ein friedfertiger, bedingungsloser Anhänger von Königin Zabo. Und er wurde niemals laut.
«Nennen Sie mir eins... ein einziges – ein kleiner Winkeladvokatentrick, den du da angewendet hast, Malaussène, weiter nichts.»
Er hatte recht. Erst jemandem einen Schock versetzen und ihm dann in dem Zustand auch noch den Rest geben, das war nicht die feine Art.
«So gewinnt man zwar einen Prozeß, aber so tötet man auch die Wahrheit. *Fan gong zi xing* – wie der Chinese sagt: Wühle in deinem Gewissen!»
Er fuhr ausgesprochen schlecht Auto. Aber er schätzte, daß ihm nach dem Gemetzel von Monte Cassino nun nicht ausgerechnet der Autoverkehr den Garaus machen würde. Plötzlich sagte ich zu ihm:
«Loussa, meine Schwester heiratet morgen.»
Er kannte meine Familie nicht. Er war noch nie bei uns zu Hause gewesen.
«Ihr Ehemann wird bestimmt glücklich sein», sagte er.
«Sie heiratet einen Gefängnisdirektor.»
«Aha!»
Ja, das war sein Kommentar: ‹Aha!› Er bretterte über ein paar rote

Ampeln, kam einigen Fahrzeugen gefährlich in die Quere und fragte dann:
«Ist deine Schwester schon älter?»
«Nein, sie wird demnächst neunzehn; er ist alt.»
«Aha!»
Der Gestank von Julius nutzte das Schweigen, um sich auszubreiten. Julius der Hund äußerte sich immer in Ausdünstungen. Synchron kurbelten Loussa und ich unsere Fenster herunter. Dann sagte Loussa:
«Hör zu, entweder hast du Lust zu reden oder du hast das Bedürfnis zu schweigen, aber in beiden Fällen geb ich dir einen aus.»
Ich brauchte vielleicht tatsächlich einen, dem ich alles erzählen konnte, einen, der nichts mit der Sache zu tun hatte. Loussas rechtes Ohr wäre dafür genau das richtige.
«Seit mir der Krieg das linke Trommelfell zerfetzt hat», hatte er mal gesagt, «ist mein rechtes Ohr objektiver geworden.»

DIE GESCHICHTE VON CLARA UND CLARENCE

Erstes Kapitel: Im letzten Jahr, als man den alten Damen von Belleville* die Kehlen durchschnitt, um ihre Sparstrümpfe zu klauen, hatte sich mein Freund Stojilkovic, eine Art serbokroatischer Onkel in unserer Kleinfamilie, in den Kopf gesetzt, die alten Damen zu beschützen, die die Bullen auf Gedeih und Verderb den Wölfen überließen.

Zweites Kapitel: Zu diesem Zweck bewaffnete er sie bis an die Zähne. Er hatte ein altes Arsenal an Ballermännern ausgegraben, das er seit dem letzten Krieg in den Katakomben von Montreuil versteckt hielt. Nachdem er in einem eigens dafür hergerichteten Raum in denselben Katakomben sämtliche Formen von Schießübungen mit den alten Damen absolviert hatte, hatte Stojilkovic sie beruhigt wieder in die Straßen von Belleville entlassen; sie waren nun ebenso unberechenbar wie eine Cruise missile, die man mit einem argwöhnischen Sprengkopf bestückt hatte.

* s. «Wenn nette alte Damen schießen...», rororo-Thriller 2921.

Drittes Kapitel: Und wie sollte es anders sein: Das Massaker blieb nicht aus. Ein Polizeibeamter in Zivil, der einem dieser jungen Dinger beim Überqueren der Kreuzung behilflich sein wollte, fand sich mit einer Kugel zwischen den Augen auf dem Asphalt wieder. Schönheitsfehler: Die Oma hatte vorschnell abgedrückt.

Viertes Kapitel: Nun flippt die Bullenschaft aus und schwört Rache für den Märtyrer. Zwei Polizisten, die ein bißchen wiefer sind als die anderen, kommen der Sache auf die Spur, und Stojilkovic wandert ab in den Knast.

Fünftes Kapitel (in Klammern, denn sie sind das *in petto* des Lebens): Im Verlauf ihrer Ermittlungen werden die beiden Polizeibeamten zu vertrauten Gesichtern in Belleville im allgemeinen und in der Familie Malaussène im besonderen. Der jüngere der beiden, ein gewisser Pastor, verliebt sich bis über beide Ohren in meine Mutter, welche draufhin zum achtenmal beschließt, mit einer krachneuen Flamme ein neues Leben zu beginnen. Abgang Mama, Abgang Pastor. Richtung Hotel Danieli, Venedig. Aber hallo.
Was den zweiten Bullen angeht, Inspecteur Van Thian, ein Franko-Vietnamese kurz vor der Rente, so hat er sich auf der Jagd nach dem Kehlenschneider drei Kugeln eingefangen und genießt nun seine Rekonvaleszenz im Kreise meiner Lieben. Allabendlich erzählt er den Kindern ein Kapitel aus diesem Abenteuer. Er ist ein wahnsinnig guter Erzähler: Er hat einen Kopf wie Ho Chi Minh und eine Stimme wie Gabin. Die Kinder hören ihm zu, sitzen in ihren Etagenbetten; der Blutgeruch hat ihre Nasenlöcher geweitet, und die Liebesversprechen haben ihre Seelen balsamiert. Der alte Thian hat seinem Märchen den Titel «Wenn nette alte Damen schießen» gegeben. Er läßt uns allen die schmeichelhaftesten Rollen zukommen, was die Hörqualität steigert, wie man im Radio sagen würde.

Sechstes Kapitel: Nur daß es keinen Stojilkovic mehr gibt, keinen serbokroatischen Onkel mit kupferner Stimme, keinen Partner mehr für meine Schachpartien. Da wir nicht zu den Leuten gehören, die einen alten Kumpel hängenlassen, beschließen Clara und ich, ihm in seinem Kerker einen Besuch abzustatten. Man hat ihn in der

Vollzugsanstalt Champrond in Essonne eingebuchtet. Métro bis zum Gare d'Austerlitz, Zug bis Etampes, Taxi zum Gefängnis, und dann kommt der Hammer: Anstatt ein mit Felswänden gepanzertes Gebäude anzutreffen, erwartet uns ein feudales Landhaus aus dem achtzehnten Jahrhundert, das man zum Knast umfunktioniert hat, mit Zellen, natürlich, mit Wärtern, Besuchszeiten, aber auch mit französischen Gärten und Wandteppichen – Schönheit, so weit das Auge reicht, und eine gedämpfte Bibliotheksruhe. Nicht das geringste Klacken, Flure ohne Hall, der Heimathafen. Die nächste Überraschung: Nachdem uns ein alter Schließer, diskret wie eine Museumskatze, zu Stojilkovics Zelle geführt hat, weigert sich jener, uns zu empfangen. Es gelingt uns, einen kurzen Blick durch den Türspalt zu werfen: eine kleine, quadratische Bude, der Boden übersät von zusammengeknüllten Blättern; dazwischen taucht ein Arbeitstisch auf, der unter der Last der Wörterbücher beinahe zusammenbricht. Stojilkovic hat sich vorgenommen, während seiner Inhaftierung Vergil ins Serbokroatische zu übersetzen, doch die paar Monate, die man ihm aufgebrummt hat, werden dazu nicht ausreichen. Also los, Kinder, Rückzug, bitte schön! Von nun an gilt die Parole: Kein Besuch bei Onkel Stojil.

Siebentes Kapitel: Die Erscheinung fand in den Gängen auf unserem Rückweg statt. Denn die erste Begegnung zwischen Clara und Clarence fällt, o ja, in den Bereich der Erscheinungen. Es war an einem Frühlingsabend. Ein tiefrotes Sonnenlicht vergoldete die Mauern. Der alte Schließer führte uns zum Ausgang zurück. Das Schweigen eines langen Kardinalsteppichs schluckte unsere Schritte. Es fehlten nur noch Walt-Disney-Pailletten, um Clara und mich ins azurblaue Paradies aller Versöhnungen zu schicken. Ehrlich gesagt, ich wollte schleunigst von dort weg. Daß ein Gefängnis so wenig Ähnlichkeit mit einem Knast hatte, brachte meine Wertvorstellungen durcheinander. Und es hätte mich auch nicht weiter verwundert, wenn sich das Diesel-Taxi, das am Ausgang auf uns wartete, in eine gläserne Kutsche verwandelt hätte, in eine jener Kutschen, die von dieser geflügelten Pferderasse gezogen werden, die niemals Äpfel produziert.
Da erschien der charmante Prinz.

Er stand am Ende des Flurs, groß und gerade gewachsen, mit einem Buch in der Hand. Ein schräg einfallender Lichtstrahl tauchte sein weißes Haupt in Gold.
Der Erzengel in Person.
Die strahlend weiße Locke, die ihm über das Auge fiel, hätte genausogut ein Engelsflügel sein können, der gerade eben erst zusammengefaltet worden war.
Seine Augen sahen uns an.
Himmelblaue Augen selbstredend.
Wir standen zu dritt vor ihm. Er sah nur Clara. Und im Gesicht meiner Clara tauchte dieses Lächeln auf, dessen Entfaltung ich schon immer fürchtete. Allerdings dachte ich, sie würde die Originalausgabe einem unbestimmten Pickligen (Turnschuhe und Walkman) widmen, der dadurch, daß er dem Charme der Schwester erläge, unter die Autorität des Bruders fiele. Wenigstens, daß Clara, die in der Schule nicht besonders glänzte, uns einen etwas steifen Musterschüler angeschleppt hätte, mit dem unsere Phantasie kurzen Prozeß gemacht hätte. Oder einen Öko-Freak, den ich mit Hammelkeulenschlägen bekehrt hätte.
Nein.
Einen Erzengel.
Mit himmelblauen Augen.
Achtundfünfzig Jahre alt. (58 Jahre. Bald sechzig.)
Gefängnisdirektor.
Die Erde hing durch die doppelte Eindringlichkeit dieses Blickes am Himmel festgenagelt und hatte aufgehört, sich zu drehen. Irgendwo in der Stille der Gänge erhob sich das Klagelied eines Violoncellos. (Ich erinnere nochmals daran: All dies geschah im Gefängnis.) Als hätte es sich um ein Signal gehandelt, warf der Erzengel mit einer graziösen Kopfbewegung seine weiße Locke nach hinten und sagte:
«Haben wir Besuch, François?»
«Ja, Monsieur le directeur», antwortete der alte Schließer.
Bereits in diesem Augenblick war Clara von zu Hause ausgezogen.

«Aber sag mal», fragte Loussa und stellte sein Glas ab, «was genau machen die denn eigentlich, deine Knackis in deinem Traumgefängnis?»

«Erstens sind das weder meine Knackis, noch ist das mein Gefängnis. Ansonsten machen sie alles, was man auf künstlerischem Gebiet machen kann. Manche schreiben, andere malen oder betätigen sich als Bildhauer, es gibt ein Kammerorchester, ein Streichquartett, eine Theatergruppe...»

So sieht's aus... Saint-Hivers Überzeugung ist die, daß ein *Mörder ein Schöpfer ist, der keinen Arbeitsplatz gefunden hat* (das kursiv Gedruckte stammt von ihm). In den siebziger Jahren war ihm die Idee mit dem Gefängnis gekommen. Er war früher Untersuchungsrichter, anschließend Strafrichter, hatte die Schäden des herkömmlichen Knastes begutachtet, sich ein Heilmittel ausgedacht und es sanft in seiner Hierarchie durchgedrückt – und siehe da: es funktioniert... seit fast zwanzig Jahren funktioniert es... *Umwandlung der zerstörerischen Energie in schöpferische Kraft* (das kursiv Gedruckte stammt immer noch von ihm)... um die sechzig Mörder in *Kunstler* verwandelt (der Ausdruck stammt von meinem Bruder Jérémy).

«Ist eigentlich ein stilles Eckchen, um seine alten Tage zu verbringen.»

Loussa träumte.

«An meinem Lebensabend den Code civil ins Chinesische übersetzen. Wen muß ich dafür ermorden?»

Unsere leeren Gläser füllten sich wieder. Meines drehte sich zwischen meinen Fingern. Ich versuchte in den purpurroten Tiefen des Sidi-Brahim die Zukunft meiner Clara zu lesen. Aber ich besaß nicht Thérèses Gaben.

«Clarence de Saint-Hiver, findest du das nicht unmöglich, sich Clarence de Saint-Hiver zu nennen?»

Loussa fand das nicht unmöglich.

«Solche Namen gibt's doch auf den Inseln drüben, auf Martinique vielleicht. Eigentlich», fügte er noch leicht spöttisch hinzu, «frage ich mich, ob es nicht das ist, was dir am meisten stinkt, daß deine Schwester einen weißen Neger heiratet...»

«Mir wäre es lieber, sie würde dich heiraten, Loussa, einen schwar-

zen Neger mit chinesischer Literatur in seinem roten Lieferwagen.»
«Oh! Mit mir ist doch nicht mehr viel los. Ich hab mein linkes Ei auf dem Knochenhaufen von Monte Cassino gelassen, zusammen mit meinem Ohr.»
Ein Windstoß servierte uns die Düfte Bellevilles. Ein sanftes Streicheln aus Merguez und Minze. Ganz in der Nähe unseres Tisches brutzelte leise eine Rôtisserie. Ein Hammelkopf, der wie ein Hähnchen auf dem Spieß hing, zwinkerte nach jeder Runde Karussellfahrt Julius dem Hund zu.
«Und Belleville?» fragte Loussa plötzlich.
«Wie, Belleville?»
«Deine Kumpels in Belleville, was sagen die dazu?»

Gute Frage. Was hielt mein Sandkastenspezi Hadouch Ben Tayeb von dieser Hochzeit und was sein Vater Amar, der Restaurantbesitzer, bei dem die Sippe der Malaussènes seit ewigen Zeiten futtert, was Yasmina, unser aller Mutter, und Mo der Mossi, Hadouchs schwarzer Schatten, und Simon der Kabyle, sein roter Schatten, Bellevilles Zockerkönige an der Goutte d'Or, denen man nicht unbedingt über den Weg laufen sollte – wie dachten sie darüber? Was war ihre erste Reaktion, als sie hörten, daß Clara einen Oberschließer heiraten würde?
Antwort: Fröhliches Entsetzen.
«Solche Sachen passieren wirklich nur dir, mein Bruder Benjamin.»
«Deine Mutter macht mit dem Bullen Pastor die Flatter, und Saint-Hiver heiratet dein Schwesterherz!»
«Nun stehst du da und bist der Stiefsohn eines Polypen und der Schwager eines Schließers. Glückwunsch, Benjamin!»
«Und du, Benjamin, wen wirst du heiraten?»
«Komm, trink noch einen...»
Die Freunde von Belleville gossen mir mein Glas voll.
Ernstgemeinte Beileidsbekundungen...
Bis zu dem Tag, an dem Clara mir selbst die Gelegenheit zum Gegenangriff gab. Ich hatte sie alle bei Amar versammelt. Es war drin-

gend, und sie saßen schon am Tisch, als ich eintraf. Hadouch begrüßte mich mich der Frage: «Geht's besser, mein Bruder Benjamin?» (Seit bekannt war, daß Clara heiraten würde, fragte Hadouch mich nicht mehr, ob es mir gut, sondern ob es mir ‹besser› gehe. Das fand er lustig, der Blödmann...) Simon lachte mehr als verfressen:
«Na, welche Neuigkeit hast du diesmal für uns? Haben deine Mutter und Pastor dir vielleicht einen kleinen Bruder gemacht?»
Da wollte Mo der Mossi auch nicht zurückstehen:
«Oder könnte es sein, daß du Bulle geworden bist, Benjamin?»
Doch ich setzte mich hin und sagte mit Grabesmiene:
«Jungs, es ist noch viel schlimmer...»
Ich atmete tief durch und fragte:
«Hadouch, du warst dabei, als Clara zur Welt kam, erinnerst du dich?»
Hadouch schnallte als erster, was die Stunde geschlagen hatte.
«Ja, ich war bei dir, als sie zur Welt kam, jawohl.»
«Du hast ihr die Windeln gewechselt, du hast ihr den Popo abgewischt, als sie klein war...»
«Ja.»
«Und später hast du sie durch Belleville geführt, du bist sozusagen ihr Straßenpate. Im Grunde genommen hat sie es dir zu verdanken, daß sie so schöne Fotos von diesem Viertel gemacht hat...»
«Na ja, wenn du meinst...»
«Und du, Simon... als sie in das Alter kam, wo ihr die Kerle hinterherliefen, da hast du sie beschützt wie ein Bruder, stimmt's?»
«Hadouch hatte mich gebeten, auf sie aufzupassen, klar, aber auch auf Thérèse und auf Jérémy und jetzt auf den Kleinen. Das ist ein bißchen unsere Familie, Ben, wir wollen nicht, daß sie Blödsinn machen.»
An dieser Stelle trat eines jener Grinsen in mein Gesicht, das nur saftige Anspielungen hervorrufen können, und langsam wiederholte ich, ohne dabei den Kabylen aus den Augen zu lassen:
«Du hast es gesagt, Simon: Clara ist ein bißchen deine Familie.»
Dann wandte ich mich an Mo den Mossi:
«Und als Ramon versucht hatte, sie zum Sniefen anzutörnen, warst du es doch wohl, der Ramons Kopf gegen einen Betonpfeiler schlug, oder irre ich mich da?»

«Was hättest du denn an meiner Stelle gemacht?»
Mein Grinsen wurde breiter:
«Dasselbe, Mo, was soviel heißt, daß du ihr Bruder bist, genau wie ich... fast jedenfalls.»
Dann ließ ich das Schweigen seinen Job erledigen. Und sagte dann:
«Es gibt ein Problem, Jungs.»
Ich ließ sie noch ein wenig auf kleiner Flamme köcheln.
«Clara will, daß ihr bei der Hochzeit dabei seid.»
Schweigen.
«Alle drei.»
Schweigen.
«Hadouch, sie will von deinem Vater und deiner Mutter zum Altar geleitet werden, und sie will Nourdine und Leila als Brautkinder.»
Schweigen.
«Sie will Mo und Simon als Trauzeugen.»
Schweigen.
«Sie will, daß du und ich, daß wir beide dahinter gehen. Direkt dahinter.»
An dieser Stelle versuchte Hadouch eine Ausflucht:
«Aber was haben Muslime wie wir bei einer Christenhochzeit zu suchen?»
Ich hatte die Antwort schon parat:
«In der heutigen Zeit kann man sich zwar seine Religion aussuchen, Hadouch, aber noch lange nicht seine Sippe. Und Claras Sippe, das seid ihr.»
Die Falle. Hadouch war es, der den Befehl zur Kapitulation gab.
«Einverstanden. Welche Kirche? Saint-Joseph in der Rue Saint-Maur?»
Und nun versetzte ich ihnen ganz bedächtig den Gnadenstoß.
«Nein, Hadouch, sie will sich in der Gefängniskapelle trauen lassen. Im Knast, wenn dir das lieber ist...»

4

Jawohl, weil ich als Zugabe ein Anrecht auf die mystische Krise in voller Größe habe. Bis zu diesem Zeitpunkt ist Clara in dem Glauben aufgewachsen, der besagt: Wer den Menschen liebt, muß eher gegen Gott und gewisse andere tödliche Überzeugungen sein. Und dann behaupten Clarence und sie auf einmal, sie hätten ihre Begegnung irgend so einem Allmächtigen zu verdanken. Und Clarence, dieser Guru der kreativen Kriminalität, legt seine beiden feingliedrigen Hände auf meine Schulter und flüstert mit seinem geflügelten Lächeln (Engel sind nämlich auch nur Geflügel):
«Benjamin, weshalb akzeptieren Sie nicht, daß unsere Begegnung ein Befehl des Himmels ist?»
Total. Die ganze Erziehung für die Katz, Hochzeit in Weiß in der Gefängniskapelle, kirchliche Trauung durch den obersten Knastgeistlichen der Republik, wie es die Heiratsanzeigen präzisieren. Die Heiratsanzeigen im Reliefdruck – Saint-Hiver versteht zu leben. Zweimal standesamtlich getraut, zweimal geschieden, überzeugter Positivist, militanter Etikettenmensch, und nun eine dritte Hochzeit mit einer Jugendlichen ganz in Weiß in der Kirche! Clarence de Saint-Hiver...
Ich wälze mich in meinem Bett und suche Julies Brüste. Clarence de Saint-Hiver... ‹Weshalb akzeptieren Sie nicht, daß unsere Begegnung ein Befehl des Himmels ist?› ... der spinnt doch.
«Reg dich ab, Benjamin, schlaf, sonst bist du morgen vollkommen fertig.»
Noch nie habe ich etwas so menschlich Elastisches und Warmes gefunden wie Julies Brüste.
«Es wird vielleicht nicht lange halten, vielleicht ist Clara gerade dabei, ihren ersten Entwurf einer Liebe anzufertigen... he, Julie... wie siehst du das?»
Man hört Paris schlafen. Julies Zeigefinger wickelt sich verträumt in eine meiner Locken. «Die Liebe macht keinen ersten Entwurf, Benjamin, das weißt du sehr gut, es ist jedesmal direkt ins reine.»
(O ja, es ist rein...)
«Und weshalb willst du ihr wünschen, daß sie den Typen, den sie heiratet, nicht liebt?»

(Weil er sechzig Jahre auf dem Buckel hat, verdammt noch mal, weil er ein Oberschließer ist, ein katholischer Schweinepriester, weil er vor ihr schon andere gevögelt und wieder fallengelassen hat!) Da ich jedoch zu keiner dieser Antworten verpflichtet bin, behalte ich sie für mich.
«Weißt du, daß du mich am Ende noch eifersüchtig machst?»
Das ist keine echte Drohung. Julie schläft schon halb, als sie das sagt.
«Dich werde ich immer lieben», sage ich.
Sie dreht sich zur Wand und sagt nur:
«Beschränke dich darauf, mich jeden Tag zu lieben.»

Julies Atem hat seinen festen Rhythmus gefunden. Ich bin als einziger noch wach in dem ehemaligen Haushaltswarenladen, der uns als Wohnung dient. Außer Clara vielleicht. Ich stehe auf. Ich gehe runter, um nachzusehen... Von wegen, sie schläft, wie sie immer geschlafen hat, im Schatten des Lebens. Auch die andern pennen in ihren Etagenbetten. Der alte Thian hat ihnen ein Kapitel aus seinem Krimimärchen von den alten Damen erzählt. Jérémy ist mit offenem Mund eingeschlafen, und der Kleine hat vergessen, seine Brille abzusetzen. Auch Thérèse schläft wie gewöhnlich: Sie liegt so steif in ihrem Bett, daß man den Eindruck hat, sie sei im Stehen eingeschlafen; dann hätte sie jemand hingelegt und dabei aufgepaßt, daß er sie nicht knickt. Julius der Hund pennt inmitten dieser schönen Runde, die Lefzen zerfleddert wie ein altes Lexikon.
Über Julius: Verduns Wiege. Verdun, die Jüngste, ist wütend auf die Welt gekommen. Sie schläft wie eine entsicherte Handgranate. Nur der alte Thian ist in der Lage, sie dazu zu bringen, daß sie das Leben schluckt. Seitdem entdeckt sie immer, wenn sie aufwacht, das Gesicht des Alten, der über ihre Wiege gebeugt ist; woraufhin sich die Granate bereit erklärt, nicht zu explodieren.
Wie ein schwebendes Glücksgespenst in der Dunkelheit des Zimmers, so hängt das wunderbare weiße Kleid über einem Stuhl. Yasmina, Hadouchs Mutter, Amars Frau, kam heute abend ein letztes Mal wegen der Anprobe zu Clara. Noch so 'ne hübsche Geschichte... typisch Malaussènes! Ich hatte Mama angerufen, um ihr

von der tollen Hochzeit zu erzählen. ‹Tatsächlich?› sagte Mama, dort unten in Venedig, am anderen Ende des Drahtes, ‹Clara heiratet? Gib sie mir bitte mal, mein Kleinster, machst du das?› – ‹Sie ist nicht da, Mama, sie ist einkaufen gegangen...› – ‹Na schön, dann sagst du ihr eben, ich wünsche ihr, daß sie so glücklich wird wie ich... Also, für jeden von euch ein Küßchen, meine Lieblinge... du bist ein guter Junge, Benjamin!› Und klick, schon hatte sie aufgelegt. Ohne Witz, einfach so: ‹Ich wünsche ihr, daß sie so glücklich wird wie ich›... aufgelegt. Nicht mehr angerufen seitdem. Kein Kärtchen geschrieben. Kommt auch nicht zur Hochzeit, nichts... Mama.
Und plötzlich ist es Yasmina, die ihre Rolle übernimmt. Solange ich mich zurückerinnere, hingen wir eigentlich an Yasminas Rockzipfeln.
Ich nehme mir einen Stuhl aus der Küche, stelle ihn in die Mitte von euch allen, meine Schlafenden, meine lieben Produkte der mütterlichen Amouren. Ich setze mich rittlings auf den Stuhl, verschränke die Arme auf der Rückenlehne, lege den Kopf auf die Arme und tauche ab in den Schlaf.

Na ja, ich tauche also ab in den Schlaf, verfehle ihn und merke auf einmal, wie ich im Sand der Erinnerung steckengeblieben bin: Erster und einziger Besuch Saint-Hivers bei unserer Familie. Die Vorstellung des Verlobten, quasi. War vor circa zwei Wochen. Abendessen absolut comme il faut. Die leicht errötende Clara hatte es mit den kleinen Häppchen gewaltig übertrieben. ‹Rat mal, wer heute abend zum Essen kommt?› Jérémy und der Kleine hatten das den ganzen Tag lang gespielt. ‹Clara ihr Defangner›, lautete die Antwort des Kleinen, und diese beiden Frechdachse schrien vor Lachen, ein Lachen, das Thérèse als vulgär bezeichnete und das Clara rot anlaufen ließ. Doch am Abend, als ihnen der Erzengel in Fleisch und Federn gegenübersaß, machten die beiden Duettsänger halblang. Er ist schon wer, dieser Saint-Hiver. Nicht die Sorte Pfadfindergeist, die sich gleich bei jemandem anbiedert oder den nächstbesten Heiden duzt. Eine nachdenkliche Würde, eine zerstreute Liebenswürdigkeit, die die Kinder auf mehr als auf respektvoller Distanz hält, selbst Jérémy! Hinzu kommt, daß der künftige Schwager nicht zur

Lachbrigade gehört. Der da ist kein Mann, der sich ablenkt. Wenn er es sich gestattet, sein Gefängnis zu verlassen, um ein Auge auf die Familie seiner Verlobten zu werfen, tanzt er mit seinem Gesprächsthema an – wie jemand, der sein Butterbrot mitbringt. Ein Mann mit Berufung, dieser Mann. Er legt gleich mit Julies erster Frage los:
«Ja, ich beschäftige mich mit einer kleinen, aber klar definierbaren Zwischenschicht von Kriminellen: Mit denjenigen, die von Kindesbeinen an, seit der Schule, manchmal schon seit dem Kindergarten das Gefühl hatten, sie sähen, wie sich die Gesellschaft zwischen ihnen und sich selbst erhebe.»
Der Blick der Schwestern... Oh, là là! Der Blick der Schwestern!
«Sie spüren heftig ihre Existenz und töten, nicht um – wie die meisten Kriminellen – sich selbst zu zerstören, sondern im Gegenteil: *um ihre Existenz unter Beweis zu stellen* – in etwa so, als würde man eine Mauer einreißen, die uns gefangen hält.»
Sogar Verdun, die in den Armen des alten Thian lag, schien ihm zuzuhören, mit ihrem Luntenblick, immer weißglühend, als wäre sie ständig drauf und dran, ihre eigene Mauer in die Luft zu jagen.
«Nun wissen Sie, welchen Typus Mensch ich in Champrond beherberge, Mademoiselle Corrençon, sehr häufig Mutter- und Vatermörder oder welche, die ihren Lehrer getötet haben, ihren Psychoanalytiker, ihren Ausbildungsunteroffizier...»
«Aus dem Wunsch nach ‹Anerkennung› heraus», schlußfolgerte meine Journalistin Corrençon, die spürte, wie das Thema eines Klasseartikels seine ersten Fußstapfen in ihrer beruflichen Matrize hinterließ.
(Was hab ich mich einsam gefühlt, bei diesem Scheißabendessen, wenn ich bloß daran denke!)
«Ja...» sagte Saint-Hiver ganz gedankenverloren, «und das Seltsame daran ist, daß sich nie jemand die Frage gestellt hat, wofür sie sich so sehr *Anerkennung* wünschen.»
«Nie jemand vor dir», präzisierte Clara und errötete leicht.
Alle offenen Münder schienen zu sagen: ‹Weiter, weiter!› Und Clara lauschte Clarence wie eine Ehefrau, die ihre weibliche Leidenschaft durch die Leidenschaft des Mannes nährt. Jawohl, in Claras großen Augen sah ich an jenem Abend die Kohorte der beispielhaften Gattinnen vorüberziehen: die Martha Freuds, die Sofja Andrejewna

Tolstois, die für die geistigen Erben das Kupfergeschirr des genialen Gatten polierten. Welcher, nachdem er seine weiße Locke nach hinten geworfen hatte, diese Formel von sich gab:
«Mörder sind oftmals Leute, denen man nicht geglaubt hat.»
«Diktatoren auch», konterte Julie.
(Man befand sich mittendrin, in der inspirierten Weltlust.)
«In der Tat, einige meiner Pensionsgäste hatten in Lateinamerika ihre Finger mächtig im Geschäft.»
«Und Sie haben Künstler aus ihnen gemacht.»
«Wenn man schon eine Welt regieren muß, dann kann es genausogut die ihre sein.»
(Halt! Stopp! So viel Intelligenz in so wenigen Worten, das ist zuviel! Mitleid!)
Da gestand sich der sehr ernste Saint-Hiver ein schelmisches Lächeln zu:
«Und unter diesen Künstlern gibt es sogar Architekten, die in diesem Augenblick Pläne für die Erweiterung unseres Gefängnisses entwerfen.»
Das Überraschungsmoment haute genau hin:
«Wollen Sie damit sagen, daß Ihre Gefangenen dabei sind, ihre eigenen Zellen zu konstruieren?» rief Julie.
«Tun wir das nicht alle?»
Die Locke, und wieder die weiße Locke...
«Nur daß wir schlechte Architekten sind. Unsere ehelichen Zellen ersticken uns, unsere Arbeitsplätze fressen uns auf, unsere familiären Gefängnisse treiben unsere Kinder den Drogen zu, und das kleine televisuelle Kellerloch, durch das wir inbrünstig nach draußen blicken, wirft uns nur auf uns selbst zurück.»
An dieser Stelle intervenierte Jérémy mit einem gewissen Stolz:
«Wir haben kein Fernsehen!»
«Das ist einer der Gründe, weshalb Clara Clara ist», antwortete Saint-Hiver im ernsthaftesten Ton der Welt.
Mir ging er allmählich auf den Keks, der Erzengel! Nicht nur, daß er mit seinen prachtvollen weißen Haaren spielte wie ein Anwalt, der mit den weiten Ärmeln seiner Robe über dem Kopf herumfuchtelt. Auch seine schönen Worte erinnerten mich an die große Zeit, als alle Freunde bei uns zu Hause aufkreuzten und versuchten, während ich

Mamas Kindern den Po abwischte, mich zum wahren Leben zu bekehren. Das Lied von der Familia constrictor, vom Krokodilsunternehmen, vom Python-Paar und Telespiegel – man hatte es mir bis zum Erbrechen vorgeleiert. Was bildet ihr euch ein mit eurem Heißhunger auf alle möglichen Sorten von geistiger Umnachtung?! Der Mensch hat Lust, den Rest seiner Tage im Familienkreis zu verbringen, vor der Glotze, verdorbenen Dosenfraß zu sich zu nehmen und nur einmal pro Woche mit den Kindern an der Hand aus dem Haus zu gehen, um sich eine gute alte Messe auf Latein reinzuziehen. Nein, jetzt bloß nicht von Messe reden, das wäre für Saint-Hiver ein zu großes Vergnügen. Er hat eine Choralsstimme, dieser Mann, eine zuckersüße Stimme, die von einem Beobachtungsposten hoch über seinem Kopf herunterzufallen scheint. Mein Gott, der macht mich noch wahnsinnig! Am liebsten würde man ihm sagen: ‹Halt deine Wolke an, Saint-Hiver, du bist zwanzig Jahre zu spät dran!› Aber man wäre auf der Stelle paralysiert von der Frage der Fragen: ‹*Zu spät dran – womit?*›

Er hat mich nämlich seinen verdammten Knast besichtigen lassen! Und ich gebe zu, daß ich am Ende völlig blaff war! Unglaublich, wenn ich daran zurückdenke: Man glaubt, man öffnet eine Zellentür, doch dann entdeckt man krachneue Aufnahmestudios, Malerateliers mit taghellem Licht, mönchische Bibliotheken, wo ein Typ über seine Arbeit gebückt dasitzt, ein von Konzepten überquellender Papierkorb; er dreht sich kaum um, um die Besucher zu begrüßen. Besucher sind übrigens selten. Recht bald nach ihrer Inhaftierung verweigern Saint-Hivers Insassen Besuche. Saint-Hiver beteuert, daß er nichts dafür kann. (Lockenbewegung.) Sehr schnell spüren diese Männer, daß sie zwischen diesen Mauern eine Freiheit erlangt haben, die sie vor äußeren Eingriffen schützen müssen. Wenn sie draußen getötet haben, dann geschah das ihrer Meinung nach, weil man ihnen das Recht verweigert hatte, diese Freiheit unter Beweis zu stellen.

«Und ihre Besuchsverweigerungen beinhalten selbstverständlich auch die Ablehnung von Medien jeglicher Art, Mademoiselle Corrençon», machte Saint-Hiver mit besonderem Nachdruck deutlich. «Weder Zeitungen noch Rundfunk noch irgendein anderer Vektor des Zeitgeistes. Wir machen unser eigenes Fernsehprogramm.»

Mit einem wirklich erzengelhaften Lächeln fügte er hinzu:
«Im Grunde genommen ist die einzige Präsenz an äußerer Welt, die meine Pensionsgäste innerhalb unserer Mauern dulden, die von Clara.»
Ja, ja... schon gut... genau das ist ja mein Problem. Diese inspirierten Knackis haben meine Clara adoptiert und den mit ihr untrennbar verbundenen Fotoapparat, den sie sofort für ihre Ikonographie in Gang gesetzt hatte. Sie hat sie bei der Arbeit, hat die Mauern fotografiert, die Türen, die Schlösser; sie hat die Körbe voller Konzepte fotografiert, zwei Profile, die sich über den Plan der zukünftigen Zellen beugen, das Studio ihrer internen Fernsehanstalt, ein Flügel, der unter der Sonne des Innenhofes wie ein Schwertwal glänzte; sie hat eine nachdenkliche Stirn fotografiert, die sich auf dem Bildschirm eines Computers widerspiegelt, das Handgelenk eines Bildhauers in dem Moment, wo der Hammer auf den Meißel trifft; dann hat sie die Filme entwickelt, und die Knackis konnten auf den Gängen sehen, wie sie lebten. Dort hingen Claras Fotos an Schnüren zum Trocknen. Sie haben das außerordentlich lebendige Wimmeln einer Existenz entdeckt, bei der jede Geste einen Sinn hat – alles festgehalten und verherrlicht durch Claras Objektiv. Sie sind ihr eigenes Äußeres geworden. Dank Clara sind sie jetzt ihr Inneres und ihr Äußeres. Sie lieben Clara!

Und ich, Benjamin Malaussène, Familienbruder, der ich versuche, auf einem Stuhl, inmitten meiner Verantwortlichkeiten in den Schlaf zu finden, ich stelle feierlich die Frage: Ist das ein Leben für Clara? Verdient ein Mädchen, das seine Kindheit damit zugebracht hat, die Sprößlinge seiner Mutter großzuziehen, nicht Besseres in der Abfolge der Ereignisse, als die verdammten Seelen eines himmelblauäugigen Erzengels zu hätscheln?

5

«Es ist soweit, Benjamin.»
Das Brautkleid hat sich über Clara gelegt. Engel sind weiß, das kann ich bezeugen, absolut unbefleckt und aus Schlagsahne modelliert. Kaskaden aus duftigem Weiß stürzen vom Gipfel ihrer Schädel hinab und schäumen üppig um sie herum. Engel sind Wesen aus Dunst und Schaum; sie haben keine Hände, sie haben keine Füße. Sie haben nur ein ungewisses Lächeln und drumherum Weiß. Und alle passen höllisch auf, daß sie nicht auf dieses Weiß treten, sonst stünden die Engel auf einmal nackt da.
«Benjamin, es ist soweit...»
Lautlos hat sich das Haus um mich herum vorbereitet. Clara reicht mir eine Tasse Kaffee. Nun denn. Ich sitze rittlings auf meinem Stuhl, wie diese Verräter, die man früher mit dem Rücken zum Exekutionskommando erschoß, und trinke meine Tasse. Allgemeines Schweigen. In das Hadouch hineinplatzt. Er hat einen Anzug an wie ein Asphaltprinz. Der Anzug paßt mit knapper Not, und Hadouchs Gesicht ist so verschlossen, als sei er ein Gast, der soeben seinen Trauerkranz in der Vorhalle abgelegt hat. Das putscht mich ein bißchen hoch.
«Hallo, mein Bruder, geht's besser?»
Er sieht mich kopfschüttelnd an und schenkt mir ein Lächeln, das Revanche verheißt.
«Worauf wartest du noch, willst du dich nicht endlich mal anziehen, Ben, du wirst das junge Glück doch nicht warten lassen?»
Es folgen Mo und Simon, die ihm das Sonntagsgeleit geben. Ein kastanienbrauner Anzug erstreckt sich über die ganze Länge des Mossis. Die Jacke steht ein Stück offen und gibt den Blick frei auf ein Gilet aus purem Gold, das sich unübertrefflich mit einer Kollektion von Ringen vermählt hat, die ich bis heute noch nie an ihm gesehen habe. Eine Nelke im Knopfloch und zweifarbige Treter – er ist perfekt. Fehlen eigentlich nur noch der Borsalino und cremefarbene Hosenträger. Es riecht nach Zimt. Der Kabyle hingegen hat sich mit frischer Minze einparfümiert und das Naturfeuer seiner dichten Mähne mit einem taillierten, phosphorisierenden, grünen Anzug abgestimmt. Dazu trägt er Elefantenlatschen. Trotz seiner

Keilabsätze ist Simon breiter als hoch. Er sieht aus wie ein riesiger Reißbrettstift, dessen Kopf in Flammen steht.
«Mo! Simon! Ihr seid fabelhaft!»
Engel fliegen, auch das kann ich bezeugen, und wenn sie aus den Armen eines Kabylen in die eines Mossi aus der dritten Belleviller Generation fliegen, sind Engel vor Freude rosarot. Beifall von Julie, Thian und den Kindern. Trotzdem, als Inspecteur Van Thian den Kabylen und den Mossi hereinkommen sah, hielt er einen kurzen Moment inne. Damals, als er in Belleville wegen der Morde an den Alten ermittelte und zu diesem Zweck seinen mickrigen Körper in ein Thai-Kleid gewickelt hatte – eine Verkleidung, in der er aussah wie seine eigene Witwe –, da waren Mo und Simon die ersten, die spitzgekriegt hatten, daß der Transi ein Bulle war. Thian hat davon eine Verletzung seines Stolzes zurückbehalten, die nur schwer verheilt. Und was diese beiden Leibwächter angeht, die auf einmal im Sonntagsstaat einem Bullen gegenüberstehen, der sie in- und auswendig kennt, so ist ihnen das auch nicht sonderlich angenehm. Aber dank der verliebten Mischungen ist das Haus Malaussène für Polypen und Ganoven zur UNO geworden. Außerdem zieht das, was Thian in einem ledernen Gehänge vor seiner Brust trägt, die Aufmerksamkeit aller auf sich. Es ist winzig und blaß vor Wut und steckt in einem Kleid, das so weiß und beinahe so weit ist wie Claras. Es ist Verdun, seit sechs Monaten existent und wütend, Verdun mit ihren kleinen Fäusten, die sie der Welt entgegenballt. Thian stellt jederzeit eine lebendige Bedrohung dar, wenn er Verdun in seinen Armen hält. Läßt er sie los, explodiert sie. Wir alle hier wissen das: Mit einer solchen Waffe könnte Thian jede x-beliebige Bank überfallen.
Trotzdem sagt jemand:
«Ach, ist die goldig!»
Ich aber frage:
«Warum dieses Kleid? Heiratet Verdun etwa auch? Heiratest du sie, Simon?»
Wär eigentlich gar keine schlechte Idee, meine drei Schwestern auf einen Schlag loszuwerden: Clara an einen Pfaffen, Verdun an einen Ayatollah und Thérèse an Thian, wenn er sich dazu durchringen könnte, wieder zu seinem genetischen Buddhismus zurückzufinden.

Die ökumenische Bewegung schlechthin, mein Platz im Paradies wäre gesichert, gleich welcher Couleur der göttliche Witzbold auch wäre.
«Aber nein, Benjamin, du weißt doch genau, daß sie ebenfalls heute getauft wird.»
Oh, Pardon! Dieses Detail war mir entfallen. Um sich kirchlich trauen lassen zu können, mußte Clara getauft werden, und so hat sie beschlossen, Verdun auch gleich für den Kampf um die Heiligenscheine zu rüsten. Als der Kleine das hörte, riß er vor Gier seine Kulleraugen hinter seiner rosaroten Brille weit auf. Er flehte:
«Ich auch, ich will auch getauft werden!»
Nichtsdestotrotz zeigte ich mich unnachgiebig:
«Du wirst getauft, wenn du in einem vernünftigen Alter bist, Kleiner – so wie Verdun!»
Denn ich bin davon überzeugt, daß Verdun mit ihrer ersten Wut im Alter aller Vernunft zur Welt kam. Und wenn ich meine Einwilligung zur Taufe gegeben habe, dann nur, weil es mir wenig wahrscheinlich erscheint, daß man es schafft, sie zu taufen, ohne daß sie das Ihre dazu beiträgt. Verdun kocht vor Wut, das Wasser im Taufbecken wird verdampfen! Genaugenommen ist es das einzige Ereignis des Tages, das ich mit einer gewissen Ungeduld erwarte: Der kleine geweihte Tropfen, der Verdun zur Explosion bringt und die apostolische und romanische Kirche gleich mit ihr.
Hinter Thian stehen Jérémy und der Kleine und sehen auch nicht schlecht aus. Marineblauer Blazer und mausgraue Hose, die Haare spiegelglatt pomadisiert und der Scheitel so gerade wie ein Kommunikantengewissen. Thérèse hat sich um ihre Uniform gekümmert. Das gleiche hat sie übrigens für sich selbst ausgewählt, nur daß sie anstelle der Hose einen Plisseerock um ihre Taille festgezurrt hat, der allerdings nichts an ihrem üblichen Aussehen ändert. Thérèse ist eben Thérèse. Selbst wenn sie die paillettenbehangene Galionsfigur einer Sambaschule wäre, würde sie diese nicht oxidierende Steifheit behalten, die ihr das intime Verhältnis mit den Gestirnen verleiht. Gestern beugte ich mich während des Abendessens zu ihr hinüber und flüsterte ihr ins Ohr: «‹Der Tod ist ein geradliniger Prozeß.› Thérèse, was hältst du von diesem Satz?» Sie sah mich nicht einmal an. Sie antwortete: «Das haut genau hin, und die Länge des Lebens

ist abhängig von der Geschwindigkeit des Projektils.» Worauf sie noch hinzufügte, immer noch berufsmäßig: «Aber das betrifft nicht dich. Du wirst am Tage deines dreiundneunzigsten Geburtstages in deinem Bett sterben.» (Sie glaubte, das würde mich beruhigen, aber ich hatte da schon so meine Berechnungen angestellt: Das zieht sich noch verdammt lang hin, bis ich dreiundneunzig bin! Ich werde mir ein paar kleine Tode einfallen lassen müssen, um bis dahin durchzuhalten.)
Jérémy ist gerade mit seinen fürchterlich quietschenden Lackschuhen quer durchs Zimmer gelaufen.
«Mo, Simon, ich habe ein Geschenk für euch!»
Er hat seinen Satz so hinausposaunt, daß Mo und Simon nicht anders können, als das kleine, längliche Geschenkpaket unter den neugierigen Blicken der ganzen Kompanie zu enthäuten. Und da stehen sie nun, jeder von ihnen mit einer Feile in der Hand, einer kleinen, scharfen und spitzen Feile aus erstklassigem Stahl.
«Wenn Clara im Knast heiratet», erklärt Jérémy seelenruhig, «dacht ich, ihr könntet das vielleicht gebrauchen – für den Fall, daß man euch dortbehält.»
Die zweifache Ohrfeige, die er sich postwendend einfängt, sorgt für den Rest des Tages für Farbe in seinem Gesicht. Woraufhin sich Mo und Simon ein halbes Lächeln genehmigen.
«Benjamin, willst du dich nicht mal anziehen?»
Julie steht neben mir. Julie, in diesem Croisé-Kleid, das ich von allen am liebsten mag, weil es ihre Brüste freigibt, sobald ich Durst habe. Julie lächelt über meinen gestreiften Schlafanzug. Wozu soll ich mich überhaupt anziehen? Im Prinzip stecke ich doch schon in einer Uniform... Der Tritt, der mich daraufhin ereilt, stürzt mich ohne Vorwarnung in so tiefe Hoffnungslosigkeit, in eine solch totale Finsternis, daß ich auf der Stelle taumele und sich meine Hand instinktiv in Julies Schulter krallt. Und ich höre, wie ich sage, mit einer Stimme, die vor ewigen Zeiten meine gewesen war, die ein wenig so klingt wie die des Kleinen heute:
«Ich will, daß Yasmina mich badet.»
Dann:
«Ich will, daß Yasmina mich anzieht.»

Yasmina hat mich gebadet. Genau wie alle anderen Kinder gestern abend, einschließlich Thérèse – wie zu der Zeit, als ich klein war, jedesmal wenn Mama fortging und ihre Liebe außerhalb suchte und uns, Louna und mich, allein ließ.
Ich will nicht, daß Clara heiratet. Ich will nicht, daß Clara auch nur eine Woche ihres Lebens damit verbringt, für Saint-Hivers Knackis die Muse zu spielen. Ich will nicht, daß man meine Clara benutzt. Ich will nicht, daß sie in den Armen eines Mannes liegt, der vierzig Jahre mehr auf dem Buckel hat als sie. Ich will nicht, daß man ihr die Tragödie vom Glück vorspielt. Ich will nicht, daß man sie dort in diesem Gefängnis einsperrt. Yasmina badet mich, und ihre vom Henna rotgefärbten Finger seifen alles ein, was eingeseift werden muß:
«Du bist groß geworden, Benjamin, mein Junge.»
Ich will nicht, daß dieser Erleuchtete mit seinen Erzengelhaaren und seinen Salamanderfingern mit meiner Clarinette vögelt. Und ich will im Talion Verlag nicht mehr den Sündenbock spielen. Ich hab die Schnauze voll, ich hab sie gestrichen voll ...
«Du bist müde, Benjamin, mein Junge, man soll nicht auf Stühlen schlafen.»
Als Clara vor achtzehn Jahren auf die Welt kam, fuhren Hadouch und ich Mama im Alarmzustand zur Klinik um die Ecke. Mama hatte so ein durchschimmerndes Leuchten im Gesicht, das bei ihr immer höchste Alarmstufe bedeutete. Hadouch klaute 'ne Karre, und dann ging's los. «Macht euch nicht verrückt, Kinder, sie fängt gerade erst an mit der Arbeit.» Die Hebamme hatte ein Glupschauge und eine morastige Stimme. Wir drehten eine Runde auf dem Stadtring, waren aber, immer noch ziemlich aufgeregt, vor der Zeit wieder zurück. Die Hebamme war zwischen ihren Fläschchen zusammengebrochen und schnarchte wie ein Kesselhaus. Sie hatte zuviel Äther gesüffelt, und Clara sorgte dafür, daß sie allein zur Welt kam. Der Kopf war kaum draußen, da sah sie die Welt auch schon mit diesem seltsam verträumten, zustimmenden Blick an, den Julie Jahre später als das fotografische Auge identifizierte. «Sie fixiert die Dinge, und sie läßt sie zu.» Ich brachte Clara auf die Welt, während Hadouch die Gänge auf und ab lief und einen Arzt suchte.
«Komm her, damit ich dich abtrocknen kann!»

Ich will nicht, daß Clara heiratet, und trotzdem zieht mich Yasmina an. Ich will, daß Clara ihr fotografisches Auge wiederfindet, ich ertrage nicht diesen Blick einer in Liebe entflammten Nonne. Ich will, daß Clara sieht, was es zu sehen gibt. Und da bin ich auch schon angezogen.

6

Das Schlimmste am Schlimmsten ist das Warten auf das Schlimmste. Das Schlimmste an der Hochzeit ist die hupende Karawane, die der ganzen Welt das baldige Eintreffen der Braut verkündet. Ich hatte gehofft, daß uns wenigstens das erspart bliebe, aber anscheinend hätte das die Kinder um ein großes Vergnügen gebracht. Und da das Gefängnis von Champrond sechzig Kilometer von Paris entfernt ist, sind sechzig Kilometer Huperei angesagt. Hätte einer der Autofahrer, die unseren Weg kreuzten, uns ein wenig genauer betrachtet, dann hätte er sich vielleicht amüsiert, daß eine so dröhnende Hochzeitsgesellschaft in ihren mit Schleifen geschmückten fahrbaren Untersätzen eine derartige Ansammlung von Begräbnisgesichtern herumkutschierte. Mit Ausnahme des letzten Wagens, in denen die Kinder Platz genommen haben (Jérémy, der Kleine, Leila und Nourdine als Brautkinder); am Steuer sitzt Théo, ein tadelloser Kumpel, den ich aus der Zeit kenne, als ich im Kaufhaus in der Rue du Temple den Südenbock spielte.* Als ich ihn gefragt hatte, ob es ihm nichts ausmachen würde, mit uns zu fahren, hatte Théo geantwortet: «Ich liebe Hochzeiten, ich lasse mir keine Gelegenheit entgehen, um zu sehen, wovon ich verschont geblieben bin. Und jetzt 'ne Hochzeit hinter Gittern, stell dir mal vor...»
Das schönste Auto ist eindeutig das der Braut. Ein schneeweißer Chambord, den Hadouch extra gemietet hat, wobei ich im Laufe der Abwicklung dieses Geschäfts durchaus der Meinung war, der Mieter würde sich eine Kugel einfangen. «Nein, kein BMW», hatte Hadouch gesagt, «sieht so nach Zuhälter aus. Auch keinen Merce-

---

* s. «Im Paradies der Ungeheuer», rororo-Thriller 2922.

des, das ist was für Zigeuner. Nein, auch keinen 11er Citroën, nein, wir drehen doch keinen Film über die Gestapo, auch keinen Buick, das sind doch immer die Leichenwagen, es ist eine Hochzeit, verdammte Scheiße, keine Beerdigung – obwohl...» Das Ganze hatte Stunden gedauert, bis zu dem Moment, als: «Und der Chambord dort, kann man den mieten?» Und dann todernst: «Verstehst du, Benjamin, ein weißer Chambord, das paßt doch wenigstens zu Clara.»

Clara fährt hinter mir im weißen Chambord. Sie hat ihre Hand in die des alten Amar gelegt und mir erklärt, daß sie sie erst dann loslassen wird, wenn sie die von Clarence ergreift. (Clara und Clarence!... Gottogottogott!) Yasmina sitzt auf der anderen Seite, Hadouch fährt. Allein vorn, den Ellbogen zum Fenster raus, wie ein echter Chauffeur eines weißen Chambord. An der Spitze des Zuges fahren Julie und ich in ihrer gelben Ente, die fröhlich dahinrollt und ganz zufrieden ist, daß sie nicht abgeschleppt auf einem Polizeihof steht. Sie fühlt sich wie ein Knastologe auf Sonderurlaub. Außer Julius dem Hund haben wir niemanden an Bord genommen. Er thront auf der Rückbank, thront und trägt eine rosarote Schleife, die ihm der Kleine um seinen dicken Hals geknotet hat. Ich wollte mit Julie allein sein. Mit Rücksicht auf meine brüderliche Trauer hupt Julie nicht. Sie fährt mit jener Art von dynamischer Nonchalance, wie sie die emanzipierten Frauen in den zwanziger Jahren am Steuer langer Cabriolets zur Schau stellten. Sie ist schön, und ich habe meine Hand in ihr Dekolleté geschoben. Eine ihrer Brüste hat dort sofort ein Nest gebaut.

«Hab ich dir schon erzählt, daß ich mit A. S. Neill ein Interview in Summerhill gemacht habe, seinerzeit?»

Nein, das hat sie mir nie erzählt. Julie redet wenig über ihre Arbeit. Und das ist auch besser so, denn sie verbringt so viel Zeit damit, durch die Welt zu rasen, um ihre Artikel schreiben zu können; wenn sie mir dann auch noch was über das Wo und Wie erzählen wollte, bliebe das Leben außen vor.

«Na ja, und heute fällt mir ein, daß er über Saint-Hiver gesprochen hat.»

«Im Ernst? Saint-Hiver hat A. S. Neill in Summerhill besucht?»

«Ja, er war damals ein französischer Richter, der sich mit dem Ge-

danken trug, auf seine Hauptdelinquenten die Methoden anzuwenden, die Neill bei den Kindern anwandte.»
Mo der Mossi und Simon der Kabyle fahren Clara in einem Lieferwagen hinterher, in dem sieben aufgespießte Hammel auf das finale Lagerfeuer warten. Selbstverständlich kommen die Kreativknackis auf die Fete, ebenso ihre Aufpasser und vielleicht sogar die Bullen, die sie geschnappt haben; die Richter, die sie hinter Gitter gesteckt und die Anwälte, die sie so gut verteidigt haben. Die Grillspieße werden von einer halben Tonne Couscous begleitet.
«Was hielt A. S. Neill vom schönen Clarence?»
«Er fragte sich, ob sein Projekt gelingen würde. Ich glaube, er war skeptisch. Für ihn hing der Erfolg von dieser Art Einrichtung weniger von der Methode als von der verantwortlichen Person ab.»
«Jawohl, Madame, es gibt keine Pädagogik, es gibt nur Pädagogen.»
Julie lächelt mich aus den Augenwinkeln heraus an. Doch in ihrem Kopf fängt ein kleines Räderwerk zu rattern an. Diesen Gesichtsausdruck kenne ich gut. Die Schreiberin schnuppert etwas. Und sie schnuppert nicht irgend etwas! Julie ist in der Welt des Sozialen das, was die Königin Zabo im Universum des Papierwesens ist: Ein Scanner mit unersättlicher Neugierde und mit unfehlbaren Diagnosen.
«Trotzdem hätte ich eines gerne gewußt...»
«Ja, Julie?»
«Wie Saint-Hiver es angestellt hat, Chabotte sein Gefängnisprojekt schmackhaft zu machen. Erinnerst du dich an Chabotte? Er war damals Staatssekretär im Justizministerium; nichts wurde ohne ihn entschieden.»
Und ob ich mich an Chabotte erinnere... der Erfinder des Mopeds für zwei Zivis, von denen der hintere mit einem langen Knüppel bewaffnet war. Die meisten der ramponierten Köpfe, die sich in den siebziger Jahren bei uns zu Haus behandeln ließen, hatten wir Chabottes motorisierten Knüppeln zu verdanken.
«Einem Chabotte klarzumachen, daß man mit ein wenig Fingerspitzengefühl aus einem Landru einen Rembrandt macht, funktioniert bestimmt nicht so ohne weiteres.»
An dieser Stelle werfe ich ein:

«Ein Typ, der es mit sechzig Jahren schafft, Clara zu verführen, und sie innerhalb von fünf Minuten dazu bringt, im Taufbecken zu quaken, kann alle von allem überzeugen.»
Und als ob nichts wäre, füge ich noch hinzu:
«Zum Beispiel eine Julie Corrençon davon überzeugen, daß sie keinen Artikel über ein paradisierendes Gefängnis schreibt, obwohl sie schon ganz heiß darauf ist.»
Julie macht den Mund auf, um mir zu antworten, aber ein Sirenengeheul erstickt alles im Keim. Mit rausgestrecktem Hintern und hängendem Bauch hat uns soeben ein Motorradbulle überholt und gibt der Hochzeitsgesellschaft ein Zeichen, sich in den Graben zu stürzen, um das Wesentliche vorbeifahren zu lassen: Allem Anschein nach eine offizielle Limousine mit wunderlich getönten Scheiben, die den Horizont noch in derselben Sekunde erreicht, in der sie an uns vorbeifährt; ihr folgt ein weiterer Motorradbulle, der nicht weniger brüllt als der erste. Ein Markengast, grinse ich hämisch *in petto*.

«Nein!» hatte Saint-Hiver geantwortet, als Julie ihm geradeheraus die Frage gestellt hatte. «Nein! Sie dürfen keinen Artikel über uns schreiben!»
Seine Stimme hatte etwas von einer Brandschneise. Er fügte sogleich hinzu:
«Selbstverständlich ist die Presse frei, Mademoiselle Corrençon, und außerdem ist es meinem Charakter fremd, etwas zu untersagen.»
(Obwohl es verführerisch ist, he?)
«Aber stellen Sie sich vor, wenn Sie diesen Artikel schreiben würden...»
Seine Stimme flehte, es nicht zu tun.
«Stellen Sie sich vor, sie würden diesen Text veröffentlichen: *Eine künstlerische und kunsthandwerkliche Produktionseinheit im französischen Vollzugssystem*... irgend etwas in der Art, ich habe keine besondere Begabung für Titel (das stimmt!), so etwas nennen Sie doch einen Reißer, nicht wahr? Hinzu kommt, daß dieser Reißer ein Experiment betrifft, das ‹in› ist und das Imaginäre von heute kitzelt, nicht wahr?»

Ja. Julies Appetit war wohl gezwungen, das einzuräumen, doch.
«Schön. Was wird wohl in der darauffolgenden Woche nach dem Erscheinen Ihres Artikels geschehen?»
Julies Schweigen.
«Alle Soziogaffer werden uns im Visier haben, das wird geschehen! Die wohlmeinenden Journalisten werden über uns herfallen wie die Heuschrecken, um ihre Loblieder zu singen, und die anderen schreien, es würden öffentliche Gelder zum Fenster rausgeworfen! Ergebnis: Ein ideologischer Wettstreit! Kritiker aller Couleur werden meine Maler, meine Autoren und meine Komponisten unter die Lupe nehmen und mit dem vergleichen, was draußen geschieht. Resultat: Künstlerischer Wettstreit! Wahrscheinlich wird man unsere Produktion kommerzialisieren wollen: Ökonomischer Wettstreit! Manche meiner Pensionsgäste werden sich vom Pressetaumel hinreißen lassen: Narzißtischer Wettstreit! Nun, ich erinnere Sie nochmals daran...»
Nun fing er ganz leise an zu zittern...
«Ich erinnere Sie nochmals daran: Wenn diese Männer früher einmal getötet haben, dann geschah das genau deshalb, weil sie das Klima des allgegenwärtigen Wettbewerbs nicht ertrugen...»
Schweigen über den Tellern.
«Bringen Sie sie nicht in Versuchung, Mademoiselle Corrençon! Schreiben Sie nicht diesen Artikel, werfen Sie meine Pensionsgäste nicht in den Löwengraben!»
...
«Sie würden die Löwen töten.»

7

Rund um das Gefängnis von Champrond herum kleben Polizeiwagen wie Bonbons aneinander... Es scheint so, als tauche der Bau plötzlich aus einem Blechpanzer auf, in dem sich die alten Mauern wie in einem stehenden Gewässer widerspiegelten.
«Ich frage mich, ob wir überhaupt genug Hammelfleisch für alle haben», sage ich.

Julies Schweigen.
«Guck mal, sie haben im Innenhof schon das Feuer zum Grillen angezündet.»
Tatsächlich, aus dem Gefängnishof steigt eine schmale Rauchfahne auf, die sich im perfekt blauen Himmel zerfasert.
«Ich fürchte, die Hochzeit fällt aus», sagt Julie schließlich.
«Was sagst du da?»
Das Plop-Plop eines Hubschraubers bringt den Himmel über unseren Köpfen durcheinander. Ein roter Helikopter des Zivilschutzes, dessen Rotorblätter die Rauchfäden über dem Gefängnis zerschneiden. Er verschwindet irgendwo hinter den Mauern.
«Es muß etwas passiert sein.»
Julie deutet auf die Absperrung der Polizei. Absperrungen, Motorradbullen und Gendarmen mit Maschinenpistolen im Anschlag, ein Offizier mit vier silbernen Glorienscheinen, um das Orchester zu dirigieren. Er bewegt sich auf uns zu.
«Ein Commandant», sagt Julie und unterbricht den Kontakt.
Schweigen.
Die Rauchfahne dahinten hat sich von ihren Emotionen erholt. Sie zischt geradewegs dem Himmel entgegen. Weiter oben gönnt sie sich ein paar Spiralen. Der Commandant der Gendarmerie kommt näher und beugt sich zu uns hinunter. Seine Augenbrauen sind ebenso silbern wie seine Tressen.
«Sie sind die Braut?»
Wie er Julie einfach so die Frage stellt, wirkt es eher komisch. Das ist meine Braut, Pfoten weg! Doch der Blick unter den Augenbrauen quillt über vor Beleidsbezeigungen. Zum Lachen ist jetzt nicht der richtige Augenblick. Ich springe aus dem Wagen, um Clara abzufangen. Zu spät.
«Ich bin die Braut, Monsieur.»
Plötzlich steht sie einfach vor ihm, als sei sie in ihrem weißen Kleid vom Himmel gefallen, ihre Hand in Amars Hand. Der Commandant sucht nach Worten.
«Ist etwas passiert?»
Ein ungewisses, sehr höfliches Lächeln zittert auf Claras Lippen. Hadouch, Mo und Simon lösen sie ab:
«Gibt's ein Problem?»

Das ist nicht unbedingt eine Frage, die zu ihnen paßt. Eher ein kultureller Automatismus. Uniformen erleichtern ihnen höchst selten das Leben.
«Bitte, Monsieur», sagt Clara, «antworten Sie mir!»
In der Stimme dieser Braut liegt mehr Autorität als in allen Uniformen, Absperrgittern, Maschinenpistolen, Motorrädern, als in dieser ganzen Streitmacht, die da aufmarschiert ist.
«Monsieur de Saint-Hiver ist verstorben», sagt der Commandant.
Und er wiederholt es dreimal hintereinander. Er verheddert sich. Er wollte die unangenehme Aufgabe nicht einem seiner Untergebenen überlassen. Er wäre jetzt lieber einer von ihnen. Er wäre lieber ein Motorrad.

Clara hat Amars Hand losgelassen.
«Ich will zu ihm.»
«Das ist vollkommen unmöglich.»
«Ich will zu ihm.»
Obwohl es ihm aus genetischer Sicht unwahrscheinlich erscheint, fragt der Commandant den alten Amar:
«Sind Sie der Vater?»
Worauf ihm Amar eine seiner ihm eigenen Antworten gibt:
«Sie ist meine Tochter, aber ich bin nicht ihr Vater.»
«Man muß es ihr erklären...» sagt der Commandant.
«Clara...»
Jetzt bin ich es, der redet. Ich rufe ihren Namen so leise wie möglich, wie wenn man einen Schlafwandler aufweckt:
«Clara...»
Sie wirft mir exakt denselben Blick zu wie diesem alten Haudegen mit den silbernen Augenbrauen. Sie wiederholt:
«Ich will zu ihm.»
Und ich, der ich sie in die Welt geholt habe, ich weiß, daß sie nichts anderes sagen wird, solange sie Clarence nicht gesehen hat.
Schon kommen die Kinder angelaufen, auf der Straße im Sonnenlicht.
«Simon, sag den Kindern, sie sollen wieder ins Auto steigen, und die andern sollen sich ruhig verhalten!»

Simon befolgt Hadouchs Anweisung, wie er es immer getan hat: ohne zu zögern.
«Wer führt außer Ihnen hier das Kommando?»
Das Fallschirmspringerabzeichen des Commandant, das an seiner Uniform steckt, wirft mir einen beleidigten Blick zu.
«Ich bin ihr Bruder», sage ich, «ihr älterer Bruder.»
Der Kopf des Commandant gibt ein Zeichen, daß er kapiert hat.
«Ich muß mit Ihnen reden», sagt er knapp.
Er schiebt seine Hand unter meinen Arm und zieht mich beiseite.
«Hören Sie mir gut zu, älterer Bruder...»
Er redet sehr schnell.
«Saint-Hiver ist ermordet worden, man hat ihn gefoltert, massakriert, um es ganz genau zu sagen. Er ist absolut nicht mehr zu erkennen. Wenn ihre Schwester dorthin geht, wird sie das nicht überleben.»
Die Absperrung der Polizei öffnet sich vor uns. Ein Presseauto rauscht an uns vorbei und schießt nach Paris. Der ewige Bolide der schlechten Nachrichten.
«Und wenn Sie das Foto in den Zeitungen sieht, daran wird sie nicht sterben? Der ganzen Welt wollen Sie es zeigen, aber ihr nicht?»
Schweigen. Wir sehen Clara an. Hadouch und Mo stehen ein wenig abseits. Amar sitzt wieder im weißen Chambord. Clara hat die Sonne über ihrem Kopf angehalten.
«Wenn Sie sie loswerden wollen, müssen Sie sie einlochen.»
All diese Worte wurden nur geflüstert. Unbewegliche Worte. Unbewegliche Hochzeitsgesellschaft im Packeis der Kornfelder; unbewegliche Uniformen, unbewegliches Gefängnis, das mir nun zum erstenmal massiv vorkommt; unbewegliche Luft, durch die die Rauchfahne eine vertikale Linie zieht. Der Künstler mit sicherer Hand: eine unerbittliche Vertikale. *Der Tod ist ein geradliniger Prozeß...*
«Es gab eine Revolte», sagt der Commandant, «wir können das Gefängnis nicht betreten.»
Doch die Ruhe um uns herum ist so groß, daß ich denke: Wenn es eine Revolte gegeben hat, muß man ihr aber einen ordentlichen Knebel verpaßt haben.

«Nicht das kleinste Rumoren einer Revolte», sage ich.
Dann, noch dichter an der Uniform, sofern das möglich ist:
«Was ist passiert? Die Gefangenen haben Saint-Hiver massakriert?»
Ein eiliges Verneinen seitens der vier Silberstreifen.
«Das ist so nicht richtig.»
«Was heißt das, so nicht richtig? Haben sie ihn nicht richtig massakriert?»
Die Geduld des Commandant entspricht dem Bild der Braut, die allein unter dieser runden Sonne steht. Womöglich hat er eine blonde Tochter in Claras Alter – irgendwie so was –, die auch morgen heiraten muß... einen Untersuchungsrichter z. B....
«Ich bitte Sie, Sie müssen Ihre Schwester unbedingt davon überzeugen, daß es besser ist, wieder nach Hause zu fahren.»
Durch die Windschutzscheibe ihrer Ente sieht Julie mir zu, wie ich verhandele. Julie ist nicht aus dem Auto gestiegen. Julie ist nicht zu Clara gegangen, um ihr beizustehen. Julie kennt Clara genauso gut wie ich. ‹Alles, was Clara entscheidet, Benjamin, mach dir da keine Illusionen, entscheidet sie allein.›
«Meine Schwester hat beschlossen, Saint-Hivers Leichnam zu sehen.»

Hinter dem Commandant der Gendarmerie schlägt eine Wagentür zu. Sie schlägt laut zu. Ein Typ, so lang wie ein Weberknecht, kommt mit schnellen Schritten auf uns zu. Immer taucht es urplötzlich auf, das unverhoffte Wesen, das die Situation entspannen wird... Eben jenes aber geht an uns vorbei, am Commandant und mir, ohne uns eines Blickes zu würdigen, geht so dicht an Clara vorbei, daß man das Gefühl hat, es würde durch sie hindurchgehen; schließlich pflanzt es sich vor Hadouch auf:
«Aber das ist ja Ben Tayeb! Du gehörst zur Hochzeitsgesellschaft, Ben Tayeb?»
Ohne die Antwort abzuwarten, deutet der Weberknecht auf Mo und Simon.
«Machen dein Mossi und dein Kabyle neuerdings auf Christen?»
Worauf Simon einfältig lächelt. Eine Lücke klafft zwischen seinen

Schneidezähnen. Die Legende besagt, daß durch diese Lücke der Wind des Propheten weht. Und die Geschichte sagt, daß jener Wind schon mehr als eine Festung entwurzelt hat. Hadouch kennt Simons Lächeln.
«Wir rühren uns nicht vom Fleck, Simon, wir sagen: ‹Guten Tag, Monsieur l'Inspecteur!›»
Simon rührt sich nicht. Er sagt:
«Guten Tag, Monsieur l'Inspecteur!»
Auch sein Lächeln muckst sich nicht.
«Berthier! Clamard!» ruft der Inspecteur.
Zwei weitere Türen schlagen. Berthier und Clamard. Ein Köpfchen kleiner als ihr Chef, aber einen ähnlich komischen Gang. Die dressierten Affen aus der Hierarchie-Boutique.
«Erlauben Sie, Commandant?» schreit der Weberknecht von weitem. «Belleville kommt hierher zu mir, in mein Gebiet, meinen Broterwerb, meinen Daseinsgrund – also packe ich die Gelegenheit beim Schopf und arbeite ein bißchen!»
Der Commandant antwortet nicht. Er mißbilligt schweigend. Der ewige Konflikt innerhalb der Polizei zwischen dem Straßen- und dem Kampfanzug. Der Weberknecht läuft jetzt die Wagenkolonne ab. Ein Auto pro Satz. Einen Schlag mit der flachen Hand auf jedes Autodach. Bum!
«Alle Mann raus! Personalien überprüfen!»
«Vielleicht finden wir ja sogar noch 'ne geklaute Handbohrmaschine», feixt einer der dressierten Affen, als er am Commandant vorbeigeht.
All diese Menschlichkeit, die im Zeitlupentempo aus den Automobilen steigt, die sich in die Kornfelder gezwängt haben; dieser lange Typ, der die Wagenkolonne entlangläuft und inmitten einer kosmischen Ruhe auf jedes Dach schlägt (bum! bum!). Die Erde ist durch eine zu gerade Landstraße in zwei gelbe Zonen geteilt. Und diese Braut, die unter einer zu runden Sonne steht. Eigentlich fehlt nur noch die Stimme des Herrn...
Da geht mit einemmal die Stimme des Herrn auf das Spektakel nieder. So daß die Ähren erzittern.
«Inspecteur Bertholet, lassen Sie diese Leute in Frieden und steigen Sie wieder in Ihren Wagen!»

Die Stimme hat den Weberknecht in dem Moment gepackt, als er die Hand schon erhoben hat, um auf das Dach des Autos zu schlagen, in dem die Kinder sitzen. (‹Ich hab gedacht, der Blitz hätt ihn am Boden festgepappt›, wird Jérémy wenig später sagen.)
Der Gott mit der knackigen Stimme tönt aus den Polizeimegaphonen.
«Sie haben in diesem Gefängnis eine Revolte ausgelöst, genügt Ihnen das noch nicht?»
Inspecteur Bertholet kennt diese Stimme gut.
«Brauchen Sie draußen auch noch einen Tumult?»
Sie kündigt ihm öffentlich das Ende seiner Karriere an.
Während Inspecteur Bertholet in seine Hütte zurückschleicht, steigt Gott in Fleisch und Blut aus seinem Dienstwagen, welchselbiger kurz zuvor die Hochzeitsgesellschaft überholt hat, vorne ein Engel, hinten ein Engel.
«Guten Tag, Monsieur Malaussène, anscheinend geraten nur Sie in solche Situationen.»
Die fettige Locke auf der sehr weißen Stirn, ein flaschengrüner Anzug, darunter ein mit kaiserlichen Bienen besticktes Gilet, die Hände auf dem Rücken verschränkt und den Bauch vorgestreckt – das ist Commissaire divisionnaire Coudrier, der Chef des alten Thian, dem ich in meinem Leben schon öfters begegnet bin, jawohl, und der, als guter himmlischer Bulle, viel mehr über mich weiß als ich selbst.
«Das ist Ihre Schwester Clara, nehme ich an?»
Clara steht noch immer in der Sonne.
«Arme Kleine.»
Und der Commissaire divisionnaire Coudrier blickt auch genauso drein, als denke er, daß diese Braut, die das gewöhnliche Grauen des Lebens auf dieser Landstraße wie angewurzelt dastehen läßt, nichts anderes als eine «arme Kleine» sei.
«Sie will unbedingt zu Saint-Hiver, Monsieur le Divisionnaire», mischt sich der Commandant ein.
«Selbstverständlich.»
Der Commissaire divisionnaire schüttelt schmerzbewegt den Kopf.
«Dem steht nichts im Wege, Monsieur Malaussène, es sei denn der

Zustand des Opfers. Monsieur de Saint-Hiver ist kaum vorzeigbar.»
Ein erneuter Blick auf Clara:
«Aber ich nehme an, man wird sie nicht davon abbringen können.»
Dann, nach einem tiefen Atmen:
«Gehen wir.»

Zwei Gendarmen schoben die Gitter auseinander und zerstörten die Ruhe.
Ich hielt Claras Arm. Sie riß sich los. Sie wollte allein gehen. Allein voran. Sie kannte den Weg zu Saint-Hivers Gefilden. Coudrier und ich brauchten ihr nur zu folgen. Wir folgten. Es war, als würde eine junge Braut die Parade der Gendarmerie nationale abnehmen. Die Gendarmen standen aufrecht und hielten die Köpfe gesenkt. Die Gendarmen beweinten den Schmerz der Braut. Es schneite auf die französische Gendarmerie. Dann durften die Kollegen von der Bereitschaftspolizei, Gewehr bei Fuß, zusehen, wie die Braut durch ihre Reihen ging. Sie, die gekommen waren, um auf die revoltierenden Gefangenen munter draufloszuprügeln, sie spürten jetzt, wie das Herz in ihrem Helm schlug. Die Braut sah weder die einen noch die anderen an. Die Braut fixierte das hohe, graue Tor. Das Tor öffnete sich von allein und gab den Blick frei auf den Ehrenhof des Gefängnisses. In der Mitte des Hofes siechte zwischen umgekippten Stühlen ein Flügel langsam dahin. Eine gerade Rauchsäule sandte es gen Himmel. Die Schirmmützen der Wärter fielen zu Boden, als die Braut vorüberging. Einige Schnurrbärte zitterten. Ein Handrücken zerdrückte eine Träne. Die Braut glitt jetzt durch die Gänge eines Gefängnisses, das so ruhig war, daß man glauben konnte, es sei leer. Weiß und einsam schwebte die Braut wie eine Erinnerung der alten Mauern dahin; die Möbel um sie herum schienen schon immer umgekippt, die zerrissenen Fotos verstreut auf dem Boden gelegen zu haben (ein Flötenspieler mit geneigtem Kopf; die Faust eines Bildhauers, die sich um den eisernen Meißel krallt; ein Papierkorb, der überquillt vor erstaunlich sauberen Entwürfen – enge Schrift, mit dem Lineal durchgestrichene Stellen). Sehr alte Fotos. So lief die

Braut schwebend und schweigend die Gänge entlang, kletterte Wendeltreppen empor, spukte durch Galerien, bis sie schließlich vor der Tür, dem Ziel ihrer Reise stand, wo ein alter Wärter mit geröteten Augen und zitternden Händen versuchte, sie aufzuhalten:
«Bitte nicht, Mademoiselle Clara...»
Aber sie stieß den Wärter zur Seite und ging hinein. Dort gab es Männer in Lederjacken, die Maße notierten, andere, die mit einem kleinen Pinsel zwischen den Spitzen ihrer behandschuhten Finger Millimeter wischten. Es gab einen leichenblassen Arzt, und es gab einen betenden Priester, der sich aber plötzlich erhob und sich mit seiner grell leuchtenden Albe, dem ausgebreiteten Meßgewand und der verrückten Stola zwischen die Braut und das stellte, was zu sehen sie beschlossen hatte.
Sie stieß den Priester noch weniger behutsam als den alten Wärter zur Seite und stand dann allein, diesmal vollkommen allein vor einer zerstörten Form. Dieses Etwas war verbogen, erstarrt. Der Körper zeigte seine Knochen. Dieses Etwas hatte kein Gesicht mehr. Aber es schien noch zu schreien.
Die Braut betrachtete lange das, was zu sehen sie herkommen war. Keiner der anwesenden Männer wagte auch nur zu atmen. Dann machte die Braut eine Handbewegung, deren Geheimnis sie alle, Arzt und Priester eingeschlossen, bis ans Ende ihrer Tage nicht enträtseln werden. Sie hielt plötzlich vor ihrem Auge einen kleinen, schwarzen Fotoapparat, der – weiß der Himmel, wie – aus dieser ganzen Weißheit aufgetaucht war. Sie fixierte noch eine Sekunde lang die zu Tode gemarterte Leiche, dann hörte man das Knistern eines Blitzes und sah einen Lichtschein von Ewigkeit.

III. Um Clara zu trösten

> «*Und was werden Sie nun tun,
> Monsieur Malaussène?*»
> «*Clara trösten.*»

8

Ach ja? Und wie, guter Mann, denkst du dir das, bitte schön, Clara zu trösten? Du wolltest diese Hochzeit doch kein bißchen! Welche Argumente fallen dir denn jetzt ein, he? Rück ruhig raus mit der Sprache... Diese tiefe Erleichterung, die du trotz deiner selbst verspürst (denn im Grunde bist du doch erleichtert, Benjamin, tief im Innern, nicht wahr? Bist du nicht ein bißchen erleichtert?) – wie willst du das vor ihr verbergen? Diesmal dreht es sich nicht darum, daß du dir für einen publikationsbedürftigen Riesen einen kleinen Trick ausdenkst... das da ist was anderes, das, das ist Schmerz, der echte, überlebensgroße, es ist der unsagbare Schmerz, eine himmlische Sauerei mit all ihren Raffinessen, o Herr! Wäre Saint-Hiver einfach so gestorben, an einem Herzschlag am Tage seiner Hochzeit, an einer Überdosis Glück in den Herzkranzgefäßen, vom Gefühl überfüttert, etwa so wie jemand, der an Magenverstimmung stirbt, mit einem seligen Lächeln, okay, dann wär's ganz schön einfach... Aber hier? He? Hier? Wie soll man das anstellen? Wie peinlich genau sein Tod es doch mit ihm genommen hat, dem verstorbenen künftigen Schwager! Eine Folter nach allen Regeln des Schreckens, die Folter der Folterungen. Es bleibt nicht einmal der Trost zu sagen: Saint-Hivers letzter Gedanke galt Clara... Sein letzter Gedanke wird gewesen sein, es möge aufhören, und der vorletzte auch, es möge nachlassen, man möge ihn erlösen. Die Typen, die ihm das angetan haben, waren das Gegenteil von zimperlich... Und du, du willst jetzt Clara trösten, war es nicht so? Clara, die sich nach der Rückkehr von der hübschen Hochzeitsfeier sofort in ihr Fotolabor eingeschlossen hat, ganz allein unter ihrer roten Lampe, um den Märtyrer zu entwickeln, in Echtzeit. Das Haus schläft schon lange, und sie unterdrückt ihren Schlaf. Das ist ihre Art, ihren Mann zu begleiten, nehme ich an, um begreifen zu können, was man ihm angetan hat, um ihm beizustehen, ihm, der während der ganzen Zeit, die es gedauert hat, so allein war, so verlassen, so *desolat* – wie man vorzeiten sagte, als man von der Einsamkeit des Steines sprach... denn die Folter besteht nicht nur darin, weh zu tun, sie besteht auch darin, ein Wesen immer trauriger zu machen, bis es sich sehr weit von der Gattung Mensch entfernt hat, bis es nichts mehr mit ihr gemein hat. Brüllende Einsamkeit. Vielleicht empfand Saint-Hiver Schmerz an dem Punkt, an dem er daran dachte, daß nicht einmal der Tod ihm Erleichterung bringen würde... Und du, du willst Clara trösten, die das alles verstanden hat, Tropfen für Tropfen im Laufe ihrer langen, roten Nacht... lange nachdem Amar gegangen war.

«Wird es gehen, mein Junge?»

«Es wird gehen, Amar.»

«Kann Yasmina irgend etwas tun?»

«Sie soll das Kleid mitnehmen, sie soll es ihr geben, sie soll damit machen, was sie will...»

«Einverstanden, mein Sohn. Kann Hadouch was für dich tun?»

«Den Chambord zurückbringen und mich für den Ausflug entschuldigen.»

«Gut, mein Sohn, und ich, kann ich irgendwie helfen?»

«Amar...»

«Ja, mein Sohn?»

«Amar, ich danke dir.»

«Laß gut sein, mein Sohn, *in niz beguzared*, auch das wird vorübergehen...»

Gewiß, gewiß, aber es gibt Dinge, die dauern trotzdem weniger lang als dieser Vorgang in der Dunkelkammer. Die Kinder schlafen, die Lichter sind aus, in meinem Bett liegen zerwühlte Laken, eine rote Funzel im Fotolabor... Was bleibt, um Clara zu trösten, wenn sie wieder ans Tageslicht kommt? Denkst du vielleicht, du könntest in dieser trostlosen Öde wieder irgend etwas anpflanzen, Malaussène? Dein gefühlsmäßiger Optimismus ist wirklich zum Kotzen... Ein Schuß brüderliche Liebe drüber, und das war's dann, so denkst du dir's doch? Im Grunde genommen läuft dir doch bei dem Gedanken, Clara zu trösten, das Wasser im Mund zusammen, hab ich recht? Und je härter es sein wird, desto besser, stimmt's? Los, gib's zu! Denn man hat sie ja so sehr für sich behalten wollen, seine kleine Schwester, daß es jetzt, wo man sie hat, doch schade wäre, wenn man das nicht ausnutzen würde...

Und so weiter, die ganze Nacht hindurch, bis zu diesem famosen Telefonanruf.
«HALLO!» (Ein verrostetes Brüllen: Die Königin Zabo.)
Sie hat so laut geschrien, daß es mich hingesetzt hat.
«Eine Spur leiser, Majestät, ich habe eine vielköpfige Familie, die um mich herum schläft.»
«Um diese Zeit?»
Tatsächlich, schon zehn Uhr morgens, und Julie ist schon weg.
«Kein Auge zugemacht, Majestät, ich dachte, es sei kurz vor Sonnenaufgang.»
«Schlaflosigkeit ist eine Illusion der Faulenzer, Malaussène, man schläft im Leben immer mehr, als man glaubt.»
Da haben wir's... die Art, wie sie immer wieder den Dialog in Gang bringt: prompter Service. Hab an dem Morgen keine Lust, Pingpong zu spielen.
«Mir scheint, wir haben uns beim letztenmal alles gesagt, nicht?»
«Keineswegs, Malaussène, ich habe noch etwas hinzuzufügen.»
«Und das wäre?»
«Mein Beileid.»
Mein Gott, Beileid! Richtig, zum Nachtisch muß man sich ja auch noch das Beileid reinziehen.
Aber wieso weiß sie eigentlich davon?
«Der Tod macht schnell seine Runde, Malaussène. Die Flügel der Zeitungen! Sie breiten sich jeden Morgen auf meinem Schreibtisch aus.»

Hab absolut keine Lust zu quatschen.
«Und gibt's außer dem erschütternden Ausdruck ihres Kummers sonst noch was, Majestät?»
«Entschuldigungen, Malaussène.»
(Wie bitte?)
«Ich muß mich bei Ihnen entschuldigen.»
Es muß das allererste Mal sein, daß sie diesen Satz ausspricht. Daher meine stumme Verwunderung.
«Ich habe Sie überstürzt rausgeworfen, und ich entschuldige mich dafür. Loussa hat mich bei seiner Rückkehr darüber informiert. Über die Sache mit Ihrer Schwester, meine ich. Diese Hochzeit, die Sie geplagt hat...»
(‹die Sie geplagt hat...›)
«Sie waren deprimiert, Malaussène, und ich habe noch nie jemandem wegen nervlicher Depression gekündigt.»
«Sie haben mich nicht rausgeworfen, ich bin zurückgetreten.»
«Wie jemand, der sich umbringt, ja.»
«Es handelte sich um einen reiflich überlegten Entschluß!»
«Sprechen Sie in Ihrem Fall niemals von Reife, mein Junge! Nicht einmal ein schlimmer Finger könnte an Ihnen reifen, und ein Entschluß erst...»
(Da haben wir den Salat schon wieder!)
«Sie müßten wissen, daß man in Ihrem Alter niemals seinen Rücktritt erklärt. Man scheidet mit einer Abfindung aus, mit einer hohen – das heißt Reife, Malaussène!»
«Einverstanden, Majestät, sagen wir zwei Jahresgehälter, okay?»
«Kommt überhaupt nicht in Frage, von mir bekommen Sie keinen müden Franc. Aber ich mache Ihnen einen anderen Vorschlag.»
Akzeptiere niemals einen Vorschlag der Königin Zabo!
«Hören Sie...»
«Hören Sie lieber mal zu, Malaussène, der Vormittag ist schon reichlich fortgeschritten! Doch zunächst folgendes: Jedesmal, wenn Sie sich von mir entfernen – im letzten Jahr, als Sie krankgefeiert haben und vorgestern abend, nachdem Sie mir Ihren sogenannten Rücktritt erklärt haben –, sind Sie Opfer von unkontrollierbaren Schwierigkeiten, eines Horrorstrudels, hab ich recht oder nicht?»
(So gesehen hat sie eher recht, das muß man zugeben...)

«Zufall, Majestät.»
«Zufall, daß ich nicht lache! Wenn Sie den Talion Verlag im Stich lassen, dann hüpfen Sie aus Ihrem Nest, und das Leben schlägt Ihnen voll ins Gesicht.»
Komisches Bild: ein Verlag als Nest. Ein Verlag, das sind in erster Linie Flure, Winkel, Stockwerke, Erdgeschosse und Treppenverschläge, der unentrinnbare Destillationsapparat des Schaffens: Der Autor betritt das Haus durch das Hauptportal, am ganzen Körper zitternd vor neuen Ideen, und hinten kommt er in Bänden wieder raus, in irgendeinem Vorort, einer Lagerhalle, einer rattenfreien Kathedrale.
«Hören Sie mir zu, Malaussène? Gut. Jetzt was anderes. Daß Sie nicht mehr den Sündenbock spielen wollen, kann ich verstehen. Ich habe die ganze Nacht darüber nachgedacht und bin einverstanden. Sie können nicht ewig für andere den Kopf hinhalten. Sie sind weder Christ noch Masochist, nicht einmal ausreichend käuflich. Deshalb schlage ich Ihnen etwas anderes vor.»
An dieser Stelle höre ich, wie ich sage:
«Und was ist das, Majestät, was Sie mir vorschlagen?»
Oh! Selbstverständlich habe ich die nötige Portion Ironie in diese Frage gelegt, ein langgestrecktes «Phhh!», aber sie hat sich nicht irreführen lassen. Sie hat einen Siegesschrei ausgestoßen:
«Liebe, mein Junge! Ich schlage Ihnen die Liebe vor!»
(Liebe? Ich habe Julie, ich hab die Kinder, ich hab Julius...)
«Damit wir uns richtig verstehen, mein Kleiner, ich rede nicht vom Bett, geschweige denn von den wenigen einfachen Gefühlen, die Ihr zweideutiger Charme hier und da hervorrufen kann, ich biete Ihnen DIE LIEBE schlechthin an, alle LIEBE der Welt!»
Sie lacht sich krank. Ich höre es bis hierher, wie sie sich zwischen den Wörtern kranklacht, aber die Wörter an sich sind ernsthaft. Irgend etwas läßt der Königin Zabo keine Ruhe, und dieses Irgendetwas hat mit mir zu tun. (DIE LIEBE schlechthin bedeutet MISSTRAUEN.)
«Nun, was halten Sie davon? Vom Haß schnurstracks zur Liebe – wenn das kein Aufstieg ist?»
«Im Augenblick brauche ich nur einen Kaffee, Majestät, einen guten türkischen Kaffee, voller Liebe und schön stark.»

«Kommen Sie her und trinken Sie ihn hier!»
Diese Einladung ist wie der Anschlag des Anglers, der glaubt, daß er seinen Fisch am Haken hat.
«Tut mir leid, Majestät, aber den ersten irdischen Kaffee des Tages, den werde ich mit einem Commissaire divisionnaire trinken. Heute vormittag um Punkt elf im Gebäude der Kripo.»

Kein bißchen gelogen. Aber bevor ich mich auf den Weg zu Commissaire divisionnaire Coudrier begeben habe, bin ich zu den Kindern hinuntergegangen und habe mir meinen eigenen Kaffee gekocht, in meinem eigenen Kaffeekännchen, dem türkischen mit dem langen Stiel, das mir Stojilkovic früher mal aus seinem Dorf Imotsky mitgebracht hatte. Übersetzt er immer noch friedlich Vergil in Saint-Hivers Knast, unser Onkel Stojil? Mir scheint, daß seit der Gefängnisrevolte und der Ermordung des Chefs ein komischer Wind durch die Seiten seines Gaffiot* weht.
Den Kaffee aufkochen lassen und wieder runterdrehen, wieder aufkochen lassen, samtig gold, und wieder runterdrehen – dreimal: türkischer Kaffee. Man trinkt ihn ohne Hast, mit den Lippen, nachdem sich der Satz am Boden der Tasse abgesetzt hat. Dann reicht man die ausgetrunkene Tasse Thérèse, die sie auf die Untertasse kippt und in den braunen Strömen das Tagesprogramm liest.
«Man wird dir heute zwei Vorschläge machen, Benjamin. Einen davon mußt du akzeptieren und den andern ablehnen.»
Jérémy und der Kleine sind in der Schule, Julie strolcht in der Gegend herum, der alte Thian spaziert mit Verdun über den Père-Lachaise. Thérèse ist noch da, den Sternen treu, und Clara...
«Thérèse, und Clara?»
«In ihrem Zimmer, Benjamin.» Yasmina ist wieder da.
Wer sagt, Arabisch sei eine gutturale Sprache, die trockene Stimme der Wüste, das Rascheln von Sand und Gestrüpp? Arabisch ist auch die Sprache der Taube, sind die fernen Versprechen der Brunnen. Yasmina gurrt: ‹Oua eladzina amanou oua amilou essalahat...›
Yasmina hat sich auf den Hocker von Thian, dem Erzähler, gesetzt:

* Gaffiot: alter Latein-Französisch-Dictionnaire

‹*Lanoubaouanahoum min eljanat ghourafan...*› Yasminas Hintern hängt über, und aus Yasminas Kropf fließt der Klagegesang, ein Elogium auf Clarence, den toten Prinzen. Zum erstenmal wird die junge Witwe schläfrig. Tatsächlich, Clara ist eingeschlafen. Kein Lächeln. Auch der Friede ist noch nicht wieder eingekehrt, aber immerhin schläft sie; ihre Hand ruht in Yasminas... ‹*Tajri min tahtiha ellanhar halidjin fiha...*›
«Julius, kommst du?»
Julius der Hund hat die ganze Nacht vor der Tür des Fotolabors Wache gehalten. Jetzt ist es gut, Clara schläft. Julius der Hund steht auf und folgt mir.

Der Unterkiefer ist herausgerissen und liegt auf der Brust. Der Oberkiefer mit seinem Kranz von ausgeschlagenen Zähnen schreit auf der Titelseite sämtlicher Morgenzeitungen. Das rechte Auge hängt wie ein Pendel am Eingang der Augenhöhle. DIREKTOR EINER MODELLVOLLZUGSANSTALT VON SEINEN GEFANGENEN MASSAKRIERT. Der ganze Körper krallt sich in den Raum. OPFER SEINER EIGENEN NACHGIEBIGKEIT? Die Beine in die andere Richtung geknickt: ein toter Reiher. AMNESTIE? SAGTEN SIE AMNESTIE? Die schöne weiße Locke ist verschwunden. Zusammen mit der Kopfhaut. SCHLIMMER ALS MÖRDER! Und die Farbe... dem Himmel sei Dank für den Vierfarbendruck! DAS GEFÄNGNIS DES GLÜCKS WAR DAS DES HASSES. Der vielköpfige Metrofahrer nickt, natürlich, der Arme, er nickt brav. Und er hat seine Zweifel. Weshalb sind solche Dinge möglich? WIE IST DAS MÖGLICH? Es gibt diese Morgen, an denen die Leute in der Metro, einfach so, ihre Schlagzeilenfeste haben.

> *Für diejenigen, die geglaubt haben*
> (sang Yasminas Stimme),
> *die gute Taten vollbracht haben.*
> *Für sie werden wir sorgen,*
> *auf daß sie immer in unserem Garten bleiben...*
> *(So sang Yasmina, deren Stimme*
> *an klare Bäche erinnerte,*
> *die unter riesigen Sälen dahinflossen...)*

9

«Kaffee?»
Das Büro des Commissaire Coudrier ist ein altes Erinnerungsstück, dessen Möbel unverändert geblieben sind. Empire vom Fußboden bis zur Decke, inklusive der Bibliothek und des ganzen Nippes zum Ruhm des kleinen Korsen. Empire bis hin zu meinen Fingerspitzen, die eine Kaffeetasse halten, in die ein kaiserlich großbuchstäbliches «N» geprägt ist.
«Ich glaube mich zu erinnern, daß Sie ein Kaffeeliebhaber sind.»
Das stimmt. Und ich, ich glaube mich an den Kaffee von Elisabeth, Commissaire Coudriers Sekretärin auf Lebenszeit, zu erinnern: kein bißchen türkisch, nichts Samtiges. Es ist eine Mischung aus Nitroglycerin und Schwarzpulver, die Ihnen Elisabeth ohne die geringste Vorsicht von oben, von ihrer Magerkeit herab in Ihre Tasse schüttet.
«Danke, Elisabeth.»
Und Elisabeth verschwindet, wortlos wie immer, durch die antike Ziehharmonikatür, die den Commissaire vom Rest der Republik isoliert. Sie hat die Kaffeekanne zurückgelassen; diese steht auf einem Silbertablett neben dem Maroquin, denn die Unterhaltungen mit Commissaire divisionnaire Coudrier können lange dauern.
«Gut, fassen wir zusammen, Monsieur Malaussène.»
Mit dem Fuß betätigt er den Dimmer der Lampe und verringert die Helligkeit – so als würde er den Ton leiser drehen. Die Vorhänge bleiben bis zum Anbruch der Nacht zugezogen; selbst das Halbdunkel im Büro des Commissaire Coudrier ist kaiserlich grün.
«Vor zwei Jahren – unterbrechen Sie mich, falls ich mich irre – waren Sie als Sündenbock in einem großen Kaufhaus angestellt, in dem sich Bomben überall dort zur Explosion anschickten, wo Sie vorbeikamen. Alle Indizien sprachen gegen Sie, und dennoch waren Sie unschuldig. Irre ich mich?»
(Nein, nein.)
«Vorzüglich. Im letzten Jahr tötet man in Belleville einen meiner Polizeibeamten, schneidet den alten Damen des Viertels die Kehle durch und pumpt die Rentner der Hauptstadt auf Teufel komm raus mit Drogen voll. Ihre Freundin Julie Corrençon wird Opfer eines

Mordversuchs, zu dem erschwerend Mißhandlungen von seltener Grausamkeit hinzukommen. Und bei jedem dieser Delikte kann man die Verdachtsmomente nicht mehr zählen, die auf Sie hinweisen. Sie werden zur lebenden Anthologie der Mutmaßungen. Und dennoch...»
(Nun ein Blick in Form von Auslassungspunkten:...)
«Sie sind nicht nur unschuldig, Sie sind sogar – wenn ich das so sagen darf – die Unschuld in Person.»
(Die Unschuld liebt meine Person.)
«Und gestern nun teilt man mir die besonders abscheuliche Ermordung eines Gefängnisdirektors mit; ich schicke einen meiner Untergebenen an Ort und Stelle, der gleich eine Meuterei provoziert, indem er zu Beginn des Spiels die Gefangenen beschuldigt. Also begebe ich mich selbst dorthin, um die Dinge wieder ins Lot zu bringen.
Und wem begegne ich dort, als ich gerade dabei bin, mich wieder auf den Rückweg ins Büro zu machen?»
(Mir.)
«Ihnen, Monsieur Malaussène.»
(Sag ich doch...)
Einen kleinen, nachdenklichen Schluck Kaffee, dann zieht er ein anderes Register:
«In der ganzen Zeit, seit wir uns kennen, glaube ich beobachtet zu haben, daß Sie sehr an Ihrer Schwester Clara hängen.»
(Tja, wo man halt so hängt...)
Der Commissairekopf nickt bedächtig.
«Es dürfte Sie nicht gerade entzückt haben, daß sie Saint-Hiver heiraten wollte?»
(Ach, so sieht's aus...) Ich spüre, wie meine feinen Nerven kribbeln.
«Nicht unbedingt, nein.»
«Das verstehe ich.»
Das Licht wird um einen weiteren Halbton schwächer.
«Ein Gefängnisdirektor...»
Seine Stimme hat sich deutlich ausgedrückt, keine Frage.
«Beinahe sechzig Jahre alt...»
Da schenkt er mir ein nostalgisches Lächeln.

«Ebenso könnte man eine Kommunikantin einem Commissaire divisionnaire kurz vor der Rente überantworten.»
(Was soll man in solch einem Fall tun? Höflich lächeln oder ein Zertifikat ausstellen, daß er noch ganz gut in Schuß ist?)
«Entschuldigen Sie, ich treibe Schabernack mit Ihnen. Noch ein wenig Kaffee?»
(Ja, noch einen kleinen, ordentlich schwarzen Kaffee, um einen klaren Kopf zu behalten.)
«Weshalb haben Sie sich dieser Hochzeit nicht widersetzt?»
(Weil derjenige noch nicht geboren ist, der sich auch nur dem kleinsten Wunsch eines Malaussène-Sprößlings widersetzt. Sie sind Kinder ihrer Mutter, diese Bälger, Früchte der Leidenschaft!)
«Clara war verliebt.»
«Gut.»
(Anscheinend genügt ihm das nicht.)
«Und volljährig.»
«Vor dem Gesetz, gewiß. Aber von all Ihren Geschwistern war sie diejenige, die Sie am ehesten als Ihr Kind ansahen, nicht wahr?»
Jetzt bin ich geliefert. Aber woher weißt du das überhaupt, Commissaire? Da kommt es mir auch schon wie ein Geständnis über die Lippen:
«Ich habe sie in die Welt geholt.»
Ich füge noch hinzu:
«Zusammen mit meinem Freund Ben Tayeb.»
Er geht nicht darauf ein. Er spinnt seine Idee weiter.
«Aber nimmt bei Ihnen Clara nicht auch die Rolle der Mutter wahr – in Abwesenheit der richtigen?»
(Meine ist mit Inspecteur Pastor auf und davon, einem seiner Bullen, seinem Lieblingsbullen sogar! Letztendlich ist es also eine Familienangelegenheit zwischen ihm und mir.
Und da dämmert's mir auch schon: Der alte Thian ist sein Informant, natürlich!)
«Irre ich mich?»
(Nein, es ist wahr. Sogar vor Lounas Hochzeit war es Clara, die Yasmina beim Mamasein behilflich war.)
«Hätte sie also Saint-Hiver geheiratet, dann hätten Sie mit einem Schlag Ihr Kind und Ihre Mutter verloren.»

(Woraus sich für mich zwei Motive in einem ergeben, um Saint-Hiver kaltzumachen... Saint-*Hiver kaltmachen*, klingt ziemlich komisch.* Warum fallen einem die schlechten Worte immer zu spät ein?)
«Sie wollen damit sagen, daß...»
Er nimmt den Satz volley:
«Ich will damit sagen, daß Sie ein außergewöhnliches Händchen dafür haben, in die Scheiße zu greifen, mein Junge.»
Es scheint mir klug, jetzt zu intervenieren.
«Saint-Hiver wurde vorgestern nacht ermordet. Nun, in jener Nacht habe ich zu Hause geschlafen, unten, bei den Kindern.»
(Auf einem Stuhl.)
«Ich weiß. Inspecteur Van Thian hat es mir gesagt... auf einem Stuhl.»
(Was hab ich gesagt?... der alte Thian, natürlich.)
«Aber was wissen Sie darüber, wie Ben Tayeb, der Mossi oder der Kabyle die Nacht verbracht haben?»
(Ach du Scheiße! Nein, bloß das nicht!)
«Die Gefühle dieser Leute sind einfach, Monsieur Malaussène. Sie wußten, daß Sie diese Hochzeit nicht mochten, und auch wenn es ausgezeichnete Freunde sind, so sind sie noch lange keine Engel. Nicht anders hätten sie sich verhalten, wenn Sie sie um einen Gefallen gebeten hätten. Und außerdem dürfte die Leiche eines Oberaufsehers im Gewissen von Belleville nicht allzu schwer ins Gewicht fallen.»
«Das hätten sie Clara nicht angetan!»
Ich habe geschrien, so sehr bin ich davon überzeugt. Er läßt das Echo verhallen, bevor er versichert:
«Auch ich glaube es nicht, aber ein gewöhnlicher Beamter...»
(Es leben die außergewöhnlichen Beamten!)
«Wissen Sie, daß Sie ein Fall sind?»
(In seiner Stimme liegt auf einmal Bewunderung.)
«Das habe ich in meiner ganzen Laufbahn noch nicht erlebt! An Hand Ihrer Person könnten wir ganze Generationen von Untersuchungsbeamten ausbilden...»

---

* (Wörtl. Übers.: Saint-Hiver = Sankt Winter)

(Wie bitte?)
«Wo immer Sie sich aufhalten, was auch immer sie tun – dort mordet man, was das Zeug hält. Es regnet Leichen; die Mehrzahl von ihnen befindet sich in einem erbärmlichen Zustand, von Bomben zerfetzt, der Kopf von Sprengladungen in Krümel zerlegt, gefoltert bis zum Unsäglichen. Und alles spricht gegen Sie: Motiv, Umgang, Vorgehensweise, Zeitplan, Familie...»
(Ein kleiner Orkan von berufsmäßigem Enthusiasmus.)
«Sie sind ein Lehrbeispiel ersten Ranges für jedweden in der Ausbildung befindlichen Polizisten! Wann immer Sie etwas beteuern, leugnen Sie es ganz offensichtlich. Es ist unmöglich zu glauben, daß ein solches Bündel an Vermutungen, ein solch verblüffendes Aufeinandertreffen von Verdachtsmomenten zur Verhaftung eines Unschuldigen führen könnte.»
Er hat beide Hände flach auf den Schreibtisch gestützt, die Ellenbogen auseinander, den Hintern in die Luft gestreckt und hält seinen Kopf in den Kegel des napoleonischen Lichtes. Man könnte meinen, es handele sich hier um einen Historiker, der von der unendlichen Geschichte der Schlacht, von der er erzählt, bekloppt geworden ist.
«Man ist darauf gefaßt, ein Monster anzutreffen, den machiavellistischsten aller Mörder, doch statt dessen trifft man am Ende der Untersuchungen auf ein Musterbeispiel an Tugend!»
(Im Innern will er vielleicht mich heiraten?)
«Untadeliger Sohn, ergebener Bruder, der kein Opfer scheut, zuverlässiger Freund, treuer Geliebter...»
(Einen Hund hab ich auch noch, um den ich mich liebevoll kümmere...)
«Es ist für die Untersuchungsbeamten unfaßbar!»
(Hören Sie endlich auf, ich bitte Sie!)
Er hört auf. Ganz plötzlich. Mit der Schwerfälligkeit einer Ziehharmonika gelangt sein Hintern wieder auf das Sesselleder.
«Ich werde Ihnen jetzt mal was verraten, Monsieur Malaussène.»
Schweigen. Kaffee. Erneutes Schweigen. Dann, so bedächtig, wie es nur irgendwie geht:
«Sie fangen an, mir gehörig auf die Nerven zu gehen.»
(Soll ich mich entschuldigen?)

«Ihre verfluchten Tugenden werfen auf unsere Ermittlungen so dicke Schatten, daß wir dadurch unglaublich viel Zeit verlieren!»
Es lächelt überhaupt nicht mehr hinter dem Schreibtisch.
«Sie sind vielleicht zufällig der Ansicht, die Police nationale sei eine Institution, die ausschließlich dazu bestimmt ist, einmal pro Jahr Ihre Unschuld zu beweisen?»
(Ich habe keine Ansichten, nein, überhaupt keine Ansichten...)
«Hören Sie mir gut zu!»
Ich höre zu. Dahinter steckt eine solche Wut, daß ich um des Zuhörens willen zuhöre.
«Ich werde versuchen herauszufinden, wer Saint-Hiver ermordet hat, Monsieur Malaussène. Mir sitzen ein halbes Dutzend Minister – sowohl der Rechten als auch der Linken – im Nacken, die absolut darauf bestehen. Also werden Sie sich soweit wie möglich aus dieser Angelegenheit heraushalten. Ich werde diesbezüglich Anweisungen erlassen. Weder Sie noch Ihre Freunde aus Belleville werden von meinen Männern verhört werden. Die Zeitungen werden Sie in fürstlichem Frieden lassen. Und Sie persönlich werden, nachdem Sie meine Fragen beantwortet haben, sämtliche Gedanken an dieses Gefängnis und die Gefangenen aus Ihrem Kopf vertreiben. Wenn Sie Paris auch nur in Richtung Champrond verlassen, wenn Sie – freiwillig oder nicht – auch nur den geringsten Schatten auf meine Ermittlungen werfen, wenn Sie im Kopf eines meiner Ermittler den kleinsten Verdacht erwecken, dann werde ich Sie bis zum Abschluß der Untersuchungen in Vorbeugehaft nehmen. Verstanden? Und vielleicht sogar bis ans Ende Ihrer Tage...»
(Seien Sie unschuldig...)
«Machen Sie sich keine Illusionen, Malaussène, ich bin ein Bulle. Ich schütze die öffentliche Ordnung vor allem, was sie durcheinanderbringen kann. Nun, Unschuldslämmer wie Sie...»
(Ich weiß, ich weiß...)
Mit einemmal beruhigt er sich, findet aber deswegen noch lange nicht zu seinem Lächeln zurück. Er schenkt mir noch einen Kaffee ein, ohne mich nach meiner Meinung zu fragen.
«Gut. Erzählen Sie mir jetzt von Saint-Hiver.»

Na schön, dann erzähl ich ihm was. Ich erzähle ihm alles, was ich über ihn weiß, was soviel heißt wie ausgesprochen wenig: Seine Begegnung mit Clara, sein Enthusiasmus für seinen Auftrag, seine Entschlossenheit, Champrond nicht den Blicken der Modernität freizugeben, seine Reise nach Summerhill, an die Stanford-Universität von Palo Alto, seine Reden über den Behaviorismus, die Verhaltensforschung, sein Wissen über das Werk Makarenkos, im Grunde genommen alles, was er mir gesagt hat...
Und da sich die Atmosphäre ein wenig entspannt, frage ich ihn, ob er die geringste Ahnung davon habe, was dort passiert sei. Nein. Es waren nicht die Gefangenen, richtig? Er weiß es nicht. Als die örtliche Gendarmerie am Ort des Geschehens eintraf, wohnte sie diesem unbegreiflichen Schauspiel bei: Gefangene standen im Anzug im Haupthof, in dem sie Joseph, ein alter Oberaufseher, zusammengetrommelt hatte, bevor er Saint-Hiver holen wollte, der ihnen letzte Anweisungen für das Zeremoniell geben sollte. Sie waren alle erschüttert. Laut Zeugenaussage des Kommandanten der Gendarmerie weinten die meisten leise vor sich hin, manche schluchzten – Typen, die man lebenslänglich eingekerkert hatte, weil sie eine oder mehrere Personen massakriert hatten! Sie hätten natürlich simuliert haben können... kollektives Simulieren, natürlich...
Wie dem auch sei, die Dinge liefen erst richtig schief, als Inspecteur Bertholet, dieser Trottel, aufkreuzte und dort im Hof, unter freiem Himmel anfing, die Gefangenen zu verhören, die nun da standen wie gewöhnliche Internatsschüler nach einem Krawall. Bertholet hätte um ein Haar den Löffel abgegeben, und die übergeschnappte Gendarmerie mußte eine Kompanie der Bereitschaftspolizei herbeirufen, die in Etampes stationiert ist. Die Bereitschaftspolizisten haben selbstverständlich ohne viel Federlesens Tränengas in die Menge gefeuert; eine Patrone fiel in den Flügel. Die Gefangenen flüchteten sich ins Innere der Gemäuer; auch dorthin wurden sie verfolgt, ihre Arbeiten zerstört, Fotos, die das kreative Leben des Gefängnisses darstellten, von den Wänden gerissen, als wäre es darum gegangen, Saint-Hiver ein zweites Mal zu ermorden...
An dieser Stelle wurde Coudrier ganz nachdenklich:
«Die Dummheit, Malaussène, die Dummheit... Im Grunde ge-

nommen gibt es nur zwei Plagen auf dieser Erde: eine Tugend wie die Ihre und die Dummheit eines Bullen.»
Kurz, er ist am Ort des Verbrechens eingetroffen, das zum Schlachtfeld geworden war. Er hat Ruhe ins Spiel gebracht, und als er wieder rauskam, traf er auf die unbeweglich dastehende Hochzeitsgesellschaft, die Bertholet gerade unter Beschuß nehmen wollte.
«Gut, Sie haben mir weiter nichts über Saint-Hiver zu sagen?»
Nein, ich habe nichts weiter zu sagen, nein.
«Eine letzte Frage.» – (Ja?)
«Das Foto, das Ihre Schwester Clara gemacht hat...»
(Ach so...)
«Weshalb hat sie es Ihrer Meinung nach gemacht?»
Diese Frage ist schwer zu beantworten. Man müßte das Ganze zurückverfolgen bis zum ersten Blick, den Clara auf diese Welt geworfen hat. Diese seltsame Aufmerksamkeit. Als hätte sich Clara immer geweigert, daß man ihr die Dinge benennt, als hätte sie von Anfang an darauf bestanden, daß sich die Dinge zuerst ihr selbst offenbaren. Meine Clara... das Schlimmste festhalten, um es aufzunehmen. Vom ersten Tag an.
«Wollen Sie damit sagen, daß sie keine andere Möglichkeit hatte, ihren Schmerz zu ertragen, als diesen zu Tode gemarterten Körper zu fotografieren?»
«Dank Ihrer Dienste ist dieser ‹zu Tode gemarterte Körper›, wie Sie sagen, seit den frühen Morgenstunden an den Zeitungsständern sämtlicher Kioske aufgehängt.»
Er verurteilt die Sache. Es ist wahr, neben anderen Dummheiten hat Inspecteur Bertholet Saint-Hivers Leiche den Geiern der schnellschießenden Medien überlassen.
«Clara hat es vorgezogen, ganz allein bis ans Ende des Schreckens zu gehen, der ihr von den Kiosken mindestens eine Woche lang vorgesetzt werden wird. Haben Sie etwas dagegen, Monsieur le Commissaire?»

Nachdem Clara das Foto gemacht hatte, hatten wir das Gefängnis sehr schnell verlassen. Clara war wieder auf dem Erdboden. Man hörte jetzt den Lärm ihrer Absätze in den Gängen. Der Anstalts-

geistliche hinter uns hatte Mühe zu folgen. Draußen waren alle aus den Autos gestiegen. Die Familie empfing Clara. Schließlich weinte Clara. Sie weinte in Amars Armen.
Gelockert durch diese Leidensbezeigung, suchte der Anstaltsgeistliche seine Chance:
«Die Barmherzigkeit Gottes, mein Kind...»
Clara drehte sich zu ihm um:
«Die Barmherzigkeit Gottes, mein Vater?»
Und er, der er sich anschickte, eine Rede voller Inspiration loszulassen, wurde in ein geheiligtes Schweigen getaucht. Dann visierte er die kleine Verdun an, die sich in Thians Armen versteckt hielt, und hörte, wie er vor sich hin murmelte:
«Wegen der Kindtaufe...»
Da wurde er wieder freundlich unterbrochen.
«Vergessen Sie es, Herr Abt. Sehen Sie sich dieses Kind gut an!»
Der alte Thian hielt Verdun ausgestreckt vor sich, wie man eine Waffe zur Kontrolle präsentiert. Verduns Blick schoß hervor und heftete sich an den Priester. Instinktiv machte er einen Schritt rückwärts.
«Sehen Sie», sagte Clara, «unsere kleine Verdun findet, daß Ihr Gott wenig...»
Sie suchte eine Sekunde lang nach dem richtigen Ausdruck. Dann sagte sie mit einem Lächeln – eben einem barmherzigen:
«Ihr Gott ist wenig vernünftig.»

«Denken Sie in jedem Fall an das, was ich Ihnen gesagt habe, Monsieur Malaussène: Ich werde diejenigen kriegen, die das getan haben, aber unter einer einzigen Bedingung: daß Sie sich da raushalten.»
Coudrier hat seine Tür geöffnet. Er weist mir den Weg zum Ausgang.
«Wenn Sie selbst oder Ihre Freundin Corrençon diese Angelegenheit auch nur von weitem angucken, sind Sie schon hinter Gittern.»
Dann, als ich an ihm vorbeigehe:
«Was werden Sie nun tun?»
«Clara trösten.»

10

Und wenn es nun wirklich stimmen sollte, daß ein Verlag etwas von einem Nest hätte?
Natürlich kein kuscheliges Nest, sondern selbstverständlich eines mit Schnäbeln und Krallen, eines, aus dem man rausfallen kann (wer hat schon jemals sein ganzes Leben im Nest verbracht?), aber immerhin ein Nest. Ein Nest aus Blättern und Schriften, die Zabos mit langen Schnäbeln dem Zeitenwind stibitzt haben, ein säkulares Nest aus geflochtenen Sätzen, in dem die unersättliche Brut der jungen Hoffnungen piepst. Zwar sind sie immer versucht, sich woanders einzunisten, aber sie sperren ihren Schnabel weit auf und fragen erwartungsvoll: Habe ich Talent, Madame, habe ich Genie?
«Eine recht hübsche Feder, auf jeden Fall, mein lieber Joinville, das muß ich einfach anerkennen. Befolgen sie meine Ratschläge, und Sie werden höher fliegen als so manch anderer... Oh, Sie sind schon da, Malaussène?»
Die Königin Zabo entläßt den jungen Schriftsteller und schickt ihn mit seinem Manuskript zur sechsmonatigen Überarbeitung nach Hause. Dann bittet sie mich in ihr Büro – oder muß ich sagen: in ihr Netz?
«Setzen Sie sich, mein Junge... war der kleine Joinville eben ... haben Sie schon mal etwas von ihm gelesen? Was halten Sie davon?»
«Wenn ich mich in Parfum auskennen würde, hätte ich vielleicht sein After-shave erkannt.»
«Er ist ein junger, sehr französischer Schriftsteller. Er hat zwar im Augenblick nur ein paar Ideen, die er für Gefühle hält, aber ich bin guter Hoffnung, ihn dazu bringen zu können, daß er eine Geschichte erzählt. Ich habe ein wahnsinniges Projekt für Sie, Malaussène.»
Julius der Hund hat seinen dicken Hintern neben meinen gesetzt. Julius der Hund findet, genau wie ich, die Königin Zabo überwältigend. Mit schiefem Hals und raushängender Zunge scheint sich Julius der Hund zu fragen, wie viele Sekunden Zeit für ihre Geburt zu verlieren sich diese Frau zugestanden hat.

«Aber sagen Sie mir doch zunächst einmal, ob die Polizei Ihnen Ärger macht wegen dieser Sache?»
«Nein, eher bin ich es, der ihnen Ärger macht.»
«Ach so! Hören Sie sofort damit auf, Malaussène! Das ist ganz wichtig für das, was auf Sie zukommt. Kein Flirt mit der Polizei. Ich will Sie ganztags.»
Um dann überzublenden in ein Haustelefongespräch:
«Calignac? Malaussène ist jetzt hier. Wir treffen uns im Konferenzsaal. Sagen Sie Gauthier Bescheid und auch Loussa, wenn er da ist.»
Sie will schon auflegen, da:
«Äh, Calignac? Kochen Sie schon mal Kaffee!»
Und zu mir:
«Ich habe Sie doch heute morgen auf einen kleinen Kaffee eingeladen, nicht wahr?»

Anschließend auf dem Flur:
«Noch eins, Malaussène: Vielleicht werden Sie meinen Vorschlag akzeptieren, vielleicht jagen Sie mich zum Teufel, vielleicht werden wir beide uns ein weiteres Mal gegenseitig umbringen – aber ganz egal, was passiert: Zu keiner Menschenseele ein Sterbenswörtchen, einverstanden? Hausgeheimnis.»

Andere Stätten, andere Sitten. Das Café des Talion Verlages zählt zur Kategorie Cafeteria. Ein Franc zwanzig in den Schlitz, und schon hält man einen kochendheißen Becher in den Fingern, der nichts mehr wiegt, wenn er leer ist... ein Schriftstellerbecher, der ein Interesse daran hat, langsam alle zu werden – der Mülleimer steht ganz in der Nähe.
Loussa, Calignac und Gauthier erwarten uns. Der junge Gauthier erblaßt, als er Julius den Hund erblickt, der ihm auch tatsächlich gleich seine Schnauze zwischen die Arschbacken schraubt, noch bevor ich ihn zur Ordnung rufen kann. Was nie klappt. Welchen Duft hat dieser in den Buchhandel fehlgeleitete Volksschüler wohl als Antwort parat? Calignac, der Verkaufsdirektor, lacht sich in seiner

fröhlichen Rugbyspielermanier kaputt und öffnet ein Fenster, um den Juliusschen Düften freien Abzug zu gewähren. Nachdem er Gauthiers Identität festgestellt hat, leckt Julius der Hund Loussa de Casamance die Hand an – seine Form der Hochachtung für die Wahl meiner Freundschaften.
«Gut, wir können uns setzen.»
So spricht die Königin Zabo. Die Tagung des Ministerrats wird bei ihr immer durch diese rituelle Formel eröffnet: ‹Gut, wir können uns setzen.› Nicht etwa durch: ‹Setzt euch!› oder ‹Hallo, Kameraden, alles okay heute?›, nein, immer die gleichen Worte: ‹Gut, wir können uns setzen.›
Was wir mit diskretem Stuhlbeinschaben tun.
«Malaussène, wenn ich sage ‹Babel› – woran denken Sie dann?»
Die Debatte ist eröffnet.
«Babel? Ich sehe einen Turm vor mir, Majestät, den ersten sozialen Wohnungsbau der Menschheit, eine Unmenge göttlicher Paranoiker, die aus allen vier Himmelsrichtungen in den Kessel von Diên Biên Phu strömt und, der Irrfahrt überdrüssig, das Empire State Building errichtet, um darin ein Leben als Konserve zu führen.»
Sie lächelt. Sie lächelt, die Königin, und sagt:
«Nicht schlecht, Malaussène. Und nun, wenn ich jetzt ‹Babel› sage und noch zwei Initialen hinzufüge: J. L. Babel. JLB – woran denken Sie dann?»
«JLB? Unser Haus-JLB? Unsere Bestsellermaschine? Unser Goldesel? Bei ihm fallen mir meine Schwestern ein.»
«Wie bitte?»
«Clara und Thérèse, zwei meiner Schwestern.»
Und Louna auch, die dritte, die Krankenschwester. JLB ist der Lieblingsautor meiner Schwestern. Als Louna Laurent, ihren Arztgatten, vor einigen Jahren kennengelernt hat, habe ich ihnen mein Zimmer zur Verfügung gestellt. Sie haben sich ins Bett gelegt und sind erst ein Jahr und einen Tag später wiederaufgetaucht. Ein Jahr lang Ganztagsliebe. Liebe und Lektüre. Jeden Morgen brachte ich ihnen ihre Ration an Essen und Büchern nach oben. Clara und Thérèse brachten jeden Abend die schmutzigen Teller und die ausgelesenen Bücher wieder nach unten. Manchmal blieben sie ziemlich lange oben. Da sie aber ihre Schulaufgaben machen mußten, ging ich

hoch, um sie zu holen – und da fand ich die beiden Kleinen, wie sie zwischen den zwei Großen lagen und Louna ihnen dicke Stücke von JLB laut vorlas:

Kaum hatte sich das Kindermädchen Sophia mit dem kleinen Axel-Jules zurückgezogen, da rollten sich Tanja und Sergej sogleich zusammen, um prächtig zu kuscheln. Es war achtzehn Uhr zwölf: Noch drei Minuten, und Sergej würde Mehrheitsaktionär der National Balistic Company sein.

Das ist J. L. Babel (für seine Leser JLB), der von beiden Seiten mit Butter bestrichene Schriftsteller, den die Liebenden am Morgen in ihren Kakao tunken und über dem Madame Bovary jeden Abend einschläft. Und es ist die fetteste Produktion des Talion Verlags. Unser aller Gehalt.
«Vierzehn Millionen Leser pro Titel, Malaussène!»
«Denen Ihre Meinung egal ist...»
«Was sechsundfünfzig Millionen Leser ergibt, wenn man es mit dem Faktor 4 der erschienenen Bücher multipliziert», fügt Calignac hinzu, bei dem plötzlich alle Lampen angegangen sind.
«In siebenundzwanzig Ländern und vierzehn Sprachen», präzisiert Gauthier.
«Reden wir gar nicht erst vom sowjetischen Markt, der gerade dabei ist, sich zu öffnen – Perestroika verpflichtet...»
«Ich fange an, ihn ins Chinesische zu übersetzen», schließt mein Kumpel Loussa und sagt noch mit einem gewissen Fatalismus: «Es gibt nicht nur Literatur im Leben, kleiner Trottel, *Yu Shang Ye*, es gibt auch den Kommerz.»
Es ist wirklich ein gewisser kommerzieller Erfolg. Der größtenteils einem Geistesblitz der Königin Zabo zu verdanken ist: die Anonymität des Autors. Denn niemand an diesem Tisch, außer Ihrer Majestät, weiß, wer der wahre JLB ist. Der Name des Talion Verlages taucht nicht einmal auf den großen Hochglanzeinbänden auf. Drei kursiv gedruckte Initialen in Großbuchstaben am oberen Buchrand, *J.L.B.*, und drei kleine Initialen unten, *j.l.b.*, was natürlich zu dem Gedanken verleitet, JLB sei der Verleger von JLB, sein Genie überlasse nichts einer anderen Person... Ein Self made man, genau wie seine Helden, König über sich selbst als auch über den Vertriebs-

kreislauf, einer, der sich seinen eigenen Turm gebaut hat und der von ganz oben dem da oben mit Verachtung entgegentritt. Mehr als ein Name, besser noch als ein Vorname. JLB hat sich drei Initialen geschaffen, drei Buchstaben, die man in jeder Sprache versteht. Weshalb der Chefin der dreifache Kropf auf ihrem Reisigkörper schwillt:
«Kinder, das Geheimnis ist der Treibstoff des Mythos. Die ganzen Herren aus der Finanz, die in den Romanen von JLB beschrieben werden, stellen sich dieselbe Frage. Wer ist er? Wer kennt sie denn so gut, daß er sie so genau beschreiben kann? Dieser Wetteifer aus Neugierde wirkt sich aus bis in die Schichten der ganz kleinen Händler. Das macht bei den Verkaufszahlen ganz schön was aus, glaubt mir!»
Und eine Zahl schlägt wie eine Standarte:
«Fast zweihundert Millionen verkaufte Exemplare, seit 1972, Malaussène. Kaffee?»
«Gerne.»
«Gauthier, einen Kaffee für Melaussène! Haben Sie Kleingeld?»
Eine kleine Kaskade von Münzen im Schlitz des Automaten. Dampf, gluckgluck, Zucker.
«Malaussène, beim Erscheinen des nächsten JLB werden wir einen großen Coup landen.»
«Einen großen Coup?»
«Wir werden seine Identität enthüllen!»
Niemals der Chefin im Zustand der Inspiration widersprechen.
«Ausgezeichnete Idee. Und wer ist dieser JLB?»
Pause.
«Trinken Sie Ihren Kaffee, Malaussène, es wird ein harter Schock sein.»
Wäre das Leben überhaupt lebenswert ohne eine gute Inszenierung? Und ist die Kunst der Inszenierung, meine Damen und Herren, neben einigen Milliarden anderer Details nicht das, was den Menschen vom Tier unterscheidet? Muß ich davon ausgehen, daß ich auf den Hintern falle, wenn ich die Identität des fruchtbaren JLB erfahre? Von mir aus. Komponieren wir uns also das lechzende Gesicht der Ungeduld. Sich aber deshalb nicht gleich die Stimmritze verbrühen. Den Kaffee langsam schlürfen. Ganz süß...

Sie sitzen um den Tisch herum und warten artig. Sie beobachten mich, und ich, ich sehe wieder Clara vor mir, die Ärmste, vor zwei oder drei Jahren, wie sie heimlich einen Schinken von JLB liest, während ich versuche, ihr Gogol näherzubringen. Ich sehe Clara, wie sie hochfährt, das Buch wegpfeffert; wie ich mich schäme, weil ich sie erwischt habe; wie ich mich beschissen fühle, weil ich Laurent und Louna angemotzt habe; wie ich den Intelligenten gespielt habe, den Schöngeist... Aber von mir aus lies, was dir in die Finger kommt, meine Clarinette, kümmere dich nicht um den großen Bruder, es steht ihm nicht zu, auszusortieren, was dir Spaß macht. Dein Leben trifft die Auswahl, das engmaschige Sieb deiner kleinen Gelüste.
Fertig. Kaffee ausgetrunken.
«Also, wer ist JLB?»
Sie sehen sich ein letztes Mal gegenseitig an:
«Sie, Malaussène.»

11

Als ich nach Hause komme, schläft Clara noch, Yasmina singt immer noch und Julie kocht. Dieses Detail verdient erwähnt zu werden: Es ist das erste Mal, daß ich Julie hinter dem Herd sehe. Journalistinnen ihres Schlages kochen selten. Sie sind eher Sprößlinge des Corned beefs als des Tournedos. Julie verbringt ihr Leben damit, immer nur schnell einen Bissen einzuwerfen, damit sie die Welt nicht aus den Augen verliert. Wäre sie im letzten Jahr nicht so übel verletzt worden (totgedopt, ein dreifacher Beinbruch und eine doppelte Lungenentzündung), dann würde sie um diese Zeit bestimmt gerade in einem subtropischen Dschungel auf einer Kichererbse herumknabbern und versuchen, auseinanderzuklamüsern, wer dort wen übers Ohr haut und in welchem Maße und wo uns das alles hinführen wird... Glücklicherweise haben mir die Kerle, die sie so zugerichtet haben, eine Julie überlassen, die hauptsächlich damit beschäftigt war, ihre Gesundheit wiederherzustellen, wodurch sie mir eine ausgesprochene Freude bereitet hat.

Julie kocht also. Sie steht über eine kupferne Kasserolle gebeugt, in der brauner Saft in kleinen süßen Kratern explodiert. Sie rührt, damit es nicht anbrennt. Eine einzige Bewegung ihres Handgelenks, übertragen durch die Armbeuge, die runde Schulter und die weiche Wirbelsäule, genügt, um ihre Hüften wippen zu lassen. Die verstärkte Ruhe der letzten Monate hat sie liebenswert rundlicher gemacht. Mehr als je zuvor ist das Kleid, das sie umhüllt, ein Versprechen von Üppigkeiten. Nackt, haben die ockerfarbenen Male ihrer Verbrennungen eine Leopardenfrau aus ihr gemacht. Angezogen, bleibt sie meine Julie wie vor drei Jahren, bleibt sie diejenige, die ich mir, ohne auch nur eine Sekunde lang zu überlegen, zuerkannt habe; so stark flüsterten das Gewicht ihrer Mähne (wie JLB sagen würde), der paillettenbestickte Herbst ihres Blicks, die Anmut ihrer Diebesfinger, das Fauchen ihrer Stimme, ihre Hüften und ihre Brüste mir zu, daß, wenn es eine für mich gäbe, sie diejenige wäre und keine andere. Die reine Physik, logo. Die Frau, die ich liebe, ist ein vollkommenes Tier, ein fabelhaft höheres Wirbeltier, ein perfektes Säugetier, entschieden weiblich. Und da ich ein Glückspilz der Liebe bin, hat das Innere die Versprechen des Äußeren gehalten: Julie ist eine schöne Seele. Die ganze Welt schlägt in ihrem Herzen. Nicht nur die Welt, sondern auch jede kleine Filzlaus, die sie bewegt. Julie liebt Clara, Julie liebt Jérémy und den Kleinen, Julie liebt Thérèse, Julie liebt Louna, Julie liebt Verdun – ja, sogar Verdun –, und Julie liebt Julius. Julie liebt mich, klaro.
Und obendrein kann Julie auch noch kochen. Unnütze Einzelheit? Von wegen: Alle Frauenzeitschriften werden es Ihnen bestätigen: Das Glück ist ein Kochrezept.
«Eine Stockrosentorte, Benjamin.»
«Stockrosentorte?» wundert sich Jérémy, der ein Produkt der Straße ist.
«Ein Rezept meines Vaters. Unser Haus im Vercors war eine Beute der Stockrosen. Bis zu dem Tag, an dem der Gouverneur, mein Vater, beschloß, sie zu essen.»
Julius dem Hund trieft der Sabber des Kenners aus dem Maul; die Brillengläser des Kleinen sind von der Delikatesse beschlagen; das ganze Haus ist eine Stockrose, die auf kleiner Flamme in ihrem eigenen Zucker köchelt.

«Aber Julie, jetzt eine Torte, wo Clara doch trauert? Glaubst du nicht, daß...»
(Malaussène und die Überzeugungen...) Ja, es stimmt, ich habe soeben diese Frage angedeutet. Julie antwortet, ohne sich dabei umzudrehen.
«Ist dir nichts aufgefallen, Benjamin? Hör doch mal, was Yasmina singt!»
Yasmina singt noch immer im Kinderzimmer; sie hält Claras Hand. Clara schläft immer noch. Aber in diesem Lied liegt keine Trauer mehr.
Der Anflug eines Lächelns entspannt Claras Gesicht.
«Yasmina hat uns übrigens Couscous mitgebracht.»

Wir haben Yasminas Couscous und Julies Torte gegessen, während der alte Thian Verdun das abendliche Hipp-Gläschen verabreichte. Seit Verduns Geburt hat der alte Thian einen Arm weniger. Alles, was er im Leben verrichtet, macht er mit der Hand, in der er nicht Verdun hält. Mit über sechzig Jahren hat der alte Thian an dem Tag, an dem wir ihm Verdun anvertraut haben, die Entdeckung eines jungen Mannes machen müssen: Vater sein heißt zum Einarmigen zu werden.
Wir haben zu Yasminas Singsang gegessen, die damit Saint-Hivers Gespenst auf Distanz hielt.
Ein Stückchen Frieden.
Sorgfältiges Kauen.
Trotzdem, irgend etwas ließ Jérémy keine Ruhe. Das konnte man auf seiner Stirn ablesen. Und wenn man etwas auf Jérémys Stirn lesen kann, muß man immer das Schlimmste befürchten.
«Ein Problem, Jérémy?»
Ich habe ihn das ganz beiläufig gefragt und gewußt, daß er antworten würde: ‹Nichts, nein.›
«Nein, nichts.»
Na bitte. Noch ein paar Gabelbissen, dann hat Thérèse ihr Glück versucht.
«Jérémy, wie wär's, wenn du uns sagen würdest, was dich beschäftigt? He?»

Mit dieser von den ersten Worten ihres Lebens an steifen und ungeschickten Stimme ist Thérèse zu einer verschanzten Thérèse geworden, einer leicht bissigen, einer Thérèse, die so empfindlich ist wie ein blankgelegtes Elektrokabel.
«Soll ich dir ein Horoskop erstellen?»
Thérèse und Jérémy sind ein Musterbeispiel von brüderlicher Liebe. Sie können sich zwar nicht ausstehen, aber sooft es geht, hält einer für den andern den Kopf hin. An dem Tag, als Jérémy plötzlich wie ein Grillhähnchen dastand, weil seine Schule gebrannt hatte, bekam Thérèse ihre einzige Krise wegen Versagens in beruflicher Hinsicht: ‹Wieso hab ich das nicht vorhersehen können, Benjamin?› Sie riß sich im wahrsten Sinne des Wortes die Haare aus, und zwar büschelweise, wie in einem russischen Roman. Ihre dünnen Arme flogen wie Windmühlenflügel durch die Luft: ‹Was nutzt das ganze Zeug?› Sie deutete auf ihre Bücher, ihre Tarot-Karten, ihre Amulette und Talismane. Der Zweifel eben. Zum ersten und einzigen Mal in ihrem Leben. Und eines Tages, als wir aus dem Kino kamen (wir hatten uns *Der Monsun* angesehen: Die Geschichte eines Typen, der am Anfang des Films viel Whisky trinkt und am Ende viel Wasser), sagte Jérémy zu mir: ‹Wenn ich ein Typ wär, ich mein, ich will damit sagen, wenn ich nicht ihr Bruder wär, dann würd ich mir Thérèse aussuchen.› Mein Blick mußte ihn gefragt haben: ‹Warum?› Denn er fügte sofort hinzu: ‹Das Mädchen ist Spitze.› Und dann später noch, auf dem Heimweg: ‹Sag mal, Benjamin, glaubst du eigentlich, daß die Typen zu blöd sind, um zu erkennen, daß Thérèse Spitze ist?›
So weit, so gut, zur Stunde jedenfalls hat Jérémy Sorgen.
Mitten in der Stockrosentorte hat der Kleine ruhig seine Brille abgesetzt, sie geputzt und gesagt:
«Ich weiß es.»
Ich habe gefragt:
«Was weißt du, Kleiner?»
«Ich weiß, was Jérémy hat.»
«Halt's Maul, du!»
Zwecklos. Nichts kann den Kleinen erschüttern – nur seine eigenen Träume.

«Er fragt sich, ob Thian uns heute abend aus *Wenn nette alte Damen schießen* erzählen wird.»
Alle haben aufgeblickt, und alle Köpfe haben sich zu Thian gedreht.
Niemals die Fiktion unterschätzen. Vor allem dann nicht, wenn sie wild mit Wirklichkeit gepfeffert ist, wie die *Netten alten Damen* des alten Thian. Eine Droge, von der uns auch die schlimmsten Sauereien des Lebens nicht abbringen können. Die Vorstellung, daß ihm durch Saint-Hivers Tod seine allabendliche Scheibe Mythos erneut vorenthalten werden könnte, hat Jérémy in einen Zustand versetzt, der in unmittelbarer Nachbarschaft zur Ohnmacht liegt. Der alte Thian hat mir einen kurzen Blick zugeworfen, den Verdun noch verdoppelt hat, denn sie schießt immer in dieselbe Richtung wie er. Ich habe kaum merklich mit dem Kopf genickt.
«Ja», hat Thian geantwortet, «aber heute abend ist es das letzte Stück.»
«O nein! Scheiße! Schon?»
Die Erleichterung und die Panik sind auf Jérémys Gesicht zickzack gefahren.
«Und es ist sehr kurz», hat Thian noch unbarmherzig hinzugefügt, «es wird kaum für den ganzen Abend reichen.»
«Und hinterher? Was wirst du uns hinterher erzählen?»
Jérémy ist nicht der einzige, der beunruhigt ist. Die Frage steht in allen Augen.
Ich glaube eigentlich, daß ich dort, in jenem Schweigen am Familientisch meinen Entschluß gefaßt habe. Ich muß mir wohl gesagt haben: Wenn ich nicht schleunigst eine Lösung finde, wenn Thian nicht Thians Nachfolger wird, dann wird das Schlimmste eintreffen, das, wogegen der verantwortliche Erzieher, der ich bin (o ja!), immer gekämpft hat: lebenslänglich Glotze, Gruppenparalyse, bleicher Hypnotismus.
Na ja, als ich Jérémys in Auflösung begriffenes Gesicht sah, die Augen des Kleinen an der Grenze zum Überquellen, Thérèses stumme Furcht, und auch, als ich an Claras Aufwachen dachte, da faßte ich plötzlich den einzig möglichen Entschluß.
Ich habe gesagt:

«Nach *Wenn nette alte Damen schießen* hat Thian noch sieben dicke Romane zum Vorlesen, mindestens sechs- bis siebentausend Seiten.»
Enthusiasmus beim Kleinen. Argwohn bei Jérémy.
«Genauso toll wie die *Alten Damen*?»
«Gar kein Vergleich. Viel besser.»
Jérémy hat mich lange angesehen. Einer dieser Blicke, die zu kapieren versuchen, wie es der Zauberkünstler angestellt hat, das Violoncello in einen Flügel zu verwandeln.
«Echt? Und wer ist der Autor von diesem Wunderwerk?»
Ich habe geantwortet:
«Das bin ich.»

12

«Ich bin es, Majestät?»
«Sie werden es sein, Malaussène, wenn Sie damit einverstanden sind.»
«Wenn ich womit einverstanden bin?»
Sie blickt zu Gauthier hinüber. Sie sagt:
«Gauthier...»
Der kleine Gauthier hat seine alte Studentenmappe aufgeklappt und sich seinen Papierkram zurechtgelegt; in dem Moment, wo er loslegen will, sieht er sich zu einem trockenen Resümee gezwungen:
«Kurz, Malaussène, JLBs Situation ist blendend, aber dennoch registrieren wir einen Absatzrückgang im Ausland.»
«Und in Frankreich kommen wir über drei- oder vierhunderttausend nicht hinaus.»
Calignac hat keine alte Mappe. Er rechnet auch nicht herum, aber er hat einen großen Kopf und ein Gascognergedächtnis, das kaum in ihm Platz findet.
«Man könnte ein paar Jahre abwarten, Malaussène, aber das entspricht nicht der Art des Hauses.»
«Zumal» – es ist Gauthier, der versucht, sich wieder einzuklinken – «die Perspektive uns einen beachtlichen Markt eröffnet.»

Die Königin nickt mildtätig:
«Es geht darum, beim Erscheinen des nächsten Romans einen großen Coup zu landen. Wir planen einen außergewöhnlichen Wurf, Malaussène.»
Ich komme natürlich auf meine erste Frage zurück:
«Bitte schön, wer ist JLB? Ein Schreiberkollektiv?»
Jetzt gebraucht die Königin Zabo ihre Lieblingswaffe. Sie beugt ihren mageren Oberkörper in Richtung Loussa und sagt:
«Loussa, erklär's ihm!»
Loussa ist der einzige ihrer Angestellten, den sie duzt. Nicht wegen seiner Rückbesinnung auf das afrikanische Kulturgut, sondern aus einer sehr alten Freundschaft heraus, einer gemeinsamen Kindheit. Ihre Väter, der sehr schwarze und der sehr weiße, waren jeweils Lumpensammler. ‹Wir haben in den gleichen Mülltonnen lesen gelernt.›
«Gut. Bleib ganz ruhig, kleiner Trottel, und hör mir gut zu!»

Und dann muß ich mir von Loussa de Casamance erklären lassen, daß JLB eine Person ist, die derzeit keinen Wert darauf legt, jemand zu werden. Er ist nicht von «der albernen Manie seines Namens» beherrscht, wie der andere sagen würde, verstehst du? Loussa selbst weiß nicht, wer sich dahinter verbirgt. An diesem Tisch gibt es nur die Königin Zabo, die ihn persönlich kennt. Ein anonymer Schriftsteller ist im Prinzip das gleiche wie ein ebensolcher Alkoholiker. Die Idee gefällt mir ziemlich gut. Die Gänge des Talion Verlags sind vollgestopft mit ersten Personen Singular, die nur schreiben, um dritte Personen in der Öffentlichkeit zu werden. Ihre Schreiberei verblaßt, und ihre Tinte trocknet während der Zeit, die sie opfern, um den Kritikern und Maskenbildnerinnen hinterherzulaufen. Vom ersten Blitzlicht an sind sie Schriftsteller und entwickeln die Manie, laufend für die Nachwelt im Halbprofil posieren zu müssen. Sie schreiben nicht, um zu schreiben, sondern um *geschrieben zu haben* – und daß man darüber redet. Na ja, egal was dabei rauskommt, JLBs anonyme Schriften erscheinen mir doch ehrenwert. Nur daß die heutige Welt eine Welt der Bilder ist, und alle Marktforschungen sagen klar, daß JLBs Leser JLBs Kopf wollen. Sie wollen ihn in den

Umschlagklappen, sie wollen ihn auf den Plakatwänden ihrer Stadt, auf den Seiten ihrer Illustrierten und im Rahmen ihres Fernsehers, sie wollen ihn in sich tragen, in ihrem Herzen festgeklammert. Sie wollen JLBs Kopf, JLBs Stimme, JLBs Autogramm, sie wollen sich für eine Widmung von JLB fünfzehn Stunden Schlangestehen antun; möge doch ein kleines Wort in ihr Ohr fallen, ein Lächeln sie in ihrer Leserliebe festigen. Es sind einfache und unzählige Leute, Clara, Louna, Thérèse und ein paar Millionen anderer, keine affektierten und beschlagenen Leser, die gerne sagen: ‹Ich hab da was von einem Soundso gelesen…›, sondern es sind einfältig würfelförmige Leser, die ihr Hemd dafür hergeben würden, um sagen zu können: ‹Ich hab ihn gesehen.› Und wenn sie JLB nicht sehen, wenn sie ihn nicht quatschen hören, wenn ihnen JLB nicht seine televisualisierte Meinung über den Lauf der Welt und das Schicksal des Menschen steckt, na, dann werden sie ihn ganz einfach immer weniger kaufen, und peu à peu wird JLB, weil er kein Bild werden wollte, aufhören, ein Geschäft zu sein, unser Geschäft.

Mir scheint, jawohl, mir scheint, daß ich allmählich begreife. Gleichwohl stelle ich wegen meiner langsamen und methodischen Intelligenz die Frage:

«Und nun?»

«Nun», nimmt die Königin Zabo den Dialog wieder auf, «die Sache hat einen Haken, Malaussène. JLB will *absolut nichts* davon wissen. Kommt für ihn nicht in Frage, sich zu zeigen.»

Sieh an!

«Aber er ist nicht abgeneigt, wenn irgendeiner ihn vertritt.»

«Ihn vertritt?»

«Seine Rolle spielt, wenn Ihnen das lieber ist.»

Schweigen. Der runde Tisch ist plötzlich enger geworden. Also gut, weiter:

«Ich, Majestät?»

«Was halten Sie davon?»

«Und du warst einverstanden?»

Julie stellt mir diese Frage und schnellt dabei wie eine Klinge aus unserem Bettdeckenchaos hoch.

«Ich hab gesagt, ich werd's mir überlegen.»
«Du willst das machen?»
Ihre Finger haben meine Haare verlassen, und ich erkenne ihre Stimme nicht wieder.
Ich werde darüber nachdenken.
«Du wärst damit einverstanden, für diesen Scheißkerl den Hampelmann zu spielen?»
Das ist jetzt ein echter Schlag ins Kontor.
«Was ist denn mit dir los, Julie?»
Sie ist aufgestanden. Sie sieht mich von ganz oben herab an. Eine letzte Spur unseres Schweißes glänzt zwischen ihren Brüsten.
«Was heißt das, ‹Was ist mit dir los›? Ist dir klar, was du mir da ankündigst?»
«Noch hab ich dir gar nichts angekündigt.»
«Hör zu...»
Was soll das? Erst gibt man sich so viel Wärme, und dann klatscht sie mich ins Kalte. Das mag ich nicht. Als würde man einen Einbrecher antreffen, wenn man in seine Hütte zurückkommt. Man fühlt sich in die Enge getrieben. Man wird legitimerweise defensiv... das Schlimmste überhaupt.
«Was muß ich mir anhören?»
Auch meine Stimme hat sich verändert. Es ist bereits nicht mehr meine Stimme.
«Hast du nicht die Schnauze voll, immer den Doofen zu spielen? Willst du nicht einmal im Leben du selbst sein?»
Das ist genau einer der Einwände, die ich gegenüber der Königin Zabo vorgebracht habe. Aber sie hat nur ein zabistisches Lachen von sich gegeben: ‹Sie selbst, Malaussène, Sie selbst! Die Identität ist heute doch nur noch ein Snobismus! Glauben Sie, wir, hier an diesem Tisch, seien wir selbst? Man selbst sein, Monsieur, heißt das richtige Pferd zum richtigen Zeitpunkt im richtigen Feld auf dem richtigen Schachbrett zu sein! Oder die Dame oder der Läufer oder der letzte der kleinen Bauern!› Aber ich höre mich schon, wie ich Julie antworte, mit diesem dünnen, giftigen Etwas, das eben schon nicht mehr meine Stimme ist:
«Ach so! Bin ich etwa nicht ich selbst?»
«Niemals! Nicht eine Sekunde lang! Du bist es nie gewesen! Du bist

nicht der Vater deiner Kinder, du bist nicht verantwortlich für die Schläge, die du aufs Maul kriegst, und du wirst die Rolle eines miesen Schriftstellers spielen, der du nicht bist! Deine Mutter beutet dich aus, deine Chefs beuten dich aus, und jetzt noch dieser Arsch...»
Doch da bin ich es wieder, der sagt:
«Aber die schöne Journalistin mit der Löwenmähne und den Titten einer Kalbe – die ist sie selbst?»
Ja, das hab ich gesagt... Ich kann's nicht mehr wegwischen, ich hab's gesagt. Aber so wie Julie nun mal ist, sind es nicht die Löwenmähne oder die Kalbetitten, die sie aufspringen lassen, es ist die wachgerüttelte Journalistin.
«Die Journalistin ist zumindest *real*, Gott noch mal, sie ist sogar mehr als real, sie steht *in den Diensten des Realen*! Sie kriecht nicht in die Haut eines JLB. Das ist ein Volksverdummer, eine Fabrik für jämmerliche Stereotypen, einer, der mit der Blödheit der armen Welt spekuliert!»
Bei mir, Benjamin Malaussène, ist es nicht mein intimes Chamäleon, das mich die Wutleiter hochklettern läßt, es ist die arrogante Denunziation ‹Blödheit der armen Welt›.
«Und womit spekuliert sie, die Journalistin des Realen? Bist du heute schon runter auf die Straße gegangen, Julie, he? Hast du's gesehen, das offene Maul Saint-Hivers, das bei allen Zeitungshändlern am Haken hängt, die ausgeschlagenen Zähne, das kaputte Auge, hast du das gesehen oder nicht?»
(Das einzige Thema, weswegen wir uns anschnauzen, ist der Journalismus... aber ordentlich, Zündstoff allererster Sahne.)
«Das hat damit nichts zu tun! Ich habe nie für die Rubrik ‹Verschiedenes› gearbeitet!»
«Du hast was viel Schlimmeres gemacht!»
«Was sagst du da?»
Sie ist jetzt weiß vor Wut, und ich bin weiß vor Zorn. Unsere Bettlaken sind blamiert.
«Nicht bei ‹Verschiedenes›, nein, Julie, du investierst in das sorgfältig Ausgesuchte, du, in das Unglück am Ende der Welt: Massaker an Partisanen, Interview mit einem armen Typen in seiner Zelle am Abend vor seiner Hinrichtung. Verschiedenes + Exotisches + gutes

Gewissen = Boat people; weinerliche Kamera auf kleine ertrunkene Mexikanerin gerichtet; die Information, daß wir nicht denken, wir müßten euch verstecken; einwandfreie Scheiße, einen schönen Schuß Blut, so rein wie geschmolzenes Gold...»
Sie hat sich angezogen.
Sie ist gegangen.
In der Tür hat sie nur noch gesagt:
«Die Torte heute abend war keine Stockrosentorte, es war Rhabarber. Die Stockrose ist wie du, Malaussène: Sie überwuchert alles und ist ungenießbar.»

Da hamwa den Salat. Drei Jahre Glück Schall und Rauch. Und ich konnte ihr nicht einmal die Gründe sagen, weshalb ich vielleicht den Vorschlag der Königin Zabo annehmen würde. Vielleicht. Oder vielleicht auch nicht. Sogar sicherlich nicht. Jedenfalls nicht zu dem Preis. Man muß wissen, was ein Job einbringt, aber man muß auch wissen, was man dafür hinlegt. Und wenn Julie weggeht, dann ist das zu teuer. Was ist bloß in mich gefahren, daß ich ihr solche Sachen an den Kopf geworfen habe? Als wüßte ich nicht, daß Julies Journalistenauge, mit dem sie die Welt betrachtet, die einzige Garantie dafür ist, daß man uns nicht ein X für ein U vormacht... Okay, Julie, okay, ich werde morgen in den Talion Verlag gehen und der Königin Zabo sagen, sie soll für mich den JLB spielen. Übrigens, vielleicht ist sie JLB? Dann kapiert man um so besser, weshalb sie die einzige ist, die ihn kennt und warum sich der große Schriftsteller weigert, vor die Kamera zu treten: Bei dem Kesselkopf auf ihrem Schürhakenkörper würde ein blinder Leser vor ihr wegrennen. Gut, ich werde diesen Job nicht machen, ich werde was anderes finden. Fester Entschluß. Definitiv.
Das hat mich mit einemmal beruhigt.
Ich bin aufgestanden. Ich habe das Bett in Ordnung gebracht. Ich habe mich wieder hingelegt. Ich habe an die Decke geschaut. Statt dessen hat es geklopft. Ein dreifaches, schüchternes Klopfen. Julie. Das kleine, dreifache Klopfen der Versöhnung. Ich bin aufgesprungen. Ich habe aufgemacht. Es ist Clara. Sie hebt die Augen. Sie lächelt. Sie kommt herein. Sie sagt:

«Ist Julie nicht da?»
Ich lüge.
«Sie ist zu einer Verabredung gegangen.»
Clara begrüßt das.
«Sie hat schon zu lange Zeit nicht mehr gearbeitet.»
Und ich: «Stimmt, ist sogar ein Wunder, daß sie die Hälfte der Rekonvaleszenz durchgehalten hat.»
Diese Dialoge, wo jeder von etwas anderem spricht.
«Sie wird in vierzehn Tagen mit einem neuen Artikel zurückkommen», sagt Clara.
«Oder in drei Monaten.»
Schweigen.
Schweigen.
«Setz dich, meine Clarinette. Setz dich.»
Sie legt ihre beiden Hände in meine und setzt sich auf die Bettkante.
«Ich muß dir etwas sagen, Benjamin.»
Und dann schweigt sie natürlich.
«Ist Yasmina nach Hause gegangen?»
«Nein, sie ist unten, sie hört Thians Geschichte zu. Sie will heute nacht an meiner Seite schlafen.»
Dann:
«Benjamin?»
«Ja, meine Große?»
«Ich bin schwanger.»
Und als hätte es einer Präzisierung bedurft:
«Ich erwarte ein Baby.»

13

«Ich bin einverstanden, Majestät.»
«Wunderbar, mein Junge! Mit Ihren komödiantischen Fähigkeiten, Ihrem Sinn für Improvisation, Ihren erzählerischen Qualitäten und Ihrer Liebe für das Publikum werden Sie irgendein Unheil anrichten. Sie werden zum unersetzlichen Mythos.»
«Ich akzeptiere unter verschiedenen Bedingungen.»

«Ich höre.»
«Zuerst die finanziellen Bedingungen. Ich will ein Prozent von jedem verkauften Exemplar, rückwirkend auf sämtliche Titel, für die ich die Urheberschaft übernehmen soll. Ich will fünf Prozent vom Verkauf der Auslandsrechte und einen Scheck pro Interview. Ich bestehe auf meiner Schwester Clara als Exklusivfotografin, und ich will selbstverständlich mein reguläres Gehalt weiter beziehen.»
«Alles eine Angelegenheit von Zahlen, Malaussène, darum kümmert sich Calignac; dafür bin ich nicht zuständig.»
«Sie sind aber zuständig, um entsprechende Anweisungen zu geben.»
«Weitere Bedingungen?»
«Noch eine. Ich will den richtigen JLB kennenlernen. Kommt nicht in Frage, daß ich mir die Hände schmutzig mache, ohne zu wissen, für wen.»
«Das ist doch selbstverständlich. Sie werden JLB heute nachmittag um genau sechzehn Uhr dreißig treffen.»
«Heute nachmittag?»
«Ja, ich habe bereits einen Termin vereinbart. Da ich Sie als Kenner kenne, habe ich nicht die Hypothese einer Weigerung in Betracht gezogen.»

Clara ist bemannt? Bei Clara wohnt ein kleines Etwas? Ist das etwa Saint-Hivers Rückkehr durch die Hintertür? Noch eine Passionsfrucht? Noch ein Malaussène-Balg, der von seinem Papa im Augenblick der Landung abgeworfen wird? Wird es auf die Welt kommen? Schläge und Blessuren ohne die Absicht, das Leben herzugeben? Wird es eintauchen? Wird es eines Tages hinunter auf die Straße gehen? Wird es an den Zeitungskiosken vorbeigehen? Wird es sich die Vierfarbenoper Leben reinziehen? Hat der verliebte Optimismus einmal mehr mit dem Nichts geschertzt? Wird es aus dem Nichts in die Hölle stürzen? Eine ganz nackte Frucht ins Gebiß der Welt geschoben? Im Namen der Liebe! Der schönen Liebe? Und in der übrigen Zeit wird es versuchen zu begreifen? Es wird sich heranbilden? Ein Gerüst aus Illusionen auf den Fundamenten des Zweifels, auf den Mauern der Metaphysik, dem vergänglichen

Mobiliar der Überzeugungen, dem fliegenden Teppich der Gefühle? Wird es Wurzeln schlagen auf seiner Wüsteninsel und pathetische Signale zu den vorbeifahrenden Booten senden? Ja... Und es selbst wird an den anderen Inseln weit vorbeitreiben. Es wird essen, es wird trinken, es wird rauchen, es wird denken, es wird lieben, und dann wird es beschließen, besser zu essen, weniger zu trinken, nicht mehr zu rauchen, Gedanken zu vermeiden, das Gefühl zu verbannen. Es wird Realist werden. Es wird seinen eigenen Kindern Ratschläge erteilen. Es wird trotzdem für sie ein bißchen daran glauben. Und dann wird es nicht mehr daran glauben. Es wird nur noch auf sein eigenes Rohrleitungsnetz achten, seine eigenen Schraubenbolzen kontrollieren, seine Ölwechsel vervielfachen... ohne großartig nachzurechnen...

Trotzdem, eine Sache ist sicher: die, die von mir abhängt. Wenn es stimmt, daß Clara bemannt ist, wenn es stimmt, daß meine kleine Clara was Kleines bekommt, mein Gott, was da geboren wird, wird *reich* geboren werden! Nicht reich an Hoffnungen, nein, nicht reich an Gefühlen, es wird auch nicht unbedingt ein Neuronenkrösus sein – diese Dinge hängen von äußeren Umständen ab. Aber, Herrgott noch mal, es wird reich an Geld sein, Lappen, Heiermännern, Gold und Silber, reich an Schotter, Zaster, Kohle, Knete und Moneten! Ich werde dir eine Aussteuer anlegen, mit der verglichen Rothschilds Ersparnisse nur ein Zehrgeld sind. Oh! Ich weiß, das wird es nicht glücklich machen, aber dadurch braucht es zumindest nicht zu denken, Geld würde andere Leute glücklich machen, und es wird ihm die Arbeit ersparen und den Glauben, Arbeit sei eine Tugend! Er wird sein Leben lang gammeln können, der Kleine meiner Clara, und wenn man es aus der kosmopolitischen Sicht eines JLB betrachtet, kann er in Dollar gammeln, in Mark, in Rubel, in Piaster, in Yen, in Lire, in Gulden, in Franc und sogar in Ecu! Ja, er kann europäisch gammeln, wenn's ihm gefällt! Was er aus seiner Goldgrube macht, interessiert mich nicht die Bohne. Ob er es investiert, verteilt oder verballert, ob er für die Opfer der Welt wirkt oder sich eine Statue aus Platin schnitzt, juckt mich wenig! Und wenn er mich ins Altersheim schickt, wenn mir die Zähne ausfallen, so werde ich doch glücklich dahinscheiden, weil ich letzten Endes unwiderlegbar weiß, daß das Leben einen Sinn hat!

Aber zur Stunde, während die Königin Zabo und ich zur mysteriösen Bleibe des mysteriösen JLB rollen, sehe ich nur eine Sache vor meinen geblendeten Augen: ein nacktes und rosiges Baby, das lachend auf einer riesig großen Matratze aus Geldscheinen herumhüpft, die ein lieblicher Wind unter den kleinen Hintern der Unschuld geweht hat.
«Halten Sie hier an!»
«Wo, hier?» grummelt der Taxifahrer.
«Da, am Crédit Lyonnais, dort!»
«Was wollen Sie beim Crédit Lyonnais, Malaussène?»
«Ein Konto auf den Namen meiner Schwester eröffnen, das ist dringend notwendig.»
«Wir werden zu spät kommen.»
«Lassen Sie mich in Ruhe, Majestät!»

JLB haust im Sechzehnten. Rue de la Pompe. Und seine Bude gleicht eher dem Palast des Herodes als dem Stall von Bethlehem. Es ist eines dieser Herrschaftshäuser, die als prachtvoll gelten, weil sie etwas Besonderes sind und kaum veralten.
Der Diener, der uns öffnet, ähnelt Zug für Zug dem Diener, den man hinter dieser Art Tür anzutreffen erwartet. Er führt uns herein und versichert uns gleichzeitig, daß Monsieur uns erwartet, was Monsieur nicht davon abhält, uns warten zu lassen – in einer holzgetäfelten Bibliothek, wo der alphabetische Zufall Saint-Simon, Solschenizyn, Sueton und Han Suyin aufgespießt hat. Wenn das Leben aufhört zu überraschen, sieht es aus wie hier. Das nimmt einem jede Lust am Beschreiben des restlichen Raumes.
«Guten Tag, meine liebe Freundin!»
So kündigt sich der Mann an, mit einer ganz fröhlichen Stimme. Die Königin Zabo und ich richten unser Auge auf die weit geöffnete Tür, in der ein kleiner Typ um die Sechzig steht, schmal und hüpfend, damit beschäftigt, die Bibliothek diagonal zu durchqueren, ein charmantes Lächeln vor sich hertragend.
«Guten Tag, mein lieber Minister!»
Nicht die geringste Affektiertheit in der Stimme der Königin Zabo, eine echte Herzlichkeit, diese Art von distinguierter Vertrautheit,

bei der man auf den Gedanken kommen könnte, daß das Nennen eines Mannes bei seinem Titel, seiner Auszeichnung oder seinem Dienstgrad für manche nach Intimität klingt. Man atmet dieselbe Luft ein. Diese beiden da müssen öfter, als sie eigentlich sollten, miteinander Bridge gespielt und sich dabei recht lustige Geschichten erzählt haben.
«Monsieur Malaussène, nehme ich an?»
Er nimmt richtig an, der Kerl. Und ich sage mir, daß ich diesen Kopf schon mal irgendwo gesehen habe. But where? Man kann ja nicht unbedingt sagen, daß ich die Gewohnheit habe, laufend irgendwelche Minister zu treffen.
«Denken Sie nicht länger nach, junger Mann, ich bin Chabotte, der Minister Chabotte, der Buhmann aus Ihrer turbulenten Teenagerzeit, der Erfinder der Mopeds für zwei Bullen, von denen der hintere mit einem Knüppel bewaffnet war, um die Kinder ins Bett zu schicken.»
Das alles, während er mir die Hand mit einer überwältigenden Jugendlichkeit auf und ab schüttelt und ich mir sage: ‹Mein Gott, Chabotte, Julie würde sich in den Arsch beißen, wenn sie mich hier sehen würde.› Die kurze Geistererscheinung meiner Geliebten verdunkelt mir den Blick, weswegen Chabotte Beunruhigung vortäuscht.
«Keine Angst, junger Mann, diese Zeiten sind vorbei, und ich bin gern bereit, unumwunden zuzugeben, daß dieses Moped nicht meine beste Idee war. Ich habe nur eine einzige Leidenschaft: das Schreiben. Und Sie werden mit mir darin übereinstimmen, daß ein Mann, der Romane schreibt, nicht durch und durch schlecht sein kann.»
(Was ist das bloß für ein komischer Kauz?)
«Wollen wir nicht lieber in mein Büro gehen?»
Doch. Und wieder diagonal durch die Bibliothek. Chabotte trippelt vor uns wie ein großes Kind. Er ist köstlich. Man könnte schwören, er sei ein Kaffeelöffel, der aus seiner Tasse gehüpft ist.
«Da sind wir, treten Sie ein, ich bitte Sie, setzen Sie sich! Tee? Kaffee? Whisky? Etwas anderes? Für Sie wird es Ihr ewig geliebtes Vichy-Wasser sein, ich weiß. Um Himmels willen, liebe Freundin, wie können Sie nur eine solche Brühe trinken?»

Sollte die Königin Zabo jemanden getroffen haben, der noch wuseliger ist als sie? Jedenfalls erschüttert sie das nicht. Sie setzt sich auf das Härteste, das sie finden kann, einen kleinen Louis-XIII.-Stuhl – alles, was es an Mönchischem gibt –, während ich von Englischem Leder mit Ohren verschlungen werde.

«Er ist sehr gut. Eine ungenaue Physis, biegsam, das ist exakt das, was ich gebraucht habe.»

Redet der gerade von mir? Von mir?

«Entschuldigen Sie bitte, Monsieur Malaussène, ich habe eben von Ihnen gesprochen, als seien Sie nicht da. Das ist eine alte Schwäche des Politikers. In der Politik verbringen wir die meiste Zeit damit, über Abwesende zu reden, und es kommt vor, daß ihre Anwesenheit nicht viel daran ändert.»

«Kaffee.»

«Wie bitte?»

«Sie haben weiter oben eine Liste aufgezählt: Ich wähle Kaffee.»

«Ah ja! Kaffee, jawohl, einen kleinen Kaffee.»

Graziöses Vorbeugen des Oberkörpers, Sprechanlage: «Oliver? Würden Sie bitte so nett sein und uns ein großes Glas Vichy und eine Tasse Kaffee bringen!»

Dann, mit blinzelndem Auge:

«Nun, Monsieur Malaussène, gestehen Sie mir alles! Wie haben Sie sich den mysteriösen JLB vorgestellt?»

«So.»

Mein gebogener Daumen deutet auf die Königin Zabo. Sie sitzt still auf ihrem Stuhl, aber ihr entgeht nichts. Hübsches kleines ministerielles Lächeln:

«Ich weiß nicht, ob dies das schönste Kompliment ist, das Sie Ihrer Chefin machen können, aber ich persönlich fühle mich ziemlich geschmeichelt.»

Woraufhin Oliver erscheint. Es ist nicht derselbe Diener wie der an der Tür, aber es ist ein anderer, der derselbe sein könnte.

Vichy.

Kaffee.

«Nein, ernsthaft, welches Bild machen Sie sich von JLB? Womit *sollte* er sich Ihrer Meinung nach vergleichen lassen?»

Ach so! Darum geht's also! Wir sind mitten in der Arbeit... Ich

überlege zwei Sekündchen (Leck mich, ist der Kaffee gut) und sage:
«Mit einer Concorde.»
Chabotte ist vollkommen baff. Er reißt verwundert seine Äuglein auf, wendet sich ruckartig zur Königin Zabo und ruft:
«Wunderbar! Dieser Junge ist wun-der-bar!»
Dann zu mir:
«Sie haben ins Schwarze getroffen, Monsieur Malaussène. Sie haben vollkommen richtig verstanden, was ich wollte. Eine Concorde ist genau das. Ein fliegender Diplomatenkoffer! JLB muß Ähnlichkeit mit einer Concorde haben! Und ob! Gut, mein Lieber, machen Sie sich darauf gefaßt, als Concorde verkleidet zu werden! Haben Sie mich gelesen?»
«Wie bitte?»
«Haben Sie JLBs Romane gelesen? Meine Bücher...»
(Na ja, das heißt...)
«Nein, nicht wahr? Doch ein gewisses Mißtrauen, he? Das ist ein guter Ausgangspunkt, stellen Sie sich mal vor! Ich will Sie ganz frisch. Und jetzt, gestatten Sie mir, daß ich Ihnen meine Theorie darlege. Sitzen Sie gut? Geht's. Noch einen Kaffee? Nein? Zigarette? Sie sind Nichtraucher... Gut. Sperren Sie Ihre Ohren weit auf, und heben Sie sich Ihre Fragen bis zum Schluß auf! Titel der Vorstellung:

JLB ODER DER LIBERALE REALISMUS

JLB ist Schriftsteller eines neuen Genres, Monsieur Malaussène. Er hat mehr von einem Geschäftsmann als von einem Literaten. Nun, genauer gesagt ist sein Geschäft die Feder. Wenn ich auch nicht gerade behaupten kann, ich hätte ein neues literarisches Genre erfunden, so habe ich doch hundertprozentig eine *Strömung* geschaffen. Eine Strömung von absoluter Originalität. Mit meinen ersten Romanen, *Der letzte Kuß an der Wall Street, Goldgrube, Dollar* oder *Das Kind das rechnen konnte*, habe ich die Fundamente für eine neue Schule der Literatur gelegt, die wir, wenn Sie so wollen, den Kapitalistischen Realismus nennen. Lächeln Sie nur, Monsieur Malaussène. Jawohl, der *Kapitalistische Realismus* bzw. der *Liberale Realismus*, um im Zeitgeist zu bleiben, ist tatsächlich das genaue

Spiegelbild des *Sozialistischen Realismus*. Dort, wo unsere Vettern aus dem Osten in ihren Romanen die Geschichte der Heldin aus der Kolchose erzählen, die sich in den verdienten Traktorfahrer verliebt, eine gemeinsame Leidenschaft, die den Anforderungen des Fünfjahresplans gewidmet ist, da erzähle ich das Epos der individuellen Schicksale, deren Aufstieg sich nichts entgegensetzt, weder andere Schicksale noch der Staat noch die Liebe. Bei mir gewinnt immer der Mann, *der Geschäftsmann*! Unsere Welt ist eine Welt von kleinen Ladenbesitzern, Monsieur Malaussène, und ich habe mir vorgenommen, allen kleinen Ladenbesitzern dieser Welt etwas zum Lesen zu geben! Wenn die Adeligen, die Arbeiter, die Bauern im Laufe der literarischen Epochen ein Recht auf ihre Helden hatten – die Händler hatten es nie! Balzac, entgegnen Sie mir? Balzac ist das Gegenteil eines Helden, was den Handel angeht; da steckt schon der analytische Virus drin! Ich, Monsieur Malaussène, ich analysiere nicht, ich *führe Buch*! Der Leser, den ich anvisiere, ist nicht derjenige, der lesen kann, sondern derjenige, der rechnen kann. Und alle kleinen Ladenbesitzer der Welt können rechnen, und kein Romanschreiber hat ihnen je zu einem romanhaften Wert verholfen. Aber ich! Und ich bin der erste. Ergebnis: zweihundertfünfundzwanzig Millionen verkaufter Exemplare in aller Welt, ‹bis zum heutigen Tage› – wie meine Pflegemutter gesagt hätte. Ich habe die Buchführung in den Rang des Epischen erhoben, Monsieur Malaussène. In meinen Romanen gibt es lange Zahlenreihen, Kaskaden von Börsenwerten, so schön wie ein Kavallerieangriff. Es ist eine Poesie, für die alle Arten von Geschäftsleuten sensibel sind. Der Erfolg JLBs ist letztendlich darauf zurückzuführen, daß ich der merkantilen Vielzahl ihre mythische Darstellung gegeben habe. Dank meiner haben die Händler seitdem ihre Helden im Olymp des Romans. Was sie nun fordern, ist der Auftritt des Weltschöpfers. Jetzt sind Sie dran, Malaussène...»

14

Die Berufung zum Geld erfolgt sehr früh. Gegen vier Uhr morgens, wenn die Müllabfuhr vorbeikommt. Und jedweder Sohn eines Müllmannes kann davon heimgesucht werden.

Mit sechzehn Jahren und in dem Bewußtsein, daß er nur zum Abschaum der Gesellschaft gehörte, folgte Philippe Ahoueltène, in einen plumpen, grünen Arbeitsanzug mit phosphorisierenden Streifen gezwängt, seinem Vater, um sich ein mageres Taschengeld zu verdienen.

Beim ersten Schimmer des anbrechenden Tages, als er am Place de la Concorde, hinter seinem Wagenkasten festgekrallt, so dahinrollt, entdeckte Philippe die Flut von Menschen, die vor dem Hotel du Crillon kampierte und auf das unwahrscheinliche Erscheinen von Michael Jackson wartete. Da hatte Philippe seine erste Idee: Jacksons Mülleimer waren Gold wert!

huen Stadtplan von Paris in der einen und das mondäne Telefonbuch in der anderen Hand, erfaßte und lokalisierte Philippe als Kartograph seines ersten Kapitals die Mülleimer der Stars.

Bereits nach dem ersten Vormittag, an dem er Nachforschungen angestellt hatte, brachte er hinter Glas: das Kerngehäuse eines Apfels, an dem Jane Birkin geknabbert hatte; Cathérine Deneuves Nagellackfläschchen von Dior; Bohringers Flasche Jack Daniels...

«Leck mich doch, ist der Typ genial! Und verkloppt er das Zeug wieder? Wahnsinnsidee ist das!»

«Jérémy, sei ruhig!»

«Was, ist das keine Wahnsinnsidee, die Mülleimer der Stars?»

«Laß Onkel Thian weiterlesen!»

Drei Monate später stand Philippe an der Spitze einer Brigade von zwölf passionierten Wühlern und dreißig Informanten, Hausmeistern oder Hausmeisterssöhnen. Sie alle waren an den Gewinnen des Unternehmens beteiligt, das sich sehr schnell als eines der lukrativsten erwies.

«Was heißt'n lutschertief?»
«Lukrativ, Kleiner, ‹kra›, das bedeutet, es bringt Schotter.»
«Viel Schotter?»
«Ganz schön, doch.»
«Und ‹er wies›, was bedeutet das?»
«Was?»
«Er wies.»
«Ach so, ‹erwies›! Na ja...»
«Erklär's ihm mal ganz einfach, Thérèse, damit Onkel Thian weiterlesen kann!»

Gleich im Anschluß daran absolvierte er sein Handelsabi mit sehr guten Noten und legte sich einen Loft in Ivry zu.
In den darauffolgenden Jahren eröffnete er Filialen in London, Amsterdam, Barcelona, Hamburg, Lausanne und Kopenhagen. Sein riesiges Büro auf den Champs-Elysées diente ihm als Hauptquartier. Er ging als Primus an die Hochschule für Wirtschaftswissenschaften.

«Ach, guck mal an, der Typ!»
«Jérémy...»
«'tschuldigung.»

Am Tage seines achtzehnten Geburtstages verließ er die HfW und schlug die Tür hinter sich zu. Er würde zwei Jahre später wiederkommen, aber als Professor.
Während dieser zwei Jahre lernte er Dänisch, Spanisch, Holländisch, perfektionierte sein Deutsch und sein Englisch, das er mit einem Hauch von Yorkshire-Akzent sprach.
Er spielte Saxophon im «Petit Journal» und legte eine Blitzkarriere als Flügelhalbspieler in der Rugbymannschaft des P.U.C. hin...

Das ist es. Es heißt *Der Herr des Geldes* und ist das jüngste Kind des Exministers Chabotte alias JLB. Es ist schnell wie der Blitz, saudoof wie der Tod, aber es begeistert Kinder so sehr, daß sogar die kleine Verdun sorgfältig alle Zeilen verfolgt, die Thian vorliest. Thian, der niemals für sich selbst einen Roman gelesen hat, ist ein begnadeter

Vorleser. Seine Stimme verstärkt die Phantasie. Sie ist Gabins Stimme verblüffend ähnlich. Egal, was er liest, es läuft runter wie Butter. Wenn Jérémy oder der Kleine es wagen, die Lektüre am Anfang zu unterbrechen, dann nur im Affekt der Begeisterung. Sie lassen sich schnell mit dem Strom dahintreiben, von der Welle über die Abgründe tragen, die sich in Thians Stimme auftun. Bei jedem Wort, in jeder Zeile, ganz gleich, welchen Text er liest.

Philippe durchforstet gerade New York, um dort neue Filialen zu eröffnen, als er Tanja kennenlernt. Ihre Blicke kreuzen sich mitten im Herzen von Greenwich Village.
Wie er von irgendwo hergekommen, macht ihn die junge Frau mit Goethe, Proust, Tolstoi, Thomas Mann, André Breton, der architektonischen Malerei und der seriellen Musik vertraut. Das Paar erregt viel Aufsehen. Madonna, Boris Becker, Platini, George Bush, Schnabel, Mathias Rust und Laurent Fignon zählen zu ihren engsten Freunden.

Ich habe sie allein gelassen, Verdun in den Armen des alten Thian, Thérèse gestärkt in ihrem Nachthemd, Clara in ihrem Bett (die Hände schon über ihrem Bauch gefaltet), Jérémy und den Kleinen in den oberen Etagen ihrer Betten, eine massiv goldene Zukunft vor Augen, Yasmina zu Füßen Claras mit pietätvoll gravitätischer Miene, als würde Thian gerade eine Sure vorlesen, die der Prophet eigens zur Erinnerung an Saint-Hiver verfaßt hätte.
Ich bin aufgestanden.
Julius der Hund ist aufgestanden.
Wir haben uns leise davongeschlichen, wie so oft um diese nächtliche Stunde.

Wir, der Hund und ich, haben uns aufgemacht, um unser Plädoyer im Fall Benjamin Malaussène gegen Julie Corrençon vorzutragen. Um uns herum zerfiel Belleville ein bißchen mehr, während ich meinen Text aufsagte. ‹Ich habe es akzeptiert, diese Komödie zu spielen, um Clara zu trösten, meine Julie. Ich habe es akzeptiert, weil es

Momente gibt, in denen der Horror so stark und so echt zuschlägt, daß man das ‚Reale', wie du es nennst, unbedingt verlassen und woanders spielen muß. Ich habe akzeptiert, damit die Kinder woanders spielen können und nicht mehr an Saint-Hiver denken. Jérémy und der Kleine werden meinen Text abhören, Clara wird die Fotos machen, und Thérèse wird mich tadeln können. Das wird sie beschäftigen. Ich habe akzeptiert, um Coudriers Anweisung zu folgen, auch, um das Familienfloß so weit wie möglich von seinen Ermittlungen wegzusteuern. Ich habe akzeptiert, weil ich schätze, daß wir in der letzten Zeit, wenn man alles zusammenrechnet, reichlich viel Scheiße einkassiert haben, findest du nicht? Also hab ich mir gesagt, okay, locker bleiben, nur einmal, ein bißchen doof stellen, nur geringfügig unanständig sein. Laßt uns aufhören, untadelig zu sein, denn das ist es, was Coudrier uns vorwirft. Verlassen wir für eine Zeitlang die ungastlichen Ufer der Aufopferung und des Erhabenen. Machst du mit, Julie? Laß uns spielen. Spielen wir ein bißchen. Spielen wir JLB, denn das ist das Spiel, das sich anbietet.›

Sie ist natürlich nicht zu Hause. Klopf, klopf, klopf, Julie? Julius der Hund sitzt da und wartet, daß die Tür aufgeht. Aber die Tür geht nicht auf. Kugelschreiber, Papier, Julius' Rücken als Schreibunterlage. Ich fasse alles zusammen, was ich weiter oben gesagt habe. Ich füge hinzu «Ich liebe dich», hänge noch dran «jederzeit und in jeder Weise» und daß ich «ihr Flugzeugträger» bleibe, daß sie so oft landen und starten kann, wie sie will... Das waren die ersten Worte unserer Begegnung: ‹Möchtest du gerne mein Flugzeugträger sein, Benjamin? Ich würde von Zeit zu Zeit landen und mich auftanken lassen.› Ich erwiderte ganz glücklich: ‹Lande nur, meine Schöne, und fliege so oft davon wie du willst, von nun an werde ich mich in deinen Gewässern tummeln.›
Ich habe mich für meine dummen Bemerkungen über den Journalismus und das «sorgfältig Ausgewählte» entschuldigt. Entschuldige, Julie, ich wollte dir einfach nur weh tun... Pardon, Pardon, dann habe ich unterschrieben.
Und habe nachgedacht.
Es fehlte noch etwas.

Eine Wahrheit, die man nicht verheimlichen kann.
Chabotte.
Ich habe ihr gestanden, im Postskriptum, daß JLB der Minister Chabotte ist, genau der, ja, Julie, genau der. Weißt du, was das heißt? Dann habe ich mich unter die Tür geschoben.

Nach seinen Ausführungen zum liberalen Realismus führte Chabotte die Königin und mich in den Vorführsaal.
«Folgen Sie mir, Monsieur Malaussène, ich werde Ihnen zeigen, wie eine Concorde aus Fleisch und Blut aussieht.»
Ein Dutzend Sessel mit ihrem Dutzend Aschenbecher, eine abfallende Decke und Wände mit Schrägkanten, die zu einer unbefleckten Leinwand konvergieren. Das Auge des Projektors im Hintergrund wird von Antoine bedient, einem dritten Diener, der genauso aussieht wie die beiden anderen. Der Besuch hatte lächelnde Mondänität in die ultrageheime Lagebesprechung gebracht, ungefähr wie James Bond beim Aufbruch zu einer Mission.
«Ich werde aus Ihnen einen JLB machen, der besser ist als in Wirklichkeit. Sie werden sehen, das wird lustig...»
Dunkel, weißer Lichtpfeil, ein Bild auf der Leinwand: der obere Teil eines Gesichtes. Die beiden Flügel einer schwarzen Haarpracht, die von einer tadellosen Spitze in der Stirn aus streng nach hinten gelegt ist. (Oh, là là, streng-streng!)
«Wie Sie feststellen können, Monsieur Malaussène, ist die Concorde korrekt gekämmt.»
(Meine Güte, das stimmt tatsächlich, man könnte schwören, der Typ hätte eine schwarze Concorde auf dem Kopf!)
«Wissen Sie, wem diese Stirn gehört, liebe Freundin?»
Ein Zögern der Königin Zabo:
«Dem jungen Chirac?»
«Nein. Copnick, achtundzwanzig Jahre, die graue Eminenz der Wall Street. Achten Sie auf die Höhe der Stirn, Monsieur Malaussène! Die doppelte Falte verläuft waagerecht, nicht senkrecht; dies ist nicht der Ausdruck von Zweifel, das ist die Energie pur! JLB muß diese Stirn und diese Frisur haben. Gut, fahren wir fort, Antoine!»

Zip-klack, ein seitliches Gleitgeräusch: zwei Augen auf der Leinwand. Stahlblau, wie es sich gehört, und knallhart geradeaus. Die Sorte Typ, die sich einen unverrückbaren Blick zugelegt hat. Wenn er woanders hinsieht, dreht sich der ganze Kopf wie der Turm eines Panzers.
«Wolbrooth, König des Wolframs», erklärte Chabotte, «der Markt der Raumfahrt gehört ihm allein. Nicht die Farbe der Augen zählt, Monsieur Malaussène, sondern die Spannung des Blicks. Sehen Sie sich an, wie er unter den Brauenbögen hervorschießt. Für ein Gesicht, das so flexibel ist wie das Ihre, ist das doch leicht zu schaffen.»
Und so weiter: die schweren Backen des Mehlkönigs, das fleischige Kinn des Elektronikflohmarktkaisers, das Halblächeln des belgischen Konservenmagnaten, und so weiter... Gesamtbild: der König der Blödmänner, meiner Meinung nach.
Dies war nicht die Meinung Chabottes:
«Und so erhalten wir JLB: ein perfektes Gleichgewicht zwischen Autorität, Entschlossenheit, Ironie und gesunder Freude. Denn JLB ist kein Asket, auf diesem Punkt bestehe ich ganz besonders: Er liebt das Geld und den Luxus in all seinen Formen, inklusive des Fressens. Monsieur Malaussène, Sie brauchen ein paar Pfunde mehr, ein bißchen zunehmen.»

15

«Iß, Benjamin, iß, mein Sohn!»
«Ich kann nicht mehr, Amar, danke, ehrlich...»
«Was heißt ‹kann nicht mehr›? Du mußt doch wissen, ob du ein großer Schriftsteller werden willst oder nicht, Benjamin!»
«Klappe, Hadouch!»
«Die ganzen Typen, die sich in eurer Christenliteratur einen Namen gemacht haben, waren doch eher gut gefüttert, Dumas, Balzac, Claudel, stimmt's?»
«Simon, halt's Maul!»
«Ich glaub, sie haben's wie Ben gemacht: Sie haben Couscous gefressen.»

«Mo hat im Grunde genommen recht. Wenn man sich's genau überlegt, kommt alles aus dem Islam.»
«Ich frage mich, ob Flaubert die Mutter Bovary ohne Couscous hingekriegt hätte...»
«Ihr könnt mich gleich mal, alle drei, kapiert?»
«Noch einen Teller, Ben.»
«Komm, JLB, einer geht noch...»

Monate! Monate intensiver Völlerei! Monatelang Couscous JLB, extra kalorienreich! Morgens und abends! So leicht wie der Humor von Hadouch und seinen beiden Handlangern. Natürlich habe ich an den Backen kein Gramm zugenommen. Der Magen hat seine Spitze rausgedrückt, und der Hintern ist rundlich geworden. Mit den eingefallenen Backen habe ich ausgesehen wie ein früher Romantiker, der wieder zum Sauerkraut übergewechselt ist.
Chabotte war mit mir nicht zufrieden:
«Sie machen sich unnötige Gedanken, Monsieur Malaussène, Sie nehmen an Dichte zu, und das überrascht Sie. Dabei ist es das erste Mal in Ihrem Leben, daß Sie das Gewicht haben, das ein stattlicher Mann auf unserer guten Erde braucht. Ich denke, ich kann jetzt den Schneider herbestellen.»
Der Schneider hatte einen Italonamen, Libellenfinger und das Lächeln Vittorio de Sicas. Chabotte hüpfte fröhlich um uns herum, riet eine Nadel hier, suggerierte eine Klappe dort, fand diesen Streifen zu phantasievoll, jenes Grau zu klerikal.
«Die Socken, Monsieur Malaussène, die Socken... Niemals die Unterwäsche vernachlässigen, sie muß auf den Anzug abgestimmt sein. Nicht wahr, liebe Freundin?»
Ich versichere laut und deutlich: Wer niemals nackt vor seinem Verleger gestanden hat, unter den Augen des seligen Vittorio de Sica, während ein Exminister des Inneren um ihn herum kleine Schreie ausstößt, weiß nicht, was Scham bedeutet.
Insgesamt haben sie mir drei dreiteilige Anzüge geschneidert, aus einem dieser extrafeinen ausländischen Stoffe, die Gatsbys Budget glatt übersteigen würden. (Benjamin Malaussène oder Kaschmir, kasch mir das Glück!)

«Und tragen Sie sie, Monsieur Malaussène, zähmen Sie Ihre neue Haut! Ich will nicht, daß Sie den Eindruck erwecken, als wären Sie zufällig in einen Schriftstelleranzug geraten. Den Bestseller trägt man selbstbewußt!»

«Schönen Frack hast du da, mein Bruder Benjamin!»
«Willst du jetzt auch Belleville aufkaufen?»
«Lauf nicht unter den Dachrinnen entlang, Ben! Wenn die Tauben dir draufscheißen, das sind zehn Mille pro Treffer!»
«Minimum.»
Und dieser kleine Kretin Nourdine, den mir Mo der Mossi und Simon der Kabyle untergeschoben haben, soll mich überallhin mit einem Schirm begleiten, um mich vor den Tauben zu schützen.

So nahm denn die Werbekampagne ihren Lauf.
Sobald man Belleville verließ, sobald man an der Rue Richard-Lenoir vorbeikam, war Paris mit sibyllinischen Plakaten vollgekleistert – DER LIBERALE REALISMUS. In SO dicken Lettern. DER LIBERALE REALISMUS, ohne ein Wort der Erklärung. Es galt, die öffentliche Neugierde anzuheizen. Ein Artillerieangriff im Vorfeld meiner eigentlichen Offensive. ‹Sensibilisierung für das Konzept›, ‹Imprägnieren des urbanen Netzes›... Im Talion Verlag fanden zu diesem Thema halbwöchentliche Lagebesprechungen statt. Ein halbes Dutzend Werbefachleute kreuzten auf, alle frisch gebräunt, als kämen sie gerade von einer Safari zurück. Sie waren gleichermaßen konzentriert und zungenfertig, breiteten ihre Pläne auf dem Konferenztisch aus, spielten mit dem Zeigestock und dem keinen Widerspruch duldenden Marker, hatten Gesichter wie Offiziere der Sioux, als bereiteten sie den längsten Tag vor. Sie zeigten Claras erste Fotos vor, diejenigen mit meinem JLB-Blick, der unter den Brauenbögen hervorschießt und auf die Verkaufszahl eine Milliarde zielt. Sie sagten:
«Wir schlagen Ihnen hier eine besonders bissige Rhythmik vor, einen Wechsel zwischen Konzept und Blick, sehen Sie? DER LIBERALE REALISMUS... und der Blick. Erstaunlich, nicht wahr?»

«Ich hätte gern einen Blick wie der Typ...»
Die Grasaffen warfen mir neugierige Blicke zu und lächelten dabei höflich, so als wollten sie mir zu verstehen geben: Das kann bei dir noch ein Weilchen dauern. Denn ich nahm an den Lagebesprechungen ja nicht in meiner Funktion als JLB teil, sondern als gewöhnlicher Malaussèner. Nicht ein einziger von ihnen erkannte mich wieder, was Loussa in Freude versetzte.
«Um JLBs Augen zu haben, muß man wissen, was man will. Man darf kein Abonnent des Zweifels sein wie du, kleiner Trottel!»
Ich schenkte Loussa ein Lächeln. Es gibt eben Momente im Leben, da ist man unter Kumpels. Punkt, aus.

Clara legte ihren Apparat nicht mehr aus der Hand. Sie machte schöne Fotos. Werbefotos von JLB, die ich zu Gold machen werde (das Sparschwein ihres Kleinen wird ganz schön voll), und private, die wir für uns behalten. Was sie am meisten faszinierte, war die Metamorphose, die Verwandlung ihres Benjamin in ihren JLB.
«Du hättest ein großer Schauspieler werden können, Benjamin!»
Sie amüsierte sich. Sie amüsierte sich, meine Clarinette. Trotzdem dachte sie an Saint-Hiver (manchmal hörte ich, wie sie weinte, abends, wenn ich meinen Text im Eßzimmer einstudierte, neben den eingeschlafenen Kindern). Kommissar Coudrier hatte darauf bestanden, daß sie allein zu Saint-Hivers Beerdigung ging. Er war hergekommen und hatte sie in seinem Dienstwagen abgeholt, eben jenem, der uns damals am Hochzeitstag überholt hatte. Coudrier hatte sie auch wieder nach Hause gebracht. Er war «nett» gewesen, sagte Clara. Zu mir war Coudrier auch nett, als er mich durch die Tür schob, die er sofort hinter uns zumachte, und mir ins Ohr zischte:
«Und vergessen sie nicht, Malaussène: Halten Sie sich fern von meinen Ermittlungen, kümmern Sie sich um sich und um Ihre Familie, sonst...»
Als er wieder draußen war, hatte Clara gesagt:
«Man hat einen neuen Gefängnisdirektor ernannt. Es ist ein Junger, er wird Clarences Arbeit fortführen.»
Ich wechselte das Thema:

«Die Werbefritzen fahren auf deine Fotos ab. Sie sagen, sie hätten noch nie so was gesehen.»

Thérèse hat in dieser ganzen Geschichte nur ein einziges Mal interveniert: am Tag, als die Concorde auf meinem Kopf gelandet ist.
«Ich mag diese Frisur nicht, Benjamin, sie gibt dir ein mephistophelisches Aussehen. Das bist nicht du, und es ist nicht gesund.»

Fotos und Werbesprüche wechselten jetzt einander an den Wänden von Paris ab. EIN MANN: meine Wall-Street-Stirn. EINE SICHERHEIT: mein Platinlächeln. EIN WERK: mein Wolfram-Blick. Und vor allem: *DER LIBERALE REALISMUS*. Fotos und Sprüche standen scheinbar in keinerlei Zusammenhang, aber die Plakate kamen sich heimtückisch näher, so daß der Eindruck entstand, daß sie womöglich Teile ein und desselben Puzzles sein könnten, daß ein Gesicht gerade dabei war, sich zusammenzusetzen, daß sich eine Wahrheit Schritt für Schritt ankündigte.
Man nahm an, daß die Öffentlichkeit vor Ungeduld japste.

«Wenn ich dich frage: ‹Welches ist Ihre wichtigste Eigenschaft, JLB?›, was antwortest du dann?»
«Unternehmen!»
«Sehr gut. ‹Und Ihre größte Schwäche?›»
«Keine Schwäche.»
«Aber nein, Benjamin, da mußt du antworten: ‹Nicht alles zu schaffen.›»
«Okay: ‹Nicht alles zu schaffen.›»
«‹Haben Sie die Niederlage kennengelernt?›»
«Ich habe Schlachten verloren, aber ich habe aus ihnen immer die Lehre gezogen, die am Ende zum Sieg führt.»
«Bravo, Benjamin, siehst du, es klappt doch!»
Jérémy probte mit mir meine künftigen Interviews. Fünfzig Seiten Frage-und-Antwort-Spiel, die Chabotte ausgearbeitet hatte; es mußte eingepaukt und wie aus der Pistole geschossen ausgespuckt

werden. «Machen Sie auf keinen Fall den Eindruck, Sie würden nachdenken, Monsieur Malaussène, die Sicherheit muß aus JLB heraussprudeln wie eine Geldquelle.»
Jérémy kam schnurstracks von der Schule nach Hause, und anstatt mir wie sonst sein Schulheft vorzulegen, spürte er mich sofort auf, sogar auf dem Klo. «Brauchst dich gar nicht zu verstecken, Ben, ich weiß, daß du da bist!»
Und schon ging's wieder los.
«Das Alter, wie denken Sie über das Alter?»
«Es gibt Greise von fünfundzwanzig Jahren und junge Leute von achtzig.»
«Und mit vierzig Jahren?»
«Mit vierzig Jahren ist man reich oder man ist nichts.»
«Perfekt. Das Geld?»
«Wie, Geld?»
«Okay, wie denkt JLB über Geld?»
«Gut.»
«Bitte, Ben, antworte *präzise*! ‹Auf welcher Seite stehen Sie bezüglich der Problematik des Geldes?›»
«Auf seiten der Notenpresse.»
«Hör auf, Ben! Wie lautet die richtige Antwort?»
«Weiß nicht.»
«Das Geld war den Franzosen immer suspekt. Was mir daran suspekt ist, ist die Tatsache, daß sie unbedingt welches haben wollen, aber keins verdienen.»
Der Gong rettete mich: die sakrosankte Stunde des Vorlesens.

Es war im Januar auf dem Concorde-Flug AF 516, und er wußte beim ersten Anblick: Sie würde es sein. Sie saß auf dem Nachbarsitz und erschien ihm auf Anhieb so verlockend und unerreichbar wie ein Edelweiß, das auf dem Gipfel eines Zobels thronte. Eine Sache war gewiß: Er würde keine andere als Mutter seiner Kinder auswählen.
Zunächst hatte sich sein Herz beengt gefühlt, und er war mehrmals ohne Grund aufgestanden. Er war nicht besonders groß. Seine Gesten hatten immer noch etwas von der Unsicherheit eines Heran-

wachsenden; sie verströmten einen eigenen Charme und hatten seine Feinde verschiedene Vermögen gekostet. Wer Philippe Ahoueltène gut kannte (wobei die Zahl derer, die ihn gut kannten, sehr klein war), dem wäre das von ihm in Gang gesetzte Zittern des Grübchens, das sein Kinn spaltete, nicht entgangen.

Den Kleinen gefiel das, was soll's. Das war das Ziel der Operation. Mir gefiel's nicht besonders. Man muß ehrlich sein, nicht besonders. Ich fand es sogar leicht schändlich. (Julie im Hintergrund: ‹Willst du nicht einmal im Leben du selbst sein?›) Manchmal passierte es mir, daß ich mich bei der zuständigen Stelle beschwerte. Ich ging in das Zimmer der schlafenden Kinder. Ich beugte mich über Claras Rundung, ich löste vorsichtig ihre gefalteten Finger, und ich wandte mich direkt an den kleinen Nutznießer da drin:
«Bist du mit dir zufrieden? Denn das Ganze ist nur wegen dir... ist dir das wenigstens bewußt? Aber nein, natürlich nicht. Ich verkaufe meine Seele, um dich zum Milliardär zu machen, und dir ist das wurscht. Als erstes bist du undankbar, wie alle anderen... Mal ehrlich, glaubst du, es ist ein Leben für einen Mann, für die Engel die Brötchen zu verdienen?»

«Sie stehen das doch wohl durch, Malaussène?»
Chabottes Fürsorge drang mir mitten ins Herz.
«Sagen Sie, Sie bleiben doch tapfer bei der Stange, nicht wahr?»
Das hieß, es war zu spät, um den Rückwärtsgang einzulegen. Die Plakate und Werbesprüche hatten ihre Vereinigung vollzogen. DER LIBERALE REALISMUS: EIN MANN, EINE SICHERHEIT, EIN WERK! Meine Visage gigantisch groß, und überall meine Initialen. In allen Metrostationen. Auf allen Bahnhöfen. Auf den Flughäfen. Auf den Hintern der Busse: JLB, strammer Blick, Lächeln im Trend, eroberndes Kinn und planetarische Wangen. Es waren trotzdem nur zwei Prothesen, um den Planeten aufzublasen. Und dann erschien mit gewaltigem Getöse *Der Herr des Geldes*, angekündigt als die Überraschung der Überraschungen!
«Aber ich bitte Sie, setzen Sie sich doch! Olivier, eine Tasse Kaffee

für Monsieur Malaussène! Was läßt Ihnen denn keine Ruhe, mein Lieber, haben wir nicht exzellente Arbeit geleistet?»
«Nichts, es haut alles genau hin, genau hin haut alles...»
«Gut, dann bin ich ja beruhigt. Beherrschen Sie Ihre Interviews? Die Interviews sind das A und O!»
«Ich beherrsche.»
«Die Fotos Ihrer Schwester sind bewundernswert. Ich plane eine neue Serie und werde den ersten Text, der von Ihnen handelt, damit illustrieren. Sie werden sehen, Sie werden nicht enttäuscht sein...»

Jene Fotos wurden in Saint-Tropez aufgenommen, vor dem Hintergrund des Mittelmeeres, das schon andere gesehen hat. JLB steigt aus seinem Lear-Jet, JLB am Steuer seines neuesten Jaguar XJS V 12, 5,3 Liter, 241 km/h, Colonny-Leder und Walnußholz, ca. 385 000 Franc: sein Tropezer 2 CV. JLB bei einer ultrageheimen Unterredung im Herzen seiner Villa mit einem turbanisierten Araber (*Es ist der Chefberater der Ölprinzen*). Besagter Araber war der alte Amar höchstpersönlich, und durch das Gebüsch hindurch konnte man die Silhouette seiner «Leibwächter» erahnen: Hadouch, Mo und Simon – Walkie-Talkies und den Umständen entsprechende Gesichter:
«Mit dir ist es wirklich nicht langweilig, mein Bruder Benjamin, mal ist es eine Christenhochzeit im Knast, ein andermal ist es Saintrope – wann nimmst du uns mit auf den Mond?»
Und schließlich JLB in der Abgeschiedenheit seines Marmorbüros, wie er letzte Hand an seinen letzten Roman anlegt: *Der Herr des Geldes*.

«Ich sage absichtlich *seinen letzten Roman*, Monsieur Malaussène.»
Ein kleiner Satz von Chabotte, anscheinend unbedeutend, aber es war der einzige Sonnenstrahl in dieser ganzen Periode.
«Wollen Sie damit sagen, daß Sie aufhören zu schreiben?»
«Zu schreiben gewiß nicht! Aber mit diesen Albernheiten von Herzen gern, o ja!»

«Diese Albernheiten?»
«Sie glauben doch nicht im Ernst, daß ich den Rest meines Lebens mit Bahnhofsliteratur verbringen werde? Ich bin dadurch reich geworden, daß ich mir dieses Produkt ausgedacht habe. Schön. Ich habe ein Genre erfunden. Schön. Ich habe die Idioten mit Stereotypen vollgefüttert. Schön, aber indem ich das tat, habe ich mich in die Anonymität zurückgezogen, wie es der Kodex für einen Politiker fordert. Nun, in neun Monaten werde ich in den Ruhestand treten, Monsieur Malaussène, und gleichzeitig werde ich den alten Kittel des anonymen Schreiberlings auf den Müll werfen, um zur Feder zu greifen, zur wahren, zu derjenigen, die mit ihrem Namen zeichnet und grüne Kleider schneidert*, diejenige, die auch die Reihen dieser Bibliothek gefüllt hat!»
Seine Stimme hatte die Leiter der hohen Töne erklommen. Er war die Beute eines jugendlich enthusiastischen Wirbelsturmes geworden.
«Das alles! Das alles! Ich gehöre zu denen, die all das geschrieben haben!»
Er deutete auf die Regale, die sich dort oben, im Halbdunkel der getäfelten Decke, verloren. Seine Bibliothek nahm das Ausmaß einer Kathedrale an.
«Und wissen Sie, welches mein nächstes Projekt sein wird?»
Das Auge leuchtete, das Weiß war sehr weiß. Er hatte Ähnlichkeit mit einer Figur JLBs. Man hätte schwören können, man hätte es mit einem Zwölfjährigen zu tun, der gerade den letzten Bissen der Welt verschlang.
«Mein nächstes Projekt *sind Sie*, Monsieur Malaussène!»
(Nur zu...)
«Beziehungsweise das JLB-Epos, wenn Sie so wollen! Ich werde es diesen Flegeln von der Kritik zeigen, die es nicht für nötig gefunden haben, mir einen einzigen Artikel zu widmen...»
(Das ist es also...)
«Ich werde ihnen zeigen, was die *Galaxis JLB* in sich birgt, welches Wissen über unsere moderne Welt ein solches Werk voraussetzt!»
Die Königin Zabo saß gefaßt auf ihrem Stuhl, und ich befand mich

---

* Die Mitglieder der Académie Française tragen ein grünes Ornat.

in den Klauen eines Katers, der in eine Maus verliebt war. Er schnurrte jetzt:
«Schreiben, Monsieur Malaussène, ‹schreiben› heißt vor allem vorhersehen. Nun, ich habe auf diesem Gebiet alles vorhergesehen, angefangen bei dem, was meine Zeitgenossen zu lesen wünschten. Weshalb sind JLB-Romane solche Renner? Soll ich es Ihnen sagen?»
(Meine Güte...)
«Weil sie eine universelle Entbindung sind! Ich habe nicht ein einziges Stereotyp geschaffen, ich habe sie alle meinem Publikum entnommen! Jede meiner Figuren und den Traum, der all meinen Lesern vertraut ist... deshalb multiplizieren sich meine Bücher wie die kleinen Brote im Evangelium!»
Mit einem Satz stand er in der Mitte der Bibliothek. Er zeigte mit dem Finger auf mich wie Cäsar, der seinem Adoptiv-Brutus den Trick an sich erklärte:
«Und mein schönstes Stereotyp, das sind Sie, Monsieur Malaussène! Der Moment ist gekommen, den Wirkungsgrad zu beurteilen. Termin morgen, Punkt sechzehn Uhr im Hotel Crillon. Wir haben Ihnen für Ihr erstes Interview eine Suite reserviert. Seien Sie pünktlich, Benjamin, wir werden der Welt die Welt präsentieren!»

16

Nichts ähnelt einer Suite im Crillon so sehr wie eine andere Suite im Crillon – für den, der nicht gerade ein Suitensammler ist. Trotzdem, kaum hatte ich einen Fuß in die für mich reservierte Suite gesetzt, da forderte ich auch schon eine andere.
«Warum?» fragte mich der Buntspecht, der mir die Tür aufhielt und sogleich bedauerte, diese Frage gestellt zu haben.
‹Weil das die Vorschrift ist, guter Mann›, hätte ich beinahe geantwortet. (‹Ein Schriftsteller der Dimension JLB hat seine Allüren, oder er ist nicht›, hatte mir Chabotte erklärt, ‹Sie werden eine andere Suite verlangen.›)
«Die Orientierung», sagte ich.

Der Kopf des Buntspechtes deutete an, daß er verstanden hatte, und Seine Kompetenz orientierte mich in eine andere Suite. Mit der konnte man es versuchen. Zwar ein bißchen kleiner als die Place de la Concorde, aber das konnte hinhauen.

«Bist du einverstanden, meine Clarinette?»

Clara öffnete ein Auge so rund wie ihr Objektiv. Erweiterte Pupille: unbestimmte Belichtungszeit. Ich antwortete für sie.

«Einverstanden.»

Ich steckte dem Buntspecht ein texanisches Trinkgeld zu. Genug, um eine Nacht im Hotel gegenüber, auf der anderen Seite der Brücke, zu verbringen, dort, wo die Tricolore hängt und die Säulen stehen.

Dann tauchte Gauthier mit dem Material auf. Auch er war ganz sprachlos vom goldenen Blinzeln des Crillon. Es schien mir sogar, als betrachtete er mich plötzlich mit Rücksicht.

«Sie stellen das Schreibpult in die Nähe des Fensters und schließen den Computer an diese Steckdose an, dort, mein guter Gauthier», ließ ich von ganz oben herabfallen.

Er lachte und antwortete mir von ganz unten herauf:

«Loussa kümmert sich um die Telefone, Monsieur.»

Und Loussa hielt in der Tat einen triumphalen Einzug. In jeder Hand drei Telefone – wie ein Sankt Nikolaus der Telekommunikation. Er deutete einen Schritt à la Fred Astaire an:

«Es gibt Momente, in denen ich stolz darauf bin, dein Freund zu sein, kleiner Trottel. Wer ist diese charmante Dame?»

Er hatte soeben Clara bemerkt.

«Meine Schwester Clara.»

Er kapierte sofort den Zusammenhang mit Saint-Hiver, aber er zog kein überraschtes Gesicht. Er sagte nur:

«Na, jetzt, wo ich sie kenne, bin ich noch stolzer, dein Freund zu sein. Wahrscheinlich verdienst du sie nicht.»

Woraufhin er die Telefone in der ganzen Bude ausstreute.

Als Calignac eintraf, war alles arrangiert.

Es war Chabottes Idee, JLBs Büro mit Telexen, -fonen und -faxen vollzustopfen, damit man das Gefühl hatte, es sei mit der Welt verbunden, während der Schriftsteller, Jahrhunderte weit von seiner Epoche entfernt, vom Fotografen am Fenster überrascht werden

würde, wo er an einem Schreibpult stand und schrieb. Weiße Bogen, aufs Gramm genau ausgewogen, die ihm – würde die legendäre Journalistin sagen – eigens von der Moulin de la Ferté zugeschickt worden waren. Es war die letzte Papiermühle, die Bogen am Stück herstellte, aus Leinenhadern, gemäß den ältesten Traditionen aus Samarkand. Auf diesen Bogen schrieb JLB nicht mit einem Mont-Blanc, auch nicht mit einem Kugelschreiber, schon gar nicht mit einem Filzer, nein, er schrieb mit dem Bleistift, ganz einfach: eine Gewohnheit, deren er sich seit den ersten Entwürfen in seiner Schulzeit nicht entledigt hatte. Seine Bleistifte, die normalerweise von der alteingesessenen Fabrik Östersund für das schwedische Königshaus bestimmt waren, wurden ihm von der Königin persönlich übersandt. Was die Meerschaumpfeifen betraf, die er während der Arbeit rauchte (er rauchte *nur*, wenn er arbeitete), so hatte eine jede ihre eigene Geschichte, eine lange, über mehrere Jahrhunderte gehende, und sie verbrannte nur einen einzigen Tabak, den gröbsten grauen, den selbst Gitanes nicht mehr auf den Markt brachte, aber von dem er, durch besondere Ausnahme, seine monatliche Ration erhielt.
«Klappt's?» fragte Calignac. «Alles okay? Habt ihr auch nicht die Bleistifte vergessen?»
«Die Bleistifte liegen auf ihrem Platz, auf dem Schreibpult.»
«Und das Taschenmesser?»
«Welches Taschenmesser?» fragte Gauthier und wurde dabei blaß.
«Das Taschenmesser seines Vaters! Man nimmt an, daß er seine Bleistifte mit dem Taschenmesser seines Vaters spitzt, ein Laguiole, eine Reliquie, wußtest du das nicht, Gauthier?»
«Hab ich vollkommen vergessen...»
«Schieß los und besorg ein Laguiole im Tabakladen an der Ecke, und wickel es in Transparentpapier ein, damit es so aussieht, als hätte es das Jahrhundert überstanden!»
In Wirklichkeit amüsierten sich Calignac, Gauthier und Loussa genauso wie meine Kinder.
«Und wie geht's dir?»
«Geht so.»
Calignac packte mich mit seinen Flügelhalbspielerflossen an den Schultern.

«Jetzt ist der falsche Moment für einen Rückzieher, Väterchen. Weißt du, wie hoch die erste Auflage vom *Herrn des Geldes* ist?»
«Drei Exemplare?»
«Hör auf zu spinnen, Malaussène, achthunderttausend! Sie haben achthunderttausend auf einen Schlag rausgebracht.»

SIE: «Wenn ich Sie fragen würde, welches ihre wichtigste Eigenschaft sei, JLB, was würden Sie mir antworten?»
ICH: «Unternehmen.»
SIE: «Und ihre größte Schwäche?»
ICH: «Nicht alles zu schaffen.»
SIE: «Wäre es möglich, daß Sie die Niederlage kennengelernt haben? Dies ist kaum denkbar, wenn man Sie sieht.»
ICH: «Ich habe Schlachten verloren, aber ich habe aus ihnen immer die Lehre gezogen, die am Ende zum Sieg führt.»
SIE: «Was würden Sie einem jungen Mann von heute raten, der Unternehmer werden will?»
ICH: «Wissen, was er will, früh aufstehen, nur von sich selbst etwas erwarten.»
SIE: «Wie entstehen Ihre Romanfiguren?»
ICH: «Aus meinem Siegeswillen heraus.»
SIE: «Die Frauen in Ihren Romanen sind immer schön, jung, intelligent, sinnlich...»
ICH: «Sie sind nur sich selbst verpflichtet. Eine Erscheinung. So etwas wird erobert. So etwas wird auch für Sie Wahrheit werden.»
SIE: «Wenn ich Sie richtig verstanden habe, dann kann jeder schön, intelligent und reich sein?»
ICH: «Das ist eine Frage des Willens.»
SIE: «Schönheit, eine Frage des Willens?»
ICH: «Schönheit ist zunächst eine innere Angelegenheit. Der Wille trägt sie nach außen.»
SIE: «Sie sprechen immer vom Willen. Würden Sie die Schwachen verachten?»
ICH: «Es gibt keine Schwachen, es gibt nur Menschen, die das, was sie wollen, nicht wirklich wollen.»

SIE: «Haben Sie persönlich immer den Wunsch nach Reichtum gehabt?»
ICH: «Seit ich vier Jahre alt war, seit ich wußte, daß ich arm war.»
SIE: «Eine Revanche auf das Leben?»
ICH: «Eine Eroberung.»
SIE: «Macht Geld wirklich glücklich?»
ICH: «Es ist die Grundbedingung.»
SIE: «Ihre Helden sind sehr jung, wenn sie reich werden. Das Alter ist ein Thema, das bei Ihnen regelmäßig vorkommt. Wie denken Sie über das Alter?»

Bis dahin lief alles wie geschmiert. Bis dahin hatte sie ihre Fragen ordnungsgemäß gestellt, und ich hatte ordnungsgemäß darauf geantwortet. Es war, als hätten wir beide fromm den Rosenkranz der Blödheit heruntergebetet. Sie war zum Schluß ganz hippelig geworden, sie wußte nicht mehr, wo sie hingucken oder mit ihrem Hintern hinrutschen sollte. Ihr Chefredakteur mußte ihr auf die Nerven gefallen sein, und sie hatte wahrscheinlich nur Schiß, daß ich ihr nicht die passende Antwort auf ihre erste Frage geben würde: «JLB, Sie sind ein weitschweifiger Schriftsteller, Sie sind in allen Sprachen der Welt übersetzt, die Zahl Ihrer Leser geht in die Millionen – wie kommt es, daß man von Ihnen weder ein Inverview gelesen noch ein Foto gesehen hat?» Zu ihrer Erleichterung gab ich ihr die passende Antwort, die Antwort Nr. 1: «Ich mußte arbeiten. Wenn ich mich heute ihren Fragen stelle, gönne ich mir damit seit siebzehn Jahren die erste Verschnaufpause.» Der Rest lief wie von allein, numerierte Fragen und Antworten wie auf der Speisekarte eines China-Restaurants.
Doch dann kam die Frage mit dem Alter.
Ich hatte einen Aussetzer. Oder eher ein Flimmern vor den Augen.
Ich sah mich plötzlich wieder bei Chabotte. Chabotte spielte der Königin Zabo und mir die Szene vom Taugenichts und der Weltkarte vor; Chabotte als Diktator der bildenden Künste, der ganz allein im Halbdunkel seiner Bibliothek tanzte. Chabotte steckte mir das Date für den Anstoß im Crillon, und gerade als ich gehen

wollte, nahm er mich noch wie einen Spielkameraden an der Hand:

«Kommen Sie mit mir, ich werde Ihnen etwas zeigen!»

Und als ich einen entgeisterten Blick zu meiner Chefin warf:

«Nein, nein, warten Sie hier auf uns, liebe Freundin, wir sind gleich wieder da!»

Er zog mich hinter sich her und lief wie verrückt die Gänge entlang, unter den indifferenten Blicken der Dienerschaft, die zweifelsohne schon andere erlebt hat. Er sprang die Treppen hoch, nahm vier Stufen auf einmal (ich lief hinter ihm her wie eine mit Sägemehl gefüllte Puppe), schoß dann schnurstracks volle Kanne den finalen Flur entlang, ein Parkett, das so glatt war wie eine Bowlingbahn. Die letzten zehn Meter erledigten wir schlitternd, bis wir an eine monumentale Tür stießen, die vor uns stand, als sei die Welt hier zu Ende. Zwei oder drei Sekunden Verschnaufpause, dann machte er die Tür auf und schrie mit einer von hohen Tönen zerrissenen Stimme:

«Sehen Sie!»

Ich brauchte eine gewisse Zeit, um das Dämmerlicht in den Griff zu kriegen und das zu entdecken, was ich sehen sollte. Es war eine Bude in Swiftischen Dimensionen, mit einem Baldachinbett, in dem Gulliver sich nicht beengt gefühlt hätte. Doch ich konnte suchen, soviel ich wollte, ich entdeckte nichts Besonderes.

«Dahinten, da!»

Er zeigte mit dem Finger in die Richtung des am weitesten entfernt liegenden Fensters und brüllte.

«Dahinten! Dahinten!»

Dann sah ich es.

Ich sah in einem Rollstuhl, auf einen Haufen Decken gepackt, einen Frauenkopf, der uns mit den leuchtenden Augen des Hasses anblickte. Ein *fürchterlich alter* Kopf. Zuerst dachte ich, sie sei tot, Chabotte würde mir ein Remake von Hitchcocks ausgestopfter Mama vorspielen, aber nein, was in jenen Augen funkelte, war das Leben, im weißglühenden Zustand: die letzten Flammen einer haßerfüllten Existenz, die zur Unfähigkeit reduziert war. Chabotte brüllte:

«Meine Mutter! Madame Nazaré Quissapaolo Chabotte!»

Und er fügte hinzu, im Rausch wie ein siegreicher Balg, vielleicht noch grausiger als der Blick der Mumie:
«Sie hat mich immer am Schreiben gehindert!»

SIE: «Wie denken Sie über das Alter?»
ICH: «Das Alter ist eine Sauerei, Mademoiselle.»
SIE *(zusammenzuckend)*: «Was sagten Sie?»
ICH: «Ich sage, daß das Alter in jedem Alter eine totale Sauerei ist: Die Kindheit ist das Alter der Mandelentzündungen und der völligen Abhängigkeit; die Adoleszenz ist das Alter der Onanie und der vergeblichen Fragen; die Reife ist das Alter des Krebses und der triumphierenden Blödheit; das Greisenalter ist das Alter der Arterienverkalkung und der wirkungslosen Reue.»
SIE *(hält den Schreiber in der Luft)*: «Soll ich das tatsächlich schreiben?»
ICH: «Es ist Ihr Interview, schreiben Sie, was Sie wollen.»
Sie übersprang ein paar Seiten und klinkte sich weiter hinten wieder ein, in der Hoffnung, daß es dann besser klappen würde.
SIE: «Auf welcher Seite stehen Sie bezüglich der Problematik des Geldes?»
Aber es kam noch schlimmer.
ICH: «Wenn ich einer von den armen Schluckern wäre, die nichts zu fressen haben, würde ich mich auf die Seite des Gewehrs stellen.»

17

Ich hab versagt, was sonst.
Ich hab versagt.
Kann doch mal passieren, oder? Da war dieser Blick der Alten, wie ein tödlicher Stromschlag, und ich habe versagt. Die Erinnerung kommt ohne Vorwarnung, sie ist heimtückisch; sie überkommt dich, wie es in den Büchern so schön heißt. Der Blick dieser Alten hat mich fertiggemacht. Genau wie Verduns Blick den anstaltsgeistlichen Täufer in Saint-Hivers Gefängnis! Verdun und diese alte

Frau... die beiden Gegenpole des Alters haben denselben zum Schreien gespannten Blick... und es mußte so kommen, daß ich weiter ausklinke: ‹Es gibt Greise im Alter von zwanzig Jahren und junge Leute von achtzig.› Sonst noch was?
Das Mädchen hat auf der Stelle seinen Kleinkram zusammengepackt und sich Hals über Kopf verdünnisiert. Ich wollte sie anrufen und ihr sagen, wir könnten noch mal von vorn anfangen, aber ich hab's nicht geschafft. Der Sessel der Alten hatte sich in meinem Kopf festgesetzt. Alle meine Antworten waren unter dem Schweißbrenner ihres Blicks dahingeschmolzen. Dann hab ich mir in meiner Verwirrung auch noch gesagt, daß Julie recht hätte. Man müßte krank sein, wenn man sich in so eine Rolle hineinziehen läßt. Anstatt das Gemüt meiner Beichtmutter abzukühlen, habe ich noch eins draufgesetzt. Ein Anfall von Lyrizität. Sie war hergekommen, um JLB auf den Plan zu setzen, und stand dann plötzlich vor einem palästinensischen Bomber, der voll auf Amphetaminen war.

Das Schlimmste daran war, daß mich meine Freunde bei Talion erwarteten, mitten im Delirium des Endsiegs. Die Königin Zabo in der Rolle des Generalfeldmarschalls Kutusow.
«Ihre Leistung im *Palais omnisport* in Bercy wird phantastisch sein, Malaussène! Ein einzigartiges Ereignis! Niemals zuvor hat ein Schriftsteller seinen Roman wie eine große Premiere im Showbiz auf den Markt gebracht!»
(Von wegen, Majestät, ich habe gerade Ihren schönen Schuppen plattgemacht.)
«Hinter Ihnen, fächerförmig im Kreisbogen, sind Ihre Übersetzer aufgereiht. Hundertsiebenundzwanzig Übersetzer aus sämtlichen Himmelsrichtungen. Es wird beeindruckend sein, glauben Sie mir! Vor Ihnen drei- bis vierhundert Sitze, die für französische und ausländische Journalisten reserviert sind. Und ringsherum auf den Rängen: die Masse Ihrer Leser!»
(Aufhören, Majestät, aufhören! Es wird kein *Palais omnisport* geben! In einer Woche, wenn das Mädchen sein hübsches Interview veröffentlicht, wird es nicht mal mehr einen JLB geben! Chabotte wird aussteigen und zur Konkurrenz wechseln...)

«Die Journalisten werden Ihnen zusätzliche Fragen stellen, solche, die in Schrägschrift auf den Fragebogen stehen, die Ihnen JLB zum Auswendiglernen gegeben hat. Nun, mein Junge, Sie werden mir das noch ein letztes Mal durchgehen, und Sie werden sehen, es wird alles klappen.»
«Und danach, nehme ich an, wird er wohl bißchen ausspannen können?»
Die Königin Zabo warf einen überraschten Blick auf den kleinen Gauthier, der plötzlich rot geworden war. (Ich flehe dich an, Gauthier, hör auf, mich zu lieben, ich hab dich gerade zum Langzeitarbeitslosen gemacht! Du hätschelst deinen Mörder! Ich hab euch verraten, Herrgott noch mal, kannst du denn nicht im Gesicht eines Verräters lesen?)
«Anschließend gibt es zehn Autogrammstunden, über eine Woche verteilt; wir können uns nicht erlauben, unsere Leser aus der Provinz mit leeren Händen nach Hause zu schicken, Malaussène. ‹Und danach›, wie Gauthier sagt, ‹danach›: einen Monat komplette Erholung, wo Sie wollen, mit wem Sie wollen, mit Ihrer ganzen Familie, wenn Sie möchten, und mit Ihren Freunden aus Belleville, die an der Werbekampagne mitgewirkt haben. Einen Monat. Auf Kosten der Prinzessin. Sind Sie nun zufrieden, Gauthier?»
Gauthier war im Himmel. Ich in der Hölle.
«Bis dahin gibt's noch reichlich zu tun. Hat's Ihnen Calignac schon gesagt? Wir haben achthunderttausend *Der Herr des Geldes* gedruckt. Es geht jetzt darum, sie an Ort und Stelle zu bringen. Calignac wird mit drei Vierteln unserer Vertreter durchs Land touren. Loussa und der Rest erledigen Paris. Es wird knapp, Malaussène, wir brauchen noch Leute. Es wär vielleicht gar nicht schlecht, wenn Sie bei Loussas Mannschaft mit anpacken würden.»

«Dir geht doch irgendwas im Kopf herum, kleiner Trottel.»
Loussas roter Lieferwagen fuhr die Buchhandlungen ab und entkam dabei an jeder Kreuzung mit knapper Not dem Tod.
«Woran siehst du das?»
«Du hast keine Angst, wenn ich fahre. Das heißt, daß du ganz schön durcheinander bist.»

«Ach was, Loussa, es geht schon, ja, ich habe Angst.»
Es ging schon, doch, es ging mir wie einem Schulkind, das den Streich des Jahrhunderts verbrochen hat und jetzt mit zusammengekniffenem Hintern auf der kalten Schulbank sitzt und darauf wartet, daß das Jahrhundert es merkt.
«Ich könnte gut verstehen, wenn dir diese Schmierenkomödie zum Hals raushängt, weißt du, ich würde mich nämlich auch wieder lieber meiner chinesischen Literatur zuwenden...»
«Ich bitte dich, Loussa, rede nicht beim Fahren.»
Er hatte soeben um Haaresbreite eine Mutter mit Kinderwagen verfehlt.
«Im Prinzip mußt du das gleiche empfinden wie ich, als ich so alt war wie du.»
Diesmal war es ein Schuleingang... der rote Lieferwagen machte einen Umweg über den gegenüberliegenden Gehweg.
«Ich möchte dir nicht meine Feldzüge erzählen, aber '44, vor Monte Cassino, da schickten mich die Engländer oft hinter die deutschen Linien, in der Nähe von Medjez-el-Bab in den tunesischen Bergen. Ich war damals schon schwarz, ich löste mich in der Nacht auf und hatte meinen Brotbeutel voller Plastiksprengstoff, und ich fühlte das gleiche wie du heute: ein unangenehmes Gefühl von Untergrundleben.»
«Dir blieb wenigstens die Ehre, Loussa...»
«Ich wüßte nicht, was daran Ehrenwertes sein soll, wenn man sich in die Hose scheißt, während man hört, wie die Büsche Deutsch reden... Und dann werde ich dir noch etwas Wichtiges sagen: ‹Ehre› ist eine Frage der historischen Perspektive.»
Der Lieferwagen blieb jäh stehen. *Die Herren des Geldes* flogen uns in die Fresse. Wir gingen zum Bougnat* an der Ecke einen trinken. Loussa wollte mich immer noch davon überzeugen, daß ich mich auf dem geraden Weg der historischen Ehre befände.
«Einverstanden, kleiner Trottel, JLB ist Scheiße, klar! Aber das ist doch unsere *einzige* Scheiße. Der Talion Verlag kann sich *nur* wegen JLB halten. Und wenn du im Moment die Farben dieses Kothaufens

---

* Mittlerweile selten gewordener Pariser Café-Typ: Neben Alkohol werden dort Holz und Kohlen verkauft.

trägst, verteidigst du in Wirklichkeit den Ruhm der Belletristik. Immerhin das Beste aus unserer Produktion, der ehrenwertesten Buchhandlungen würdig!»
Er sagte das und deutete dabei mit einer Hand auf *La Terrasse de Gutenberg*. Mit der anderen Hand kippte er sich einen hinter die Binde.
«Komm, nur Mut, kleiner Trottel, *hao bu li ji*, wie der Chinese sagt, ‹das totale Vergessen seiner selbst›, und *zhuan men li ren*, ‹die Aufopferung für andere›...»

Malaussène oder der Tod der Belletristik, oder wie auch immer. Danke, Loussa!
Julie war nicht da. Das Licht war kalt. Die Kinder waren in den bescheuerten Schlaf des Gerechten gefallen. Divisionnaire Coudrier führte ruhig seine Ermittlungen. Mama machte mit Inspecteur Pastor Luftsprünge. Stojilkovic übersetzte Vergil. Und Saint-Hiver quatschte mit seinem Kumpel, dem lieben Gott, über Resozialisierung.
So läuft das Leben.
Indem es stehenbleibt.
Dürfte man vielleicht wenigstens noch schlafen? Aber nein. Keine Ruhepause für Verräter. Gerade mal ein Auge zugemacht, da kam die alte Mama Chabotte, Madame Nazaré Quissapaolo Chabotte (Portugiesin? Brasilianerin?), und legte sich auf das Dach meines Schlafes. Dieser vom Haß mumifizierte Kopf und das kindhafte Geschrei ihres alten Sohnes: «Sie hat mich immer am Schreiben gehindert!» Dann eroberte das in Trauer gehüllte Gesicht der Königin Zabo meinen Bildschirm. Kein Wort des Vorwurfs. Keine Träne. Sie begnügte sich damit, meine Nächte auszufüllen. Und hielt dabei die fatale Zeitschrift in der Hand.
Eine Woche lang.
Eine Woche Schlaflosigkeit.

Und das Magazin erschien natürlich.
Ich war sogar einer der Allerersten, die es mitbekamen.

Ring-ring, acht Uhr morgens. Ich heb ab. Die Königin Zabo.
«Malaussène?»
O ja, sie war's.
«Majestät?»
«Ihr Interview ist an allen Zeitungskiosken.»
Kioske und Interviews begegnen sich eines Tages auf fatale Weise, au weia!
«Sind Sie mit sich zufrieden?»
«...»
«Chabotte hat mich gerade angerufen.»
«...»
«Er ist außer sich.»
«Pardon?»
«Er ist außer sich vor Freude, wie ein kleiner Junge. Er hat mich eine halbe Stunde lang vollgequasselt.»
«Chabotte?»
«Chabotte! Der Minister! JLB! Was glauben Sie denn, von wem ich rede? Sind Sie endlich wach, mein Junge? Ist es Ihnen lieber, wenn Sie sich zuerst einen Kaffee kochen und ich Sie in fünf Minuten wieder anrufe?»
«Nein, nein. Und Sie?»
«Wie, und Sie?»
«Haben Sie es gelesen?»
«Ich hab es vor mir liegen, ja.»
«Und?»
«Und, es ist perfekt, es ist exakt das, was ich von Ihnen erwartet habe, und die Fotos aus Saint-Tropez sind wundervoll. Aber was ist mit Ihnen, mein Kleiner?»
Ich dachte, ich wäre noch nackt, weil Jussuf, der Eingekioskte in unserem Viertel, mich gefragt hat:
«Was ist mit dir, Ben, brennt's bei euch?»
«*Playboy*! Gib mir den *Playboy*!»
«Hier, da, ist Julie noch nicht zurück? Dir fehlen bestimmte Sachen?»
Ich konnte einfach die Seite nicht finden. Ich zitterte wie eine Entziehungskur. Ich wagte es nicht zu glauben. Ich wagte nicht zu hoffen, daß die Menschlichkeit so schön sei. Daß Chabotte persönlich, der

Erfinder des knüppelschwingenden Mopeds, diesen Umschwung JLBs gutheißen würde... Alles war erlaubt, mein Gott! Man durfte sich vom Menschen alles erhoffen.
«Brauchst nicht zu suchen», sagte Jussuf, «Seite 63 ist 'ne Spitzenmäßige, Dorothée aus Glasgow. Du kannst nach hinten in die Bude kommen, wenn du willst.»
Es gibt Morgen, an denen ich meinen Pessimismus hasse. Lächele, Dritte Welt! Es besteht Hoffnung, frohlocke! Die Chabottes persönlich geben zu, daß die Hungernden auf der Seite der Waffen stehen können! Leg die Waffen nieder, Dritte Welt, wir werden teilen!
Gar nichts.
Das Mädchen hatte alles wieder dorthin zurückgestellt, wo es hingehörte.
Schließlich hatte sie ja die Fragen, sie hatte die Antworten, und sie hatte einen Chefredakteur. Sie haben die Sachen so erledigt, wie sie erledigt werden sollten.
Kein Zweifel, das Interview, das ich vor mir liegen hatte, war dasselbe, das ich Jérémy und den Kindern wochenlang hatte aufsagen müssen. Wort für Wort.

Die Freunde bei Talion empfingen mich mit dem Glas in der Hand. Der Champagner prickelte, und Freude stand in den Gesichtern.
Der Tag verflog auf den Flügeln der Erleichterung. Thian las Kapitel 14 des *Herrn des Geldes* vor, in dem das erste Kind Philippe Ahoueltènes und seiner jungen schwedischen Gattin zu Welt kam. Die Niederkunft fand mitten im Urwald des Amazonas statt, im Auge eines Wirbelsturms, der die Bäume auf die Umlaufbahn katapultierte. Ich hörte fast bis zum Ende zu.

Und dann drehten Julius und ich unsere Runde. Ich ging beschwingt und ziellos wie jemand, der gleichzeitig seine Ängste und seine Illusionen verloren hatte. Belleville kam mir weniger übel zugerichtet als sonst vor... das will was heißen! Ja, es schien mir so, als hätten es sich die neuen Architekten zu Herzen genommen, ein wenig den «Charakter» des Viertels zu respektieren. Zum Beispiel das rosarote

Hochhaus an der Kreuzung Rue de Belleville und Boulevard de la Villette. Na, ganz dort oben, da oben, wenn man genau hinsieht, gibt es oberhalb der letzten Fenster so etwas wie eine spanisch-maurische Rundung, doch, doch. Natürlich wurde während der Bauzeit das Erdgeschoß dieses Prachtstücks chinesisch... Aber das macht nichts. Auch wenn ganz Belleville chinesisch sein wird, dann wird man ganz dort oben, da oben, die kleinen, spitzen Wellen der Pagoden anfügen... Die Architektur ist die Kunst der Suggestion.

Mit einemmal wurde ich müde. Ich mußte auf diesem Gebiet ganz schön Verspätung aufholen. Ich ließ Julius den Hund in Amars Küche (‹Du bist schön in der Zeitung, mein Sohn Benjamin, hast du gesehen?›) und ging allein zurück, wie ein Großer.

Sie haben mir zwanzig Meter vor der Haustür aufgelauert. Sie waren zu dritt. Ein großer Dünner, dessen sehr spitzes Knie mir meine Eier zerquetschte; ein Zweiter, der breiter als hoch war, zog mich an der Kehle wieder hoch, während mir ein Dritter mit einer Salve Aufwärtshaken, die seine Professionalität erkennen ließen, die Innereien zermalmte. Da die Pfote des Brockens mich an die Wand genagelt hielt, konnte mich der Schmerz nicht einmal zweiteilen. Es waren meine Beine, die sich instinktiv anhoben, und es war aus purem Reflex, daß die Brust des Boxers sich meine beiden Füße einfing. Er spuckte seinen ganzen Sauerstoff aus, und ich streckte ihm die Zunge raus. Die Hand des anderen hatte begonnen, mir den Hals zuzudrücken, als ginge es darum, einen Korken knallen zu lassen.

«Na, Malaussène, wir wollten wohl unsere kleine persönliche Wahrheit in die Zeitungen bringen?»

Der große Dünne schlug mit seinem Knüppel wie mit einem Dreschflegel um sich. Schienbeine, Knie und Oberschenkel. Er war schlichtweg gerade dabei, auf einem öffentlichen Platz Hackfleisch aus mir zu machen. Ich hätte gerne geschrien, aber meine Zunge nahm allen zur Verfügung stehenden Raum ein.

«Es ist unklug, seine Rolle nicht wie vereinbart zu spielen, Malaussène.»

Der Brocken mit dem russischen Akzent sprach leise. Eine Form der Zärtlichkeit.

«Insbesondere wenn man für eine kleine Familie sorgen muß.»
Er stoppte den Überschallfaustschlag des Boxers zwei Millimeter vor meiner Nase.
«Nicht ins Gesicht, Selim, das wird noch gebraucht.»
Der Boxer nahm mit meinen Rippen vorlieb.
«In Bercy wirst du schön brav sein, Malaussène! Du antwortest, was du antworten sollst, weiter nichts!»
Er drehte mir einfach das Handgelenk um, und schon fand ich mich mit plattgedrückter Schnauze an der Wand wieder, während der Knüppel des langen Dünnen sich mit meinen Hüften beschäftigte.
«Wir werden in der Halle sein. Ganz in der Nähe. Wir können nämlich lesen. Wir stehen auf JLB.»
Das alte Belleville, das Belleville meines Herzens riecht nach Salpeter.
«Du möchtest doch nicht, daß Clara was zustößt?»
Seine beiden Pfoten zermanschten mir jetzt die Deltamuskeln. Auch da hätte ich gerne wieder geschrien, aber diesmal war es Belleville, das ich im Mund hatte.
«Oder Jérémy. Kinder in dem Alter sind derart unvorsichtig…»

18

Das Buch ist ein Fest, alle Buchmessen werden Ihnen das bestätigen. DAS BUCH kann sogar aussehen wie ein Nationalkonvent der Demokraten in der guten Stadt Atlanta. DAS BUCH kann sich seine Groupies leisten, seine Fähnchen, seine Majoretten, sein Geschmetter – wie ein x-beliebiger Kandidat in einem x-beliebigen Rathaus von Paris. Zwei Motorisierte können den Weg frei machen für den Rolls DES BUCHES, und zwei Reihen der Republikanergarde präsentieren ihm die Säbel. DAS BUCH ist ehrenhaft; also ist es legitim, daß es geehrt wird. Wenn nun der König DES BUCHES, vierzehn Tage nachdem man ihn gehörig durch den Wolf gedreht hat, noch dabei ist, seine Rippen zu zählen und um seine Geschwister zu zittern, so bleibt er nichtsdestotrotz der Obermacker der Fete!
An jenem Abend hat sich Paris vor mir aufgetan, Paris hat sich vor

dem Bug meines Leihrolls verflüssigt, und das beeindruckt doch in gewisser Weise. Man versteht, daß diejenigen, die es genossen haben, nur schwer wieder davon lassen können. Sie sitzen tief in Ihrem Sessel, und beim Blick nach draußen heben Sie blasiert Ihre Nase. Und was defiliert unter Ihren Sekurit-Scheiben vorbei? Ihre Plakate, die *Ihren* Namen rufen, auf denen sich *Ihr* Gesicht entfaltet; eine lange, bunte Mauer, die *Ihre* Gedanken, Ausdrücke und Überzeugungen herunterbetet. JLB ODER DER LIBERALE REALISMUS – EIN MANN, EINE SICHERHEIT, EIN WERK! – JLB IN BERCY – 225 MILLIONEN VERKAUFTE EXEMPLARE!

Man mußte bei der Abfahrt ein bißchen knüppeln, um den Weg vor den Toren des Crillon frei zu machen, und man mußte sehr viel bei der Ankunft knüppeln, damit man sich nach Bercy stürzen konnte. Aber wenn es um Ruhm geht, ist der Knüppel die Zugabe zur Liebe. Hände strecken sich entgegen und klatschen Fotos der Bewunderung gegen die Scheiben. Junge Mädchen mit verliebt zerzausten Haaren, schwerem Blick, ernstem Mund; Adressen, Telefonnummern, auf der Windschutzscheibe zur Widmung aufgeschlagene Bücher, kurzes Aufblitzen einer hübschen Brust (Knüppel); quatschende Mäuler, die am Wagen entlanglaufen, Sturz; Transparente, falscher Ton eines Tintenfasses, das auf dem Heckfenster explodiert (Knüppel); dreiteilige Anzüge und würdevolle Komplizenschaft, Mütter und Töchter, Väter und Söhne. Überfahren von roten Ampeln mit dem Segen der Präfektur, zwei Pfeifen vorn, zwei Pfeifen hinten. Der kleine Gauthier, mein «Sekretär», sitzt neben mir. Er durchlebt alle Zustände des Schreckens und der Begeisterung mit. Gauthier, zum ersten- und letztenmal im Leben auf der Achterbahn des Ruhms. Und die Armada der Autobusse rund um Bercy, die aus allen Provinzen hergekommen sind, sogar aus 29 und 06*; Tag und Nacht unterwegs, selbst die Fahrer mit einem Buch unterm Arm, *Der letzte Kuß an der Wall Street*, *Goldgrube*, *Dollar*, *Das Kind das rechnen konnte*, *Das Yen-Mädchen*, *Haben* und selbstverständlich *Der Herr des Geldes*. Alle Titel in der Hoffnung auf eine unwahrscheinliche Widmung geschwenkt.

---

* Département 29: Finistère, 06: Alpes maritimes

Die Bühne glitzerte smaragdgrün im proppenvollen Halbdunkel des *Palais omnisport*. Über der Bühne breitete sich ein endloses Gespenst aus, eine Leinwand, im Vergleich zu der die des Grand Rex gerade mal Briefmarkengröße hatte. «Hier entlang», «hier entlang» – der natürliche Schutzschild dieses guten Calignac empfing mich bei der Ankunft. Calignac hatte seine Rugbykumpels zusammengetrommelt: Chaize, der Betonpfeiler; Lamaison, der Spieler für alle Gedränge; Rist, der Schlußmann, der die Linie durchbohrt; und elf weitere Gurus des ovalen Balls, deren Mauer JLB verschlang, sich danach wieder schloß und die Begeisterung der Menge im Zaum hielt... Umleitung, Gänge, dann endlich Zuflucht in der Garderobe. Die Garderobe! Als würde man kopfüber in ein Kanonenrohr rutschen.
«Hatte ich Ihnen nicht alle Liebe der Welt versprochen, mein Kleiner?»
Die fröhliche Stimme der Königin Zabo in der Ruhe der Garderobe.
«Wie geht's?»
Meine Rippen sind zerkrümelt, die Innereien wüst durcheinander, die Beine wie Zollstöcke... meine Trommelfelle kommen mir aus den Nasenlöchern raus, das Bewußtsein meines Unterbewußtseins macht mich blind, aber ich denke, es wird schon gehen. Es geht schon... muß ja.
«Es ist unglaublich», stammelt Gauthier, «es ist unglaublich...»
«Der Erfolg übertrifft ein wenig unsere Hoffnungen, das gebe ich zu, aber deswegen müssen Sie sich doch nicht gleich so aufführen, Gauthier!»
Die Königin Zabo... Herrscherin über sich selbst und über mein Universum. Dennoch steht sie auf, kommt auf mich zu und tut etwas, was bei ihr noch nie jemand gesehen hat: Sie berührt mich. Sie legt ihre riesige Hand auf meinen Kopf. Sie streichelt mir friedlich den Hals. Und sie sagt:
«Das sind die letzten hundert Meter, Benjamin. Danach lasse ich Sie königlich in Ruhe, Königinnenehrenwort!»
«Nehmen Sie Ihre Hand nicht weg, Majestät!»

Frage: «Könnten Sie uns genauer sagen, was man unter ‹liberal-realistischer Literatur› zu verstehen hat?»
(Wenn mir im Halbschatten der Kurve nicht drei Folterknechte auflauern würden, würd ich dir gerne sagen, was man unter diesem Mist zu verstehen hat.)
Antwort: «Eine Literatur zum Ruhme des Geschäftsmannes.»
(Das ist so literarisch wie die Börsenkurse, realistisch wie der Traum eines Hungernden und so liberal wie ein Gummiknüppel.)
Frage: «Betrachten Sie sich selbst als einen Geschäftsmann?»
(Ich betrachte mich als einen armen Teufel, den sie in die Zwickmühle ohne Notausgang gezwängt haben und der zur Zeit die Schmach aller schreibenden Leute ist.)
Antwort: «Mein Geschäft ist die Literatur.»
Die Fragen werden in allen Sprachen der Welt gestellt, jede von ihnen von einem der einhundertsiebenundzwanzig Übersetzer übersetzt, deren gigantischer Fächer sich hinter mir ausbreitet. Und meine Antworten, ebenfalls multiübersetzt, rufen selbst in dem dunkelsten Winkel des *Palais omnisport* Beifallsstürme hervor. Ein literarisches Pfingstfest. All das ist schändlich einstudiert, und wenn es geschieht, daß eine unvorhergesehene Frage in das Firmament des Konsenses platzt, wird sie ruckzuck von einer anderen überdeckt, einer aus meinem Katalog, auf die zu antworten ich berechtigt bin.
Irgendwo in der Flut meiner Bewunderer wachen drei Bösewichte darüber, daß ich die Verpflichtungen einhalte: ein großer Dünner mit wirkungsvollem Knüppel, ein Profiboxer und ein Herkules mit russischem Akzent, dessen Fingerabdrücke sich immer noch an meinem Hals befinden.
Frage: «Nach der Pressekonferenz wird man den Film zeigen, der nach ihrem ersten Roman, *Der letzte Kuß an der Wall Street*, gedreht wurde; können Sie uns sagen, unter welchen Bedingungen Sie diesen Roman geschrieben haben?»
Kann ich natürlich, kann ich, und während ich JLBs Mist verkaufe, höre ich noch, wie mich Chabotte mit zuckersüßer Stimme zum ‹wundervollen *Playboy*-Interview› beglückwünscht. ‹Sie sind ein geborener Schauspieler, Monsieur Malaussène. In Ihren Antworten – auch wenn es so vereinbart war – schwingt ein Ton von überwälti-

gender Ernsthaftigkeit mit. Seien Sie derselbe im *Palais omnisport*, und wir werden den Leuten den gewaltigsten Bären in der Geschichte der Literatur aufbinden. Neben uns werden die verrücktesten Surrealisten wie Erstkläßler dastehen.› Kein Zweifel, ich bin in die Fänge eines Doktor Mabuse der Feder geraten, und wenn ich ihm nicht bis ins kleinste Detail gehorche, wird er meine Kinder in Scheiben schneiden. Nicht die geringste Anspielung auf die Abreibung, die mir seine Schergen verpaßt haben. ‹Sie sehen gut aus, heute morgen.› Ja, Chabotte hat es sogar noch unterstrichen, mit der Tasse Kaffee, die er mir hinhielt, dem Lächeln, das er mir schenkte.

Die Königin Zabo und die Freunde von Talion standen selbstverständlich außerhalb jeglichen Verdachts, und als ich sah, in welchen Zustand der Erregung sie die Festvorbereitungen versetzt hatten, fand ich nicht den Mut, mit ihnen darüber zu reden. Wie immer in den schlimmen Momenten meines Lebens, habe ich Belleville um Hilfe ersucht.

«Ein großer Knüppler, ein kleines Federgewicht aus unserer Gegend und ein stämmiger Kerl, der redet wie einer aus dem Osten? Wenn's die beiden sind, die wir im Kopf haben, kann man sagen, daß du das große Los gezogen hast, mein Bruder Benjamin!»

Das Gegenteil von Polizeiakten sind die Akten der Straße, unbedingt. Alle kennen sich mehr oder weniger dadurch, daß man sich öfter mal über den Weg läuft.

«Haben sie dir weh getan?»

Hadouch war hinzugekommen und hatte sich zwischen Simon den Kabylen und Mo den Mossi gesetzt.

Er stellte mir einen Pfefferminztee hin.

«Es ist vorbei, Ben, wir sind jetzt da. Trink!»

Ich habe getrunken. Simon sagte:

«Na siehst du, schon hast du keine Angst mehr.»

Frage: «Das Thema Wille kehrt in Ihren Werken regelmäßig wieder. Könnten Sie uns Ihre Definition von Willen geben?»

Die Antwort aus dem Katalog habe ich im Kopf: ‹*Wille heißt wollen, was man will.*› Ich schicke mich an, es rauszuspucken wie ein braves Tonband, zu dem ich mittlerweile geworden bin, als ich plötzlich vor mir Simons Mähne explodieren sehe. Eine schöne, rote

Rakete in der Nacht, in der ich mich verirrt habe. Der Stern des Kabylen am Firmament des *Palais omnisport*! Gerettet, Kinder! Simon ist da, er steht genau gegenüber von mir, hinter meinem Brokken von Erdroßler. Der Brocken hält einen Arm angewinkelt auf dem Rücken und hat diesen gewissen Gesichtsausdruck, der uns erlaubt zu verstehen, wie sich ein Stück Meißener Porzellan in der Zange eines Schmiedes fühlen muß. Mit dem Zeigefinger und dem Daumen seiner freien Hand bildet Simon einen schönen Kreis, mit dem er mir anzeigt, daß alles in Ordnung ist. Das bedeutet, daß Hadouch und Mo meine beiden anderen Schutzengel im Auge haben und daß meine Rede von nun an ebenso frei ist wie die Feder des Poeten im Lande des Nulltarifs. Na ja, und wenn man mich schon nach meiner Meinung fragt, was Wille sei, dann bin ich doch gerne bereit, eine Antwort zu geben. Oh, meine Freunde von Talion, diesmal wird mein Verrat absolut, öffentlich und ohne Widerruf sein, aber wenn ihr es erst wissen werdet, werdet ihr mir vergeben, denn ihr seid keine Chabottes, ihr, ihr praktiziert nicht die Literatur des Knüppels. Euer Geschäft, Zabo, Majestät der Bücher, Loussa de Casamance, vom Traum beauftragter Spaßvogel, Calignac, friedlicher Utopienverwalter, und Gauthier, Hofdiener der Seiten – euer Geschäft ist das Geschäft mit den Sternen!

Ich habe also den Mund aufgemacht, um diesen ganzen Zirkus loszuwerden, um Chabotte zu verpfeifen und in der Menge von GERECHTIGKEIT und LITERATUR – in Großbuchstaben – zu sprechen... aber ich hab ihn wieder zugemacht.

Weil zwei Reihen hinter Simon dem Kabylen Julie steht! Julie, ja, meine! Gut sichtbar in einem Kreis von Bewunderern. Sie sieht mir geradewegs in die Augen. Sie lächelt mir zu. Ihre Hand ruht auf Claras Schulter.

Was soll's, Rachespektakel, Gerechtigkeitsspektakel, Literaturspektakel – ich schultere mein Gewehr ein weiteres Mal um: Von Liebe wird nun die Rede sein! JLB, zurückverwandelt in Benjamin Malaussène, wird euch nun eine dieser öffentlichen Liebeserklärungen improvisieren, die eure gefühlsbetonten Pülverchen in die Luft fliegen läßt! Denn die Liebe meiner Julie, das sage ich euch offen ins Gesicht, gehört zu denen, die die von der Liebe am meisten vergessenen schwimmenden Wälder in glühendes Feuer taucht! Jawohl, wenn ich euch von Julies Küssen erzählen würde, von Julies Brüsten, von Julies Hüften, von Julies Hitze, ihren Fingern und ihrem Atem, dann gäbe es keine und keinen unter euch, der seine Nachbarin, seinen Nachbarn nicht mit den Augen ansehen würde, mit denen ich Julie ansehe, und ich sage euch ein Fest voraus, das ein richtiges Fest wäre und bei dem der *Palais omnisport* in Bercy endlich einmal die Berechtigung für seine grün leuchtende Erektion unter Beweis stellen könnte!

Frage: «Soll ich meine Frage wiederholen, Monsieur?»

Ich habe Julie zugelächelt. Ich habe die Arme weit ausgebreitet. Die Worte der Liebe überkamen mich wie eine Lawine... und dann habe ich gesehen, wie die Kugel in mein Gesichtsfeld drang.

Es war eine Kugel vom Kaliber 22 mit starker Durchschlagskraft. Der letzte Schrei. Andere, so scheint es, sehen in diesem Augenblick den Kurzfilm ihrer Existenz. Bei mir war es diese Kugel, die ich sah.

Sie drang in meine dreißig Zentimeter tiefe Nahsichtzone ein.

Sie hatte einen spitz zulaufenden Kupferkörper.

Sie drehte sich um die eigene Achse.

Der Tod ist ein geradliniger Prozeß... Wo hab ich das bloß gelesen?

Und dieses kupferne Trudeln, dessen Spitze im Scheinwerferlicht strahlte, hat meinen Schädel durchdrungen, hat mir ein sorgfältiges Loch ins Stirnbein gebohrt, mein Gedankenfeld durchpflügt, mich nach hinten geworfen und ist dabei auf das Hinterhauptsbein geprallt. Da habe ich gemerkt, daß es ganz sauber zu Ende ist. Wie man laut Bergson weiß: im selben Augenblick, in dem es beginnt.

IV. Julie

COUDRIER: «Sagen Sie, Thian, wie weit kann eine
Frau gehen, wenn sie den Mann rächen will, den sie liebt?»
VAN THIAN: «...»
COUDRIER: «...»
VAN THIAN: «Mindestens, doch.»

19

Die Natur hatte für Julie die Rolle der schönen Frau vorgesehen. Zuerst das schöne Baby, dann das strahlende Kind, die einzigartige Jugendliche und die schöne Frau. Dies schuf um sie herum eine Leere: der Rückstoß der Bewunderung. Sobald die Männer sie sahen, gingen sie auf Distanz, und zwar alle. Aber auf eine Distanz, die elastisch blieb. Weil der Wunsch bestand, sich ihr anzunähern, den Duft ihres Körpers zu schnuppern, in den Hof dieser Hitze einzudringen, sie schließlich zu berühren. Sie waren von ihr angezogen und auf Distanz gehalten. Julie kannte das von Anfang an, dieses Gefühl, im Zentrum eines gefährlich elastischen Raumes zu leben, der bis in alle Ewigkeit gespannt war. Nur wenige waren es gewesen, die es gewagt hatten, in diesen Kreis einzudringen. Dabei war sie keineswegs eine hochmütige Frau. Sie hatte nur sehr früh den Blick der sehr Schönen bekommen: ein Blick ohne Bevorzugung.
«Hier auf der Erde gibt es nur zwei Rassen», hatte der Kolonialgouverneur Corrençon, Julies Vater, einmal gesagt. «Es gibt die ganz Schönen und die ganz Häßlichen. Was die Haut und ihre Farbgeschichten angeht, so sind das nur Kapriolen der Geographie, weiter nichts.»
Dies war eines der Lieblingsthemen des Gouverneurs Corrençon,

die ganz Schönen und die ganz Häßlichen... «Und dann gibt es noch uns», fügte er hinzu und zeigte dabei auf sich, als sei er der einzig ästhetische Zuchthengst der einfachen Menschheit.
«Niemand traut sich, die ganz Häßlichen anzuschauen, aus Angst, sie zu verletzen. Und so sterben die ganz Häßlichen vor Einsamkeit. Sie waren einsam, weil jeder Rücksicht nahm.»
Julies Kindheit ließ sich auf folgenden Nenner bringen: Sie hatte ihrem Vater, dem Gouverneur, beim Reden zugehört. Sie konnte sich kein aufregenderes Spiel vorstellen.
«Was die ganz Schönen betrifft, so werden sie von allen angeschaut, aber sie selbst wagen niemanden anzusehen, aus Angst, man würde sie anspringen. Und so sterben die ganz Schönen vor Einsamkeit. Sie waren einsam, weil jeder sie bewunderte.»
Zu allem, was er sagte, zog er ein bestimmtes Gesicht. Er erfand noch etwas Pathetisches hinzu. Sie lachte.
«Ich werde dir eine Kartoffelnase aufpfropfen, mein Mädchen, und Ohren wie Blumenkohl, dann siehst du aus wie ein normaler Gemüsegarten. Du wirst friedliches, kleines Gemüse produzieren, das ich dann übers Knie lege.»

Auch im *Palais omnisport* von Bercy hatte sich um Julie herum ein Raum gebildet. Weiß Gott, trotzdem stand die Menge dicht gedrängt. Aber die Leute hatten einen gewissen Abstand gelassen, als sei Julie in ihre Mitte wie ein Pilz aus der Erde geschossen. Sie hatten ein Auge auf die Bühne gerichtet, das andere auf sie. Sie waren fasziniert vom Schriftsteller, der unter dem Glorienschein seiner Übersetzer auf die Fragen antwortete, und fasziniert von dieser Frau, die direkt einem seiner Bücher entsprungen zu sein schien. Also doch nicht alles Lüge in der Literatur. Plötzlich stellten sich einige unter ihnen vor, sie würden dieser Frau hoch oben in der Luft zwischen zwei Kontinenten begegnen, in einem dieser Flugzeuge, das die Liebesbande strickt. Die Realität hatte soeben ihre Lesererregung bestätigt: Schönheit existiert, und alles ist möglich.
Und siehe da, in der Begeisterung des *Palais omnisport*, angestrahlt vom Scheinwerferlicht und gefesselt von der Schlagfertigkeit des Schriftstellers – schnelle, messerscharfe Antworten, die innere Ruhe

des Starken –, fanden sie sich selbst schöner, willensstärker. Sie betrachteten die schöne Frau mit größerer Offenheit. Sie fanden sie nicht mehr unnahbar. Jedenfalls weniger. Aber deswegen wurde der Kreis um sie herum nicht enger. Sie stand immer noch da, allein im Zentrum. Sie sah wie die anderen zur Bühne. Sie lächelten ihr komplizenhaft zu: Das ist 'n Typ, dieser JLB, he!
Und dann kam Clara und kuschelte sich in Julies Arme.
«Du bist hier?»
Der leere Kreis um Julie herum war zumindest dafür gut: Die Freunde konnten sie in der Menge leichter ausmachen.
«Ich bin hier, Clara.»
In Claras Umklammerung lag eine Mischung aus Aufregung und Sorge. Clara war ganz mitgenommen von dieser unglaublichen Farce, ganz mitgenommen von ihrer Schwangerschaft und auch noch ganz mitgenommen von Saint-Hivers Tod. ‹Bekloppte Familie›, sagte sich Julie und legte ihren Arm um die Kleine. Und sie lächelte. Dort hinten auf der Bühne suchte Benjamin eine Antwort auf die heikle Frage nach dem «Willen».
Frage: «Das Thema Wille kehrt regelmäßig in Ihrem Werk wieder. Könnten Sie uns Ihre Definition von Willen geben?»
Julie lächelte: ‹Man könnte meinen, daß du mit dem Willen Probleme hast, Benjamin.›

Ihr war eigentlich gar nicht zum Lächeln. Da wurde irgend etwas Gefährliches gespielt, das wußte sie. Sie kannte Laure Kneppel, die Journalistin, die für das JLB-Interview im *Playboy* verantwortlich zeichnete. Eine freie Journalistin, zuständig für den künstlerischen Jet-set, aber eine ehemalige Kriegsberichterstatterin, die mitten im Libanon aufgesteckt hatte. ‹Autobomben, Fleischfetzen, die von den Balkonen herunterhingen, getötete Kinder und tötende Kinder... was zuviel ist, ist zuviel, Julie, ich mach jetzt Sachen über Akademiker und Bräunungsurlaub.›
Julie hatte sich wochenlang in die heimatlichen Berge des Vercors zurückgezogen und die Ausgabe des *Playboy* nicht in die Finger bekommen. Aber das Copyright hatte in der gesamten Presse Metastasen gebildet, und Julie hatte breite Auszüge des JLB-Interviews in

Le Dauphiné libéré gelesen. Sie hatte darin so etwas wie einen Ruf Benjamins gespürt. Sie war zwar kaum abergläubisch, aber sie hatte das Gefühl gehabt, daß dadurch, daß Benjamin sie in ihrem geheimsten Schlupfwinkel aufstöberte, er ihr ein Zeichen gab. Julie hatte beschlossen, nach Paris zurückzukehren. Obwohl nichts Besonderes in dem Interview stand. Es war ein typisches Muster, ein automatisches Verknüpfen von vollkommen idiotischen Fragen und Antworten, was ein vollkommen idiotisches Papier ergab.
Julie hatte den alten Hof *Les Rochas* abgeschlossen.
Der Innenhof war überwuchert von Malaussèner Stockrosen, die Julie nicht geschnitten hatte.
Julie war die ganze Nacht hindurch gefahren. Die ganze Nacht über hatte sich Julie gesagt: ‹Nein, so ein glattes Interview hat Benjamin nicht gegeben. Und weshalb nicht? Auf dem Gebiet des Humors ist er doch zu allem fähig – inklusive, überhaupt keinen zu zeigen, nämlich genau dann, wenn er sich wirklich lächerlich gemacht hat.›
Mit dem ersten Blick auf die Wände von Paris konnte Julie das Ausmaß der JLB-Kampagne abschätzen. Benjamin überall. Das einzige, was sie von ihm in diesem entstellten Gesicht erkennen konnte, war die Handschrift der Fotos selbst: Claras verliebtes Auge.
Julie hatte Mühe, in ihre Wohnung zu gelangen. Die Liebe klemmte unter der Tür. Ungefähr vierzig Briefe von Benjamin während ihrer Abwesenheit. Schon wieder die Invasion der Stockrosen... Benjamin sagte ihr schriftlich, was er ihr auch mündlich sagte. Ein paar Formulierungen mehr, ein paar lustige Bilder, ein paar stilistische Effekte, um die Herzensgrüße zu übertünchen. Der Typ war ausgekocht wie kein Zweiter. Er erzählte ihr alles über JLB. Die Vorbereitungstreffen bei Chabotte, die Couscous-Kur, Jérémy, Thérèses stumme Mißbilligung, alles.
Aber kein Wort vom Interview.
Daraus schloß sie, daß er ihr etwas verheimlichte.
Der Instinkt befahl Julie, nicht zu Benjamin zu gehen. Sie würden am Ende doch nur wieder zusammen im Bett liegen, und sie hätte keinen klaren Kopf mehr.
Sie beschloß, Laure Kneppel auszuquetschen. Sie traf sie in der Rue de Verneuil an, im Haus der Schriftsteller, wo sie damit beschäftigt war, die letzten Worte eines demnächst abkratzenden Poeten zu

sammeln, dem der Kulturminister gerade noch auf den letzten Drücker die Auszeichnung für Verdienste um das Bildungswesen an die Brust geheftet hatte. – «Das bindet man den Leuten ans Bein, damit sie die letzten Züge in der Welt der Belletristik machen», sagte Laure ironisch im Café an der Ecke. «Aber was verschafft mir die Ehre deines Besuchs, meine Große?»
Julie sagte es ihr. Laure wechselte die Tonlage.
«Steck deine Nase nicht in die Angelegenheit JLB, Julie, die Sache ist heiß! Und ich hab gedacht, mit den Künstlern wär's gemütlich...»
Und dann erklärte sie ihr, wie besagter JLB mitten in einem perfekt vereinbarten Pingpongspiel (Fragen und Antworten waren ihr von einem gewissen Gauthier, JLBs Sekretär, zugesteckt worden) abdriftete und eine glorreiche Feuertirade von der frühesten Kindheit über die Dritte Welt bis hin zum Seniorenproblem losließ. Laure hatte versucht, ihn wieder aufs Gleis zu bringen, aber es war nichts zu machen gewesen.
«Er war ausgeklinkt, Julie. Ein Anfall von schlechtem Gewissen, wie ein kranker Soldat, verstehst du?»
Julie verstand.
Beim Verlassen des Crillon hatte sich Laure gesagt, daß sie immerhin, eigentlich um so besser, ein hübsches Stück Wahrheit in den Händen hielt. Das kam in ihrem Beruf nicht gerade häufig vor. Und da der gute Mann so sehr daran festhielt, veröffentlichte sie eben die Wahrheit des guten Mannes. Bloß daß da...
«Bloß daß, was?»
Laure war von drei Typen angemacht worden, die verlangten, das Band abzuhören und ihre Notizen zu lesen.
«Wie sahen sie aus?»
«Ein Riese mit russischem Akzent, ein langer Dünner und ein kleiner nervöser Araber.»
Laure hatte sie zunächst zum Teufel geschickt, aber der Riese hatte eine sanfte, beharrliche Stimme.
«Sie wußten alles über mich, Julie, bis hin zur Adresse meiner Mutter, meine Oberweite, meine Scheckkartennummer...»
Der lange Dünne hatte ihr einen kleinen Knüppelschlag auf den verlängerten Rücken gegeben. Auf einen der letzten Wirbel. Es hatte

sich angefühlt wie ein Stromschlag. Sie hatte das Interview wie vorgesehen veröffentlicht.
«JLB wird sich dafür erkenntlich zeigen, Mademoiselle.» Tatsächlich, als der Text erschien, hatte Laure einen riesigen Blumenstrauß erhalten.
«So sperrig, daß ich ihn nicht einmal in die Mülltonne stecken konnte.»

Julie lächelte also. Obwohl es keinen Grund zum Lächeln gab. Den Arm um Clara gelegt, lächelte Julie. ‹Bekloppte Familie…›
Da sah Benjamin sie.
Und er leuchtete auf. Glatt so, als hätte Julie auf einen Knopf gedrückt.
Sie sah, wie Benjamin aufleuchtete. Sie sah, wie er die Arme ausbreitete. Von einer Woge des Gefühls mitgerissen, fand sie noch Zeit, sich zu sagen: ‹Mein Gott, wenn er mir jetzt eine öffentliche Liebeserklärung macht!›
Dann sah sie, wie Benjamins Kopf explodierte, wie Benjamins Körper durch den Aufprall vom Podest gerissen und auf die vordersten Übersetzer geschleudert wurde, die mit ihm zu Boden stürzten.

20

Und die schöne Frau hatte sich völlig entleert. Ihre Bewunderer würden von allem, was sie an jenem Abend gesehen hatten: die Ermordung JLBs, die Passage der Bestürzung, die anschließende Panik, die junge schwangere Frau, die sich vom Arm der schönen Frau losgerissen hatte, um schreiend auf die Bühne zu rennen; die blutverschmierten Übersetzer, die vom Boden aufstanden; der Körper, den man hastig in die Dunkelheit der Kulissen brachte; der kleine Junge mit der rosaroten Brille, der sich an diesen Körper klammerte; und der andere Junge (wie alt mochte er wohl sein, dreizehn, vierzehn Jahre alt?), der sich zum Saal umdrehte und brüllte: «Wer war das?» – von alldem, was sie gesehen hatten, war das Bild, das ihnen im Gedächtnis haften blieb, als sie selbst schon zu den Ausgängen drängten (man war auf weitere Schüsse gefaßt, auf Granatendetonationen, auf ein Attentat vielleicht), war es diese flüchtige Vision der schönen Frau, die allein in der allgemeinen Panik unbeweglich dastand und damit beschäftigt war, sich völlig zu entleeren. Sie stand reglos da und kotzte Geysire aus, die über die Menge spritzten, die sich in brodelnden Kaskaden ergossen. Ihre wundervollen Beine waren mit braunen Strömen besudelt – ein Bild, das sie vergeblich versuchten auszulöschen, über das sie mit niemandem sprechen würden, während das Ereignis an sich, das sie konfus begriffen, als sie mit Ellbogen und Knien zum Ausgang drängten, ein famoses Gesprächsthema bilden würde: Der Schriftsteller JLB war vor ihren Augen umgebracht worden... Ich war dabei, o ja, Alter! Er ist in die Luft geflogen! Ich hätte nie gedacht, daß ein Typ von einer Kugel in die Luft fliegt... seine Füße haben vom Boden abgehoben, echt!

Es gibt welche, die sich auf den Körper stürzen, es gibt welche, die in Ohnmacht fallen, es gibt welche, die in Deckung gehen, es gibt welche, die versuchen, rechtzeitig von Bord zu gehen, um nicht auch noch zu sterben... Ich, dachte Julie, ich gehöre zu denen, die reglos dastehen und sich entleeren. Es war ein wilder Gedanke, seltsam komisch, verheerend. Diejenigen, die auf der Flucht waren und sie anrempelten, konnten ein Lied davon singen. Sie kotzte hemmungslos auf sie drauf. Sie hielt sich nicht zurück. Und sie wußte, daß sie nichts mehr zurückhalten würde. Sie leerte sich aus wie ein Vulkan. Sie spie wie ein Drachen. Sie war in Trauer. Sie war in den Krieg eingetreten.
Sie stieg nicht auf die Bühne. Sie folgte Benjamins Leiche nicht hinter die Kulissen. Sie ging mit den anderen hinaus. Aber ganz ruhig. Sie war unter den letzten, die das *Palais omnisport* verließen. Sie ging nicht zu ihrem Wagen zurück. Sie tauchte ab in die Metro. Die Leere bildete sich um sie herum. Wie immer. Aber nicht aus genau denselben Gründen wie immer. Sie empfand eine dumpfe Freude.

Als sie zu Hause war, klemmte sie den Strom und das Telefon ab, setzte sich im Schneidersitz genau in die Mitte der Wohnung, ließ ihre Arme, die Handflächen offen, auf den Boden hängen und blieb unbeweglich. Sie hatte sich nicht ausgezogen, sie hatte sich nicht gewaschen, sie ließ alles am Körper trocknen, ließ es rissig werden. Es würde die nötige Zeit brauchen, bis es als Staub von ihr abfallen würde. Die Zeit, um zu verstehen. Wer? Warum? Sie dachte nach. Das war nicht leicht. Sie mußte die Wellen des Schmerzes zurückhalten, die Anschläge des Gedächtnisses, die Erinnerungen. Zum Beispiel wie Benjamin in ihren Armen aufwachte, nach Saint-Hivers Tod, mitten in der Nacht, wie er schrie, es sei ein ‹Verrat› – das Wort hatte sie überrascht, ein kindischer Ausruf in einem belgischen Comic. ‹Verrat!› Was ist ein Verrat, Benjamin? Und er hatte ihr lang und breit auseinandergesetzt, was das Schrecklichste an einem Verbrechen sei: ‹Es ist der Verrat an der eigenen Art. Es gibt nichts Elenderes als die Einsamkeit des Opfers in jenem Augenblick... es ist nicht so sehr die Tatsache, daß man stirbt, Julie, sondern daß man von etwas getötet wird, das ebenso sterblich ist wie wir selbst... Wie ein ertrinkender Fisch... verstehst du?› Das alles, während Clara das Foto des zu Tode gefolterten Clarence entwickelte... Clara im Rotlicht ihres Fotolabors, wie sie teilnahm an Clarences Martyrium. ‹Bekloppte Familie›...
Am nächsten Morgen war Julie sehr früh aufgestanden und hatte einen Blick in die Zeitungen geworfen: DIREKTOR EINER MODELLVOLLZUGSANSTALT VON SEINEN HÄFTLINGEN MASSAKRIERT... OPFER SEINER EIGENEN NACHGIEBIGKEIT?... DAS GEFÄNGNIS DES GLÜCKS WAR DAS DES HASSES... und sie hatte sich spontan dazu entschieden, dem nichts mehr hinzuzufügen, die Leiche ihren Kollegen zu überlassen – es war übrigens Saint-Hivers Wunsch, daß sie nicht über die Häftlinge in Champrond schreiben sollte –, und sie war auch noch zu müde, um sich in eine Untersuchung zu stürzen, ihr Bein machte ihr noch zu schaffen, und vor allen Dingen konnte sie noch nicht voll durchatmen; jeder Atemzug hinterließ eine Frustration, sie konnte nicht volltanken – wie Benjamin es ausgedrückt hatte. Es war wohl das erste Mal in ihrem Leben, daß sie einen Artikel fallenließ. Deshalb war sie auch an jenem Abend so wütend, als Benjamin seine

Tirade über den erlesenen Journalismus und das ‹sorgfältig Ausgesuchte› losgelassen hatte.
Ihre Wut hatte auch während der sechshundert Kilometer, die sie von ihrem heimatlichen Vercors trennten, nicht nachgelassen. Erst als sie die Stockrosen in *Les Rochas* entdeckte, überwand sie ihren Unmut: Sie hatte nie die Absicht gehabt, diesem Typen den Laufpaß zu geben! Ja, als sie sich einen Weg durch die Stockrosen bahnte, bemerkte Julie zu ihrer größten Verwunderung, daß sie ihm gerade eine Trennung vorgespielt hatte, wie ein kleines, von sich überzeugtes Mädchen, das vortäuscht, seine Liebe auf den Abfallhaufen zu werfen, und sich dabei sogar sagt: ‹Also der, der ist der Beste!› Nein, sie hatte nicht die geringste Lust, Benjamin zu verlassen, aber sie ließ ihn eine Zeitlang schmoren, während sie sich hierher zurückzog, nach *Les Rochas*, um ordentlich zu verschnaufen, frische Milch zu trinken, um Enteneier zu essen, frische, beachtlich gelbe... und so hatte sie ihr Erholungsbedürfnis als bombastische Trennung kaschiert... ‹Also der, der ist der Beste!›
Diese Entdeckung hatte die Stockrosen vor dem Massaker gerettet. Aber wie hatte ihr Vater, der Gouverneur, gesagt: ‹Von allen Schlachten, die ich geführt habe, war die gegen die Stockrosen die aussichtsloseste.› An einem Sommerabend hatte ihr Vater, der Gouverneur, darauf bestanden, daß Julie ihn in der unbarmherzigen Anarchie dieser Pflanzen fotografierte, die alle größer als er waren und von denen er noch sagte, sie seien ‹der botanische Ausdruck des Sisyphos-Mythos›. Der Gouverneur konnte Stunden mit dem Thema Stockrosen verbringen, ‹der kleine Mister Hyde der Rosen beim Blumengießen›. Julie hatte dieses Foto einige Tage vor seinem Tod gemacht; er war so mager in seiner weißen Uniform. Hätte man ihm die Hände grün und die Haare rot angemalt, er wäre glatt als Rosenstock durchgegangen, ‹nur ein bißchen vergänglicher, mein Mädchen...›

Die Nacht verstrich. Julie schlitterte von einem Mann zum andern, von einem Ort zum andern, von einer Zeit in die andere, von einem Ereignis zum andern. Sie konnte nicht klar denken. Wer? Warum? Die Frage, weshalb man Benjamin getötet hatte, eine Frage, die eine

Antwort forderte, die sie dazu brachte, die ganze Palette der köstlich überflüssigen Fragen, die sie sich unaufhörlich während der zwei Monate im Vercors gestellt hatte, zu sieben: ‹Weshalb hänge ich so sehr an diesem Typen? Kein Blatt vor den Mund, weshalb *liebe ich ihn* so sehr?› Wenn man die Dinge objektiv betrachtete, hatte Malaussène absolut nichts, was ihr gefiel. Ihm war alles egal, er hörte nie Musik, haßte das Fernsehen, schwadronierte wie ein Alter über die Freveltaten der Presse, zog die Psychoanalyse in den Dreck, und wenn er jemals ein politisches Gewissen gehabt hätte, dann müßte es den Charakter einer filigranen Anwandlung gehabt haben, was nichts weiter heißt, ‹filigrane Anwandlung›, aber auf Malaussènisch würde man es wohl so ausdrücken. In jedem Punkt war Benjamin das exakte Gegenteil des Exgouverneurs Corrençon, Julies Vater, der sein Leben der Entkolonialisierung gewidmet, seine Tageszeitung der Geschichte geschrieben, seinen Garten der Geographie angelegt hatte und der ohne Nachrichten von der Welt verdurstet wäre. Malaussène hingegen war in dem Maße Familialist und Stubenhocker, wie der andere Nomade und vergeßlicher Mensch war (der Gouverneur hatte seine Tochter in Internate gesteckt, und Julies einzige Erinnerung waren die an fürchterlich kurze Ferien). Und um das Kapitel der Vergleiche abzuschließen: Der Gouverneur hatte mit Opium angefangen und mit Heroin aufgehört – als ein junger Mann, während Malaussène schon allein von der Idee eines Joints in inquisitorische Wut geriet.
Malaussène, der allerdings mit einer Kugel im Kopf endete.

Nun brach der Tag an, und Julie wußte, was sie schon immer gewußt hatte. Sie kannte den einzigen Grund, aus dem sie diese beiden Männer geliebt hatte, und zwar nur diese beiden: *Sie waren der Kommentar der Welt.* Es war ein idiotischer Satz, aber Julie hätte es nicht anders ausdrücken können: Charles-Emile Corrençon, ihr Vater, der Exgouverneur, und Benjamin Malaussène, der Sündenbock, ihr Mann, hatten dieses gemeinsam gehabt: *Sie waren der Kommentar der Welt gewesen.* Benjamin war für sich selbst Musik, Radio, Presse und Fernsehen. Benjamin ging niemals weg, Benjamin war kein bißchen ‹in›, Benjamin pfiff auf den Zeitgeist. In ihrem

Rekonvaleszenzzimmer bei Benjamin hatte Julie Monate verbracht und dabei die Welt doch so intensiv mitgekriegt, als wäre sie vollbepackt in irgendeiner wichtigen Schlacht durchs Gelände marschiert. Man könnte es auch anders ausdrücken, man könnte zum Beispiel sagen, daß der Gouverneur und der Sündenbock die jeweils lebendigen Gewissen ihrer Epochen waren, daß der Sündenbock auf seine Weise das lebende Gedächtnis des Gouverneurs war: ‹*Ich träume von einer Menschheit, deren Herzenswunsch das Wohlergehen ihres Wohnungsnachbars wäre*›, verkündete der Gouverneur.
Benjamin war dieser Traum.

Ich spinne, sagte Julie zu sich, ich spinne, jetzt ist nicht die Stunde der frommen Zelebration, es geht nur darum zu erfahren: ‹Wer? Warum?›
Denn was nutzte es zu sagen ‹was wäre, wenn?›, jetzt, wo der Gouverneur und Benjamin nicht mehr waren.

«Julie!»
Es war eine Kinderstimme, draußen an der Tür.
«Julie!»
Julie gab keinen Mucks von sich.
«Julie, ich bin's, Jérémy...»
(Oh! Jérémy, der aufs Podium klettert, der im halbdunklen Chaos des *Palais omnisport* herumwühlt, Jérémy, der schreit: ‹Wer war das?›)
«Julie, ich weiß, daß du da bist!»
Er hämmerte an die Tür.
«Mach auf!»
Da waren ja auch noch die Malaussène-Kinder, die Kinder der Mutter... ‹Bekloppte Familie›...
«Julie!»
Aber Julie blieb reglos rings um ihr Herz: ‹Tut mir leid, Jérémy, ich kann mich nicht rühren, ich klebe in der Scheiße fest.›
«Julie, du mußt mir helfen!»

Er schrie jetzt. Es waren seine Füße, die klopften.
«Julie!»
Dann beruhigte er sich.
«Julie, ich will dir helfen, du schaffst es allein nicht...»
Er hatte ihre Gefühle erraten.
«Ich hab ein paar Ideen, weißt du?»
Julie zweifelte nicht daran.
«Ich weiß, wer's war, und ich weiß auch, warum...»
Du hast Glück, Jérémy. Ich nicht. Noch nicht...
Die Schläge prasselten noch einmal gegen die Tür. Füße und Fäuste durcheinander. Dann wurde es ruhig.
«Schade», sagte Jérémy, «dann mach ich's eben allein.»
Du wirst überhaupt nichts machen, Jérémy, dachte Julie. Es gibt jemanden, der an der Haustür auf dich wartet, Hadouch oder Simon oder der alte Thian oder der Mossi oder alle zusammen. Sie haben bestimmt im Gedenken an Benjamin geschworen, daß du in deinem Leben nicht noch eine zweite Schule anzündest. Du wirst nichts machen, Jérémy, Belleville paßt auf dich auf.

21

«Der Talion Verlag schickt Sie, nehme ich an?»
Der Minister Chabotte musterte den Commissaire divisionnaire Coudrier. Zwar von oben nach unten, aber er musterte ihn doch.
«Es verhält sich so, daß die Direktorin des Talion Verlages einem meiner Inspektoren gegenüber erklärt hat, Sie seien der wahre JLB, Herr Minister.»
«Und Sie hielten es für taktvoller, mich lieber persönlich aufzusuchen, als mich den Fragen eines Inspektors zu überlassen. Ich danke Ihnen, Coudrier, wirklich, danke!»
«Ist doch selbstverständlich...»
«Wir leben in einer dieser Situationen, in denen schon die geringste Kleinigkeit einen gewissen Wert erhält. Setzen Sie sich. Whisky? Port? Tee? Etwas anderes?»
«Nichts. Ich bin nur auf einen Sprung hier.»

«Stellen Sie sich vor, ich bin auch auf dem Sprung. Mein Flugzeug geht in einer Stunde.»

«...»

«Gut, na ja, wissen Sie, ich gerate über das Schreiben in meine verlorene Zeit, und ich bin nicht darauf erpicht, daß sich das herumspricht. Unvereinbar mit meinen Funktionen, zumindest bis zu meinem Ruhestand. Wir werden später sehen, ob es sinnvoll ist, den Schleier fallen zu lassen. Für die Zwischenzeit haben wir einen jungen Mann ins Rennen geschickt, der die Rolle des JLB im Scheinwerferlicht des Ruhms spielt. Verlagsstrategie, weiter nichts.»

‹Wenn es nicht eine Kugel in Malaussènes Kopf ist...›, dachte der Divisionnaire Coudrier, trug aber seine Überlegung nicht nach außen. Er zog es vor, sich an die Routinefragen zu halten.

«Haben Sie die geringste Vorstellung darüber, weshalb man auf Malaussène geschossen hat?»

«Nein, nicht die geringste.»

(‹Das Gegenteil hätte mich auch gewundert.›)

«Es sei denn...»

«...»

«Es sei denn, man hätte ein Bild zerstören wollen.»

«Wie meinen Sie das, bitte?»

Vor dem Minister immer die Gesichtszüge unten lassen. Ihm niemals das Gefühl geben, man würde vor ihm etwas begreifen, wolle an seiner Stelle Minister sein.

«Das Ausmaß der Werbekampagne, die dem Erscheinen meines neuesten Romans in Bercy vorausgegangen ist, ist Ihnen ja wohl bekannt. Der Talion Verlag hat Ihnen sicherlich auch meine Verkaufszahlen enthüllt... Es passiert schon mal, daß irgendein Ausgeflippter glaubt, sich besonders wichtig machen zu können, indem er einen Mythos vom Sockel stürzt. Von da an haben Sie die breite Auswahl: Irgendein internationaler Brigadist behauptet, der Fetischautor des *liberalen Realismus* zu sein; oder ein allzu fanatischer Bewunderer, der seinen Gott vor den Augen aller verzehrt – so wie man diesen armen John Lennon umgenietet hat, was weiß ich... Wer die Wahl hat, hat die Qual, das kann ich Ihnen sagen, es tut mir leid für Sie, mein Lieber...»

All dies in einem gleichgültigen Ton, in einer Bibliothek, deren Pro-

portionen und die Anzahl der Bände tatsächlich zu einer gewissen Zurückhaltung verleiteten.
«Seit wann schreiben Sie?»
«Seit sechzehn Jahren. Sieben Titel in sechzehn Jahren und zweihundertfünfundzwanzig Millionen Leser. Das Seltsamste daran ist, daß ich niemals auch nur die geringste Absicht hatte zu publizieren.»
«Nein?»
«Nein. Ich bin ein Staatsbeamter, Coudrier, kein Gaukler. Ich habe mir immer gesagt, sollte ich eines Tages schreiben, dann am ehesten meine Memoiren; sozusagen einer dieser politischen Rückzüge, die sich keine Niederlage eingestehen. Aber das Schicksal hatte anders entschieden.»
(‹Wie kann man solche Sätze aussprechen?›)
«Das Schicksal, Herr Minister?»
Kurzes Zögern. Dann, ein wenig brüsk:
«Ich habe dort oben eine Mutter, Madame Nazaré Quissapaolo Chabotte.»
Der Exminister Chabotte deutete mit dem Daumen an die Decke der Bibliothek. Zweifelsohne das Zimmer der alten Mutter.
«Seit sechzehn Jahren taubstumm. Und alles Unglück dieser Welt steht ihr im Gesicht. Möchten Sie sie sehen?»
«Das wird nicht nötig sein.»
«In der Tat. Sie ersparen sich übrigens eine Belastungsprobe. Entschuldigen Sie mich jetzt, bitte! Olivier! Olivier!»
Da besagter Olivier nicht augenblicklich erschien, sprang Exminister Chabotte mit geballten Fäusten zur Bibliothekstür. Er, der soeben noch seine alte Mutter beschrieb, wirkte plötzlich ganz und gar wie ein ungezogener Junge. Die Tür ging natürlich auf, bevor er sie erreichte. Auftritt Olivier.
«Und der Wagen, mein Gott, ist er fertig?»
«Der Mercedes? Er ist fertig, Monsieur, Antoine hat gerade aus der Werkstatt angerufen. Er muß jeden Augenblick hier sein.»
«Ich danke Ihnen. Bringen Sie die Koffer in die Halle!»
Eine Tür, die sich schließt.
«Wo war ich stehengeblieben?»
«Bei Ihrer Mutter, Herr Minister.»

«Ach ja! Sie wollte immer, daß ich schreibe, stellen Sie sich vor! Die Frauen... sie haben so eine Vorstellung von ihren Sprößlingen... lassen wir das... Kurz, ich habe angefangen herumzukritzeln, als sie krank wurde. Ich las ihr jeden Abend meine Seiten vor, und weiß Gott, warum, es tat ihr gut. Ich machte trotz ihrer fortschreitenden Taubheit weiter... sechzehn Jahre Lektüre, von der sie keine Silbe verstanden hat... aber es war das einzige Mal am Tag, daß sie gelächelt hat. Können Sie solche Dinge verstehen, Coudrier?»
‹Sie gehen mir auf die Nerven, Herr Minister... Sie lügen vielleicht, aber todsicher gehen Sie mir auf die Nerven. Sie sind mir übrigens immer schon auf die Nerven gegangen, insbesondere als sie mein ministerieller Vormund waren...›
«Voll und ganz, Herr Minister. Darf ich Sie fragen, was Sie dann dazu bewogen hat, doch zu publizieren?»
«Eine Partie Bridge mit der Direktorin von Talion. Sie wollte mich lesen, und sie hat mich gelesen...»
«Könnten Sie mir eines Ihrer Manuskripte anvertrauen?»
Die Frage, eher beiläufig gestellt, hat eine andere Wirkung. Überraschung, Steifheit und schließlich Mißtrauen, jawohl, ein hauchdünnes Lächeln, mißtrauischer geht's nicht.
«Ein Manuskript? Wovon reden Sie, Coudrier? Sind Sie nicht auf dem laufenden? Sollten Sie der erste Mensch in diesem Land sein, der von Hand schreibt? Folgen Sie mir!»
Kleine Reise ins benachbarte Büro.
«Hier, nehmen Sie mein ‹Manuskript›!»
Und schon hält der Commissaire eine flache Diskette in der Hand, die der Commissaire einsteckt und sich bedankt.
«Und hier haben Sie das Resultat. Sie werden es in Ihren freien Stunden lesen!»
Es ist ein druckfrisches Exemplar von *Der Herr des Geldes*. Königsblauer Einband, riesiger Titel. Name des Autors: JLB, ganz oben in Großbuchstaben. Und der Name des Verlegers: *jlb* in winzig kleinen Buchstaben, ganz unten.
«Soll ich Ihnen eine Widmung hineinschreiben?»
Zuviel Ironie in der Frage, um darauf tatsächlich zu antworten.
«Darf ich erfahren, welche Art von Vertrag Sie an den Talion Ver-

lag bindet, dessen Namen ich nicht auf dem Umschlag entdecken kann?»
«Einen goldenen Vertrag, mein Lieber, 70–30. 70 Prozent aus allen Rechten für mich. Aber was ich ihnen überlasse, reicht dicke aus, um ihren gemeinsamen Suppentopf kochen zu lassen. Noch weitere Fragen?»
(‹Noch weitere Fragen.›)
«Nein, das wäre alles, ich danke Ihnen.»
«Ich Ihnen nicht, Coudrier. Eine Frage mehr, und ich hätte Ihretwegen mein Flugzeug verpaßt. Ich habe es eilig, von hier zu verschwinden, weil ich Schiß habe, wie Sie sich denken können. Wenn wir in einem Land leben, wo man in aller Ruhe einen Typen in der Öffentlichkeit umbringen kann, dann weiß ich nicht, was den Mörder daran hindern sollte, JLBs wahre Identität zu lüften und auch mir den Garaus zu machen.»
«Wir haben Maßnahmen zu Ihrem Schutz getroffen, Herr Minister. Meine Männer sind wachsam.»
Die Hand des Ministers, die sich unter den Ellbogen des Commissaire schiebt. Der tänzelnde Schritt des Ministers, der den Commissaire zum Ausgang dirigiert.
«Sagen Sie, dieser Mord im Gefängnis von Champrond, dieser massakrierte Direktor, Monsieur de Saint-Hiver – in diesem Fall leiten Sie doch die Ermittlungen, Coudrier, nicht wahr?»
«In der Tat, Herr Minister.»
«Haben Sie schon Schuldige verhaftet?»
«Nein.»
«Haben Sie eine Spur?»
«Keinerlei ernsthafte Spuren, nein.»
«Nun, sehen Sie, aus diesem Grund fliege ich aus, mein lieber Coudrier. Ich kann nicht mit einer Polizei zufrieden sein, die sich damit begnügt, die künftigen Leichen zu beschützen. Ich werde erst dann zurückkehren, wenn Sie Malaussènes Mörder verhaftet haben. Vorher nicht. Gut Holz, Coudrier! Und wünschen Sie mir eine gute Reise!»
«Gute Reise, Herr Minister!»

22

Die Italienerin Severina Boccaldi erschien gegen achtzehn Uhr dreißig in der Rue de la Pompe. Mit ihrem Pferdekopf und ihrem Ochsenauge konnte sie die automatische Kamera und die menschlichen Kameras erkennen. Der Exminister Chabotte wurde gut beschützt. Elektronik für besondere Gebäude (eine Kamera auf einem Schwenkarm, eine Haussprechanlage mit Bildschirm) und ein menschliches Auge draußen (ein Zivilbulle, der den Bürgersteig auf und ab ging und alles dransetzte, um auszusehen wie alle andern). Und ein als Lieferwagen getarntes Polizeiauto am Anfang der Straße – ein alter Wurstbuden-Citroën, der in der Rue de la Pompe so wahrscheinlich war wie ein Hundeschlitten in den Dünen der Sahara. Aber die Polizei ist eine Behörde, sagte sich Severina Boccaldi aus Barmherzigkeit, es standen wohl heute keine weiteren Fahrzeuge zur Verfügung, um Chabottes Schutz zu gewährleisten.

Sie parkte den BMW ein paar hundert Meter vom Herrschaftshaus des Ministers weg, auf dem gegenüberliegenden Gehsteig, und ging mit entschlossenem Schritt zu Fuß weiter. Vor dem ministerialen Portal fragte Severina Boccaldi den Zivilbullen nach dem Weg und versicherte sich somit, daß es sich sehr wohl um einen Zivilbullen handelte: Er könne ihr keine Auskunft geben, er würde sich in dem Viertel nicht auskennen, nicht einmal richtig in Paris und in Rom noch weniger, nein. Er entschuldigte sich nervös, hätte ihr fast noch befohlen weiterzugehen. Severina nutzte die Minute, die dieser Erklärungsnotstand dauerte, um eine schwarze Limousine mit blau-weiß-rotem Schleifchen auszumachen, artig auf einem sehr weißen Kiesweg abgestellt, gegenüber dem Delta einer Freitreppe aus Marmor. Sie berechnete die Umdrehungszeit der Außenkamera. Sie vermaß auch die toten Winkel und stellte mit Befriedigung fest, daß ihr Wagen außerhalb des Feldes geparkt war.

Als sie an der fahrenden Wurst-und-Fritten-Bude vorbeikam, die mit ihrem geschlossenen Flügel und dem verrosteten Chassis aussah, als hätte sie jemand dort stehenlassen, hörte sie deutlich folgenden Ausruf:

«Sollen wir schieben? Los, komm, wir schieben eine Runde!»

Severina Boccaldi sagte sich, daß dieser Lieferwagen eine verbotene

Spielhölle oder ein Liebesnest sein mußte – je nachdem, was die Franzosen unter «schieben» verstanden.
Woraufhin sie in ihren Wagen stieg und den Platz frei machte, der kurz darauf von einer Giulietta eingenommen wurde, den eine griechische Staatsbürgerin, Miranda Skoulatou, am selben Morgen von einem gewissen Padovani geliehen hatte.
«Griechin, he?» hatte Padovani gegurrt, als er ihren frisch europäischen Personalausweis kontrolliert hatte. «Na, dann sind wir ja ein bißchen verwandt.»
Dann hatte er ihr ein liebenswertes Augenzwinkern geschenkt, das jedoch folgenlos geblieben war.

Als die Limousine mit Schleifchen durch die Einfahrt des Ministers Chabotte fuhr, legte sich Miranda Skoulatous Hand an den Zündschlüssel. Doch sie ließ die Hand wieder fallen. Es war nicht der Wagen des Ministers Chabotte, es war derjenige des Divisionnaire Coudrier. Mit offenem Fenster fuhr der Commissaire an ihr vorbei, ohne sie zu sehen. Er fuhr selbst. Sie glaubte, einen Ausdruck von Wut in seinem kaiserlich blassen Profil erkannt zu haben.
Miranda rutschte wieder tiefer, unter das Lenkrad, schlug die Beine auf der Sitzbank zusammen, richtete das Auge auf den rechten Außenspiegel, in dessen Flucht die ganze Straße bis hin zum Polente-Wurst-Wagen lag. Der Dienstrevolver wog schwer in ihrer Manteltasche. Hatte dieses Teil jemals eine einzige Kugel abgefeuert? Miranda bezweifelte das. Sie hatte es mit Motoröl gefettet, hatte den Mechanismus mehrmals betätigt und dann die Patronen in ihre Kammern gesteckt. Nicht unbedingt ein Damenrevolver.
Die Vorsicht wollte es, daß Miranda Skoulatou, wie Severina Boccaldi, nicht ewig am selben Ort blieb.
Sie wartete, bis ein Kollege den Zivilbullen ausgemacht hatte, und fuhr dann los. Zwölf Minuten später fand ein Audi 80, gemietet von einer österreichischen, leicht depressiven Geschichtsprofessorin, die auf den Namen Almut Bernhardt hörte, einen neuen Parkplatz in der Rue de la Pompe, näher an Chabottes Residenz, einen Parkplatz, der im Bereich der beweglichen Kamera lag.
Almut stieg ruhig aus und wußte, daß sie gefilmt wurde. Die Wagen-

tür stand offen, und sie betrat das Haus, kam aber sofort wieder heraus und setzte sich ins Auto, während die Kamera weiterschwenkte.
Sie lag auf den Vordersitzen ausgestreckt und wartete. Jeder Schwenk der Kamera filmte ein scheinbar leeres Auto, dessen Rückspiegel aber die Residenz des Ministers Chabotte perfekt einrahmte.
Doch dann wurde die Rue de la Pompe von Polizeikräften gestürmt. Sirenengeheul von der einen Seite, Sirenengeheul von der anderen. Reflexartig warf Almut den Revolver hinter den Rücksitz. Verspielt, sagte sie sich. Zusammengekauert über dem Armaturenbrett, den Kopf zwischen den Schultern vergraben, fragte sie sich, wo sie einen Fehler begangen hatte. Ob fremde Augen sie bemerkt und sie seit dem Morgen verfolgt hätten und weshalb in diesem Fall die Uniformen nicht schon früher aufgetaucht wären. Fragen, während unterdessen die Sirenen, die von oben kamen, mit denen, die von unten kamen, ihre Vereinigung praktizierten. ‹Das gilt nicht mir›, sagte sich Almut Bernhardt. Ein schneller Rückspiegelblick bestätigte ihr, daß die Aktion dem Citroën-Lieferwagen weiter unten galt. Einer der Wagen machte einen einwandfreien Wechselschritt und blieb quer zur Fahrtrichtung stehen. Vier Inspektoren schossen heraus, die Waffe auf den Lieferwagen gerichtet. Die anderen hatten schon hinter ihrem eigenen Fahrzeug an der Kreuzung Paul-Doumer Stellung bezogen.
Der Polizist, der sich jetzt dem Lieferwagen näherte, unterschied sich von seinen Kollegen durch seine Gelassenheit, durch völliges Fehlen von Stil. Es war ein kräftiger Kerl mit Specknacken und gesenktem Blick. Er trug einen dieser Blousons mit gefüttertem Kragen, die durch die alliierten Flieger im letzten Weltkrieg definitiv in Mode gekommen waren. Er hatte keine Waffe gezückt. Er bewegte sich so friedlich auf den Lieferwagen zu, daß man tatsächlich meinte, er würde sich eine Tüte Pommes frites besorgen. Er klopfte höflich an die Scheibe der vorderen linken Tür. Die Tür ging nicht auf. Er sprach ein paar Worte. Die Tür ging auf. Und Almut Bernhardt sah aus dem Laderaum einen Kabylen mit feuerroter Mähne aussteigen, dicht gefolgt von einem langen Mossi, der sich durch den hinteren Flügel zwängte. Acht Bullen sprangen ihnen ins Ge-

nick. Handschellen. Die rote Mähne des Kabylen erlosch in einem Wagen, dessen Blaulicht anging. Der Zivilbulle, der vor Chabottes Domizil patrouillierte, setzte sich ans Steuer des Lieferwagens. Sirenen, Abtransport, die beiden Polizeiwagen rahmten das Beweisstück ein.

Allem Anschein nach hatten der Kabyle und der Mossi dieselbe Absicht gehabt wie die Österreicherin.

«Aber das mit dem Wurstverkäufer war keine gute Idee, Jungs.»

Almut Bernhardt hätte noch länger sympathisiert, wenn nicht ein schwarzer Mercedes vor der Tür des Ministers Chabotte vorgefahren wäre. Im selben Augenblick lud ein Diener hastig zwei Koffer ein, während der Chauffeur einem hüpfenden Chabotte die Tür aufhielt, welcher sich in die Limousine wie in ein großes Bett warf. Der Diener kehrte ins traute Heim zurück, der Chauffeur ans Steuer. Almut Bernhardt holte ihre Waffe wieder hervor und drehte den Zündschlüssel um.

Die Kollision war nicht heftig, aber ausreichend, um den Mercedes zu stoppen; die Österreicherin sprang schreiend aus dem Audi:

«Mein Gott! Mein Gott! Sehen Sie sich das an!»

Sie zeigte mit dem Finger auf den verbeulten Kotflügel, aber der Chauffeur, der sich auf sie stürzte, hatte einen wuchtigen Revolver gezückt und richtete ihn zwanglos auf sie.

«Hilfe!» schrie die Geschichtsprofessorin. «Hilfe!» (Auf deutsch.)

Bis der Minister Chabotte erschien.

«Stecken Sie mir diese Waffe weg, Antoine, werden Sie nicht grotesk!»

Dann, an die Dame gewandt:

«Entschuldigen Sie, Madame!» (Auf deutsch.)

Und wieder zu seinem Chauffeur:

«Setzen Sie sich ans Steuer, Antoine, und parken Sie ihren Wagen, das Flugzeug wird nicht ewig auf mich warten!»

Der Chauffeur kletterte hinter das Lenkrad des Audi 80. Während er unter Protest des verbeulten Bleches zurücksetzte, überreichte Chabotte der unglücklichen Österreicherin seine Visitenkarte.

«Ich bin in Eile, Madame.» (Auf deutsch.)

«Ich auch», sagte Almut Bernhardt. (Auf deutsch.)

Aber es war ein gigantischer Dienstrevolver, den sie ihm statt einer Visitenkarte entgegenhielt. Wirklich eine riesige Waffe. Und ohne zu lächeln:
«Steigen Sie ein, oder Sie sind tot!» (Auf deutsch.)

Als der Chauffeur Antoine aus dem Audi 80 stieg und den Mercedes davonfahren sah, war sein einziger Gedanke der, daß sein Herr, Chabotte, einmal mehr seine Schnelligkeit unter Beweis gestellt hatte. Der Chauffeur Antoine empfand dabei einen legitimen Stolz: Auf dem Gebiet der Frauen war niemand schneller als der Minister Chabotte.

23

Die Mutter protestierte:
«Es ist *sinnlos*, aber *dennoch* könnten Sie irgend etwas tun!»
Der jüngere der beiden Polypen sah das Kind an. Das Kind, ein kleines Mädchen, riß entsetzt die Augen auf. Der Tote zu ihren Füßen war tot. Egal, was die Mutter sagte, es war nichts mehr groß zu machen.
«Man mordet *wirklich* überall, in unseren Tagen!»
Die Mutter produzierte am frühen Morgen feuchten Niederschlag.
«Das ist doch kein korrekter Ort für einen Mord!»
Obwohl er ein ziemlicher Neuling war, hatte der jüngere der beiden Bullen doch schon alles gesehen, was es an Morden zu sehen gab. Aber er hatte noch nicht alles gehört: er war erst vor drei Wochen nach Passy versetzt worden.
«Es ist *unfaßbar*», sagte die Mutter, «man joggt friedlich mit seiner Familie, und ein neunjähriges Kind stolpert über eine *Leiche*.»
(Die Mutter sprach die Leiche sehr gedehnt.)
«Es ist *unerhört*!»
Die Mutter war sehr hübsch und das kleine Mädchen trotz des Horrors in den Augen charmant. Beide trugen die gleiche Kleidung. Mit

fluoreszierenden Streifen. Glühwürmchenjogginganzug. Oder Irrlichterjogginganzug, unter diesen Umständen. Aber der jüngere der beiden Bullen war kein Zyniker. Er fand die Mutter hübsch, das war alles. Der Wald ringsumher roch nach Morgendämmerung.
«Seit drei Generationen wohnen wir in diesem Viertel, aber etwas Ähnliches haben wir noch *nie* erlebt!»
Seit drei Jahren bin ich Bulle, dachte der jüngere der beiden Bullen, und habe schon vierundfünfzig ‹ähnliche› Sachen erlebt.
Die Bäume wuchsen weiter. Das Gras leuchtete. Der Kollege des jungen Bullen wühlte in den Taschen des Toten. Brieftaschen, Ausweishülle, Papiere.
Ach du Scheiße!
Er war wieder aufgestanden und hielt den Ausweis des Toten in der Hand.
«Ach du Scheiße!»
Als hätten sich alle im Laufe seiner langen Karriere als uniformierter Polizist sorgfältig vermiedenen Scherereien zu einem Stelldichein in diesem netten Wäldchen verabredet.
«Gibt es *noch* etwas?» fragte die Mutter.
Der alte Bulle sah sie an, ohne sie zu sehen, oder so, als sähe er sie zum erstenmal, oder so, als würde er sie um Rat fragen, oder so, als wäre er gerade aus einem Traum aufgewacht. Er sagte schließlich:
«Wir lassen alles, wie es ist, wir fassen nichts an, ich muß das Haus informieren.»
Und er rief am Quai des Orfèvres* an. Er war ein sehr alter Bulle, alte Schule, witterte die Pensionierung schon wie den heimatlichen Stall. Er hätte sich diese *Leiche* gerne erspart. Sein Schritt war schwer, als er zum Streifenwagen ging.
«Sie haben doch wohl nicht die *Absicht*, mich den ganzen Tag hier verbringen zu lassen! Komm, gehen wir, Schatz...»
Aber Schatz kam nicht. Schatz konnte seine Augen nicht von dem Toten losreißen. Schatz war fasziniert von einem kleinen, bläulichroten Loch hinten im Genick. Die Haare, durch den Schuß rotgefärbt, bildeten einen lockigen Kranz.

---

* Zentrale der Pariser Polizei

Der junge Bulle stellte sich selbst eine Frage: ‹Wer von beiden ist am meisten *traumatisiert* (es war ein Wort, das die Mutter verwendet hätte): das Kind, das einen erwachsenen Toten entdeckt, oder der Erwachsene, der auf eine Kinderleiche stößt?› Da ihm die Antwort im Kopf aus den Fingern glitt, betrachtete der junge Bulle das kleine, bläulichrote Loch, den winzigen Ring der verbrannten Haare und sagte laut, aber zu sich selbst:
«Eine Exekution.»
Er fügte hinzu:
«Einwandfrei.»
«*Ich bitte Sie*...», sagte die Mutter.
Sie redete fleißig in Schrägschrift, so, als würde sie sich selbst übersetzen.

Als das Telefon im Büro des Divisionnaire Coudrier läutete, blätterte er die Seite 230 des *Herrn des Geldes* um. Es war die Geschichte eines Einwanderers der dritten Generation, Philippe Ahoueltène – soziologisch dazu verurteilt, Mülltonnen zu leeren –, der aber die Idee gehabt hatte, die geheiligten Abfälle von Paris zu Geld zu machen; später tat er dies in allen Hauptstädten der Welt. Zu Beginn am Arsch eines städtischen Müllwagens angehängt, hatte Philippe Ahoueltène es nach der Hälfte des Romans geschafft, konkurrenzlos den Devisenmarkt zu beherrschen, unerbittlich die Wechselkurse zu bestimmen – daher der Titel des Werks. Gleich im Anschluß danach ehelichte er eine Schwedin von stellarer Schönheit und phantastischer Bildung. (Die Schöne war verheiratet gewesen; er hatte den Gatten erbarmungslos ruiniert.) Er machte ihr ein Kind, das mitten im Urwald des Amazonas zur Welt kam, während eines nächtlichen Taifuns, von dem man annahm, daß er den ortsansässigen Indianern die Ankunft eines Halbgottes verkündete...
Divisionnaire Coudrier war konsterniert.
Am Abend zuvor hatte ihm Elisabeth, bevor sie sich zurückzog, drei Thermoskannen Kaffee gekocht – ‹Danke, liebe Elisabeth, die werde ich wohl brauchen.› Schweren Herzens hatte er seine aktuelle Lektüre (Der Streit zwischen Bossuet und Fénelon, hervorgerufen durch den *Quietismus* Madame Guyons) zur Seite gelegt und sich

auf den *Herrn des Geldes* gestürzt – mit der Begeisterung eines Meßbuchmalers, den man losschicken würde, die tristen Wände von La Courneuve anzustreichen.
Doch der Divisionnaire war ein Mann von Selbstlosigkeit, methodischem Geist und gleichzeitig, wenn es sein mußte, ein wütender Bulle.
Commissaire divisionnaire Coudrier machte sich diese Kugel, die Malaussènes Schädel durchbohrt hatte, zum persönlichen Vorwurf. Eine 22er mit großer Durchschlagskraft, abgeschossen in der Absicht, glatt zu töten. War nicht er es gewesen, der Malaussène vor diese Kugel geworfen hatte – mit der Behauptung, er müsse sich seine Handlungsfreiheit bei den Ermittlungen über den Tod Saint-Hivers bewahren? Ermittlungen, die keinen Deut weit vorangekommen waren, wie er es Chabotte am Vortag eingestanden hatte. Vielmehr Rückschritte: Die Inhaftierten zankten sich unter der neuen Leitung; ein weiterer Mord war passiert, unter den Inhaftierten; der Schuldige war geflohen. Totales Fiasko. Malaussène hätte auch keine schlimmeren Schäden anrichten können, wenn er sich eingemischt hätte. Das Bild des Märtyrers Malaussène spukte durch die unbrauchbaren Seiten JLBs. Coudrier hatte diesen Jungen geschätzt. Er erinnerte sich Wort für Wort an ihren ersten Dialog. Schon drei Jahre her. An dem Abend, als Inspecteur Caregga in seiner ewigen Fliegerjacke einen von seinen Arbeitskollegen halbgelynchten Malaussène auf das Kanapee des Divisionnaire gelegt hatte. Als der Junge wieder aufwachte, galt seine erste Frage dem Sofa.
«Warum sind Récamier-Sofas so hart?»
«Weil die Eroberer ihr Reich verlieren, wenn sie auf Sofas einschlafen, Monsieur Malaussène», hatte Divisionnaire Coudrier geantwortet.
«Sie verlieren es in jedem Fall», hatte Malaussène erwidert.
Um dann noch mit einer Ganzkörpergrimasse hinzuzufügen:
«Das Sofa der Zeit.»
Coudrier hatte diesen Jungen gemocht. Er hatte für einen Moment an seinen eigenen Schwiegersohn gedacht, einen gewissenhaften Polytechniker, der die gemeinsamen sonntäglichen Mittagessen damit verbrachte, im Geiste die Rohfassung auch der kleinsten Ant-

worten zu redigieren... Nicht daß Divisionnaire Coudrier sich Malaussène als Schwiegersohn gewünscht hätte, o nein... nur daß... nein, trotzdem nicht, aber von Zeit zu Zeit könnte sein Schwiegersohn ein bißchen malaussènischer sein...
Was soll's! Eifriger Schwiegersohn... Konzeptfreudiger Schwiegersohn.
Malaussène hingegen entwarf nie Konzepte. Deshalb auch die Kugel zwischen den Augen.
Der Commissaire divisionnaire Coudrier war also gerade an dieser Stelle seiner Lektüre, *Der Herr des Geldes*, als das Telefon läutete und ihn ein Brigadier aus dem Kommissariat in Passy vom Tod des Ministers Chabotte unterrichtete.
«Eine Exekution, Monsieur le Divisionnaire.»
‹Es geht los›, dachte Divisionnaire Coudrier.
«Im Bois de Boulogne, auf dem Chemin de ceinture du lac inférieur, Monsieur le Divisionnaire.»
‹Ganz in der Nähe seines Hauses›, dachte Divisionnaire Coudrier.
«Ein Kind hat die Leiche entdeckt, beim morgendlichen Joggen mit seiner Mutter.»
‹Ein Kind joggen lassen›, dachte der Divisionnaire und gestattete sich ein kleines Vorurteil gegen die Mutter.
«Wir haben nichts angerührt und der Bevölkerung den Durchgang verboten», rezitierte der Brigadier.
‹Die Hierarchie informieren...› dachte der Divisionnaire und hängte auf. ‹Schlecht, die Hierarchie... Bossuet hat Fénelon das Rückgrat gebrochen und die Maintenon Madame Guyon in die Bastille geschickt...›
«Mit dem Quietismus kann es noch eine Weile dauern», knurrte Commissaire divisionnaire Coudrier.
Dann wählte er die Nummer seines vorgesetzten Ministers.

Die kräftigsten und geduldigsten Inspektoren des Hauses waren vier an der Zahl. Die Sonne und ihre Ehefrauen waren schon vor langer Zeit schlafen gegangen. Die Beschuldigten waren nur zu zweit, ein großer Schwarzer, der auf den Spitznamen Mo der Mossi

hörte, und ein Kabyle, der breiter als hoch war, mit roter Mähne, deren Lodern im Scheinwerferlicht die Sonnenbrillen rechtfertigte, die die vier Inspektoren trugen. Man nannte ihn Simon. Ein fünfter Bulle hielt sich im Hintergrund und sagte keinen Ton. Es war ein winziger Vietnamese, das Porträt Ho Chi Minhs. In einem ledernen Gehänge trug er ein Baby mit intensivem Blick. Bullen wie Ganoven vermieden es, den Vietnamesen und das Kind anzusehen.
«Okay, Jungs, fangen wir von vorn an», sagte der erste Inspektor.
«Wir haben ja Zeit», präzisierte der zweite, dessen Hemd Ähnlichkeit mit einem gebrauchten Papiertaschentuch hatte.
«Uns ist das doch egal», gab der dritte lasch von sich.
«Also los», sagte der vierte und warf einen leeren Plastikbecher neben einen vollen Papierkorb.
Mo und Simon leierten zum achtenmal die Angaben zu ihrer Person und zu der ihrer Vorfahren bis zu einer beachtlichen Zahl von Generationen herunter. Der Kabyle antwortete lächelnd. Vielleicht schien es nur so, wegen der Lücke zwischen seinen Schneidezähnen. Der große Mossi war zurückhaltender.
«Also, wozu der Citroën?»
«Bratwürste», sagte der Mossi.
«Ihr wolltet Würste verkaufen? In der Rue de la Pompe? Im Sechzehnten?»
«Man verkauft ja auch ganz gut Frühlingsrollen in Belleville», bemerkte der Kabyle.
«Ohne Genehmigung wird nirgendwo was verkauft», fuhr einer der Bullen dazwischen.
«Und warum habt ihr nicht die Klappe des Wagens aufgemacht?»
«War noch vor der Geschäftszeit», sagte der Kabyle.
«Die Betuchten fangen später an zu ackern», erklärte der Mossi.
«Nicht später als wir», konnte es sich einer der Inspektoren nicht verkneifen.
«Fehler von uns», sagte der Kabyle, «Entschuldigung!»
«Schnauze›!»
«Bratwürste in der Rue de la Pompe, ja?»
«Jawoll», bestätigte der Mossi.

«Selim la Caresse*, kennt ihr den?»
«Nein.»
Es war eine Unterhaltung über dieses und jenes. Man quatschte mal so, mal so.
«Ein kleiner marokkanischer Boxer, ein Federgewicht, den kennt ihr nicht?»
«Nein.»
Selim la Caresse war tot aufgefunden worden, nach der Panik im *Palais omnisport* von Bercy. Ein beschissener Tod. In sich zusammengeschrumpft wie eine Spinne auf den Fliesen einer trockenen Dusche.
«Le Gibon**, kennt ihr den vielleicht?»
«Nein.»
«Ein langer Dünner, der mit dem Knüppel Fliegen totschlagen konnte.»
«Solche Typen kennen wir nicht.»
«Und den Russen?»
«Welchen Russen?»
«Den Kumpel der beiden andern, den Bären.»
«Wir kennen nur unsere Kumpel.»
«Wart ihr in Bercy?»
«'ne Zeitlang, ja! Da war unser Kumpel Malaussène... der Arme.»
«Le Gibon, la Caresse und der Russe waren auch dort. Und sie starben dort. Denselben Spinnentod.»
«Die Jungs kennen wir nicht.»
Die Sanitäter hatten zuerst geglaubt, sie wären Opfer der Panik geworden. Von der Menge erstickt. Aber da war dieser zusammengeschrumpfte Todeskampf, das blaue Gesicht, beinahe schwarz... nein.
«Hört mal her», sagte einer der Inspektoren ganz ruhig, «Ben Tayeb und ihr, ihr habt euch die drei Kerle vorgeknöpft. Wir würden gerne wissen, warum.»
«Wir haben uns nie jemanden vorgeknöpft, Monsieur l'Inspecteur.»

---

* la caresse = die Zärtlichkeit
** le gibon = der Gibbon

Der Gerichtsmediziner hatte eine Zeitlang herumgedoktert. Bis er eine winzige Einstichspur an den drei Halsansätzen entdeckte. Und die Autopsie lautete: ein Spritzer Ätznatron ins Kleinhirn.
«Mo und Simon...»
Alle drehten sich um. Es war der kleine Vietnamese. Er hatte sich nicht bewegt. Er stand mit dem Rücken an die Wand gelehnt. Das Baby verdeckte seine Dienstwaffe. Sie hatten vier Augen und die Stimme Gabins.
«Was haben diese drei Kerle Benjamin angetan, damit ihr sie kaltgemacht habt?»
«Malaussène kannte keine Leute dieses Kalibers», sagte der Mossi.
Lag es an dem Blick des Kindes? Der Mossi hatte zu schnell geredet. Ein bißchen zu schnell. Thian war der einzige, dem es auffiel. Die anderen waren schon wieder bei ihren Fragen.
«Warum habt ihr euch in diesem Wagen in der Rue de la Pompe versteckt?»
«Bratwürste», sagte der Kabyle.
«Ich sag euch jetzt mal, was los war», sagte einer der vier Bullen. «Das mit eurer vergammelten Karre war ein Ablenkungsmanöver. Während wir euch geschnappt haben, hat irgend jemand Chabotte entführt und ihn umgebracht.»
«Chabotte?» fragte Simon.
«Das werdet ihr teuer bezahlen.»
«Siehst du, so geht's einem», sagte der Mossi traurig zum Kabylen, «da zockt man jahrelang die Leute ab, und an dem Tag, an dem man sich aus dem Geschäft zurückziehen will, fängt die Kacke zu dampfen an... Ich hab's dir ja immer gesagt, Simon.»
«Fangen wir wieder von vorne an», sagte irgendeiner.

24

Ich habe ihm eine Szene hingelegt und ihn verlassen! Julie hatte einen eisigen Traum. Sie sah sich, wie sie über Benjamin hing und ihm vorwarf, was er für einer sei, ihm zuredete, er solle er selbst

werden... eine Obernonne, die auf dem Körper eines Besessenen hockte!
Doch er hatte die Arschbacken zusammengekniffen, und eine ungläubige Wut stand in seinen Augen. Er war nicht wiederzuerkennen, er war ein Tier, das arglos in die Falle getappt war. Sie hatten sich gerade geliebt.
Sie hatte den Schraubstock fester angezogen: ‹Du bist niemals du selbst gewesen!›
Die Identität...
Sie kam aus dieser Generation... das Credo der Identität, die sakrosankte Pflicht zur Klarheit. Sich auf keinen Fall täuschen lassen! Vor allem auf nichts hereinfallen! Auf keinen Fall hereinfallen! Die Todsünde: hereinfallen! ‹Immer im Dienste des Realen!›... ‹eine elende Scheißtante, jawoll›... ‹die sich auch nur in die Tasche lügt›...
Sie hatte sich in das berufsmäßige Dogma eingehüllt. In *Wirklichkeit* würde sie Benjamin, anstatt ihm sein Sündenbockleben, die Kinder seiner Mutter oder seinen Job als Gesichtsverleiher vorzuwerfen, etwas ganz anderes hinterherschreien: daß sie ihn für sich wolle, für sich allein, und Kinder, die ihre eigenen wären – im Grunde war das der eigentliche Wutausbruch: ein reiner Abszeß der Ehelichkeit. ‹Journalistin des Realen, sag bloß...› Sie war entfesselt wie eine Abenteurerin auf dem Heimweg, ein alter Haudegen mit Augen und Kugelschreiber, die die dreißig längst überschritten hatte und plötzlich Beute einer nicht zu unterdrückenden Panik wurde... die Einsamkeit eines Forschungsreisenden, der zu spät in sein Dorf zurückgekehrt ist und jetzt alle Häuser wieder zurückkaufen möchte. Das war es und nichts anderes: Sie hatte verlangt, daß der Flugzeugträger Malaussène sich in ein Familienhaus verwandelte, in ihr Haus, punktum.
Jetzt, wo man ihr Benjamin genommen hatte, gab es darüber keinen Zweifel mehr.

Na schön. Schlafen ist unmöglich. Julie steht auf; sie hechelt. Das Waschbecken in der Dienstmädchenkammer, eines ihrer fünf Pariser Schlupflöcher, spuckt ein rostiges und eisiges Wasser aus.
«Ich habe ein Händchen für Trennungen, keine Frage...»

Julie besprengt sich mit Wasser. Für einen Moment hält sie sich mit gestreckten Armen am Waschbeckenrand fest und bleibt mit gesenktem Kopf stehen. Sie spürt das Gewicht ihrer Brüste. Sie hebt den Kopf. Sie betrachtet sich im Spiegel. Vorgestern abend hat sie sich die Haare geschnitten. Sie hatte sie in eine Mülltüte gesteckt, bevor sie sie in die Seine streute. Nachdem Jérémy da war, hatte es noch mal an die Tür geklopft. Sie hatte gehört: ‹Polizei!› Sie hatte sich in aller Ruhe weiter die Haare geschnitten. Es hatte ein zweites Mal geklopft, aber nicht sonderlich überzeugend. Sie hatte das Geräusch gehört, als man einen Zettel unter der Tür durchschob. Eine Ladung zum Kommissariat, zu dem sie nicht gehen würde. Sie hatte aus ihrem Berufsleben (Journalistin des Realen) einen reaktivierten italienischen Paß und zwei falsche Visitenkarten hervorgekramt. Perücken. Schminke. Sie würde der Reihe nach Italienerin, Österreicherin und Griechin sein. Unlängst machte ihr diese Art Karneval sehr viel Spaß. Sie hatte das weibliche Privileg der Metamorphose bis zum äußersten Perfektionsgrad getrieben. Sie verstand es, sich häßlich zu machen, eine gängige Häßlichkeit. (Nicht doch, Schönheit ist nichts Fatales...) In dem Alter, in dem wohlmeinende Mütter ihren hübschen Töchtern die Kunst des faltenlosen Lächelns beibringen, hatte Julies Vater, der Gouverneur, sie zum unmöglichsten Grimassenschneiden verleitet. Er war ein Hanswurst, ein Chamäleon-Mann, der überall Sympathie genoß. Wenn er eine Rede Ben Barkas imitierte, wurde er Ben Barka. Und wenn es sein mußte, daß Ben Barka ein Zwiegespräch mit Norodom Sihanuk führte, wurde er eben Ben Barka und Norodom Sihanuk. Draußen spielte er für sie alle Szenen des Straßentheaters. Mit verblüffender Schnelligkeit mimte er abwechselnd den Hund und sein Frauchen sowie die Tomatenköpfe, auf die der Hund gerade gepinkelt hatte. Jawohl, ihr Vater, der Gouverneur, konnte Gemüse nachmachen. Oder Gegenstände. Er baute sein endlos langes Profil vor ihr auf, seine Arme bildeten einen perfekten Kreis über seinem Kopf, er stellte sich wie eine Ballerina auf die Zehenspitzen, das linke Bein rechtwinklig abgeknickt und den Fuß senkrecht zum Bein.
«Was ist das, Julie?»
«Ein Schlüssel!»
«Bravo, mein Schatz! Komm, mach auch einen Schlüssel!»

Der Motor der Giulietta läuft ruhig. Miranda Skoulatou, die Griechin, hat den Sekretär Gauthier entdeckt. Derjenige, der auf den Fotos von JLB Malaussène im Hintergrund zu sehen war. Er hat Laure Kneppel das Modell des idealen Interviews übergeben. Er hat darauf geachtet, daß der Text in der Originalversion abgedruckt wird. Er ist derjenige, der für Benjamins harte Bestrafung gesorgt hat.
«Gauthier ist es, ja», hatte der Minister Chabotte gestanden, als er einen Revolverlauf im Genick gespürt hatte.
Er hatte noch hinzugefügt:
«Der Junge ist fix, obwohl er nicht so aussieht.»
Gauthier wohnt in der Rue Henri-Barbusse, im fünften Arondissement, gegenüber dem Lavoisier-Gymnasium. Er hat einen festen Zeitrhythmus. Er geht aus dem Haus und kommt zurück wie ein Uhrenkuckuck. Ein Studentengesicht im Dufflecoat eines Träumers.
Miranda, die Griechin, überprüft ein letztes Mal die Trommel des Revolvers.
Sie sieht im Rückspiegel, wie Gauthier näher kommt.
Er hat ein rundliches Gesicht.
Er trägt eine Schülermappe in der Hand.
Miranda Skoulatou spannt den Hahn des Revolvers.
Der Motor des Wagens ist so leise wie der Morgenwind.

25

«Severina Boccaldi. Italienerin.»
«Sie trug eine Perücke?»
«Was?»
«War es Ihrer Meinung nach ihr natürliches Haar oder eine Perücke?»
«Ich, ich habe nur ihre Zähne gesehen.»
«Vielleicht könnten Sie mir ihre Haarfarbe sagen?»
«Nein, ich hab nur ihre Zähne gesehen. Sogar auf dem Paßbild waren nur Zähne zu sehen.»

Boussier, der Autoverleiher, war zum Piepen. Caregga, der Polizeiinspektor, war ein geduldiger Inspektor. Sogar ausdauernd.
«Blond oder braun?»
«Ehrlich gesagt, das könnt ich Ihnen nicht sagen. Aber an eins erinner ich mich: Beim Anfahren hat sie die Kupplung kreischen lassen.»
«Also, weder blond noch braun?»
Sieht ganz so aus... Man sollte einfach keine Autos an Weiber verleihen. Und an Itaker erst recht nicht.
«Rothaarig?»
«O nein! Die erkenn ich doch mit geschlossenen Augen!»
«Sehr lange Haare?»
«Nein.»
«Sehr kurze?»
«Auch nicht. Sie hatte so 'ne Frisur, glaub ich, wissen Sie, was ich meine? Sie hatte 'ne Frisur, na ja, wie Frauen sie so haben...»
‹Perücke›, vermutete Inspecteur Caregga.

Die zweite Klientin war Österreicherin. Sie hatte sich an eine Agentur an der Place Gambetta gewandt, oben, im Zwanzigsten.
«Ihr Name?»
«Almut Bernhardt.»
«Helmut?»
«Almut.»
«Almut?»
«Almut, mit ‹A›, das ist ein weiblicher Vorname, wie es scheint.»
Inspecteur Caregga notierte. Er war ein wortkarger Polyp. Oder vielleicht ein schüchterner. Sommer wie Winter trug er eine Fliegerjacke mit gefüttertem Kragen.
«Wie groß?»
«Schwer zu sagen.»
«Wieso das?»
«Sie schien irgendwie zusammengesunken. Und auch ihr Gesicht...»
«Ihr Gesicht?»
«Laut Personalausweis war sie 54 geboren, das ist nicht so alt, aber trotzdem war ihr Gesicht gezeichnet.»

«Narben?»
«Nein, das Leben, vom Leben gezeichnet... die Narben des Lebens.»
‹Dieser Typ wird im Autoverleih keine Furore machen›, dachte Inspecteur Caregga flüchtig, ‹zu menschlich.›
«Beruf?»
«Professor. Geschichte. Die Österreicher haben nämlich mit ihrer Geschichte ganz schön zu tun», erklärte der Autoverleiher. «Der Zerfall des Kaiserreichs, dann die Naziherrschaft und nun die drohende Finnlandisierung...»
‹Der sollte sich einen andern Job suchen›, sagte sich Inspecteur Caregga.

«Was gibt's denn?» fragte der dritte Verleiher zu Spielbeginn.
Er war ein kleiner Kerl, den stämmige Kerle immer aggressiv gemacht haben, aber Caregga war ein stämmiger Kerl, der mit kleinen Kerlen immer geduldig umgegangen war – was diese wiederum um so aggressiver machte.
«Ein Audi mit dem Kennzeichen 246 FM 75 – der scheint von Ihnen zu sein.»
«Möglich. Ja und?»
«Könnten Sie das bitte überprüfen?»
«Wieso? Was ist mit ihm?»
«Wir würden gerne wissen, an wen Sie ihn verliehen haben.»
«Das geht euch überhaupt nichts an! Berufsgeheimnis.»
«Wir haben ihn am Ort eines Verbrechens gefunden.»
«Hat er was abgekriegt?»
«Was sagen Sie?»
«Das Auto, ist es im Arsch?»
«Nein, es hat nichts.»
«Dann kann ich's also mitnehmen?»
«Sobald die Laboruntersuchungen beendet sind, dann ja.»
«Und wie lange dauert der Quatsch?»
«An wen haben Sie diesen Wagen verliehen?»
«Wissen Sie, was mich das jeden Tag kostet?»
«Es handelt sich hier um einen Mord, es wird schnell gehen.»

«Schnell, schnell…»
«An wen haben Sie diesen Wagen verliehen?»
«Das einzige, was ihr schnell macht, ist Ärger.»
Inspecteur Caregga gab der Unterhaltung eine Wendung: «Alexandre Padovani, Handel mit Nummernschildern, Hehlerei mit gestohlenen Autos, illegaler Waffenbesitz, drei Jahre in Fresnes, zwei Jahre Aufenthaltsverbot.»
Das war der Stammbaum des Autoverleihers.
«Jugendsünden, ich bin längst sauber.»
«Mag sein, Padovani, aber wenn du mich weiter verarschst, bist du bald nicht mehr so sauber!»
Mitunter fielen Inspecteur Caregga die richtigen Worte ein.
«Skoulatou», sagte der Verleiher, «Miranda Skoulatou. Eine Griechin.»

COUDRIER: «Wenn ich richtig rechne, haben wir, seit man auf Malaussène geschossen hat, fünf Tote zu verzeichnen.»
VAN THIAN: «Hat viele Freunde, Malaussène…»
COUDRIER: «Allem Anschein nach sind die drei Leichen aus Bercy typisch Belleville.»
VAN THIAN: «Ätznatron… wahrscheinlich, ja.»
COUDRIER: «Aber Minister Chabotte und der junge Gauthier?»
VAN THIAN: «…»
COUDRIER: «Darf ich Sie um einen Gefallen bitten, Thian?»
VAN THIAN: «…»
COUDRIER: «Seien Sie so nett und drehen Sie dieses Baby in eine andere Richtung.»
VAN THIAN: «Es ist ein Mädchen, Monsieur le Divisionnaire, sie heißt Verdun.»
COUDRIER: «Ein Grund mehr.»
Der alte Thian dreht das Mädchen auf seinem Schoß herum. Der Blick des Kindes wendet sich von dem des Commissaire Coudrier ab, um den Blick eines Bronze-Napoleons im Exil, der hinter Thian auf dem Kamin steht, zu fixieren.
COUDRIER: «Ich danke Ihnen.»

VAN THIAN: «...»
COUDRIER: «...»
VAN THIAN: «...»
COUDRIER: «Sie trinken noch immer keinen Kaffee?»
VAN THIAN: «Ich trinke gar nichts mehr, seit ich mich um Verdun kümmere.»
COUDRIER: «...»
VAN THIAN: «...»
COUDRIER: «Sehen Sie... sie ist doch ziemlich brav.»
VAN THIAN: «Sie ist perfekt.»
COUDRIER: «Von Anfang an ohne Illusionen... Vielleicht ist das ein Trumpf im Leben.»
VAN THIAN: «Der einzige.»
COUDRIER: «Aber ich habe Sie nicht hergebeten, um über Kinderheilkunde zu reden... Sagen Sie, Thian, wie weit kann eine Frau gehen, wenn sie beschlossen hat, den Mann, den sie liebt, zu rächen?»
VAN THIAN: «...»
COUDRIER: «...»
VAN THIAN: «Mindestens, doch.»
COUDRIER: «Sie hat drei verschiedene Autos unter drei verschiedenen Namen und drei verschiedenen Nationalitäten gemietet. Sie hat an den Fahrzeugen keinerlei Fingerabdrücke hinterlassen, aber sehr wohl auf den Formularen. Sie hat ihre Handschuhe zum Unterschreiben ausgezogen. Um sicherzugehen, habe ich die drei Unterschriften überprüfen lassen: Es ist ein und dieselbe Handschrift. Zwar immer verändert, aber es ist dieselbe. Was die körperliche Erscheinung der Dame angeht, so ist sie bei keinem Mal wiederzuerkennen. Eine Italienerin mit Pferdegebiß, eine nervenschwache Österreicherin, eine glühende Griechin.»
VAN THIAN: «Ein Profi...»
COUDRIER: «Ich nehme an, sie hat die Palette ihrer Verkleidungen noch nicht ausgeschöpft.»
VAN THIAN: «Die ihrer Verstecke ebensowenig...»
COUDRIER: «...»
VAN THIAN: «...»
COUDRIER: «Was ist Ihrer Meinung nach die logische Folge?»

VAN THIAN: «Die Eliminierung der weiteren Angestellten des Talion Verlages.»
COUDRIER: «Genau das fürchte ich auch.»

«Ich habe ihn geliebt.»
Julie hatte erneut ihr Versteck gewechselt. Ein Dienstmädchenzimmer in der Rue Saint-Honoré.
«Ich habe ihn geliebt.»
Julie lag auf einer ranzigen Matratze und sagte dies laut.
«Ich habe ihn geliebt.»
Sie ließ ihren Tränen freien Lauf. Sie weinte nicht, sie ließ ihre Tränen laufen. Diese Klarheit machte sie leer.
«Ich habe ihn geliebt.»
Das war eine Schlußfolgerung. Es hatte weder etwas mit dem Gouverneur zu tun noch mit der Tatsache, daß Benjamin ‹der Kommentar der Welt› gewesen war, noch mit ihrem Alter, ihrer angeblichen Angst vor der Einsamkeit... Blödsinn, Ausreden.
«Ich habe ihn geliebt.»
Sie hatte alle Gründe der Welt aufgezählt. Zuerst war er nur ein Thema für einen Artikel gewesen. Toll, dieser Sündenbockberuf. Das durfte sie nicht sausen lassen. Sie hatte den Artikel geschrieben. Aber als das Thema erledigt war, war Benjamin übriggeblieben. Intakt. Ihr eigenes Thema, knapp: Benjamin Malaussène.
«Ich habe ihn geliebt.»
Sie hatte ihn als Zwischenstation benutzt. Sie verschwand für ein paar Monate und kam zurück, um sich bei ihm auszuruhen. Bis zu dem Tag, an dem sie sich bei ihm zu Hause fühlte. Er war nicht ihr Flugzeugträger. Er war ihr Heimathafen. Er war sie.
«Ich habe ihn geliebt.»
Benjamin war nur noch das: dieses fehlende Subjekt, diese Klarheit, die sie leerte.
«Ich habe ihn geliebt.»
Jemand klopfte an die Zwischenwand.
«Wir wissen ja, daß du ihn geliebt hast!»

26

Von Geburt an war Gauthier ein guter Katholik gewesen. Und Gauthier war als guter Katholik gestorben. Zwar mit einer Kugel im Genick, aber als guter Katholik – trotz seiner langen Studien und seines eifrigen Umgangs mit Büchern. Der Priester befand diese Treue für löblich. Und die nasale Stimme des Priesters ließ es die Freunde wissen, die in der Kirche Saint-Roch um den Sarg versammelt waren, der zum Hauptaltar blickte. Die Familie weinte. Die Freunde senkten ihr Haupt. Der Commissaire divisionnaire Coudrier fragte sich, weshalb die Priester mit so hoher Stimme reden, sobald sie anfangen rundlich zu werden. Kann es sein, daß der Heilige Geist näselt? Aus einem anderen Zusammenhang heraus stand Commissaire divisionnaire Coudrier der Auslöschung der Talion-Angestellten entschieden feindselig gegenüber. Dieses Verlagshaus publizierte heimlich JLB, gewiß, aber es brachte auch eine Wiederauflage der Bossuet-Fénelon-Kontroverse über die fundamentale Frage der reinen Liebe gemäß Madame Guyon heraus. Ein solcher Verleger verdiente es nicht zu verschwinden. Aber Commissaire Coudrier bezweifelte, daß Julie Corrençon die Dinge unter diesem Aspekt betrachtete. Die Kirche Saint-Roch war voller Eltern, Freunde, Verleger und Bullen. Manche Herzen waren gebrochen, andere schwer wegen des Gewichts der Dienstwaffen. Die Männer beobachteten die Frauen trotz der Umstände. Die Frauen erröteten leicht. Sie wußten nicht, daß die Männer ihre Finger ganz nah am Abzug hatten. Julie Corrençon konnte gut und gerne unter den Weinenden oder als Chorsängerin verkleidet oder im Beichtstuhl versteckt sein. Vielleicht würde sie sogar durch ein Kirchenfenster hereinschwirren, versehen mit einem Paar makelloser Flügel und einem Schnellfeuergewehr, um ihr kanonisches Recht auszuüben. Den Inspektoren kribbelte es in den Fingern; sie jagten sie mit den Augen. Einige hatten es in ihrer Laufbahn schon einmal mit verliebten Frauen zu tun gehabt, und jene trugen ihre kugelsichere Weste. Dieses Mädchen würde nicht aufhören, bevor sie nicht das Feld ihrer Rache durchpflügt hätte. Sie würde kein Pardon kennen. Sie würde weiträumig operieren. Eine 22er-Kugel mit hoher Durchschlagskraft hatte ihren Mann in die Luft gejagt. Entweder sind Frauen für so etwas dankbar, oder sie verzeihen es nur schwer. Die Anweisung des Chefs lautete: enger Schutz des Talion-Personals. Und auf alles ein Auge, was Ähnlichkeit mit einer Frau hat. Andere Beschützer hatten sich den Bullen spontan angeschlossen.

Die vierzehn Kumpel des Rugbyspielers Calignac bildeten eine wandelnde Zitadelle. Ein Gemenge, das ein keltischer Zauberer auf ewig miteinander verschweißt hätte. Die fünfzehn bewegten sich wie ein mißtrauischer Krebs. Das versetzte Calignac in eine Stinklaune. Seine Gebete stiegen weniger leicht empor. Er benötigte einen Flügelhalbspieler, um Gauthier seine Wünsche für die Ewigkeit zu übersenden. Gefühle, so brüderlich wie ein ovaler Ball. Calignac hatte Gauthier gegenüber eine schützende Zuneigung empfunden. Calignac hatte auch Malaussène geliebt. Alles, was nicht mit Rugby zu tun hatte, erschien ihm von unglaublicher Zerbrechlichkeit. Weder Malaussène noch Gauthier hatten jemals Rugby gespielt... und jetzt? So blöd war Calignac nicht; er wußte sehr wohl, daß das überhaupt nichts damit zu tun hatte, aber trotzdem... trotzdem.

Man beerdigte den jungen Gauthier. Man hatte diesen Papierburschen in einen Sarg gelegt: Weihwedel. Und es regnete Weihwasser: Weihwedel. Im Namen der Heiligen Dreifaltigkeit: Weihwedel. Loussa de Casamance hatte sich jedoch nicht mit der Waffe gerüstet, die zusammen mit einem giftigen Orden zu tragen er wegen seiner Heldentaten in der Resistance berechtigt gewesen wäre. Er war ein Neger, der Monte Cassino überlebt hatte. Selbst zu Unrecht durch die Kugel einer verliebten Frau zu fallen wäre für ihn ein unverhoffter Tod. In der Person des Maréchal Juin selig hatte ihn das Vaterland auf einen netten, von einer uneinnehmbaren Zitadelle beherrschten italienischen Hügel geschickt, damit er sich durch den Wolf drehen ließ. Neger voran. Und Araberschützen, denen das Vaterland ein Dorn im Auge war und die, sollte einmal Frieden geschlossen sein, nur ihre Unabhängigkeit fordern würden. Diejenigen, die lebendig von diesem Hügel wieder herabgestiegen waren, hatte das Vaterland eines schönen Morgens in den Staub von Sétif geworfen: Maschinengewehr. Am selben Tag spielten die Kinder von Cassino mit den Köpfen der Toten, die sie überall in den noch warmen Ruinen der Zitadelle fanden – ein bedeutender Ort des Gebets, bevor der Krieg sich dort eingenistet hatte. Loussa wollte sich nicht um das Vaterland verdient machen. Loussa wollte sich nur um die Frauen verdient machen. Er hatte einige von ihnen geliebt. Alle leidenschaftlich. Alles ganz wundervolle Frauen. Eine Kugel von Julie Corrençon, das war das Mindeste, was er ihnen schuldig war. Und dies amüsierte Malaussène. Loussa und Malaussène hatten sich gut zusammen amüsiert. Dieser Junge war zwanzig Jahre zu spät in Loussas Leben getreten und jetzt auch noch zu früh wieder gegangen. Aber während der Zeit, in der sie zusammen gearbeitet hatten, hatten sie sich gut amüsiert, wirklich. Gleichwohl ist Loussa ihm nie zu nah auf die Pelle gerückt. Er war nie bei ihm zu Hause gewesen. Sie begegneten sich nur auf den Gängen bei Talion. Das war lustig genug. Worauf beruhte dieser vertraute Spaß zwischen Loussa und Malaussène? Auf ihrer gemeinsamen Liebe zu Büchern vielleicht? Eine besondere Liebe, eine eigene Liebe, eine Lausbubenliebe. Sie hatten nie geglaubt, daß ein Buch einen Schuft bessern könnte. Und wenn sie sahen, daß die Bücher die anderen in der Illusion ihrer Menschlichkeit bestärkten, amüsierte sie das sehr. Aber sie liebten Bücher. Sie liebten es, für diese Illusion zu arbeiten. Das war immer noch besser, als für die Gewißheit von 22er-long-rifle-Kugeln mit hoher Durchschlagskraft zu rackern... Und in ihren deprimierenden Momenten konnten sie sich immer noch damit trösten, daß sie sich sagten: Die schönsten Bibliotheken thronen bei den größten Waffenhändlern. Loussa und Malaussène hatten oft hinter ihren eigenen Kanonen debattiert: den Sidi-Brahims*, Kaliber 13,5°.

Der junge Gauthier hatte mit seiner Levitation begonnen. Vier Paar Beine hatten das Holz seines Sarges angeschoben. Er fuhr die Allee mit einer horizontalen Würde entlang, vor der sich die Häupter am Weg verneigten. Er zog die Massen wie ein Flötenspieler hinter sich her. Zuerst Eltern, dann Freunde, man riß sich von den Bankreihen los, man folgte dem kleinen Gauthier, der zu Lebzeiten so wenig Anführer war. Loussa hatte dafür gesorgt, daß er vor Isabelle ging. Er wollte nicht, daß die Corrençon ihm Isabelle tötete. Isabelle, die die Talion-Angestellten Königin Zabo nannten

---

* Sidi-Brahim: algerischer Rotwein

(Malaussène sogar öffentlich), aber die für Loussa, ihren Neger aus Casamance, immer nur Isabelle gewesen war. Diese kleine Prosahändlerin, die seit den längst vergangenen Zeiten ihrer Kindheit das Buch als unverzichtbare Seelenmatratze betrachtete. An einem Nachmittag im Juni '54, kurz nach dem Fall von Dien Bien Phu (Loussa hatte Malaussène die Anekdote erzählt), hatte Isabelle ihn in ihr Büro gerufen und gesagt: ‹Loussa, wir haben soeben Indochina verloren. Ich gebe der chinesischen Diaspora keine zwanzig Jahre, um Südostasien zu verlassen und sich hier, in Paris, niederzulassen. Also wirst du mir schön schnell Chinesisch lernen und mir alles Wichtige aus ihrer Literatur übersetzen. Wenn sie ankommen, werden ihre Bücher schon hier, wird ihr Bett gemacht sein.› (Und Loussa hatte Benjamin zugeprostet: ‹Jetzt weißt du, weshalb ich fließend Chinesisch quatsche, kleiner Trottel. *Gānbēi!* Zum Wohl!›)
Nein, egal wie groß seine Freundschaft zu Malaussène auch war, Loussa würde es nicht zulassen, daß Julie seine Isabelle abknallen würde. Loussa hatte seit dem Massaker kein Glas Sidi mehr angerührt. So wieder im Vollbesitz seiner Reflexe, war er sicher, sich gegebenenfalls zwischen Isabelle und die Killerin werfen zu können... ums Leben kommen, wie er es sich immer gewünscht hatte: für eine Frau – und, Gipfel der Glückseligkeit, *durch* eine Frau!

Alle, wie sie dastanden, wurden von der Attacke überrascht. Sie kam nicht von einer Frau, sie kam vom Himmel. In dem Moment, in dem man Gauthier in sein letztes Taxi lud, spürte Calignac, wie seine linke Schulter explodierte.
Alle anderen hörten die Detonation. Calignac war umgeben von Leuten. Man konnte ihn nicht direkt angreifen, also hatte man ihn von oben niedergeschossen. Die vierzehn drückten ihn sofort auf den Boden.
«Laßt mich los, verdammt noch mal, ich will wissen, woher das kam!»
«Wenn du dich rührst, gibt's was rein!»
Noch bevor er vollkommen bedeckt war, perforierte ihm eine zweite Kugel die Wade. Mit einem Satz hechtete der Flügelhalbspieler Lamaison auf die blutüberströmte Wade.

«Die Sau zielt gut!»
Kein Calignac mehr zu sehen. Niemand stand mehr auf den Stufen von Saint-Roch. Alle lagen übereinander. Loussa auf Isabelle.
«Darauf wartest du doch schon fünfzig Jahre, gib's zu!»
«Beweg dich nicht!»
Alle lagen flach. Außer dem Toten. Allein gelassen, war der kleine Gauthier von seinem Karren gerutscht. Er stand angeberisch in seiner Schachtel mitten unter den liegenden Lebenden.
Der Himmel zögerte einen Augenblick.
Das Zögern wurde ihm zum Verhängnis.
Ein Doppelwesen schoß zwischen den Liegenden hervor. Es hatte das friedliche Gesicht Ho Chi Minhs, dazu den Kopf eines wütenden Babys. Es stand fest auf seinen beiden gespreizten Beinen und hielt eine gewaltige Pistole in der Hand, deren Magazin es auf das Fenster einer Dienstmädchenkammer entlud: Haus gegenüber, sechste Etage, drittes Fenster rechts. Der Blick des Babys, das auf seinem Rücken befestigt war, schien ihm das Ziel zu zeigen. Das Baby trug Ohrenschützer aus Filz, wie sie die Trommelfelle der Profis vor Detonationsgeräuschen schützen. Die Scheiben der Kammer explodierten, die Fensterrahmen flogen als Splitter durch die Gegend. Thian ballerte wie ein Bataillon Mexikaner auf eine einzige Zielscheibe.
«Verzeih mir, Julie!»
Thian schoß und sprach dabei zu Julie.
«Danach wirst du dich besser fühlen.»
Thian kannte den Schmerz einer Witwe.
Er hatte seinerzeit seine Frau verloren, die große Janine, dazu Gervaise, Janines Tochter, die Thian einst wie Verdun getragen hatte, in einem ledernen Gehänge. Sie hatte Thian Gott zuliebe verlassen: Nonne. Damals hatte Thian sich gewünscht, daß ein Bataillon Mexikaner sein Leid verkürzt.
«Nach dem Tod der Liebe ist das Leben ein langer Todeskampf.»
Thian schoß barmherzig auf Julie. Einer nach dem andern, schlossen sich ihm die übrigen Bullen an. Doch sie empfanden nicht dieselben Gefühle wie er. Thian hätte sie am liebsten alle abgeknallt. Aber sein Magazin war leer.
Jetzt überquerte ein kräftiger Kerl ruhig die Straße. Er trug eine

Fliegerjacke mit gefüttertem Kragen. Er betrat das Haus. Er kletterte die Dienstbotentreppe hinauf. Draußen ordnete Commissaire divisionnaire Coudrier, wie einst der junge Buonaparte am 13. Vendémiaire 1795* auf den Stufen derselben Kirche, die Feuerpause an.

---

* Vendémiaire: 1. Monat des frz. Revolutionskalenders

V. Der Preis des Fadens

Wenn das Leben nur noch an einem seidenen Faden hängt, ist der Preis des Fadens wahnsinnig hoch!

27

«Das hat er gesagt! Ich hab's gehört!»
Jérémy hielt das Skalpell an Doktor Bertholds Kehle.
«Laß das sein, Jérémy!»
Aber diesmal blieb die Sanftheit Claras ohne Wirkung.
«Leck mich am Arsch, gar nix laß ich sein! Er hat gesagt, er würde Benjamin abschalten.»
Doktor Berthold stand an die Wand gedrückt und schien zu bedauern, daß er das gesagt hatte.
«Er wird es nicht tun.»
«Nein, wenn ich ihm die Gurgel durchschneide, wird er's nicht tun!»
«Hör auf, Jérémy!»
«Er hat gesagt: Wir schalten ihn ab, sobald dieser Idiot von Marty auf Japan-Tournee ist.»
Das war die reine Wahrheit. Doktor Berthold wartete auf die Abfahrt von Doktor Marty, um Malaussènes Atmungsgerät abzuschalten. Malaussène war Jérémys älterer Bruder. Doktor Bertholds Beweggrund war simpel: Er mochte Doktor Marty nicht.
«Jérémy, ich bitte dich...»
«Zu der da hat er's gesagt und zu dem fetten Hosenscheißer dort.»
Mit kleinen Kopfbewegungen deutete Jérémy auf eine Kranken-

schwester, die weißer war als ihr Kittel, und auf einen fetten Hosenscheißer, der weißer war als die Krankenschwester.
«Wenn ihr euch vom Fleck rührt, wenn ihr versucht, irgend jemand zu alarmieren, dann operier ich ihn!»
Sie waren Bertholds Assistenten. Sie rührten sich nicht. Verzweifelt suchten sie in ihrem Kopf nach einem Beruf, wo man niemandem assistieren mußte.
«Jérémy...» Clara hatte versucht, sich einen halben Schritt vorwärts zu bewegen.
«Du auch, bleib stehen!»
Sie blieb in der Schwebe.
«Mach die Tür zu!»
Sie blieben unter sich.

Berthold und Marty hatten sich gegenseitig wegen Malaussène wahnsinnig angebrüllt.
«Dieser Typ ist tot, klinisch tot!» schrie Berthold.
Marty blieb hartnäckig.
«Ich werde ihn abschalten, wenn er genauso tot ist wie Sie, Berthold, vorher nicht!»
Marty konnte Berthold auch nicht leiden, aber machte das nicht zu seiner Leidenschaft.
«Scheiße, was soll das, Marty: irreversible Schädigung des zentralen Nervensystems, vollkommen künstliche Beatmung, Aufhebung aller Reflexe, kein einziges elektroenzephalographisches Signal mehr – was wollen Sie denn noch?»
‹Nichts›, dachte Marty, ‹es fehlte tatsächlich nichts mehr, Malaussène war tot.›
«Ruhe, Berthold, ich brauche Ruhe.»
«Verlassen Sie sich nicht allzu sehr auf meine Ruhe, Marty! Unsere Betten benutzen, um Gemüse anzupflanzen, das kommt doch irgendwann raus, mein Lieber, irgendwann kommt das raus!»
So einer war Berthold.
«Da müßte Ihnen aber erst einmal jemand zuhören.»
Berthold war ein außergewöhnlicher Chirurg. Aber als Professor leerte er die Hörsäle so sicher wie ein guter Typhus.

«Ich hasse Sie, Marty!»
Sie hatten sich voreinander aufgebaut. Der große Wütende und der kleine Ruhige.
«Ich liebe Sie, Berthold.»
Marty fand Zugang zu den hermetischsten Köpfen. Brechend volle Hörsäle, überfüllte Vorträge, Hilferufe aus sämtlichen Himmelsrichtungen. Man hörte ihm zu, man wurde Mediziner. Die Kranken hatten ihre Chance.
«Gehirntod, Marty!»
Bertholds vibrierender Finger deutete auf Malaussène unter seiner Atemmaske.
«Koma überschritten!»
Berthold zeigte auf das Enzephalogramm. Ein vollkommen glatter Horizont.
«Trotzki und Kennedy hielten sich besser als er!»
Innerlich stimmte Marty zu. Trotzdem gab er nicht nach.
«*Verlängertes* Koma, Berthold, chronisch vegetativer Zustand, vollständig lebendig.»
«Ach ja? Und wie, bitte, gedenken Sie das nachzuweisen?»
Genau darin lag das Problem. Alle klinischen Zeichen liefen offensichtlich darauf hinaus: irreversible Schädigungen. Malaussène war geliefert. Das Gegenteil zu beweisen hieße, Lazarus ein zweites Mal wiederzuerwecken.
«Sie wissen, was Sie da gerade tun, Marty?»
«Ich bin gerade dabei, mir Ihren Schnupfen einzufangen. Putzen Sie sich die Nase, und reden Sie mit mehr Abstand zu mir! Bitte, die drei obligatorischen Schritte!»
«Therapeutische Versessenheit! Ihr Größenwahn treibt Sie dazu, dieses Stück Fleisch zu beatmen, wo das Bett einem anderen Kranken helfen könnte, der vielleicht gerade in einer Ecke krepiert, und Sie sind schuld daran!»
«Berthold, Sie werden das Bett in Kürze selbst brauchen, wenn Sie mir noch länger auf den Sack gehen!»
«Was? Sie drohen mir? Physische Gewalt? Von Ihnen? Mir?»
«Sagen wir lieber: Diagnose. Fassen Sie meinen Patienten nicht an! Kapiert?»

Dort waren sie stehengeblieben. Vorläufig. Eine Beobachtungsrunde. Es würde nicht lange dauern. Nach alldem war Berthold bestimmt dazu fähig, ihm seinen Malaussène abzuschalten. Und Marty könnte nicht viel dagegen machen. Er würde auf der Hut sein müssen. Etwas anderes als Medizin machen, einmal mehr. Professor Marty schlängelte sich auf seinem Motorroller zwischen den Pariser Autofahrern hindurch. Berthold würde sich vielleicht nicht trauen. Sie waren wie Kämpfer, die sich ineinander verbissen hatten. Marty hielt ihn am rechten Ei, aber Berthold hatte sein linkes zwischen den Zähnen. Berthold litt wie gewöhnlich an seinem Komplex, Marty litt für einen Kranken. Der Patient war total fertig, nur daß es nicht irgendein Patient war. Es war Malaussène. Ampel rot, Ampel grün. Ein Patient ist niemals irgendein Patient, gewiß, aber Malaussène ist Malaussène. Ob Roller oder nicht, der Stau hatte sich um Marty herum geschlossen: Er klemmte in dieser Tautologie. Vor zwei Jahren hatte er Jérémy Malaussène gerettet. Er sah nach dem Schulbrand aus wie ein Grillhähnchen. Im darauffolgenden Jahr hatte er Julie Corrençon gerettet, vollgepumpt bis obenhin. Und jetzt brachte man ihm Malaussène persönlich her, mit einem Tunnel im Gehirn. Man kann sich noch so sehr verschanzen, am Ende bleibt man bei gewissen Patienten hängen. Marty konnte dieser Familie nicht vorwerfen, daß sie ihn wegen eines Gerstenkorns oder wegen Verdauungsstörungen belästigen würden. Würde ihnen der Blinddarm zu schaffen machen, sie würden ihn selbst operieren. Nun aber hatten sie ihm Malaussène hergebracht. Jérémy vorneweg.
«Doktor, Sie müssen meinen Bruder retten.»
Die ganze Familie. Außer der Mutter, wohlbemerkt. An ihrer Stelle eine dicke Araberin, die sie Yasmina nannten. Und der alte Ben Tayeb mit seinen weißen Haaren.
«Das ist mein Sohn Benjamin.»
Sie waren ins Krankenhaus eingefallen. Sie waren von allen Polizeisirenen angekündigt worden.
«Können Sie etwas tun?»
Es war ein junger Araber im taillierten Anzug mit Falkenprofil, der die erste Frage stellte.
«Mein Sohn Hadouch», hatte der Alte erklärt.

Das geschah alles, während sie in Richtung OP rannten.
Gott sei Dank war Berthold da.
Wortlos hatten Marty und er sich an die Arbeit gemacht.
Berthold war ein dreckiges Schwein, aber in Paris konnte kein Zweiter wie er mit dem Skalpell umgehen. Ein reines Genie der Humanklempnerei. Die Chirurgie war nicht Martys Spezialität, aber er versäumte keine Gelegenheit, Berthold zu assistieren. Jeder blieb brav auf seiner Seite. Sie reichten sich die Werkzeuge. Er wollte seinen Augen nicht trauen... die Finger dieses Typen – das war die menschliche Intelligenz bei der Arbeit. Die beiden Männer operierten allein. Unter ihrer Maske machten sie ein Gesicht wie zwei Feinschmecker, die an ihrem Tisch niemand anderen dulden können. Der Frieden der Tapferen, scheinbar. In Wirklichkeit hatte das, was sich in diesen privilegierten Augenblicken in ihren Köpfen jeweils abspielte, wenig mit Sympathie zu tun. ‹Ich dose ihn ein›, sagte sich Berthold vor dem baß erstaunten Auge Martys. Berthold hielt Martys Bewunderung für Neid, was seinem Skalpell Flügel verlieh. Er war ein einfacher Mensch. Was Martys Bewunderung anging, so war sie zukunftsorientiert wie die meisten seiner Seelenzustände auf medizinischem Gebiet. Der Fall Berthold faszinierte ihn. Daß ein so gigantisches Rindvieh, das am Rand zur klinischen Debilität stand, eine solche Fingerfertigkeit bei chirurgischen Handgriffen an den Tag legte, auch daß er ein solch sicheres Gespür für die Reaktionen der Organismen, die er operierte, zeigte, das stürzte Marty in die endlosen Tiefen der wissenschaftlichen Neugierde. Wie war das *möglich*? Es gab da ein kosmisches Geheimnis. Dieses Geheimnis verfolgte Marty schon immer. Von frühester Jugend an hatte er schon geniale Idioten gesammelt, wie einer, der die Antiquariate abklappert, um außergewöhnliche Horrorgeschichten zu entdecken. Er hatte einen ersten Geiger bei den Berliner Philharmonikern aufgetrieben, einen Schachgroßmeister, der zweimal Weltmeisterschaftsfinalist war, einen Nobelpreisträger aus dem Bereich der Atomphysik – unbestreitbar drei Genies, im Gesamtvergleich mit denen jedoch selbst der zurückgebliebenste Schwachkopf als umfassende Intelligenz durchgegangen wäre. Und heute: Berthold! Diese Begegnungen machten Marty überglücklich. Neuronenmäßig war die Natur offensichtlich mit allen Wassern gewaschen. Sie

spielte damit, sich gegen sich selbst zu verteidigen. Alle Hoffnungen waren also erlaubt. In den Phasen der Niedergeschlagenheit lud Marty die Batterien seines berufsbedingten Optimismus mit dieser Gewißheit wieder auf. Berthold war Martys Joker.

Kurz, Berthold und Marty hatten Malaussènes Kopf geöffnet. Sie hatten sich das Innere angesehen. Sie hatten sich angesehen. Sie hatten ihn wieder zugemacht. Berthold hatte flüchtig angedeutet, das Atmungsgerät abzuschalten. Marty hatte ihn zurückgehalten.

«Und jetzt?»
Die ganze Sippschaft hatte sich im Wartesaal versammelt und durch Jérémys Stimme dieselbe Frage gestellt.
«Sozusagen sofort, Jérémy, es besteht keinerlei Hoffnung.»
Marty hatte es richtig gefunden, offen zu sein.
Werden Sie ihn jetzt abschalten?
Die ewige Frage.
«Nicht ohne eure Zustimmung.»
Louna, Malaussènes Schwester, die Krankenschwester, hatte darauf bestanden, es ganz genau zu erfahren.
«Ist es *wirklich* vorbei?»
Marty hatte einen kurzen Blick auf Clara geworfen und dann trotz dieser Blaßheit gesagt:
«Allgemeiner Tod.»
«Was heißt das?» hatte jemand gefragt.
«Gehirntod, wenn man das Atmungsgerät abstellt», hatte Louna übersetzt.
«Absurd!»
Thérèse. Thérèses eisiges Gerippe. Sie hielt sich im Hintergrund. Sie hatte sich nicht vom Fleck gerührt. Sie hatte nur gesagt:
«Absurd!»
Nicht die geringste Spur von Emotion.
Sie hatte hinzugefügt:
«Benjamin wird im Alter von dreiundneunzig Jahren in seinem Bett sterben.»

Ampel rot – Ampel grün. Professor Marty ließ die Kupplung kommen, der Roller machte einen Satz. Thérèse... Ohne Thérèses Intervention wäre alles ganz einfach gewesen. Marty war nicht unbedingt ein Sympathisant der okkulten Wissenschaften. Drehende Tische, permanente Revolution in der Kategorie der Sterne, der Sinn des Lebens in der Handfläche – dieser ganze Mist ließ seine rationalen Haare zu Berge stehen. Glaskugeln tolerierte er nur, wenn sie am Treppengeländer festgeschraubt waren. Sie verhinderten, daß die Kinder auf den Hintern fielen, sonst nichts. Trotzdem, trotzdem, als er Berthold erwidert hatte, Malaussène läge im verlängerten Koma, im chronisch vegetativen Zustand, und als er den Leichnam als ‹vollständig lebendig› klassifiziert hatte, hatte Marty an Thérèse gedacht. ‹Ach ja? Und wie gedenken Sie das nachzuweisen?› Martys einziger Beweis war Thérèse. Seine einzig mögliche Antwort: Thérèse. Ihm war die Stimme weggeblieben, und Berthold hatte einen Punkt gemacht.

Marty hatte Thérèse nämlich schon dreimal in Aktion gesehen. Er hatte gehört, wie sie vor drei Jahren ein Attentat vorhergesehen hatte, das auch tatsächlich am besagten Tag, auf die Sekunde genau, stattfand. Und im darauffolgenden Jahr hatte er gesehen, wie ein Greis in den Tod hinüberglitt, als hätte er seine Zukunft noch vor sich. Rote Ampel. Und Thérèse hatte auch den alten Thian wieder zum Leben erweckt, der mit Blei gefüllt war und sich sehnlichst den Tod herbeiwünschte. Und wieder die Staureuse. Wenn er Thérèse gegenüberstand, wirkte Marty wie Don Juan vor der Statue des Kommandeurs von Malta*. ‹Da ist etwas, das ich nicht verstehe, aber ich bleibe Arzt, stärker als je zuvor.›

Plötzlich bog der Roller nach links und schlug den Staus ein Schnippchen. Marty rauschte nach Belleville. Marty fuhr zu den Malaussènes, Marty würde mit diesem Mädchen unter vier Augen sprechen und ihm klarmachen, daß diesmal wirklich nichts zu machen wäre, daß ihr Bruder am Ende, total am Ende wäre, daß die Sterne sich wieder anziehen könnten und daß sie, die kalte Thérèse, gut daran täte, sich im Diesseits zu engagieren, im Alltäglichen zu

---

* Don Juan hatte einmal die Statue des Kommandeurs von Malta, den er getötet hatte, zum Essen eingeladen.

säen. Wenn eine Kugel im Gehirn die Arbeit eines Löffels in der Schale eines Seeigels verrichtet hat, kann man noch so lange Thérèse Malaussène heißen – es gab keine Chance, absolut keine, daß das Hackfleisch sich wieder zum Steak zurückbilden würde.
«Hallo, Doktor, wollen Sie mit uns essen?»
Jérémy hatte ihm aufgemacht. Der Junge strahlte, und der ehemalige Haushaltswarenladen roch nach üppigem Couscous. Marty brauchte keine Sekunde, um zu begreifen, daß dank Thérèse alle hier lebten, als würde ihr Bruder Benjamin im Krankenhaus Saint-Roch eine leichte Bronchitis auskurieren.
«Julius hat übrigens keinen epileptischen Anfall erlitten.»
«Und ich keinen Alptraum», fügte der Kleine mit der rosaroten Brille hinzu.
Sie klammerten sich an Zeichen.
Sogar Clara lächelte Marty an. Wegen ihrer Schwangerschaft braucht man sich keine Sorgen zu machen, dachte er.
Marty nahm sich vor, Thérèse die Stirn zu bieten, verschlang sein Couscous und beschloß, das Sabbermaul des Hundes auf seinem Schoß, seine Vortragsreise nach Japan in Angriff zu nehmen.

Am nächsten Morgen hatte er dennoch einen Schlichtungsversuch gegenüber Berthold unternommen. Er hatte ihn in *La Closerie des lilas* eingeladen, um ihn davon zu überzeugen, Malaussène nicht abzuschalten. Sie saßen am Tisch Lenins, der andere knifflige Wetten gewonnen hatte.
«Hören Sie, Berthold, schalten Sie Malaussène nicht ab, er kann es schaffen!»
Auf den Tellern lag Foie de Gascogne, und in den Gläsern leuchtete bernsteinfarben ein Sauterne.
«Der Beweis?» fragte Berthold mit vollem Mund.
«Mein Beweis sind Sie, Berthold.»
«Ach so.» Berthold trank den Sauterne, als sei er vom Faß gezapft.
«Sie sind ein begnadeter Chirurg, Berthold.»
«Stimmt. Geben Sie mir noch ein bißchen *Paté*!»
‹Mein Gott, *Paté*›, dachte Marty, ‹die sollte man dir sonstwohin schmieren!›

«Sie sind der Größte.»
Berthold goß kopfnickend sein Glas noch mal voll und streckte einem vorbeikommenden Ober die leere Flasche entgegen.
«Wenn Sie, Berthold, bei einem Telegrafenmast eine Leukotomie durchführen, könnte er die Intelligenz eines Edison erlangen.»
«Was hat das mit Malaussène zu tun?»
«Ganz einfach, Berthold: Wenn ein Idiot Ihres Schlages solche Heldentaten vollbringen kann, ist alles möglich in der Natur, und Malaussène kann geheilt werden.»
Der Inhalt des Sauterne-Glases flog knapp über Martys Kopf und landete auf einem pensionierten Surrealisten, der den Skandal des Jahrhunderts hinlegte.

Martys Koffer war gepackt. Sämtliche letzten Erkenntnisse aus den Recherchen zur Hämatologie sorgfältig in seinem Kopf geordnet. Er hatte zwar nicht mehr sehr viel Zeit, aber er entschloß sich trotzdem, noch einen Abstecher in die Klinik zu machen. Dort traf er auf einen Berthold, der an die Wand gepreßt stand, weil Jérémy ihn mit einem Skalpell bedrohte. Er durchquerte den Raum, nahm dem Kind das Skalpell aus der Hand und verpaßte ihm zwei kräftige Ohrfeigen. Dann sagte er zu Berthold:
«Vielleicht war das ja das Argument, das Sie brauchten.»
Er fuhr beruhigt nach Japan. Berthold würde Malaussène nicht abschalten.

28

Inspecteur Caregga hatte den Flur im sechsten Stockwerk erreicht und stand vor der richtigen Tür, exakt in dem Moment, in dem Divisionnaire Coudrier auf dem Vorplatz der Kirche Saint-Roch die Feuerpause anordnete. Inspecteur Caregga verzog anerkennend das Gesicht. Der Chef hatte sich auf den Rhythmus seines Schrittes verlassen. Caregga hatte die Rue Saint-Honoré überquert und die sechs Stockwerke erklommen, alles mit konstanter Geschwindigkeit. Das

Dauerfeuer stoppte genau in dem Moment, als er vor der richtigen Tür stand. Chapeau! Caregga hätte für keinen anderen Chef arbeiten wollen. Er stand mit der Waffe in der Hand an die Wand gedrückt und wartete jetzt darauf, daß die Tür aufging.
Caregga wollte Julie Corrençon nicht niederschießen... Zunächst einmal, weil sie eine Frau war. Dann, weil es Malaussènes Frau war. Caregga teilte die Sympathie seines Chefs für Malaussène. Vor drei Jahren hatte er ihn vor einem Lynchmord gerettet. Im letzten Jahr hatte er Inspecteur Pastor dabei geholfen, seine Unschuld zu beweisen. Malaussène war ein guter Grund dafür, ein guter Bulle zu sein. Nein, Caregga würde ihm nicht seine Frau kaltmachen. Eigentlich rächte die Carrençon nur ihren Mann. Caregga war in eine junge Kosmetikerin verliebt, Carole. Wäre Carole fähig, Paris in Schutt und Asche zu legen, wenn man ihren Caregga umnieten würde? (Vielleicht, aber nicht vor elf Uhr morgens. Carole war Langschläfer.) Caregga lauschte, was sich in dem Zimmer tat. Wenn die Corrençon nicht tot wäre, müßte sie theoretisch die Flaute ausnutzen, um die Tür zu öffnen und über den Flur zu verschwinden. Dazu dienten diese Salven. Man zwang den Schützen in seinem Versteck flach auf den Bauch. Er konnte sich weder am Fenster sehen lassen noch sich der Tür nähern, wegen der Kugeln, die von der Decke abprallten; und in der Zwischenzeit versperrte eine Truppe den Ausgang. Caregga machte das gerne allein. Er war seine Truppe. Und er versperrte den Ausgang. Wenn die Corrençon auftauchen würde, würde er versuchen, sie nicht niederzuschießen. Er würde vielleicht versuchen, sie zu packen oder ihr einen Schlag gegen das Handgelenk zu verpassen, je nachdem, wie hoch sie die Waffe halten würde. Aber Inspecteur Van Thian hatte sie wahrscheinlich getötet. Caregga hatte Thian beim Schießen zugesehen. Thian hatte in letzter Zeit wieder mit Schießübungen angefangen. Er war die Attraktion des Hauses. Wegen dieses Kindes natürlich, das er umgehängt hatte wie einen Affen, der vom Baum gefallen ist, aber auch wegen seiner Art zu schießen. Selbst ohne Kind leerte Thian beim Training die Büros des Hauses. Niemand schoß so wie er. Eine Zielscheibe, nachdem Thian sie behandelt hatte, war ein einziger Einschlag mit Pappe drumherum. Der Typ war gleichzeitig Schütze, Waffe, Kugel und Zielscheibe. Dabei lief es einem ein wenig kalt den Rücken her-

unter. Ganz zu schweigen von seiner Schnelligkeit. Er hatte leere Hände – ein Augenzwinkern, und er war bewaffnet; ein Augenzwinkern, und sein Magazin war leer. Und das mit riesigen Kalibern. 350mal schwerer als er. Der Arm zuckte nicht. Eine mysteriöse Kraft fing für ihn den Rückschlag auf. Mit diesem Kind, das er wie eine Macke mit sich herumtrug, wirkte das natürlich noch beeindruckender. Thian hatte ihm Ohrenschützer gebastelt, mit denen sein Kopf aussah wie der einer riesigen Fliege. Er schleppte sie in einem ledernen Gehänge mit sich herum, das sein Holster verdeckte. So, als würde das Mädchen mit dem rasenden Blick Thians Waffe ausbrüten. Um zu ziehen, schubste er das Kind mit einer knappen Bewegung der linken Hand zur Seite. In der Zeit, in der die andere Hand die Waffe zog und auf die Zielscheibe richtete, war das Kind um Thian herumgeschwenkt, und sein Kopf schoß über der rechten Schulter des Vietnamesen hervor, den Blick geradewegs auf das Ziel gerichtet. Alle anwesenden Bullen dachten, daß der Kinderschutzbund vielleicht nicht damit einverstanden sein könnte. Sie beließen es dabei, es zu denken. Sie sahen Thian beim Schießen zu. Obwohl die meisten von ihnen zu jung waren, um das mitgemacht zu haben, sagten sie doch, daß Dien Bien Phu wohl ein beschissener Alptraum gewesen sein muß.

Nicht der geringste Laut im Zimmer. Caregga löste sich von der Wand und blieb einen Augenblick gegenüber der Tür stehen. ‹Bei drei trete ich sie ein.› Eins, zwei, drei – ein kräftiger Fußtritt ließ das Schloß krachen; Caregga befand sich bereits mitten im Zimmer, bevor die Tür durch den Rückprall hinter ihm wieder zuschlug.

Das Zimmer war leer. Durchlöchert wie ein Haus in Beirut, aber leer. Leer und blutverschmiert. Blutstropfen perlten von den Scherben des Fensters. Zwei Finger kamen aus der Wand. Ja, eine von Thians Kugeln hatte ein Stück Hand herausgerissen und zwei Finger an die Wand geklebt. Ironischerweise schienen die Finger ein ‹V› wie Victory zu machen. Tatsache war, daß das Zimmer leer war. Bis auf drei Frauenperücken, die auf dem Boden herumlagen (‹Perücken›, dachte Inspecteur Caregga, ‹ich habe mich also nicht getäuscht›), und die Bruchstücke eines Gewehrs mit Zielfernrohr. Ein Präzisionskarabiner, der in der Mitte entzweigeschossen war.

Eine 22er Swinley. Die mußten zu der Hand gehören, die den Schaft gehalten hatte.

«*Ni hao*, kleiner Trottel. (Guten Tag, kleiner Trottel.)»
Loussa de Casamance stattete Malaussène treu seine Besuche ab.
«*Wo shi*. (Ich bin's.)»
Jeden Tag um Punkt 19 Uhr.
«*Zhenre! Haore!* in deiner Bude... (In deiner Bude ist 'ne Bullenhitze...)»
Er setzte sich hin wie ein Schwamm.
«*Tianqui hen men* draußen auch. (Es ist draußen auch schwül.)»
Wieder bei Bewußtsein, fragte er:
«*Nin shenti hao ma*, heute? (Wie geht's denn heute?)»
Die Gehirnmaschine antwortete ihm mit einem grünen Strich ohne Anfang und ohne Ende – die deprimierende Definition einer Linie.
«Nicht so wichtig», sagte Loussa, «*wo hen gaoxing jiandao nin*. (Ich freue mich, dich zu sehen.)»
Er hätte auch wirklich das Bett nicht gerne leer vorgefunden.
«*Wo toutong*, ich auch (Ich habe auch Kopfschmerzen), sogar eine verdammte Migräne!»
Er redete mit ihm Chinesisch, übersetzte es aber ganz gewissenhaft. Er hatte es sich in den Kopf gesetzt, ihm Chinesisch beizubringen. (‹Belleville wird chinesisch werden, kleiner Trottel, und anscheinend lernt es sich im Schlaf besser... Wenn du eines Tages aus diesem Nickerchen aufwachst, dann hat es doch wenigstens sein Gutes gehabt.›)
«Stell dir vor, deine liebe Freundin hat beschlossen, uns alle abzuknallen, sie denkt, daß wir für deinen Tod verantwortlich wären.»
Er redete mit ihm wie mit einem gehirnmäßig Lebendigen und ahnte nicht eine Sekunde lang, daß er es mit einem Toten zu tun hatte.
«Nun, da hat sie nicht ganz unrecht. Aber es ist doch zumindest eine indirekte Verantwortung, kannst du ihr das nicht klarmachen?»
Loussa de Casamance war nicht zimperlich. Nicht daß er die Toten

verachtete. Er teilte vielmehr mit Hugo (Victor) die Überzeugung, daß die Toten gutinformierte Zuhörer sind.
«Eine Frau, die dich rächt, ist dir klar, was das heißt? Mir würde eine solche Ehre nicht zuteil.»
Malaussène war nur eine grüne Linie.
«Ich gehöre eher zu der Sorte, wegen der man sich umbringen würde. Nicht der Typ, den man rächt, eher der Typ, den man bestraft, verstehst du?»
Die Medizin atmete für Malaussène.
«Deine Julie hat schon Chabotte, Gauthier und heute morgen Calignac erwischt. Das heißt, nur Calignacs Schulter und sein Bein. Der Rest ist für später. Dein Freund Thian hat auf sie geschossen, aber sie hat nur zwei Finger gelassen...»
Die Medizin ernährte Malaussène kärglich, Tropfen für Tropfen.
«Um mich habe ich keine Angst, du kennst mich ja, ich meine, keine rationale Angst, sagen wir mal, aber ich möchte nicht, daß sie Isabelle tötet.»
Die Medizin war an Malaussènes unglaublich leeren Schädel angeschlossen. Sie bettelte um Nachrichten.
«Sag mal, könntest du für Isabelle nicht ein gutes Wort einlegen? Du unternimmst eine kleine Reise in den Kopf deiner Julie... wie wär's?»
Tatsache ist, daß uns die Toten, auf das Nichts reduziert, zu allem fähig zu sein scheinen.
«Weil Isabelle, verstehst du, kleiner Trottel, Isabelle... weiß Gott, warum ihr euch so in den Haaren gelegen habt...»
Loussa suchte nach Worten. Nach chinesischen Worten und ihren französischen Vettern.
«Isabelle... Isabelle ist die Unschuld... ich schwör's dir... die Unschuld, *wawa, yng'ér*, ein Baby, ein winzig kleines Mädchen, das uns mit der Fingerspitze bedroht.»
Loussa redete mit heißem Herzen und zitternder Stimme.
«Ja, das ist das einzige Verbrechen, das sie jemals begangen hat, ich schwör's bei meinem eigenen Kopf: die ganze Welt mit dem äußersten Ende ihres kleinen Fingers bedroht. Ein Baby, wenn ich dir's sage...»
Und an jenem Abend, es war schon ein paar Minuten nach neun-

zehn Uhr, trug Loussa de Casamance das Plädoyer im Fall Königin Zabo einem Malaussène vor, der ihm im Gewühl der Bestplazierte zu sein schien, um die Akte an die zuständige Stelle weiterzuleiten.
«Soll ich dir ihre Geschichte erzählen? Unsere Geschichte?»
«(...)»
«He?»
«(...)»
«Gut, also, hör zu! *Die Geschichte der Königin Zabo. Von ihrem Neger de Casamance.*»

29

DIE KLEINE PROSAHÄNDLERIN

*Die Geschichte der Königin Zabo
von ihrem Neger de Casamance*
(Exkurs)

Die Königin Zabo ist die Prinzessin aus einer Legende, ‹die einzig wahren Prinzessinnen, kleiner Trottel›. Sie ist aus dem Bach gestiegen, um über ein Königreich aus Papier zu herrschen. Es war keine Vererbung, es waren die Mülltonnen, die ihr die Leidenschaft für das Buch eingeimpft haben. Es waren nicht die Bibliotheken, sondern die Lumpen, die ihr das Lesen beigebracht haben. Sie ist der einzige Pariser Verleger, der durch den Umgang mit der Materie, nicht durch die Worte, die darauf gedruckt sind, seinen Thron erklommen hat.

Man mußte sehen, wie sie die Augen schloß, die Nasenflügel weitete, wie sie eine ganze Bibliothek einatmete und durch kleine Ausatmer die fünf Exemplare aus reinstem Japanpapier ausmachte, welche in Regalen standen, die vollgestopft waren mit Verger- und Van-Gelder- und der bescheidenen Armee der Alpha-Papiere. Sie irrte sich niemals. Sie erkannte sie am Geruch, alle, Hadern, Leinen, Jute, Baumwollfasern, Manilahanf...

Loussa spielte das mit ihr. Es waren ihre geheimen Spiele. Wenn sie

beide allein bei Isabelle waren, verband er ihr die Augen, zog ihr Fausthandschuhe an und drückte ihr ein Buch in die Pfoten. Isabelle konnte nichts rauskriegen, weder durch Anschauen noch durch Berühren. Nur ihre Nase sprach:
«Das ist sehr schön, was du mir da gegeben hast, Loussa, kein sterbliches Papier, das ist ein holländisches mit guter Struktur... der Leim: Excellence-Tessier... und die Druckfarbe, wenn ich mich nicht täusche, ist die Druckfarbe... gleich fällt's mir ein...»
Sie dissoziierte den ätherischen Duft der Druckfarbe vom mächtig tierischen Wesen des Leims, dann gab sie daraus nacheinander die Komponenten an, bis ihr der Name des Handwerkers wieder einfiel, der einstmals diese wundervolle Druckfarbe hergestellt hatte, dazu den exakten Jahrgang.
Manchmal ließ sie ihr schrotiges Lachen los.
«Du wolltest mich reinlegen, du Schuft, die Einbanddecke stammt nicht aus derselben Zeit... das Leder ist zwanzig Jahre älter. Das war gut gespielt, Loussa, aber du hältst mich wohl tatsächlich für blöde.»
Worauf sie den Namen der Papiermühle ausspuckte, den Namen des einzigen Druckers, der diese Kombination an Zutaten verwendete, und den Titel des Buches, den Namen des Autors und das Erscheinungsjahr.
Manchmal begnügte sich Loussa damit, Isabelles Finger sprechen zu lassen. Er zog ihr die Fäustlinge aus. Er stopfte ihr kleine Wattebäuschchen in die Nasenlöcher. Er sah zu, wie Isabelles Hände das Papier streichelten:
«Schäumendes Papier, ersticktes, zu schwammiges; es vergilbt, du wirst sehen, daß ich recht habe; in achtzig Jahren werden die Enkel der Kinder, die wir nicht gemacht haben, dieses Buch finden, quittengelb, die Hepatitis arbeitet schon jetzt daran.»
Deswegen war sie noch längst kein Feind des vergänglichen Papiers aus Holzfasern. Sie hatte ein großes Wissen, aber nichts von einem Snob an sich. Es bewegte sie, daß auch Bücher sterblich waren. Sie alterte in derselben Zeit wie sie. Sie warf niemals ein einziges Exemplar weg, stampfte niemals eins ein. Was lebte, das ließ sie auch sterben.

Loussa zitterte vor Ernsthaftigkeit an Malaussènes Kopfende.
«Meinst du, daß eine Frau, die unfähig ist, auch nur ein Taschenbuch wegzuschmeißen, dich hätte umbringen können? Das mußt du ihr erklären, deiner Julie!»
Aber man mußte Julie noch etwas anderes sagen, viel mehr als das, damit sie Isabelle auch verstehen konnte. Man mußte zurückkehren zu der Nacht, in der Loussa sie kennengelernt hatte. Man mußte sich wieder diese Krise der dreißiger Jahre vor Augen führen, eine Zeit, in der ganz Europa Hunger litt, aber in der die Stoffkönige und die Maniker des Papiers, die Nabobs der Haute Couture und die bibliophilen Prinzen sich ihrer Leidenschaft hingaben, als wenn nichts wäre. Sie saßen an den beiden entgegengesetzten Enden einer Kette, deren unangenehmste Glieder durch die dunkle Nacht der Mülltonnen zogen. Nun waren die Mülltonnen selten voll in diesen Zeiten der Hungersnot. Man warf nur wenig dort hinein, man holte viel wieder heraus, man schlug sich deswegen die Köpfe ein. Alle Kriege gehen von demselben Axiom aus: *Mülltonnen haben einen Horror vor der Leere*. Eine Mülltonne in Levallois wird im Sturm genommen: und Europa fängt Feuer. Aber man möchte, daß die Kriege sauber sind...
Die ersten Armeen dieses Zweiten Weltkrieges waren Bataillone von Lumpensammlern, die durch Dreckhaufen wateten, mit stierem Blick und dem Haken in der Faust. (‹Diese Haken hinterlassen vielleicht Narben, kleiner Trottel, das kannst du dir nicht vorstellen...›) Kanalarbeitertrupps standen plötzlich auf dem Straßenpflaster, und bei Tagesanbruch tauchten die Lumpensammler auf, mit einem Haken im Kopf, in leere Mülltonnen gestopft. Diese Scharmützel waren nichts gegen die Schlachten, die sich auf den Rieselfeldern von Saint-Denis, Bicêtre oder Aubervilliers abspielten. Eine regelrechte Vorwegnahme von Stalingrad waren diese starren Gefechte, bei denen sich Statuen aus Scheiße wegen der Eroberung eines Brunnens in die Wolle gerieten oder wegen der Kontrolle über einen Graben, den Eingang zu einem Umspannwerk, dreißig Meter Gleise, wo die Kübel entladen wurden.
Dieser Krieg vor dem Krieg hatte seine Armeen, seine Strategen, seine Generäle, seine Nachrichtendienste, seine Verwaltungsbehörde, seine Organisation. Und seine Einzelkämpfer.

Der Kahlkopf war so einer.
Der Kahlkopf war ein Pole, der durch eine Bergwerkserschütterung wieder an die Oberfläche gespuckt worden war. Der Kahlkopf war Isabelles Vater. Ein polnischer Arbeitsloser, der entschlossen war, niemals wieder hinabzutauchen. Im Schlund der Arbeit hatte der Pole die schönste polnische Haarpracht gelassen. Er irrte durch die Straßen ohne ein einziges Haar auf dem Schädel. Allen sichtbar trug er einen weißen Anzug wegen berufsbedingten Grauens vor dem Schwarz. Der Kahlkopf war der einzige, der wußte, daß er aus der Kohle stammte. Die anderen hielten ihn für einen heruntergekommenen Polackenprinzen, für einen dieser Typen, die aus dem Osten hergekommen waren, um unseren Taxifahrern die Arbeit wegzuschnappen. Aber der Kahlkopf wollte nicht Taxi fahren... Taxifahren war für ihn eine Grube in horizontaler Form. Nein, der Kahlkopf lebte von den Brieftaschen der anderen. Er bettelte nicht, er schlug nieder. Er schlug nieder, er steckte ein, er gab aus, dann schlug er wieder nieder. Er wußte, daß das nicht ewig so weitergehen konnte. Er wartete darauf, daß ihm etwas Besseres einfiel; in der Zwischenzeit schlug er nieder. Er glaubte an ‹die Idee› so blind wie der Spieler an die Verdoppelung seines Einsatzes. Es gab überhaupt keinen Grund dafür, daß ihm nicht seine Idee einfallen würde, da sogar seine Frau eine gehabt hatte. Der Kahlkopf und seine Frau hatten sich in gegenseitigem Unverständnis getrennt. Sie wurde Engelmacherin, das war ‹ihre Idee›, sie hatte den Engeln Flügel gemacht. Da der Kahlkopf Katholik war, hatten sie sich getrennt. Er hatte ihr die drei Jungen gelassen und das Mädchen mitgenommen. Isabelle machte ihren Vater traurig. Sie aß, als sei sie mißtrauisch gegenüber dem Leben: dreimal täglich nichts. Man mußte viel Geld für sie ausgeben, alles versuchen, die feinsten Speisen. Der Kahlkopf kippte den Kaviar in den Mülleimer und ging wieder auf die Straße hinunter. Er dachte, daß Isabelle so wenig aß, weil sie zuviel las. Jedesmal, wenn er wieder losging, um für sie niederzuschlagen, schwor er sich, dem Einhalt zu gebieten. Doch auf seinem Weg kippte er wieder um; er kehrte mit den Lieblingsillustrierten der Kleinen zurück. Er liebte den Anblick von Isabelles riesigem Kopf, der seinem so ähnlich war, wie er über *Modes et Travaux, La Femme chic, Formes et Couleurs, Silhouettes* oder *Vogue* hing...

Würde Isabelle Modistin werden, eine Claude Saint-Cyr, eine Jeanne Blanchot? Dafür mußte man essen. Sogar die Mannequins aßen. Aber was Isabelle verschlang, waren Illustrierte, Papier... Und vor allem die Romane in den Illustrierten. In Isabelles Kopf zogen unendlich viele Konvois von Fortsetzungsromanen vorüber. Sie schnitt die Seiten aus, heftete sie ein, sie stellte Bücher her. Im Alter von fünf bis zehn hatte Isabelle ohne Unterscheidung alles gelesen, was ihr in die Finger gekommen war. Und ihr Teller war voll geblieben.

Der Kahlkopf fand seine ‹Idee› eines Nachts in einem Hinterhalt in der Rue Faubourg Saint-Honoré. Er folgte einem dicken, unbekümmerten Tweedmantel um die sechzig. Er präparierte seine Faust. Doch da, unter den Arkaden der Tuilerien, schnappte ihm plötzlich die Konkurrenz seine Beute weg. Zwei Schatten schnellten aus dem Schatten hervor. Entgegen aller Erwartung wollte der Tweedmantel seine Brieftasche nicht loslassen. Er wurde zusammengeschlagen. Ein Fuß ließ sein Gesicht explodieren, seine Lendenwirbel krachten. Vom Schmerz erstickt, konnte der Tweedmantel nicht schreien. Der Kahlkopf dachte, daß es bergab ging mit dem Beruf. Er gab sich als Retter. Er klatschte die beiden Halunken gegeneinander. Junge Spunde, so leicht wie leere Freßnäpfe. Dann half er dem dicken Tweedmantel auf die Beine. Eine einzige Blutfontäne. Der Kahlkopf stopfte, tupfte ab, aber der andere kriegte nur ein Wort über die Lippen:

«Mein Loti, mein Loti*...»

Sein Magen spuckte Blutklümpchen aus und dazwischen dieses eine Wort:

«Mein Loti...»

Er weinte wegen eines anderen Schmerzes:

«Eine Originalausgabe, Monsieur...»

Der Kahlkopf verstand nur Bahnhof. Der Tweedmantel hatte seine Brille verloren. Er kroch auf dem Gehsteig herum. Was war das bloß für ein Typ, der sich in seinem Blut wälzte? Er tappte wie ein Irrer herum:

«Ein kaiserlich japanisches...»

---

* Loti: edle Papiersorte

Der Kahlkopf, ein reines Produkt der Kohlegrube, umgeschult auf nächtliche Hinterhalte, war nachtsichtig. Er fand, wonach der andere gesucht hatte. Es handelte sich um ein kleines Buch, das ein paar Taulängen durch die Gegend gesegelt war.
«Oh, Monsieur!... Monsieur... wenn Sie wüßten...»
Der Tweedmantel preßte das kleine Buch zuckend gegen sein Herz.
«Hier, nehmen Sie, bitte! Doch, doch...»
Er hatte seine Brieftasche aufgeklappt und hielt dem Kahlkopf ein halbes Vermögen hin. Der Kahlkopf zögerte. Für einen Niederschläger war das unehrenhaftes Geld. Aber der andere stopfte ihm das Bündel in die Tasche.
Als der Kahlkopf Isabelle das Abenteuer erzählte, zeigte das Mädchen eines seiner seltenen Lächeln:
«Er war ein Bibliophiler.»
«Ein Bibliophiler?» fragte der Kahlkopf.
«Ein Typ, der Bücher lieber mag als Literatur», erklärte ihm das Kind.
Der Kahlkopf kam ins Schleudern.
«Für diese Leute zählt nur das Papier», sagte Isabelle.
«Selbst wenn nichts draufgeschrieben ist?»
«Sogar wenn es Blödsinn ist. Sie schützen die Bücher vor dem Tageslicht, sie schneiden sie nicht auf, sie streicheln sie mit Samthandschuhen, sie lesen sie nicht: *Sie sehen sie an.*»
Dann wurde das Mädchen von einem irren Lachen gepackt. Der Kahlkopf hatte die verrückten Lachanfälle lange Zeit für Asthmaanfälle gehalten, die durch den Kohlenstaub hervorgerufen worden waren. Aber nein, diese Luftstöße zwischen Isabelles Backen, das war ein nie enden wollendes Lachen. Der Kahlkopf hatte nie den Grund verstanden. Doch diesmal erklärte es ihm die Kleine.
«Ich habe gerade eine ziemliche ‹Faubourg-Saint-Honoré-Idee›.»
Der Kahlkopf wartete.
«Es wäre lustig, seltene Bücher mit Stoffen von Hermès, Jeanne Lafaurie, Worth oder O'Rossen herzustellen...»
Sie stieß die Namen aller Modeschöpfer der Gegend laut auf.
«Das Schickste vom Schicksten. *Trés chic*, nicht wahr?»
Isabelles Idee wurde zur Idee des Kahlkopfes. Das Mädchen hatte

recht. Der Kahlkopf hatte soeben eine Sache verstanden: *Die Ästheten schwimmen immer oben.* Was auch in der Welt passiert, die Edelschneider werden immer noch edler schneidern, die Gastronomie wird immer die Prinzen füttern, die Musikliebhaber werden immer ihre Geigen stimmen, und in den schlimmsten planetarischen Zuckungen wird sich immer ein kleiner Dicker im Tweedmantel finden, der bereit ist, für eine Originalausgabe zu sterben.
Der Kahlkopf klapperte die Modeschöpfer ab. Die Modeschöpfer fanden die Idee tatsächlich ‹chic›. Der Kahlkopf sammelte ihre Stoffreste ein. Isabelle wühlte in den Mülltonnen, sortierte die Stoffe, warf die Wolle und die ersten Synthetikfasern weg, hob Leinen und Baumwolle auf, Hanf und Garn. Der Kahlkopf belieferte die feinsten Papiermühlen, und die besten Druckereien gaben bald Barrès in Balenciaga heraus, Paul Bourget im Hermès-Einband, Anouilh im maßgeschneiderten Chanel oder *Die Schneide des Schwertes* des jungen de Gaulle im schnittigen Einband von Worth. Eine Handvoll Erstausgaben pro Autor, deren Börsenwert jedoch bei weitem ausreichte, um Isabelles Teller zu füllen.
Der Kahlkopf hätte sich damit zufriedengeben können. Seine ‹Idee› war christlicher als die seiner Frau, seine Anzüge waren seitdem von einem tadellosen Weiß, und seine kleine Tochter aß ihrem Hunger entsprechend, fand endlich die Welt nach ihrem Geschmack.
Auf einmal war der Kahlkopf ein Anhänger expansionistischer Politik. Er hatte mit dem seltenen Buch jetzt eine Rente und wollte nun Papst der Bibliophilen werden, der Gott des Hadernpapiers, der unsterbliche Bücher macht. Die Reste der Haute Couture reichten ihm nicht mehr. Er brauchte alle Stoffetzen der Hauptstadt, ein Monopol. Doch der Kahlkopf war auch ein sehr christlicher Pole. Er wollte nicht mit den Juden aus der Rue du Sentier oder dem Marais handeln. Aber dort lag der Stoff. Und das Leder für die Einbände. Der Kahlkopf engagierte eine Armee Lumpensammler, die er auf die jüdischen Mülltonnen losließ. Seine Truppen kehrten ramponiert und mit leeren Händen zurück. Der Kahlkopf war darüber ganz erstaunt. Man widersetzte sich ihm. Das war das erste Mal. Er bewaffnete seine Lumpensammler mit vergifteten Haken. Zwei von ihnen kamen tot zurück. Die Überlebenden waren dermaßen erschrocken, daß sie keine Erklärung über die Lippen brachten. Nein,

sie wußten nicht, was ihnen widerfahren war, nein, sie hatten nichts gesehen. Es war, als hätte sich die Nacht plötzlich verfestigt, als hätten sie sich ihre Köpfe an der Wand der Nacht eingeschlagen. Sie waren von herumspukenden Mülltonnen in die Flucht geschlagen worden. In diese jüdischen Straßen wollten sie keinen Fuß mehr setzen. Die Armeen des Kahlkopfs zerfielen, trotz seiner Versprechen auf leicht verdientes Geld, trotz seiner Faustschläge. Das bereitete dem Kahlkopf regelrechte Alpträume. Isabelle hörte ihn im Schlaf brüllen: ‹Die Nacht ist jüdisch!› Sein Schrecken dröhnte durch die ganze Rue Faubourg Saint-Honoré: ‹DIE NACHT IST JÜDISCH!› Geschichten aus seiner polnischen Kindheit stiegen in ihm hoch, die ihn nie mehr schlafen ließen. Großmutter Polska beugte sich wieder über die Wiege des Kahlkopfes. Er mußte Großmutter Polska seine Gebete aufsagen. Großmutter Polska erzählte. Sie erzählte die Geschichte von einem Dorf am Weichselufer, wo am Freitagabend Priester mit Goldpailletten die kleinen Jungen beschnitten. Und, so sagte Großmutter Polska, die Klagelaute dieser Märtyrer wurden vom eisigen Atem des Baltikums den Fluß hinaufgetragen, von Danzig nach Warschau, um die Seelen der schlafenden Christenkinder zu quälen: ‹Schlaf gut, mein Schatz!› Der Kahlkopf wachte rechtwinklig auf: Dieses Gesindel war schrecklicher als seine eigene Frau! Sie machten keine Engel, sie schnitten sie bei lebendigem Leibe in Stücke.
Es kam die Nacht, in der der Kahlkopf beschloß, nicht zu schlafen. Er zog wieder seinen reinsten Alpaka an, band eine weiße Krawatte um, steckte sich eine weiße Nelke ins Knopfloch, nahm Isabelle an der Hand und machte sich auf zum Pogrom. Er brauchte die Kleine zum Aufspüren der Stoffe. Für den Rest genügten ihm sein Glaube, seine Fäuste und sein Latil-Traktor mit seinen drei Anhängern und Allradantrieb.
Isabelle schnupperte die besten Abfälle schon von weitem. Der Kahlkopf schnappte sich die Mülltonnen und kippte sie in seine Anhänger. Gefahr witterte er erst an der fünften Tonne. Trotzdem war in dieser Rue du Pont-aux-Choux niemand zu sehen. ‹Aber›, sagte die Großmutter, ‹die Juden glauben an Gespenster, wenn es darum geht, sich unsichtbar zu machen. Sie sind überall und doch nirgendwo zu sehen.› Der Kahlkopf schleuderte seine Faust in die

Richtung der Attacke. Die Faust traf ein Gesicht, und der Kahlkopf hörte, wie ein Körper hinschlug, sehr weit von der Aufschlagstelle entfernt. Er kümmerte sich nicht um das, was er da soeben niedergeschlagen hatte, er kippte die Mülltonnen in seinen Anhänger und ging weiter seines Weges, wie ein Erzengel auf Rachefeldzug.

Das war mein großer Bruder, den er da gerade getötet hatte, dieser Scheißantisemit.
Ist schon fünfzig Jahre her, nickte Loussa am Bett seines Freundes Malaussène mit dem Kopf.
«Dir ist natürlich nicht nach Mitgefühl zumute, aber trotzdem, es macht mich immer noch sauer, wenn ich daran zurückdenke.»
Malaussène war horizontal.
«Mit einem einzigen Faustschlag war das Gesicht meines Bruders so platt wie eine Fliege zwischen Klatsche und Wand.»
Malaussène konnte alles hören.
«Aber genau in dieser Nacht bin ich Isabelle zum erstenmal begegnet.»
Loussas Stimme war geschmolzen.
«Während meine Brüder die Trödelläden abklapperten, hab ich mich oft versteckt. Ich suchte mir ein stilles Eckchen, irgendwas Bequemes in der Nähe einer Straßenlaterne, und zog ein Buch aus meiner Tasche.»

Als sich in jener Nacht das riesige Gesicht der Kleinen über Loussas Mülltonne beugte, hatte er zuerst an eine Mondfinsternis geglaubt. Oder daß man ihm seine Straßenlaterne weggenommen hätte. Aber er hatte eine Stimme gehört:
«Was liest du da?»
Es war eine krächzende Stimme ohne Atem, die eines kleinen, asthmatischen Mädchens. Loussa antwortete:
«Dostojewski. *Die Dämonen.*»
Eine unglaublich rundliche Hand tauchte in der Mülltonne auf.
«Leih es mir!»
Loussa versuchte sich zu verteidigen.

«Du wirst nichts davon verstehen.»
«Schnell! Ich geb's dir wieder zurück.»
Zwei Bitten lagen in dieser Stimme: Er mußte leihen, und es mußte schnell gehen. Isabelle war die erste Frau, der Loussa nachgegeben hatte. Und die erste, bei der er niemals etwas bedauerte.
«Vor allen Dingen: Beweg dich nicht!»
Sie bedeckte die Mülltonne mit einem Stück Pappe, das herumlag, und schüttelte verneinend den Kopf, als Kahlkopf näher kam; dann ging sie zur nächsten Tonne.

Als Loussas Brüder den Leichnam ihres ältesten Bruders nach Hause brachten, konnten sie ihrem Vater auch keine andere Erklärung liefern als diejenige, die die Lumpensammler dem Glatzkopf gegeben hatten.
«Wir sind von einem Gespenst angegriffen worden.»
«Ein Gespenst auf einem Latil-Traktor.»
«Gespenster fahren nicht Traktor», sagte der Vater. «Aberglaube der Neger.»
«Wir gehen nicht mehr dort runter», antworteten die Söhne.
Was den Kahlkopf angeht, so wußte er zunächst nicht, wem er da gerade den Krieg erklärt hatte. Er war als Sieger über die jüdische Nacht nach Hause zurückgekehrt, weiter nichts. Er würde nächste Nacht wieder dorthin gehen. Aber als er von dieser zweiten Expedition zurückkam, stand sein eigenes Lager in Flammen. Das Feuer war von einem afrikanischen Koloß gelegt worden, der ebenso kraushaarig wie er glatzköpfig, ebenso schwarz wie er weiß war und der für die Leute seines Stammes ebenfalls ein Prinz war, ein Prinz aus der Casamance, König von Ziguinchor, hergekommen, um unseren Taxifahrern die Arbeit wegzuschnappen. Dabei war er nur der Majordomus eines Erdnußhändlers, dem er eines Tages den Kopf eingeschlagen hatte, als der andere ihn – einmal zuviel – einen Riesenpavian genannt hatte. Der Prinz aus Casamance verachtete Taxis. Er herrschte über die Mülltonnen des Marais. Er wollte jedoch damit seine Leute einkleiden und nicht mit dem Kahlkopf teilen.

«Kurz, ich erspare dir die Einzelheiten, kleiner Trottel, aber die beiden dort konnten sich nicht ewig aus dem Weg gehen. Alle Zutaten waren beisammen für ein mythisches Duell. Das Duell fand in einer Vollmondnacht statt; das war das Ende meiner Kindheit. Man hat sie alle beide tot aufgefunden, in reinster Lumpensammlertradition, überall Fleisch, von Hakenschlägen enthäutet.»
Malaussènes Atmung war dermaßen künstlich, daß sie schon wieder nicht mehr real schien.
«Und Isabelle, wirst du mich fragen?»
Das wäre zweifelsohne die Frage gewesen, die Malaussène gestellt hätte, doch.
«Na ja, während sich die beiden Großen zum Himmel jagten, hatte mich Isabelle wieder in meiner Lieblingstonne aufgesucht. Sie hatte den Dostojewski gelesen und gab ihn mir, wie versprochen, zurück. ‹Hast du etwas davon verstanden?› hab ich gefragt. ‹Nein, nichts.› ‹Na, siehst du...› ‹Aber nicht deshalb, weil das Buch kompliziert ist.› ‹Sondern?› ‹Nein, es ist etwas anderes.› (Ich darf dich daran erinnern, kleiner Trottel, daß sich unsere Väter zwei Straßen weiter gegenseitig massakriert hatten.) ‹Was ist es dann?› ‹Es ist Stawrogin›, hatte Isabelle geantwortet. Sie hatte schon denselben Kopf wie heute. Unmöglich, ihr Alter einzuschätzen. ‹Stawrogin?› ‹Jawohl, Stawrogin, die Hauptfigur, er verheimlicht irgend etwas, er sagt nicht die Wahrheit – das ist es, was das Buch so kompliziert macht.› ‹Wie heißt du?› ‹Isabelle.› ‹Ich bin Loussa.› ‹Loussa?› ‹Loussa de Casamance.› (Man hörte den Atem der Papa-Kolosse, man hörte das Klappern der Haken.) ‹Loussa, wir müssen uns wiedersehen, wenn diese Sache zu Ende ist.› ‹Ja, wir müssen uns wiedersehen.› ‹Wir müssen uns immer wiedersehen.› Daran erkannte man, daß sie ein kleines Mädchen war. Aber wenn man es genau bedenkt, gehören ‹niemals› und ‹immer› noch immer zu ihrem heutigen Vokabular.
Nach den beiden Beerdigungen hat man uns ins Internat gesteckt. Zwei unterschiedliche Internate, selbstverständlich, aber wir haben es tapfer durchgestanden. Wir sahen uns so oft wie möglich. Mauern sind dazu da, daß man drüberklettert.
Und jetzt hör zu, kleiner Trottel! Am 9. Juli 1931 haben Isabelle und ich zusammen das Palais des colonies besichtigt. Kolonie, das hatte

ein bißchen mit mir zu tun, wenn du verstehst, was ich meine. Wir haben uns also das Palais des colonies reingezogen, da stoßen wir plötzlich auf die erste fahrbare Bücherei. Zweitausendfünfhundert Bücher mit einem 10-PS-Motor. Kultur auf Rädern. Vielleicht, damit die drei Musketiere die Casamance besuchen konnten... Kannst du dir unsere Begeisterung vorstellen?
Wir sind mit einer Bande von Knirpsen durch ganz Paris gefahren, die Bücher aufgeschlagen auf dem Schoß.
Merk dir dieses Datum gut, den 9. Juli 1931, das ist Isabelles wahres Datum. Sie hat in den Regalen ein ganz kleines Buch ergattert und zu mir gesagt: ‹Sieh mal!› Es war *Stawrogins Beichte*, der letzte Teil von Dostos *Dämonen*, eine Sonderausgabe von Plon, glaub ich. Isabelle fing sofort an zu lesen, als handele es sich um einen persönlichen Brief. Und sie hat sofort geweint. Rührung der Bibliogirls, was glaubst du denn: ‹Ist das schön, eine Kleine, die über einen Roman weint...› Sie weinte die ganze Lektüre hindurch, und es hatte nichts Schönes. Vollständiger Wasserentzug. Ich hab gedacht, sie würde auf der Stelle verwelken, eingehen, vertrocknen. Der Bus mußte uns unterwegs raussetzen. Sie konnten sich kein Kind leisten, das am Tag der Einweihung in seinen Tränen ertrinkt. Am Löwen von Denfert hat Isabelle mich angesehen:
‹Ich weiß, weshalb Stawrogin sich wie ein Verrückter in den *Dämonen* aufführte.›
Ihre Augen waren jetzt trocken wie Feuersteine. Ich hatte nur einen Gedanken: sie wieder mit Wasser aufzufüllen, damit sie in ihrem Leben noch mal heulen kann.
‹Er hat ein kleines Mädchen vergewaltigt.›
Was sollte ich darauf antworten?
‹Und weißt du, was das kleine Mädchen gemacht hat, Loussa?›
‹Nein.›
‹Es hat ihn mit der Fingerspitze bedroht.›
‹Das ist alles?›
‹Was kann ein kleines Mädchen deiner Ansicht nach sonst noch tun?›
‹Ich weiß nicht.›
‹Sie hat sich aufgehängt.›
An dieser Stelle brach sie wieder in eine Welle von trockenen

Schluchzern aus. Es war schrecklich. Bei ihrem ohnehin schon weichen Kopf und ihrem Bohnenstangenkörper hatte ich Angst, daß sie sich auf sich selbst aufspießen würde.
‹Ich, wenn ich groß bin...›
Ihre Stimme erstickte.
‹Wenn ich groß bin, werde ich unantastbar sein!›
Und urplötzlich erschallte ihr Siegeslachen, du weißt schon, ihr zischendes Lachen... Ihre Hände zeichneten in der Luft die Umrisse ihres gewaltigen Kopfes, der auf dem Pfahl ihres Körpers steckte, und sie wiederholte lachend:
‹Wie jetzt: unantastbar!›»

Loussa stand mit einem Bein schon auf dem Krankenhausflur, hatte die Hand an der Türklinke und den leisen Wunsch, sich beim Hinausgehen umbringen zu lassen. Er drehte sich zu seinem komatösen Freund um:
«Das mußt du deiner Julie erklären, kleiner Trottel: Man schießt nicht auf eine Frau, in deren Kopf ein kleines Mädchen ist, das sich erhängt hat.»

30

Es ist wahr, Julie, hör in Gottes Namen auf mit dem Massaker, Feuerpause, leg die Waffen nieder, laß sein! Was soll das mit diesen Rachegeschichten? Machst du es jetzt wie alle anderen auch, suchst du dir *Verantwortliche*? Chabotte hat mich abknallen lassen, Gauthier arbeitete für Chabotte, Calignac bezahlte Gauthier, Zabo beschäftigte Calignac, Loussa liebt Zabo... alle sind verantwortlich, und nun? Wo willst du einen Schlußstrich ziehen, Julie? Wo wirst du die Grenzen der Unschuld auf dem breiten Kontinent der Schuld ziehen? Denn es gibt überhaupt keinen Grund dafür, daß du irgendwo Schluß machst, überleg doch mal zwei Sekunden, Mensch! Stopf deinem verdammten Frauenherzen das Maul! Chabotte thronte auf dem Gipfel des Hierarchieberges, willst du nun Chabottes ganze Hierarchie umlegen? Willst du Coudrier, Caregga,

Thian, den Quai des Orfèvres abmurksen? Und wenn du dort alles leergefegt hast, bleiben dir dann noch genügend Kugeln in deinem Magazin, um dir all die anderen vorzuknöpfen? Die Rache ist das Territorium derjenigen, die im Abseits stehen, Julie. Hat dir dein Vater, der Gouverneur, das nicht genügend erklärt? Der Versailler Vertrag hat kujonierte Deutsche produziert, die umherirrende Juden produziert haben, die umherirrende Palästinenser produzieren, die Witwen produzieren, in deren Bäuchen die Rächer von morgen heranwachsen... Willst du tatsächlich die Talion-Angestellten bis auf den letzten exekutieren, Julie? Und weshalb nicht auch gleich Ben Tayebs Sippe oder meine kleine Familie? Clara hat zum Beispiel so hübsche Fotos von JLB gemacht, Jérémy und der Kleine sind mit mir so gut die Interviews von JLB durchgegangen, alles Verantwortliche oder nicht? Nicht in demselben *Grad*? Aber es gibt keine *Grad*einteilung auf dem Gebiet der Rache, Julie! Das ist ein Land ohne Klima! Ein mentaler Landstrich! Nicht die geringsten atmosphärischen Schwankungen! Ein Planet ohne Laune, ein Mikroklima der Gewißheiten! Nichts kann die Ketten der Kettenreaktion sprengen. Der geschlagene Verantwortliche zeigt auf den Verantwortlichen nebenan, bevor er zusammenbricht, der Schuldige gibt den Schwarzen Peter weiter, und Madame Rache erledigt den Abwasch, blind, wie alle Mäherinnen. Hör auf, Julie! Steck dein Schwert wieder in die Scheide! Du wirst dir Blasen an den Fingern holen, die Thian dir noch nicht abgeschossen hat, und wenn du alles abgeknallt haben wirst, was sich bewegt, dann mußt du nach alter Rächerlogik mir den Rest geben! Erinnerst du dich an die Szene, die du mir gemacht hast, bevor du mich verlassen hast? Ja? Nein? Verantwortlich, sagtest du, ich wäre schuld daran, daß ich nicht ich selbst sei, das Verbrechen der Verbrechen, deiner Meinung nach!
In Wahrheit, Julie, wird sich das Ganze nicht anders abspielen: Am Ende kommst du her und schaltest in mir dieses andere ab, das mich dir entzogen hat. Es wird an einem Winterabend sein – vielmehr bei Tagesanbruch, Exekutionen haben immer im Morgengrauen stattgefunden, schließlich geht es darum, uns das Leben plus einen Tag zu nehmen –, in einem Wintermorgengrauen also, und ich werde daliegen mit wacher Haut, alle Flimmerhärchen ausgefahren, in zorniger Erwartung Bertholds, dieses Erleuchteten, der mich aus-

knipsen will. Und da fangen meine Papillen auch schon die Schwingungen deines Schrittes auf, denn die Luft um uns herum pocht, Julie, wußtest du das? Und unsere Haut verbringt ihr Leben damit, diese Klopfsignale zu entschlüsseln, wußtest du das? ‹Das ist nicht Berthold›, wird mir meine Haut sagen: ‹Entspanne dich, Malaussène, es ist deine Julie!› Und tatsächlich wirst du es sein, und ich werde dich so sicher erkennen, wie ich Jérémys Ausbrüche identifiziere, Claras friedliche Stimme, das doppelte Schlagen ihres schwangeren Herzens, Thérèses Entladungen, die Triller des Kleinen, der immer noch in dieser unglaublichen Vogelsprache redet und sich über den Klang seiner Worte nicht mehr einkriegt... Ich werde dich wiedererkennen, Julie, vom ersten Schritt auf dem Flur an, ich werde dich nicht hören, nein, das nicht, aber die Luft, die dein großer Haudegenschritt vor dir hertreibt, wird gegen meine Haut schlagen, und ich werde dich wiedererkennen, denn auf dieser niederen Welt gibt es deinen Gang kein zweites Mal, keinen, der so sehr von der Gewißheit getrieben ist, irgendwo hinzugehen.

So döste Malaussène in seinem überschrittenen Koma dahin. Wenn er eines Tages aus dem Tunnel, den diese Kugel in ihn gebohrt hatte, wieder herauskommen sollte, würde er den Kameras nicht diese schillernden Geschichten der Postmortalen erzählen, die wieder zurückgekommen sind (göttliche Überraschungen in nördlichen Farben, Ausruhen des Geistes, Friede im Herzen, Orgasmus der Seele), nein, er würde nur von seiner Angst vor Berthold, dem Ausknipser, berichten, von seinen diesbezüglichen Sorgen, die stark an die Sorgen eines Lebendigen erinnerten. Er dachte nicht ernsthaft daran, daß Julie ihm den Rest geben würde. Das diente nur dazu, um nicht an Berthold denken zu müssen, ein kleiner Trick. Er rief Julie. Er trieb Schabernack mit ihrer Liebe. Er rutschte zu ihr, mit offenen Armen entlang der grünen Linie, die den Bildschirm überquerte. Er floh vor Bertholds Bild, um sich in Julies zu flüchten. Jérémy hatte ihn einmal gerettet, aber die Schweine bessern sich nur für die Zeit, in der sie Angst haben, und Berthold hatte nicht unbedingt Angst vor Jérémys Skalpell, Berthold hatte nur Angst vor Marty. Und jetzt tourte Marty durch Japan, im Interesse des nipponschen Wohlergehens. Marty, Marty, warum hast du mich verlassen? Wenn das Leben nur noch an einem seidenen Faden hängt, ist der Preis des Fadens wahnsinnig hoch! Aber lebte er denn überhaupt, Malaussène? Überschrittenes Koma... Gehirntod... die Leere... er war nicht geneigt, die Diagnosen zu bestreiten... ‹Dieser Typ ist tot! Klinisch tot!› Berthold rammte den Pfahl der Gewißheit in die Erde... ‹Irreversible Schädigung des Zentralnervensystems!›... ‹Trotzki und Kennedy waren besser dran als er!› Die Marty-Stimme erwiderte darauf fest, aber ohne Überzeugungskraft: ‹*Verlängertes* Koma, Berthold, vollkommen lebendig!› Das klang falsch, das klang liebevoll, traurig, aber nicht wissenschaftlich, diesmal. Marty antwortete gegen sich selbst. Wissenschaft war gefordert, angesichts der Wissenschaft Bertholds. Nun, Thérèse hatte ihre Fahnen sofort oben: ‹Absurd!› Thérèses Ausrufezeichen, das war eine Sache für sich. Kein Holzfäller der Welt hätte so etwas zustande gebracht. ‹Benjamin wird im Alter von dreiundneunzig Jahren in seinem Bett sterben!› Da rede mal einer von Trost... Die ganze Zeit über im Bett rumhängen... die unbeweglichen Jahre, das bekommt Risse, das näßt, das rieselt nach unten durch, und das endet auf einer Vibrationsmatratze wie in einem Spezialmotel... Malaussène hatte auch Visionen von klebrigen Feigen, die ihren Saft auf Gitterrosten in der prallen Sonne verbrannten... Dreiundneunzig Jahre... Danke, Thérèse! ‹Unsere Betten benutzen, um Gemüse anzupflanzen, das kommt doch irgendwann raus, mein Lieber, irgendwann kommt das raus!›... Aber um Himmels willen, wieso kann ich das *hören* – er, der gerade nach Aussage der Wissenschaft nicht mehr hörte –, und wie mache ich das, daß ich *denken* kann – er, dessen Gehirn das Knäuel seiner Gedanken bis ins Unendliche in einem einzigen Faden ohne Ziel und ohne Zuckung abwickelte, ein flaches Elektroenzephalogramm, totes Engelshaar –, wie werde ich informiert, und *wen* informiert man übrigens in mir, wo ich doch nicht mehr bin?

Dennoch bestand kein Zweifel darüber, daß er alles erfuhr, alles verstand, alles behielt, vom ersten Moment an, wo ihm diese Kugel der Reihe nach alles geboten hatte: die Horde der Notärzte, das Öffnen und Schließen seiner Traumkiste durch feindliche Doktoren, der kontinuierliche Krankenbesuch der Familie (sie kamen selten als Bande, sie teilten sich die Stunden auf, so daß er nie allein und auch nie umlagert war, sie redeten mit ihm, als wäre er immer noch vollkommen lebendig – eine durchaus angebrachte Anweisung von Thérèse, die einzige übrigens, die nicht das Wort an ihn richtete)... Wie konnte es sein, daß er sie erkannte, die Seinen, seine Seinen, Jérémy, der mit einer 1+ in Chemie protzte (Achtung, Gefahr für die Allgemeinheit, wenn dieses Kind anfängt, im Chemieunterricht zu furzen!), Clara, die ihm die Leistungen ihres tragbaren Clarence verkündete: ‹Er bewegt sich, Ben, er tritt mit dem Fuß› (das verheißt einiges...), die kolossalen Lieben von Julius dem Hund, wiedergegeben durch den Kleinen, Loussas Chinesischlektionen, Loussas Schiß um Zabo, die Lektüre, die er ihr während etwas vorlas, das er für eine gute Nachtpartie hielt: ‹Das hier liegt diese Woche in den Buchhandlungen aus, kleiner Trottel, das ist doch wohl besser als JLB, oder?› War er denn noch lebendig, wenn Loussa sich erlaubte, sich auf seine Kosten über ihn lustig zu machen? Oder war es genau das, der Tod, der lieblich in den Gefühlen der Seinen schwebte, ohne Engagement seinerseits, entbunden vom Recht auf Gegendarstellung sowie dem auf Schwere, bis in alle Ewigkeit Genießer der Intimität der Lieben, es lebe der Tod also, wenn es denn dieses Leben dort sein sollte!... Aber nein... zu schön... am Ende gingen sie alle aus dem Zimmer, die Lieben, bis auf Loussa, der als letzter gekommen war, und der Malaussène-Gedanke folgte ihnen nicht, hatte sich in keiner Weise von der Erdanziehungskraft frei gemacht, lag, im Gegenteil, kaputt da, auf diesem Bett, durch diesen Körper, und Malaussène blieb allein zurück, umgeben von einem Krankenhaus.

So kehrte die Angst vor Berthold, dem Ausknipser, wieder. Und mit ihr der Beweis, daß er sehr wohl lebendig war, denn er wurde hier von dieser Todesangst festgehalten. Vielleicht war diese Angst der einzige Grund für sein enzephalographisches Schweigen. Sein Gehirn, vom Terror geknebelt, machte es flach. Für Bertholds Scherenblick stellte er eine resignierte Linie dar. Ausdruckslos, wie jemand, der vor dem Exekutionskommando steht. Selbstverständlich hätte sein Gehirn das nicht tun müssen, natürlich müßte es sich aufbäumen, die scharfen Spitzen der Panik zeichnen, den Bildschirm mit Gipfeln und Abgründen füllen, aber wer hat jemals gesehen, daß ein

zum Tode Verurteilter im Angesicht der Gewehre reagiert? Man erschießt einen Kartoffelsack, immer, vor der Salve schon ein Nichts, kaum weniger tot als nach dem Gnadenstoß. Ein letzter Respekt vor der Autorität, diese Folgsamkeit des Leichenlehrlings, ein letztes Mal vor Mutter Kanone den Hut ziehen: ‹Da Sie mich nun einmal verurteilt haben...› Und vielleicht mochte sich sein Gehirn nach alldem genau das gesagt haben: ‹Gehirntod? Wenn sie es nun einmal sagen...›
Aber was wurde dann in ihm rebellisch, wenn er wissenschaftlich tot war?... Was wartete also darauf, daß Berthold kam? Woher kam diese Wachsamkeit, wenn sich doch sein Gehirn selbst endgültig verabschiedet hatte? Es gab eine Spaltung in seinem Organismus, das konnte man nicht länger verbergen. Gegen das Gehirn, das widerstandslos akzeptierte, die bereits vergangene dritte Person zu spielen (‹er› ist tot, ‹er› wird uns sehr fehlen, ‹er› war wunderbar), erhob sich eine erste, vollkommen entschlossene Person: ‹Ich› bin da, völlig lebendig! ‹Ich› kann dich nicht ausstehen, du fetter Hosenscheißer, dich und deine beiden bescheuerten Hemisphären und deine neun Milliarden Pyramidenzellen! ‹Ich› lasse mich nicht dadurch in die Luft jagen, daß Berthold dir die Leitung kappt! ‹*Ich existiere auch!*› und, noch wichtiger: ‹*Ich will existieren!*›
Man hätte meinen können, eine Stimme halte hoch oben von einer Tribüne herunter eine Rede an das zahlreiche Volk ihrer nichtenzephalonischen Zellen. Ein Protest des Lebens, der erschreckende Ausmaße annahm. Er, der niemals irgendwo politisch aktiv gewesen war, fühlte sich nun als Ort einer Mobilisierung ohnegleichen, als Amphitheater für eine Versammlung, wo das, was sich in seiner ersten Person ausdrückte, im Namen seiner Zellenvielzahl sprach. Und all diese Zellen waren auf einmal aufmerksam, bis hin zu den äußersten Rändern seines Körpers, deren man sich nicht zu schämen braucht. Es war eine dieser Atmosphären des unendlich geteilten Bewußtseins, in der die historischen Worte ausbrechen, die magischen Formeln, die die Welt durcheinanderbringen, der Satz, der den Menschen ändert, das Wort, das ein Datum erhält. Er fühlte, wie eine Wahrheit in ihm reifte. Sie wuchs an. Sie würde von einer Sekunde auf die andere ausschlüpfen. All diese Zellen, rezeptiv bis zum Vergessen ihrer selbst, würden eine Kathedrale des Schweigens

bilden, in der diese Wahrheit ausbrechen und sich für die Ewigkeit festschreiben würde... mindestens für die Ewigkeit!
Schließlich brach sie aus.
Sie explodierte in Form eines Slogans, der auf der Stelle mobilisierend wirkte: ALLE ZELLEN LEBEN DURCH SICH SELBST! SCHLUSS MIT DEM GEHIRNZENTRALISMUS!
SCHLUSS MIT DEM GEHIRNZENTRALISMUS!» wiederholten seine Zellen mit einem einzigen Schrei.
«SCHLUSS MIT DEM GEHIRNZENTRALISMUS!» brüllte sein Organismus einstimmig.
«SCHLUSS MIT DEM GEHIRNZENTRALISMUS!» schrie stumm Benjamin Malaussènes liegende Form im Halbdunkel eines blinkenden Zimmers.

Grün und kontinuierlich auf dem blassen Bildschirm zeigte die enzephalographische Linie nicht das geringste Säuseln, um diese Revolution zu feiern. Und als Berthold seine kantige Silhouette ins Zimmer schob, hatte er nicht einmal einen Blick für das übrig, was dort unter dem Atmungsapparat lag.
«Dann wollen wir mal», sagte er zur Krankenschwester, die ihn begleitete, «wir haben schon genug Zeit damit verschwendet.»

31

Weder Clara noch Thérèse, noch Jérémy wußten, wovon sie in jener Nacht aufgewacht waren, ob vom Geschrei des Kleinen oder dem langen, tiefen Klagelaut des Hundes. Der erste Reflex des alten Thian war, sich auf Verdun zu stürzen. Das Kind fixierte mit zusammengeballten Fäusten und offenen Augen die Nacht. Ihre Wiege um sie herum zitterte und fiel beinahe auseinander. Noch eine Sekunde, Thian wußte es, und sie würde explodieren.
Der Kleine träumte seinen Traum.
Der Hund bekam seinen Anfall.
Während Thian in Verduns Wiege tauchte, erteilte Thérèse knappe,

genaue Anweisungen, wie ein Kapitän, den ein unvorhergesehener Sturm auf die Brücke getrieben hatte.

«Jérémy, setz dem Kleinen die Brille auf! Clara, die Zunge von Julius! Paß auf, daß er nicht seine Zunge verschlingt!»

«Wo hat der denn bloß seine Brille gelassen?»

«Auf dem Eßzimmertisch, neben seinem Lesebuch.»

«Hilf mir, Thérèse, ich kriege sein Maul nicht auseinander!»

«Laß mich mal, ruf du Louna an, sie soll Laurent herschicken! Onkel Thian, was macht Verdun?»

«Sie beruhigt sich.»

«Die Brille liegt nicht auf dem Tisch, verdammte Scheiße!»

«Dann in der Tasche seiner Latzhose.»

«Louna? Hallo, Louna? Ich bin's, Clara. Julius hat einen epileptischen Anfall.»

Woraufhin zusätzlich das ganze Haus aufwachte, die ersten Schläge prasselten auf die Decke des Haushaltswarenladens, Flüche hallten im Hof wider. Befehle zum Schlafen, Proteste der Frühaufsteher, Erinnerung an die Produktionsrhythmen, verspottete Ehre der Arbeit, Skandal, Drohungen mit Beschwerden bei der Gewerkschaft, der Feuerwehr, der Polizei und der Irrenanstalt; Aufzählung früherer Beschwerden, Prophezeiung künftiger Delikte, Übersättigung! Übersättigung! Eine phantastisch volltönende Masse, durch die allerdings der Schrei des Kleinen dringt, ein Chor universellen Hasses, jedoch zutiefst gerührt durch die Klagelaute Julius' des Hundes, die so ähnlich klingen wie das Geschrei einer wahnsinnigen Frau, etwa in der Art wie zu Beginn des Jahrhunderts, als richtige Hysterie noch Gold wert war.

Dann die plötzliche Ruhe.

Das Schweigen des Kleinen, dem Jérémy soeben die Brille aufgesetzt hatte, wodurch er immer sofort aufwachte.

Das Schweigen von Julius, dessen Zunge Thérèse wieder von dort unten, aus diesem schrecklichen Abgrund seiner Kehle, hervorgeholt hatte.

Das Schweigen des Hauses, das sich ein wenig schämte, als es auf einmal allein dastand und plärrte. Lichter, die eins nach dem andern ausgehen. Fensterläden, die sich wieder schließen.

Dann, crescendo, Jérémys Fragen an den Kleinen:

«Du hast geträumt, Kleiner, was hast du geträumt?»
«Da war ein Mann...»
«Ja...»
«Da war ein Mann.»
«Was für ein Mann? Wie war er?»
«Ein weißer Mann.»
«Los, versuch dich zu erinnern, nur einmal! Was hat er gemacht, der weiße Mann?»
«Da war ein weißer Mann.»
«Okay, das hast du schon gesagt, was hat er gemacht in deinem Traum?»
«Er war ganz weiß, ein weißer Mantel, ein weißer Hut, eine weiße Maske.»
«Er hat eine Maske getragen?»
«Ja. Eine Maske über der Nase und über dem Mund.»
Jérémy zu Thérèse:
«Hörst du zu, Thérèse?»
Thérèse hörte zu.
«Was hatte er für 'nen Hut, sag uns, was war das für einer?»
«Er hatte keinen Rand. Er war wie eine Mütze.»
«Eine weiße Mütze, Thérèse. Mach weiter, Kleiner, hör nicht auf!»
«Er hielt ein Schwert in der Hand.»
Das Schwert befand sich noch immer im Kopf des Kleinen und vielleicht auch im verrückten Blick des Hundes, der dort herumlag, borstig und aufgedunsen wie ein Kadaver in der Wüste; seine vier Pfoten klagten den Himmel an.
«Und dann?»
«Er ist in Benjamins Zimmer gegangen.»
Der Kleine krümmte sich zusammen.
«Er ist in Benjamins Zimmer gegangen, Thérèse, hörst du? Berthold ist in Benjamins Zimmer gegangen!»

«Benjamin wird im Alter von dreiundneunzig Jahren in seinem Bett sterben! Das hast du Blödtante doch gesagt, oder!? *Benjamin wird im Alter von dreiundneunzig Jahren in seinem Bett sterben...* wenn

ich das schon höre! Vielleicht mit einem Typ wie Berthold, der ihn zudeckt? Warum habt ihr mich daran gehindert, in seinem Zimmer zu schlafen, Clara und du? Ich wollte im Krankenhaus bleiben und auf ihn aufpassen! Warum, Thérèse? Mensch, antworte mir, du Scheißschlampe! Weil Thérèse alles weiß! Weil Thérèse immer recht hat! Weil Thérèse noch besser als der Idiot von Gott ist! Nein? Sag, nein? Hör zu, Thérèse, ich werd mir das Schwein von Berthold vorknöpfen, ich werd ihn skalpellieren bis auf den letzten Tropfen, dann hast du einen ausgeknipsten Bruder und einen Messerstecher-Bruder, du hast das Große Los gezogen, und Clara kann ein paar hübsche Fotos machen! Ihr seid zwei Blödtanten, ihr seid alle blöd! Und wenn ich damit fertig bin, werde ich den Talion Verlag abfackeln, ich geh weg von zu Hause, ich werde Julie auftreiben, und wir werden alles in die Luft jagen! Julie ist die einzige, und deswegen hat Benjamin sie geliebt! Was tut ihr denn, während sie dabei ist, ihn zu rächen, euern Bruderschatz, kannst du mir das sagen? Ihr laßt ihn in den Händen von Berthold! Das tut ihr, so sieht's aus! Ihr wendet euch wieder euerm kleinen, stillen Leben zu, und ihn überlaßt ihr Berthold. Die Mutter Clara lebt um ihren Bauch herum, und du, Thérèse, in deinen bescheuerten Sternen, die dir sagen, daß Benjamin *im Alter von dreiundneunzig Jahren sterben wird*! Was gibt's auf der Welt, was noch blöder ist als ein Stern? – Thérèse! Blöder als alle Sterne zusammen! Das ist das einzige, was sie an ihren Himmel schreiben: Es lebe Thérèses Blödheit! Die Sterne sind überglücklich, daß sie noch einen gefunden haben, der blöder ist als sie! Seit Millionen Lichtjahren haben sie danach gesucht! Und mit dem Planeten Erde haben sie endlich einen aufgegabelt, auf dem es vor Doofheit nur so wimmelt, einer, der stinkt wie die Pest, der hilfloseste unter den Planeten, auf dem Thérèses, Bertholds und Chabottes wachsen! Du hast Glück, daß du meine Schwester bist, Thérèse, das sag ich dir, denn zwischen Berthold, Chabotte und dir gäb's sonst keinen großen Unterschied! Hörst du mir zu? Du hörst mir gar nicht zu, he? Ich rede wohl zu den Sternen! Von mir aus, dann frag sie, die Sterne, frag sie offiziell, was ich, dein Bruder Jérémy, gleich tun werde? Frag sie, was ich im Kopf und in der Tasche habe, und wenn du fertig bist, frag sie, wieviel Zeit ihm, dem Berthold, noch bleibt? Könnte wichtig sein für ihn, damit er noch seinen Kleinkram erledigen kann...»

Dies waren seine (Jérémys) Worte, als er mit Thians Wagen ins Krankenhaus bretterte, alle Sirenen an. Dies (und noch mehr) waren seine Worte, als er ein Teppichmesser mit kurzer, dreieckiger Klinge aus der Tasche zog (sie hatten beschlossen, zu Benjamins Rückkehr den Haushaltswarenladen zu renovieren, befanden sich aber erst im Vorstadium der Zankereien), dies waren seine Worte in den hell erleuchteten Gängen, die zu Benjamins Zimmer führten. Und wenn sie nicht gewußt hätten, wo es läge, dieses Zimmer, dann hätten sie es mit geschlossenen Augen ausfindig gemacht.
Aber sie waren jetzt vor seiner Tür angelangt.
Nach soviel Bewegung überraschte sie ihre eigene Unbeweglichkeit. Und ihr Schweigen.
Sie standen vor dieser Tür. Dahinter gab es eine Wahrheit. So etwas hält immer zurück.
Thians und Verduns Doppelkörper schirmte die Tür vor Jérémy ab.
«Mach auf, Onkel Thian.»
Er hatte es ohne Überzeugungskraft gesagt. Thérèses Stimme war gefragt. Bis jetzt hatte sie nur geschwiegen.
«Onkel Thian, öffne diese Tür!»

Nein, Benjamin war da. Er lag zwischen den Blinklichtern seiner Maschinen. Eine Art alternierender Benjamin, ein Neonversprechen. Aber es war schon er. Gewissenhaft angeschlossen. Ein bißchen unbeweglich vielleicht in diesem periodisch unterbrochenen Licht. Und im schlafenden Krankenhaus. Und umgeben von der Stadt, die plötzlich so dösig geworden war. Es war, als müßten sie sich fragen, was sie hier überhaupt wollten, die vier, allein senkrecht auf dieser Hälfte des Planeten. Thian, Jérémy und Verdun hielten ihr Herz fest. Nur Thérèse legte ihre Hand ganz flach auf Benjamins Brust: Atmung, ja. Sie hob Benjamins Lider an: dasselbe Auge, dieselbe Iris, dieselbe Leere. Sie fühlte seinen Puls mit ihren kalten Fingerspitzen: nicht schneller, nicht langsamer. Sie befragte die Maschine mit ihrem Blick, der zwar in technischen Dingen entschieden unbedarft, als Lügendetektor aber um so besser war, um einiges besser! Die Maschinen logen nicht. Sie boten Benjamins Innenleben

fortdauernd allen Komfort, den dieses Fin de siècle zur Verfügung stellte. Es aß, es atmete, es schied für ihn aus. Benjamin ruhte sich aus. Die Technik trat die Nachfolge an. Das Fin de siècle lebte an Benjamins Stelle. Er hatte das dringend nötig, der Arme, er, der seit so langer Zeit seine Präsenz in dieser Welt überstrapazierte. Er verdiente diese Ruhepause. Das war Thérèses Meinung.
«Laßt uns wieder nach Hause gehen», sagte sie.

32

Wieso nach Hause gehen?
Ist das denn möglich? Milliarden nichtenzephalonischer Zellen brüllen durch die Nacht, und die Wesen, die ihnen am nächsten sind, wenden sich von ihnen ab, ohne sie zu hören! Ein ganzer Körper entleert sich in Form von Geschrei, und diejenigen, die am Fußende des Bettes stehen, bemerken nichts! Doch was war das für eine Hoffnung, als sie ins Zimmer kamen! Welch ein Empfang! ‹Da ist ja Jérémy, da ist Thérèse, da ist der alte Thian, und da ist Verdun.› Und wie da die Tastkörperchen – besser geht's nicht – ihre Rolle als Wachposten der Lederhaut spielen, die die Information an das Unterhautzellgewebe weiterleiten, das die Fettzellen abkanzelt: ‹Rührt euch, übermittelt direkt, geht nicht über das Gehirn, es ist ein Verräter!› Und der ganze Körper, durch Nebenübertragung informiert, alle Zellen, über die Gegenwart der Lieben in Kenntnis gesetzt, alle Kerne, die im Begriff sind zu verschmelzen, brüllen in der ersten Person: ‹Rettet mich! Nehmt mich mit! Laßt mich nicht in den Klauen von Berthold! Ihr wißt nicht, wozu dieser Typ fähig ist!›
Und dann Thérèse, die tastet, pulst, checkt...
Und sagt:
«Laßt uns wieder nach Hause gehen!»

VI. Der Tod
ist ein geradliniger Prozeß

Wo hab ich das bloß gelesen?

33

Commissaire Coudrier traute seinen Ohren nicht, als das Labor ihm die Nachricht verkündete, auch nicht seinen Augen, als der Bote des Labors ihm die Gewißheit auf den Tisch legte. Doch deswegen starb Commissaire divisionnaire Coudrier nicht gleich vor Verwunderung. Er wechselte ganz einfach seine Ohren aus und zog seine Bullenaugen an. Wie sie so dalag auf seinem Maroquin, in einem tadellosen, kleinen Chirurgenkasten, kam ihm die Wahrheit doch ziemlich verblüffend vor. Verblüffend, aber aus berufsmäßiger Sicht akzeptabel, plötzlich. Sie hatten sich alle geirrt, alle miteinander, er als erster. Selbstverblendung.
«Elisabeth, seien Sie so nett und kochen Sie mir einen Kaffee!»
Eine solche Unachtsamkeit, nach so vielen Berufsjahren... Man wird offensichtlich nicht klüger. Mit einem leichten Fußdruck dimmte Commissaire divisionnaire Coudrier die Intensität seiner Lampe herunter.
«Und bitten Sie Inspecteur Van Thian, vorbeizukommen – ohne Baby auf dem Bauch, wenn möglich!»

Aber dies war nicht möglich. Als Inspecteur Van Thian sich seinem Vorgesetzten gegenübersetzte, sprang Verduns Blick den Divisionnaire an.

Schweigen.
Schweigen, bis Inspecteur Van Thian sich bereit fand, den Kopf des Kindes zu dem Napoleon aus Bronze hinzudrehen.
«Danke.»
Erneut Schweigen. Aber diesmal eines derer, die den fundamentalen Fragen vorausgehen.
«Sagen Sie, Thian, weshalb sind Sie in die Polizei eingetreten?»
‹Weil der Krieg zu Ende war und ich keinen Schulabschluß hatte›, hätte Inspecteur Van Thian seinem Chef geantwortet, wenn er wirklich eine Antwort gewünscht hätte. Doch der Divisionnaire wollte auf einen Monolog hinaus. Der Divisionnaire befand sich auf einer inneren Reise. Thian hatte das schon oft mitgemacht.
«Und ich, wissen Sie, weshalb ich Bulle geworden bin?»
‹Diese Art Fragen, die sich die ganz Jungen in den Anfängen ihrer Karriere und die ganz Alten stellen›, sagte sich Inspecteur Van Thian, ‹oder Coudrier jedesmal, wenn ihm eine Laus über die Leber gekrochen ist.›
«Ich bin in die Polizei eingetreten, um den Überraschungen vorauszueilen, Thian, aus Entsetzen vor dem Unvorhergesehenen.»
‹Aus dem gleichen Grund fotografiert Clara›, dachte Inspecteur Van Thian. Und wenn er schon einmal dabei war, gestattete sich Inspecteur Van Thian seine eigene interne Kreuzfahrt. Schulabschluß, okay, der Krieg war auch vorbei, aber er war auch in die Polizei eingetreten, damit seine Pelerine um ihn herum etwas aus ihm machte, damit sein Fahrrad die Grenzen seines Territoriums zieht. Er litt an einer gewissen Unbestimmbarkeit in seiner Jugend: Halb weiß, halb gelb, ein Schlingel aus Tonkin, Ho Chi Minh mit einer Stimme wie Gabin. Louise, seine Mutter, handelte mit Rotem, Thian aus Monkai, sein annamitischer Vater, mit Mohn. Und er, Bulle. Und unter seiner Pelerine schlug dann ein sechseckiges Herz.
«Ich hätte mir genausogut vorstellen können, über einem Mikroskop zu sitzen und die Viren der Zukunft zu jagen, mein lieber Thian. Da habe ich übrigens angefangen, in der medizinischen Forschung.»
Inspecteur Van Thian hatte als Zeitungsverkäufer auf der Straße angefangen, seine allererste Arbeit, Schlagzeilenhänder eben: ‹Kau-

fen Sie *Ce soir*! Ramadier schließt die Kommunisten von der Regierung aus!›, ‹*L'Equipe* kippt um! Robic gewinnt die erste Nachkriegstour!›, ‹Lesen Sie *Combat*! Indien unabhängig!›, ‹Heiß, der heiße *Figaro*! Leclercs Flugzeug in Algerien abgestürzt!›
Ein kleiner, ganz gelber Mann, der das Konfetti der Welt verstreut...
«Aber es gibt Schlimmeres als das Unvorhergesehene, Thian... das sind die Gewißheiten!»
Divisionnaire Coudrier führte im Schatten seines grünen Lichtes Selbstgespräche. Thian nutzte die Gelegenheit, um ein bißchen zu malausséniéren.
Nach dem Schuß auf Benjamin war selbstverständlich nicht mehr die Rede davon gewesen, den Kindern auch nur eine Zeile JLB vorzulesen. Große Bestürzung in der Hütte. Was machen mit dem angebrochenen Abend? Die Kids waren auf Entzug. Dann machte Clara einen Vorschlag: ‹Und wie wäre es, wenn Sie uns Ihr Leben erzählen würden, Onkel Thian?› Das hatte ihn ganz baff gemacht. Als hätte er gerade erfahren, daß er gelebt hatte. ‹Das ist eine gute Idee›, hatte Thérèse von sich gegeben. ‹Genau! Deine Fälle!› Jérémy saß ganz hippelig in seinem Bett. ‹Und wie du warst, als du klein warst!› Sie waren in ihre Schlafanzüge geschlüpft. Mein Leben? Sie hatten ihn auf seinen Erzählerhocker gesetzt. Sie warteten darauf, daß er lebte.
«Ja», monologisierte Divisionnaire Coudrier, «es sind unsere Gewißheiten, die uns die schlimmsten Überraschungen bereiten!»
Das stimmte natürlich, daß es keine Überraschung ohne Gewißheit gab, gab Inspecteur Van Thian zu. Mein Leben? Er fühlte sich genauso starr, als hätte ihn Thérèse darum gebeten, die Zukunft vorauszusagen. ‹Ihre erste Liebe...› hatte Thérèse gemurmelt. ‹Ja, erzähl uns von deiner ersten Liebe, Onkel Thian!› ‹Er-ste Lie-be! Er-ste Liebe!› Es nahm den Takt eines Plebiszits an. Es hatte bei Thian keine erste Liebe gegeben, Thian hatte nur Janine gehabt, von Anfang an. Von den Puffs des Jugendalters war er direkt zu Janine der Riesigen übergewechselt, die auch Liebe verkaufte, in einem Bordell von Toulon, genauer gesagt. Janine von Anfang an, insgesamt bis zu Janines Ende, als hätte sich Thian das Monopol der Liebe gegönnt. Er hatte viele zu Witwern gemacht, als er Janine dort rausholte! Sämtliche

Matrosen der Bucht. Aber kann man so etwas den Kindern erzählen? Er stellte sich immer noch die Frage, nachdem er ihnen schon gut zwei Stunden lang von Janine erzählt hatte...
«Ein Scheißberuf, Thian...»
Divisionnaire Coudrier stieg wieder langsam an die Oberfläche auf. Gleich würde seine Lampe ihr ganzes Licht verströmen, und Inspecteur Van Thian würde erfahren, warum ihn sein Chef hatte rufen lassen.
Thian hatte den Kindern den ganzen Krach erzählt, den es gab, als er Janine raushotte. Ein größerer Skandal, als wenn er sie aus einem Kloster entführt hätte. Eine Schar korsischer Cousins war ihm auf den Leib gerückt. Sie tolerierten zwar, daß ihre Cousine sich ein Taschengeld verdiente (traditionelle Angelegenheit), aber sie wehrten sich dagegen, daß sie sich für eine gelbe Liebe entschied (prinzipielle Angelegenheit). Infernalische Verfolgungsjagd. Eine wahre Tour de France der familiären Vendetta. Verrückt gewordene Kaliber, die ihre Liebe in ein Sieb verwandeln wollten. In dieser Situation hatte sich Thian das lederne Gehänge zugelegt, um Gervaise, Janines Kleine, tragen zu können, dasselbe Gehänge, in dem er heute Verdun mit sich herumschleppte. Immer wenn sie in einen Hinterhalt geraten waren, brachte Thian Gervaise in Deckung, indem er sie hinter seinen Rücken schleuderte. Die Kugeln pfiffen um Gervaises Ringellocken. Thian war der erste Mensch der Welt, der aus Liebe schießen gelernt hatte. Nebenbei bemerkt, war er dafür recht begabt. Und die große Janine schlug sich auch nicht schlecht. Eine stattliche Anzahl Cousins waren auf der Strecke geblieben.
‹Und da sagst du noch, du hättest nichts erlebt!› ‹Sei ruhig, Jérémy, laß Onkel Thian weitererzählen!›
«Welches sind Ihrer Meinung nach die erste Eigenschaft und die schlimmste Schwäche eines Bullen, Thian?»
«Bulle zu sein, Monsieur le Divisionnaire.»
«Der Zweifel, mein Lieber, *der Zweifel*!»
Divisionnaire Coudrier war soeben aufgetaucht. Im hellen Licht erschien sein Gesicht kaiserlicher als je zuvor, umgeben von einem Nimbus durchschimmernder Raserei.
«Sagen Sie, Thian, worauf genau haben Sie neulich in der Rue Saint-Honoré geschossen?»

COUDRIER: «Sagen Sie, Thian, worauf genau haben Sie neulich in der Rue Saint-Honoré geschossen?»
VAN THIAN: «Auf Julie Corrençon.»
COUDRIER: «Ich habe Sie nicht gefragt, auf *wen*, sondern worauf.»
VAN THIAN: «Auf die Lichtreflexion eines Zielfernrohres, auf Frauenhaare und auf die Masse einer Hand, die sich um einen Präzisionskarabiner schloß.»
COUDRIER: «In erster Linie worauf? Auf das Zielfernrohr, die Haare oder die Hand?»
VAN THIAN: «Ich weiß nicht. Auf die Hand, glaub ich.»
COUDRIER: «Auf die Hand? Weshalb nicht auf die Haare?»
VAN THIAN: «...»
COUDRIER: «Ich werde es Ihnen sagen, Thian. Weil Sie die Corrençon nicht wirklich töten wollten.»
VAN THIAN: «Ich glaube nicht. Jedenfalls, auf diese Entfernung...»
COUDRIER: «Für einen Schützen wie Sie gibt es keine Entfernung, das haben Sie mehr als einmal bewiesen.»
VAN THIAN: «...»
COUDRIER: «...»
VAN THIAN: «...»
COUDRIER: «Die Wahrheit ist, daß Sie, freiwillig oder nicht, vor Ihren Kollegen geschossen haben, um die Corrençon zu verschonen.»
VAN THIAN: «Daran kann ich mich nicht entsinnen.»
COUDRIER: «Welche Haarfarbe hatte sie?»
VAN THIAN: «Rot, glaub ich.»
COUDRIER: «Ganz rot oder nur ein wenig rot?»
VAN THIAN: «Ganz rot.»
COUDRIER: «Kastanienbraun, Thian... eine kastanienbraune Perücke. Nun, Ihr Erinnerungsvermögen...»
VAN THIAN: «...»
COUDRIER: «Damit es keine Mißverständnisse gibt, ich ziehe nicht Ihren guten Willen in Zweifel. Diese Art von Phantasie würde ich mir niemals gestatten, dazu kennen wir uns schon zu lange. Nehmen wir an, Sie hätten beschlossen, die Corrençon zu erschießen,

dann hätten Sie das nur getan, um ihr die nachfolgenden Ereignisse zu ersparen; es hätte Ihrer Meinung nach gereicht. Nun, irgend etwas in Ihnen hat dieses Mädchen verschont. Vielleicht die Tatsache, daß sie Malaussènes Frau ist...»
VAN THIAN: «..»
COUDRIER: «...»
VAN THIAN: «...»
COUDRIER: «Dieses Gefühl ehrt Sie, Thian...»
VAN THIAN: «...»
COUDRIER: «Und es hat uns in Teufels Küche gebracht.»
VAN THIAN: «Wie bitte?»
COUDRIER: «Dann werfen Sie mal einen Blick hierauf!»

‹Hierauf› war einer dieser chirurgischen Kästen, deren metallische Sauberkeit bei Thian unwiderstehlich die Erinnerung an Penicillin wachrief, dieses dicke Brennen, das man zu Beginn der fünfziger Jahre den Tuberkulosekranken in den Hintern spritzte, anstatt sie zu verschicken, damit sie die Überreste ihrer Lunge auf der Alm zerstreuen könnten. Thian hatte eine kurze Vision seiner Mutter Louise und der großen Janine, seiner Frau; während die erste ihn am Boden festhielt, visierte die zweite seinen vor Entsetzen zusammengekniffenen Arsch an – seine beiden Lieblingsfrauen und ihr Penicillin-Lächeln: ‹Heutzutage geht man nicht mehr ins Sanatorium, Thianou, man impft es dir ein.› Vielleicht sollte er seine Tuberkulose heute abend den Kindern erzählen, schließlich war es der einzig echte Schiß, den er in seinem Leben hatte, die Angst vor Spritzen...
«So beruhigen Sie sich doch, Thian, ich werde Ihnen nicht in den Hintern stechen. Öffnen Sie diesen Kasten, ich bitte Sie darum!»
Es rutscht ein bißchen in den Fingern, man kann es nicht richtig greifen.
«Geben Sie her!»
Und Divisionnaire Coudrier öffnet es problemlos und reicht Thian den offenen Kasten, so wie man eine Zigarre anbietet. Nur daß das, was da im gelben Flausch des Mulls liegt, keine Zigarren sind, die Thians Augen da erblicken, sondern zwei Finger. Zwei abgetrennte

Finger. Vollkommen irreal, aber absolut vorhanden. Zwei Finger. Ein mattes Gelb, was früher rosarotes Fleisch war.
«Ihre Zielscheibe, Thian.»
Zwei Finger, miteinander durch einen Fleischfetzen verbunden; an ihrer Wurzel hängt noch ein kleiner Kranz ausgezackter Haut. Zwei Fingerphantome. Aber konnte Inspecteur Van Thian wissen, aus welchem Grund Commissaire divisionnaire Coudrier ihm dieses Bild aufzwang, einfach so, unaufgefordert, zwei Finger, die er Julie rausgerissen hatte?
«Weil es nicht die Finger der Corrençon sind, Thian.»
(Ach so?)
«Nein, es sind Männerfinger.»
(Von einem Pianisten also... ganz köstlich...)
«Ein Student, der in der Gerichtsmedizin Praktikum macht, hat es zufällig bemerkt. Wir waren so sehr davon überzeugt, es mit der Corrençon zu tun zu haben, daß wir uns nicht einmal die Mühe machten, diese Finger zu untersuchen. Nicht schlecht, was, für Jungs in unserem Alter...»
Dann, als bräuchten die i unbedingt ihr Tüpfelchen:
«Es war also ein Mann, der von diesem Fenster aus auf uns schoß.»
Und, als könnten sich die Nägel nicht dem Hammer entziehen:
«Es ist ein Mann, den Sie verschont haben, Thian.»
Gnadenstoß:
«Ein Killer.»

34

Unter Umständen dieser Art unterschied sich Julie nur wenig vom Rest der Menschheit. Die gleichen Instinkte, die gleichen Reflexe. Als der Typ angefangen hatte, da oben aus ihrem eigenen Fenster zu schießen, war Julie weggetaucht wie alle anderen und hatte gehofft, vom Asphalt verschluckt zu werden. Sie hatte nicht einmal Zeit gehabt zu sehen, wie Calignacs Schulter explodierte. Vor den Schüssen hatten Julies Augen die Königin Zabo zärtlich angesehen. Und die-

sen kleinen Schwarzen, der mit solch rührender Entschiedenheit den Leibwächter spielte. Zweifelsohne Loussa de Casamance. Benjamin hatte ihr oft von ihm erzählt. Freund Loussa blies seine magere Brust vor dem Skelett seiner Freundin Zabo auf. (‹Die Komik der Entschlossenheit›, hatte Julie gedacht und damit ihren Vater, den Gouverneur, zitiert.) Loussa handelte nicht falsch, wenn er seine Königin deckte. Julie wußte, daß der Mörder es auf sie abgesehen hatte. Und er hätte auch zugeschlagen, wenn auch nur ein einziger Bullenblick abgeschweift wäre. Julie hatte sich der Königin angenähert. Julie verließ sich auf ihre Reflexe, wenn es darum ging, als erster auf den Mörder zu schießen. Der Dienstrevolver ihres Vaters, des Gouverneurs, wölbte ostentativ Julies Bluse. Julie war ein Bulle unter den Bullen, die Julie suchten. Kein Bulle in Uniform – Julie fand überhaupt keinen Geschmack an Operetten –, aber ein Bulle von heute, Blouson, Armbändchen, Tennisschuhe und ihren jungen Männerstolz durch die unwiderlegbare Form ihrer Jeans bekräftigt. Julie war ein schlecht rasierter Jungbulle mit etwas zu kräftigen Hüften zwar, aber die stellte sie ganz natürlich zur Schau. Einer der bei Gauthiers Beisetzung anwesenden Bullen, der seinen Projektor auf alles richtete, was nicht Bulle war. Es gab dort Polizisten aus der Gegend und Inspektoren der Kripo; Julie hatte auf die Artenmischung gesetzt, auf die Tatsache, daß sie sich nicht alle untereinander kannten, sich aber trotzdem als Mitglieder derselben Körperschaft erkannten. Julie hatte einem ihrer Nachbarn – derselbe kräftige Bursche in der Lederjacke mit gefüttertem Kragen, der Mo und Simon aus ihrer Frittenbude geholt hatte – sogar ins Ohr geflüstert:
«Nichts ist gefährlicher als eine Frau, die ihren Mann rächt.»
Ein Hauch von Steinen lag in ihrer von Natur aus sandigen Stimme, ihrem ‹Fauchen der Savanne›, wie Benjamin es nannte, und der andere hatte genickt. Julie war eine Eindeutigkeit auf der Suche nach einem Rätsel. Sie wußte auch nicht besser als ihre Kollegen, mit wem der Mörder im Hinterhalt wohl Ähnlichkeit haben könnte.
Als Julie die erste Detonation hörte, hatte sie gerade noch Zeit zu sehen, wie Loussa seine Königin auf die Erde drückte, bevor sie selbst den Asphalt küßte. Gegen ihre linke Brust gequetscht, diente ihr der Revolver ihres Vaters, des Gouverneurs, überhaupt nicht.

(Als sie ihre Brust eingeschnürt hatte, um sich als Junge zu verkleiden, war ihr wieder ein Satz der kalten Thérèse im Laufe ihres ersten Zusammentreffens eingefallen: ‹Wie schaffen Sie es nur, mit so großen Brüsten auf dem Bauch zu schlafen?› Von Anfang an mutterlos, war die Sippe der Malaussènes auf Brüste fixiert. ‹Eine *Fixierung*, von mir aus›, hatte Benjamin gefeixt, ‹pack deine Haushaltspsychologie wieder ein und gib mir deine Brüste!›) Es gab einen zweiten Schuß, gefolgt von einem Aufschrei, den Julie auf sich münzte:
«Die zielt gut, die Sau!»
Dann war für kurze Zeit Ruhe, und plötzlich trommelte dicht neben Julie eine einzige Waffe los, eine Faustfeuerwaffe, schweres Kaliber.

Julie war die erste an Thians Seite, die auf dieselbe Zielscheibe schoß, auf ihr eigenes Fenster, das sich im Raum zerbröselte. Dann schlossen sich die Kollegen an. Julie schoß mit einer Wut, die sie von sich nicht kannte, ihr Körper auf den Boden gestemmt, um den phantastischen Rückstoß ihres Ballermanns aufzufangen. Julie war so drauf, daß sie den Rückstoß einer Bazooka ausgehalten hätte. Julie hätte dieses Haus geköpft. Ihre Kollegen auch, um den Schiß wegzukriegen, der sie auf dem Boden festhielt. Julies Gründe waren ernsthafterer Natur. Julie wußte von Anfang an, daß ihr Leben nicht wieder beginnen könnte, bevor sie nicht diesen Typ am Ende ihrer Ziellinie plattgemacht haben würde. Julie wurde sich dieser Wut in ihrem Gesichtsausdruck bewußt, als sie spürte, wie der schwere Blick des alten Thian auf ihr ruhte. Thian hatte auf dieses Fenster geschossen und dabei unverständliche Worte geplappert. Thian sah Julie mit glänzenden Augen an, ohne sie wiederzuerkennen. Julie spürte die Gewißheit, daß Thian sie auf der Stelle umgelegt hätte, sie und ein paar andere Bullen, wenn er sein Magazin nicht leergeschossen gehabt hätte. Woraufhin der alte Polizist sofort seine Waffe weggesteckt und das Schußfeld verlassen hatte, um der Menge mit Verduns Blick Angst einzujagen.

«Sie ist nicht mehr in der Bude.»
«Im Ernst?»

«Sie ist verwundet, sie hat sich zurückgezogen, sie hat zwei Finger an der Wand zurückgelassen.»
«Was?»
«Der Vietnamese hat ihr zwei Finger abgeschossen.»
«Die ist mit zwei fehlenden Fingern abgehauen?»
«Der Vietnamese hat ihr ja nicht die Beine abgeschossen!»
«Trotzdem...»
«Das ist 'ne Braut, was?»
«Die hat man besser im eigenen Bett als im gegnerischen Lager.»
«Allein gegen alle. Ein weiblicher Rambo...»
Julie glitt vom Gespräch in die Menge, glitt hinaus aus dem Viertel, das hermetisch abgeriegelt war. Jedes Gebäude wurde feinstens durchkämmt, Polizeiabsperrungen, Sirenenkonzerte – alle Japaner im Dreh bedauerten, daß sie sich dieses Stück Saint-Honoré-Pyramides-Saint-Roch gekauft hatten, wo sie sich abseits des gewaltsamen Todes glaubten.
Julie war in Richtung Rue de Rivoli gegangen, wo sie ihr Auto geparkt hatte, einen Bullenausweis sichtbar hinter der getönten Scheibe. Julie hatte sich ein Jungbullenauto gemietet, einen Peugeot 205 GTI mit zwei roten Streifen, passend zu ihren Tennisschuhen. Sie hätte Lust gehabt, sich den Stadtring zu gönnen, Gaspedal bis zum Anschlag, so lange im Kreis, bis sie kapierte. So lange im Kreis fahren, bis sie in den Kopf dieses Typen eingedrungen sein würde. Zufälligerweise hatte Julie noch eine Kugel in ihrer Trommel übrig. Eben für diesen Kopf. Diesen Kopf, den sie nicht kannte. Dennoch wußte sie mehr über ihn als die ganze Bullenschaft, die ihn gerade umlagerte. Was wußte Julie? Julie war mitten in der Auflistung.
Erstens wußte Julie, daß dieser Typ Chabotte exekutiert hatte, nachdem sie ihn verhört hatte – denn sie hatte sich damit begnügt, Chabotte zu verhören.
Zweitens wußte Julie, daß dieser Typ Gauthier exekutiert hatte, nachdem sie ihn verhört hatte – denn sie hatte sich damit begnügt, Gauthier zu verhören.
Drittens wußte Julie, daß dieser Typ an jedem Ort seiner Verbrechen ein hübsches Indiz, das auf Julie deutete, hinterlassen hatte: den BMW, den sie geliehen und am Rand des Bois de Boulogne, wo man Chabotte fand, stehengelassen hatte; und den Audi, den sie geliehen

und am Rand des Parc Montsouris, wo man Gauthiers Leiche fand, stehengelassen hatte, in der Rue Gazan.
Julie wußte, daß dieser Typ sie Schritt für Schritt, Rad für Rad verfolgt und ihr für jedes seiner Verbrechen eines ihrer Autos geklaut hatte, die sie nicht benutzte. Julie wußte, daß dieser Typ ihre Identitäten kannte, alle: die Italienerin, die Griechin, die Österreicherin und ihre jüngste Berufung zum Inspektor in Zivil. Dieser Typ kannte ihre Verstecke, ihre Verkleidungen, ihre Tricks, ihre Fahrstrecken und ihre Wagen. Dieser Typ kannte sie, sie, Julie, persönlich, daran führte kein Weg vorbei. Er kannte sie und wollte ihr ein Massaker anhängen, dessen Sinn sie nicht verstand. Wollte er sie daran hindern, etwas zu erfahren, indem er diejenigen umbrachte, die sie verhörte? Absurd, denn er brachte sie ja exakt um, *nachdem* sie sie verhört hatte.
Daran dachte Julie, als sie zu ihrem Auto lief. Das Auto eines stürmischen Jungbullen. Wer ist er? Was will er? Wie weit wird er gehen?
War sie, genau in dem Moment, noch Witwe oder schon wieder eine Journalistin auf der Jagd? Die Frage hätte Benjamin begeistert, dachte Julie. Warum schnappte sie sich eigentlich nicht den erstbesten Bullen, der ihr über den Weg lief, und erklärte ihm ihre Geschichte? Die Police nationale saß ihr wegen mehrerer Morde im Nacken, die sie nicht begangen hatte. Ihr würde es genügen, die komplette Sammlung ihrer Finger auf dem Maroquin des Divisionnaire Coudrier auszubreiten, und ihre Unschuld wäre bewiesen. Zwei unwiderlegbare Finger. Statt dessen zog Julie es vor, die lebende Zielscheibe für eine Stadt zu spielen, in der es nur so wimmelte von Typen, die den Auftrag hatten, sie abzuknallen. Schlimmer noch, indem sie alles dransetzte, diesen Killer aufzustöbern, leitete sie Coudriers Spürhunde in die Irre. Der wahre Mörder Benjamins schob abseits von Corrençons falschen Fährten eine ruhige Kugel.
Was nun, Witwe oder Journalistin? Das Herzklopfen, Julie, waren das erstickte Schluchzer oder war das die köstliche Erregung der Treibjagd? Laß mich, Benjamin, bitte! Laß mich meine Arbeit erledigen... Deine Arbeit? Meine Arbeit, Benjamin: als erste ankommen! ‹Die Journalisten kommen als erste irgendwo an›? Daß ich

nicht lache! Persönliche Ermittlungen? Für den Arsch, sagte Benjamin hämisch, alles, was ihr könnt heutzutage, ihr Journalösen, ist, mit euren kleinen Notizbüchern unter den Kugelschreibern der Bullen herumzuwedeln! Das sind eure Informanten! Wir verstehen schon, weshalb ihr sie geheimhalten wollt! Ihr seid nichts weiter als Hilfsbullen, Julie, ihr kritzelt das Gebrabbel der Untersuchungsrichter im Namen der Pressefreiheit hin!› Benjamin und Julie... der einzige Grund, aus dem sie sich anbrüllten. Aber der spuckte ganze Sturzbäche aus.

Julie war weiß vor Wut, als sie in die Rue de Rivoli einbog, noch mitten im Streit mit Benjamin. Jetzt wußte sie plötzlich, weshalb sie hinter diesem Killer her war. Aus einem einzigen Grund: um Benjamin zu beweisen, daß, sollte der Journalismus noch eine Ehre besitzen, Julie die Ehre des Journalismus verkörperte! Ein für allemal das letzte Wort haben. Es war eine andere Form des Witwendaseins. Nein, sie würde nicht Coudrier aufsuchen, nein, sie würde nicht den Hilfsbullen spielen. Sie würde sich diesen Typen krallen, allein. Sie würde die Wahrheit herausfinden, allein. Sie würde ihm ihre letzte Kugel in den Kopf jagen. Allein.

Sie mußte nur noch ihr Auto finden.
Aber kein Auto mehr in der Rue de Rivoli.
Der Parkplatz war frei.
Okay, dachte Julie.
Verstehe.
Um so besser, als sie sah, wie genau an dem Platz, an dem sie den 205 geparkt hatte, eine Blutlache vom Gehweg in den Rinnstein tropfte und sich heimlich davonschlich.

35

COUDRIER: «Schlußfolgerung, Thian?»
VAN THIAN: «Wenn es nicht Julie Corrençon war, dann eben jemand anderes.»

COUDRIER: «Thian, Sie sind schon zu lange in diesem Beruf, als daß Sie sich mit einer solchen Schlußfolgerung zufriedengeben könnten.»
VAN THIAN: «...»
COUDRIER: «Was würden Sie tun, wenn die gesamte französische Polizei hinter Ihnen her wäre und Sie die Beweise für Ihre Unschuld in der Hand hielten?»
VAN THIAN: «Ich würde sie im nächstgelegenen Polizeirevier vorlegen.»
COUDRIER: «Prächtig! Nur daß Julie Corrençon sich nirgendwo hat sehen lassen.»
VAN THIAN: «...»
COUDRIER: «...»
VAN THIAN: «Vielleicht tot?»
COUDRIER: «Vom Libanon bis Afghanistan hat dieses Mädchen die schlimmsten Kriege miterlebt, hat einem türkischen Innenminister wegen Rauschgifthandels zum Sturz verholfen, ist lebend aus einem thailändischen Gefängnis gekommen, in dem der Typhus grassierte; sie hat sich auf einem alten Kahn im Chinesischen Meer selbst den Blinddarm operiert; man hat sie im vergangenen Jahr mit Schmuckbändern aus Blei an den Knöcheln in die Seine geworfen... Sie wissen das alles genausogut wie ich, Thian. Dieses Mädchen ist beinahe so unsterblich wie ein Held aus einem belgischen Comic.»
VAN THIAN: «Belgisch?»
COUDRIER: «Belgisch. Es scheint, als wären die gerade das Beste auf dem Markt – nach Ansicht meiner Enkel.»
VAN THIAN: «...»
COUDRIER: «...»
VAN THIAN: «...»
COUDRIER: «Wie geht es Ihrer Familie Malaussène?»
VAN THIAN: «Der Kleine hatte einen Alptraum, der Hund einen epileptischen Anfall, Clara ist im achten Monat, Thérèse möchte gerne eine Hellseher-Praxis eröffnen, Jérémy bereitet eine Brandbombe vor, und Verdun laboriert an einem offensichtlich schmerzhaften Backenzahn.»
COUDRIER: «Eine Brandbombe?»

VAN THIAN: «Er ist gerade dabei, die Zündvorrichtung zu entwickeln.»
COUDRIER: «Ziel?»
VAN THIAN: «Die Lagerhallen von Talion in Villejuif, das hat er mir jedenfalls gesagt.»
COUDRIER: «Das hat er Ihnen gesagt?»
VAN THIAN: «Unter der Bedingung, daß ich es nicht weitersage.»
COUDRIER: «...»
VAN THIAN: «...»
COUDRIER: «Bücher brennen schlecht. Vor allem in Lagerhallen. Zu kompakt.»
VAN THIAN: «...»
COUDRIER: «Und Malaussène?»
VAN THIAN: «Probleme mit den Nieren. Er hängt jetzt an der Dialyse. Aber Thérèse ist immer noch davon überzeugt, daß er es schaffen wird.»
COUDRIER: «...»
VAN THIAN: «...»
COUDRIER: «Warum, in Gottes Namen, ist denn diese Corrençon nicht mit ihren zehn Fingern bei uns vorbeigekommen?»
VAN THIAN: «Vielleicht weiß sie nicht, daß ich diesem Typ zwei Finger abgeschossen habe?»
COUDRIER: «Würde mich wundern.»
VAN THIAN: «Mich auch.»
COUDRIER: «Ihre Schlußfolgerungen sind mir wirklich ausgesprochen nützlich, mein lieber Thian.»
VAN THIAN: «Pastor fehlt uns beiden eben. Er war der große Schlußfolgerer.»
COUDRIER: «Pastor... haben Sie von ihm etwas gehört?»
VAN THIAN: «Nichts.»
COUDRIER: «Ich auch nicht.»
VAN THIAN: «...»
COUDRIER: «...»
VAN THIAN: «...»
COUDRIER: «Es gibt nur eine mögliche Erklärung, Thian.»
VAN THIAN: «Die wäre?»

COUDRIER: «Sie deckt irgend jemand.»
VAN THIAN: «Einen Komplizen?»
COUDRIER: «Selbstverständlich einen Komplizen! Wen soll sie denn sonst decken? Mein Gott, jetzt stellen Sie sich nicht so an!»
VAN THIAN: «Ich stelle mich keineswegs an, Monsieur le Divisionnaire, aber ein Typ, der Ihnen drei Morde in die Schuhe schiebt, scheint mir nicht gerade der ideale Komplize zu sein.»
COUDRIER: «...»
VAN THIAN: «...»
COUDRIER: «...»
VAN THIAN: «...»
COUDRIER: «Es sei denn, er hätte versucht, uns an der Nase herumzuführen. Uns auf ihre Spur zu leiten, während er in aller Seelenruhe weitermacht.»
VAN THIAN: «Möglich.»
COUDRIER: «Wen sehen Sie unter Malaussènes Freunden, der so gerissen sein könnte, um eine solche Verwirrung zu stiften?»
VAN THIAN: «Mo der Mossi und Simon der Kabyle sind im Knast, Hadouch Ben Tayeb ist besser bewacht als ganz Belleville zusammen...»
COUDRIER: «Wer dann?»
VAN THIAN: «Ich kann sonst niemanden entdecken.»
COUDRIER: «Ich entdecke.»
VAN THIAN: «...»
COUDRIER: «Ein Killer, Thian. Ein echter Killer. Mitten unter unseren Freunden. Ein ethischer Killer.»
VAN THIAN: «...»
COUDRIER: «...»
VAN THIAN: «Pastor?»
COUDRIER: «Pastor.»
VAN THIAN: «Pastor ist in Venedig. Er lebt die perfekte Liebe mit Malaussènes Mutter.»
COUDRIER: «Ich werde das überprüfen, Thian. Noch in dieser Sekunde.»
(Der Oberkörper des Divisionnaire beugt sich über die Sprechanlage.)
COUDRIER: «Elisabeth? Seien Sie doch bitte so freundlich und

rufen Sie mir das *Hotel Danieli* in Venedig an! Verlangen Sie Inspecteur Pastor!»

Pastor... Zu dem Ergebnis war auch Julie gelangt. Keine andere Hypothese möglich. Pastor liebte Benjamins Mutter in Venedig. Irgendwie hatte Pastor von der Sache Wind bekommen. Pastor hatte ausreichend Familiensinn mitbekommen, um sich Benjamins Mörder vorzuknöpfen. Pastor war hier. Pastor räumte auf. Auf seine übliche Art, die ihn nicht mit unnötigen Skrupeln belastete. Pastor tötete die Bösen. Pastor kannte Julie. Pastor wußte, daß sie der Typ Frau war, die ihren Mann rächen würde. Pastor hatte sie verfolgt, von ihren eigenen Ermittlungen profitiert; Pastor hatte Chabotte verhört und die Geständnisse erhalten, die sie nicht aus ihm rausgekriegt hatte. Abgang Chabotte. Dann hatte Pastor Gauthier verhört. Kein Gauthier mehr. Pastor hatte sich hinter ihr in Deckung gebracht, das stimmte. Man wäre im Leben nicht auf die Idee gekommen, daß er es sein könnte. Ein Telefonanruf in Venedig war schnell erledigt. Er mußte inkognito operieren. Und jetzt hatte Pastor zwei Finger in dieser Angelegenheit lassen müssen. Pastor hatte ihr einmal mehr ihren Wagen geklaut. Irgendwo in Paris verlor Pastor sein Blut und wartete ruhig darauf, daß Julie kam.
Julie wußte, wo sie ihn finden würde. Er konnte nur bei ihr zu Hause sein, ganz einfach, in einem ihrer Verstecke, die sie nacheinander abgeklappert und die er aufgespürt hatte.
Pastor...
Von Kugel in den Kopf natürlich keine Rede mehr.
Julie unternahm eine Rundreise durch ihre Dienstmädchenkammern. Kein Pastor in der Rue de Mauberge im Zehnten. Niemand in der Rue Georges-de-Porto-Riche im Vierzehnten. Aber in der Rue du Four Nr. 49; in den Laubengängen des sechsten Stocks, letzte Tür links am Ende des Ganges...
Julie hatte in ihrer Haudegenexistenz genug Verletzte schnaufen gehört, um zu wissen, daß der Typ, der sich dort in ihrem Zimmer aufhielt, nicht in allerbester Verfassung war.
Die Tür war nicht abgesperrt.
Sie öffnete sie.

Obwohl seine rechte Hand mit einem blutigen Lappen umwickelt war, war der große, blasse und steife Junge, der mit einem Revolver in der Hand vor Julie stand, nicht Jean-Baptiste Pastor. Julie hatte ihn noch nie gesehen. Was den Unbekannten nicht daran hinderte, ein blutleeres Lächeln anzudeuten:
«Da sind Sie ja endlich.»
Dann fiel er in Ohnmacht, als würde er sie schon ewig kennen.

VAN THIAN: «Es ist überflüssig, in Venedig anzurufen, Monsieur le Divisionnaire. Es ist vollkommen unmöglich, daß es Pastor war.»
COUDRIER: «Wieso?»
VAN THIAN: «Pastor schießt wie eine Krücke. Wenn er von dort oben aus diesem Fenster auf Calignac gezielt hätte, hätte er Sie getroffen oder das Allerheiligste.»

36

«*Wanshang hao*, kleiner Trottel. (Guten Abend, kleiner Trottel.)»
Man kann sagen, was man will, dachte Loussa de Casamance, es gibt nichts Langweiligeres, als einen Freund zu besuchen, der im überschrittenen Koma liegt.
«*Duibuqi, wo lai wan le*. (Entschuldige, daß ich zu spät komme.)»
Es ist weniger die Tatsache, daß der andere Ihnen nicht antwortet, als daß man selbst daran verzweifelt, sich verständlich zu machen.
«*Wo leile...* (Ich bin müde...)»
Loussa hätte nie gedacht, daß eine Freundschaft sich so sehr zu einer ehelichen Verbindung entwickeln könnte. Er hing so stark seinen Gedanken nach, daß er ein paar Sekunden brauchte, bis er die neue Maschine bemerkte, die aus Malaussènes Körper zu wachsen schien.

« *Ta men gei ni fang de zhe ge xin ji henpiao liang!* (Eine hübsche Maschine haben sie dir da hingestellt!) »
Es war eine Art Autobahn, die über Benjamins Bett hing, lauter Ventile, Verkehrsknoten, empfindliche Membranen, hauchzarte Röhren, in denen das Blut seines Freundes rätselhafte Arabesken zeichnete.
« *Zhe shi shenme* eigentlich genau? (Was ist das eigentlich genau?) Eine neue Art, aus dir herauszugehen? »
Loussa fragte zufällig das EEG. Nein, Benjamin antwortete immer noch nicht.
« Gut. Macht nichts, ich habe eine gute Nachricht für dich, kleiner Trottel, einmal ist keinmal. »

Die gute Nachricht ließ sich kurz fassen: Loussa hatte soeben einen von JLBs Romanen ins Chinesische übersetzt: *Das Kind das rechnen konnte.* (*Hen hui suan de xiao haizi*, kleiner Trottel.)
« Ich weiß natürlich, daß dir das egal ist und du dir auch nicht die Mühe gemacht hast, es zu lesen, aber vergiß nicht, daß du – so komatisch wie du bist – immer noch ein Prozent davon kassierst (1 %). Nun hat Talion diesen Roman für die Chinesen hier gedruckt, aber auch für die Chinesen zu Hause, die einigermaßen zahlreich sind, wie du weißt. Soll ich dir die Geschichte erzählen? Nein? In zwei Worten... Also... Es ist die Geschichte einer kleinen Suppenverkäuferin in Hongkong, die auf ihrem Rechenbrett schneller rechnet als alle Kinder der Welt, schneller auch als die Großen, sogar schneller als ihr Vater, dessen ganzer Stolz sie ist, der sie wie einen Jungen erzogen und sie *Xiao Bao* (‹Goldschatz›) getauft hat. Errätst du, wie's weitergeht? Nein? Na schön, der Vater wird innerhalb der ersten Seiten von örtlichen Mafiosi umgebracht, die Anspruch auf das Monopol für die Chinesische Suppe erheben. Das Mädchen macht in den folgenden fünfhundert Seiten ein Vermögen und rächt seinen Vater auf den letzten dreißig, nachdem es die Kontrolle über alle Multis, die in Hongkong sitzen, übernommen hat – und das, ohne jemals ein anderes Instrument zu Hilfe zu nehmen als das Rechenbrett aus ihrer Kindheit. Das war's. Reinster JLB, wie du siehst. Der *liberale Realismus* griffbereit für das erwachende China.

Malaussène zirkulierte um sich selbst. Unmöglich zu sagen, wie er darüber dachte. Loussa de Casamance nutzte die Gelegenheit, um eine Genießermiene aufzusetzen:
«Würde es dir Spaß machen, wenn du sehen könntest, wie ich die... sagen wir die ersten fünfzig Seiten übersetzt habe? He?»
Auch diesmal ohne eine Antwort abzuwarten, zog Loussa de Casamance ein Probeexemplar aus seinem Mantel und legte los:
«*Si wang shi zhe wian de xin cheng...*»
Seufzer.
«Ich hab mir wirklich den Arsch aufgerissen, um diesen ersten Satz zu übersetzen. Chabotte hat nämlich mit der Beschreibung des Todes der Mutter angefangen, deren Kehle von einer Moi-Armbrust karoförmig durchlöchert wurde, von einem dieser kleinen Giftpfeile, die die Moi für die Tigerjagd verwenden, verstehst du? Und um gleichzeitig den Schicksalsgedanken mit der Spannung des Schusses zu verknüpfen, schrieb Chabotte: *Der Tod ist ein geradliniger Prozeß.*»
Loussa machte zwei oder drei höchst dubitative Kopfbewegungen.
«*Der Tod ist ein geradliniger Prozeß*... ja... ich entschied mich für eine wörtliche Übersetzung: ‹*Si wang shi zhe xian de xin cheng*›... ja... aber ein Chinese hätte bestimmt eine geschraubtere Formulierung gewählt... Andererseits ist das doch wirklich ein ganz gerader Satz, oder? *Der Tod ist ein geradliniger Prozeß*. Nur daß in dem Wort ‹Prozeß› eine gewisse Langsamkeit steckt, eine fatale Langsamkeit, das Schicksal sozusagen, die Tatsache, daß wir alle dort durchmüssen, sogar diejenigen, die am schnellsten rennen, aber diese Langsamkeit wird durch das Adjektiv ‹geradlinig› korrigiert, das dem Satz zu seiner Schnelligkeit verhilft... schnelle Langsamkeit... das ist doch geradezu eine chinesische Idee, ist das... Ich frage mich, ob es richtig war, das wörtlich zu übersetzen... Was meinst du dazu?»

37

Was ich dazu meine, Loussa: Ich denke, wenn du mir diesen Satz vor ein paar Monaten vorgelesen hättest, wäre ich nie in JLBs Haut geschlüpft, hätte sich diese beschissene 22er-Kugel von hoher Durchschlagskraft in einem anderen Kopf eingenistet, das meine ich, Loussa. Ich denke, wenn du mir diesen Satz zum Beispiel an dem Tag vorgelesen hättest, an dem dieser prähistorische Riese mein Büro zerstörte, erinnerst du dich? Na ja, dann wäre Chabotte immer noch am Leben, Gauthier ebenfalls, Calignac unversehrt und meine Julie bei mir im Bett. Oh, Loussa, Loussa, warum muß es sein, daß einem die härtesten Schläge von seinen teuersten Freunden versetzt werden? Warum liest du mir das heute vor, genau an diesem Abend in dem Augenblick, in dem ich, beinahe heiter, beschlossen habe, all meine Zellen ziehen zu lassen und die Koffer zu packen? Wenn du ganz, ganz am Anfang mit deinen Bedenken zur Übersetzung, die dich sehr ehren, zu mir gekommen wärst, hätte es darüber keine Diskussion gegeben. Wenn du dich zu mir an den Schreibtisch gesetzt und mich gefragt hättest: ‹*Der Tod ist ein geradliniger Prozeß*, kleiner Trottel, wie soll ich das bloß ins Chinesische übersetzen – wörtlich oder lieber umschreiben?›, und wenn du mir den Titel des Buches, *Das Kind das rechnen konnte*, und das Pseudonym des Autors, JLB, und den Namen Chabottes vorgelegt hättest, der sich hinter diesem Pseudonym verbarg, dann hätte ich dir geantwortet: ‹Pack deine Pinsel zusammen, Loussa, steck deine Ideogramme wieder in die chinesischen Waben deiner Hirnwindungen und übersetze dieses Buch nicht!› Ins Mark getroffen, wie man es in den Büchern nennt, hättest du mich dann gefragt: ‹Und wieso, kleiner Trottel?› Worauf ich dir geantwortet hätte: ‹Wenn du diesen Roman übersetzt, machst du dich mitschuldig am widerlichsten literarischen Beschiß, den man sich vorstellen kann.› ‹Ach ja?› So hättest du reagiert, kleine ‹Ach ja› ausgestoßen, und dein grünes Auge hätte dazu vergnügt lächelnd aufgeleuchtet. (Hab ich dir schon mal gesagt, daß du wunderbare Augen hast, grün auf schwarz, den ausdrucksvollsten Blick auf diesem bunten Planeten?) ‹Ach ja?› Ja, Loussa, ein dreckiger Beschiß, ganz sauber natürlich, in mondänen Dimensionen, wenn du weißt, was ich damit deutlich machen will, gründlich

gedanklich vorbereitet, im Detail durchdacht, Skrupel sorgfältig abgebürstet, juristische Garantien auf allen Ebenen, gepanzerter Beschiß, der Coup des Jahrhunderts, in dem wir bis zu den Ohren mit drinstecken, in den wir uns so verstrickt haben, daß wir da nicht mehr rauskommen, wie ein Unschuldslamm unters Messer gekommen, Zabo, Calignac, du, ich, Talion.
Du wärst ruhig sitzen geblieben, du hättest mich ruhig zu Amar geschleppt, du hättest uns ruhig vor unseren Sidi-Brahim gesetzt, und dann, wenn wir ganz unter uns gewesen wären, hättest du mich in aller Ruhe gefragt:
«Red nicht um den heißen Brei herum, kleiner Trottel! Was soll das Ganze mit dem Beschiß?»
Und ich hätte dir die wahre Wahrheit gesagt:
«Chabotte ist nicht JLB.»
«Nein?»
«Nein.»
Hier hättest du auf jeden Fall das übliche Schweigen angebracht.
«Chabotte ist nicht JLB?»
Du hättest dir lautstark eine kleine Bedenkzeit ausbedungen.
«Willst du damit sagen, daß Chabotte nicht der Autor von *Das Kind das rechnen konnte* ist?»
«Ganz genau, Loussa, auch nicht der von *Der Herr des Geldes*, von *Der letzte Kuß an der Wall Street*, *Goldgrube*, *Dollar*, *Das Yen-Mädchen* und *Haben*...»
«Chabotte hat kein einziges dieser Bücher geschrieben?»
«Keine Zeile.»
«Hat er einen Neger?»
«Nein.»
Dann hätte die Geburt der Wahrheit dir eine ganz neue Landschaft in dein Antlitz gemalt, Loussa, wie eine Sonne, die über einer unbekannten Erde aufgeht.
«Hat er die ganzen Bücher jemandem geklaut?»
«Ja.»
«Einem Toten?»
«Nein, einem völlig Lebendigen.»
Und ich hätte dich schließlich gehört, wie du die unvermeidliche Frage stelltest:

«Kennst du den Typen, kleiner Trottel?»
«Ja.»
«Wer ist es?»

Es ist der Typ, der mir eine Kugel zwischen die Augen verpaßt hat, Loussa. Ein großer Blonder von seltener Schönheit, undefinierbarem Alter, eine Art Dorian Gray, der Ähnlichkeit mit JLBs Helden hat, die ihre Frühreife als ewige Jugend zu bewahren scheinen. Ihr Alter entsteht bis zum zehnten Lebensjahr; mit dreißig sind sie am Gipfel ihres Ruhms angelangt und sehen aus wie fünfzehn; mit sechzig gehen sie als der Liebhaber ihrer Tochter durch, und ihre Schönheit als Achtzigjähriger wirkt, als wären sie allzeit zum Kampf bereit. Einer von JLBs Helden, sag ich dir. Ein ewig junger Kämpfer, ewig schön, von liberalem Realismus. So sieht der Typ aus, der mich ermordet hat. Nicht ohne Grund, der Ärmste, denn schließlich war er ja der Autor der Bücher, die ich angeblich geschrieben hatte und mich dazu wie ein schmerbäuchiger Gockel aufführte. Jawohl, Loussa, er hat mich an Stelle von Chabotte niedergeschossen, *Chabotte, der mich extra dafür geschaffen hatte*. Er hat geglaubt, daß ich ihm sein Werk geklaut hätte, er hat meinen Kopf ins Fadenkreuz seines Zielfernrohrs genommen, er hat den Abzug betätigt. Das war's. Ich hatte meine Schuldigkeit getan.

Was die Frage betrifft, wieso ich jetzt weiß, weshalb der Satz ‹Der Tod ist ein geradliniger Prozeß› mich dem Geheimnis auf die Spur gebracht hat, was die Frage betrifft, wieso ich den Kopf des Autors sofort vor Augen hatte, als du mir das vorgelesen hattest – mir, der ich an dem Tag, als der Riese mir mein Büro zerkrümelte, vergeblich nach ihm suchte –, so mußt du mich bitte entschuldigen, Loussa, aber es würde zu lange dauern, dir das zu erklären, es wäre zu anstrengend.

Denn du siehst ja, diesmal bin ich doch ernsthaft mit dem Sterben beschäftigt. Ich weiß es – sozusagen in der ersten Person Singular; das heißt, nicht daran zu glauben, es sich aber trotzdem gut zu überlegen; es geschieht immer in der ersten Person Singular, daß man ernstlich stirbt. Und es ist ziemlich inakzeptabel, das muß man einfach zugeben. Die jungen Leute, die sich ohne Angst auf kriegerische Kreuzzüge begeben, schicken nur ihre dritte Person auf die Schlachtfelder. Nach Berlin! Nach Paris! Allah Akhbar! Sie schikken ihren Enthusiasmus los, damit er für sie stirbt, ein Dritter, der vollgestopft ist mit einem Fleisch und einem Blut, von dem sie nicht wissen, daß es das ihre ist. Sie sterben, weil sie sich selbst ignorieren. Ihre erste Person ist von verkorksten Ideen mit Chabotte-Fratzen beschlagnahmt.

Ich sterbe, Loussa, ich sage es dir in aller Schlichtheit, ich sterbe. Diese Maschine, die dich in Entzücken versetzt hat, ist ganz einfach der letzte Schrei eines Dialyseapparates, eine Neuheit, die ich in gewisser Weise ausprobiere, die mir meine Nieren ersetzt, meine beiden Nieren, die mir Berthold geklaut hat. (Ein Motorradunfall anscheinend, ein junger Mann und ein junges Mädchen; der Junge ist mit dem Rücken gegen die Bordsteinkante geknallt, seine Nieren sind geplatzt. Notfall. Er brauchte zwei Nieren – da hat Berthold eben meine genommen.) Ich sterbe wie so viele andere, weil ich einem Wohltäter der Menschheit in die Finger geraten bin: Berthold! Und wer weiß, was er mir außer den Nieren noch alles geklaut hat... Loussa, du kannst dir nicht vorstellen, was man von einem Körper im Verlauf von Wochen subtrahieren kann, ohne daß es jemand merkt! Deine Nächsten besuchen dich regelmäßig, deine besonders scharfsichtigen Nächsten, Thérèse, der Kleine, doch sie sehen nur Lichter. Sie stehen vor einem Sack, den man vor ihren Augen leert, aber dieser Sack bleibt weiterhin ihr Bruder. ‹Benjamin wird dreiundneunzig Jahre alt werden...› Bei der Regelmäßigkeit, mit der Berthold mich ausplündert, frage ich mich, was mit dreiundneunzig Jahren von mir noch übrig sein wird. Vielleicht ein Fingernagel? Dann werden Clara, Thérèse, Jérémy und Louna, Verdun und der Kleine eben weiterhin den Fingernagel besuchen. Ich mache keine Witze, das wirst du selbst noch sehen, Loussa, auch du wirst den Fingernagel besuchen, du wirst ihm beharrlich Chinesisch beibringen, du wirst ihm von deiner Isabelle erzählen, du wirst ihm schöne Geschichten vorlesen, weil alle, wie ihr da seid, meine Familie und du, ihr werdet von nun an nicht mehr den Bruder besuchen, sondern die Brüderlichkeit; es ist nicht mehr der Freund, den du besuchst (der Freund, *pengyou* auf chinesisch), es ist die Freundschaft *(youyi)*, es ist keine physische Person, die euch ins Krankenhaus zieht, es ist das Zelebrieren eines Gefühls. Also läßt die Wachsamkeit verstärkt nach, man stellt sich nur noch medizinische Fragen, man schlürft die Erklärungen der Ärzte aus (‹ja, er hat uns eine kleine Nierenkomplikation gemacht, wir mußten ihn an die Peritonealdialyse hängen›), und der Freund, den der schöne Apparat entzückt: ‹Mann, die ist aber hübsch, die Maschine, die sie dir da hingestellt haben!› Und das Geschrei meiner Nieren, als Berthold sie mir rausgerissen hat, das war auch verdammt hübsch!

So sieht's aus, Loussa. Ich hatte mir geschworen, total heiter zu sterben, war begeistert darüber, mich zugunsten meiner Spezies unregelmäßig zu verteilen, und jetzt liege ich da und rege mich auf, verdammte Scheiße! Was, du findest das normal, daß man mir zwei Nieren klaut, damit ein Idiot von Familiensohn, der sich vor seiner Freundin aufspielen wollte, indem er an seiner schweren Maschine den Hahn aufgedreht hat, wieder ruhig pinkeln kann? Das findest du *richtig*? Gegenüber mir, der ich nie den Führerschein machen wollte, der die Motorradfahrer haßt, diese Monomanen auf Rädern, alles Selbstmörder, die auch noch das Leben meiner Kleinen bedrohen – findest du es normal, daß man mir die Lungen rausschneidet? Jawohl, meine Lungen, die stehen als nächstes auf Bertholds Liste! Um sie einem kleinen, eingeweihten Börsenspekulanten einzupflanzen, der sich den König der Krebse eingefangen hat, weil er sich eine nach der andern ansteckte, um seine Leute besser übers Ohr hauen zu können! Ich als Nichtraucher! Ich, der ich nur mich selbst übers Ohr haue!... Wenn man wenigstens meinen Schwanz einem idealen Liebhaber transplantieren würde, der seinen zwischen zwei allzu verliebten Kiefern gelassen hat, würd ich nichts sagen, oder die Haut meiner Arschbacken, um einen Botticelli zu restaurieren, gerade noch, aber, Loussa, der Zufall will es, daß ich zugunsten von Plünderern geplündert werde... Ich werde ausgeplündert, Loussa, ich werde bei lebendigem Leibe ausgeplündert, Stück für Stück, in Maschinen umgewandelt, die sich für mich ausgeben, die man statt meiner besucht. Ich sterbe, Loussa, weil jede meiner Zellen, und wenn sie noch so viele Milliarden Jahre Evolution hinter sich hat, stirbt, sie stirbt auch, sie hört auf, an etwas zu glauben, und stirbt. Und jedesmal ist es ein kleiner einzelner Tod, eine erste Person Singular, die erlischt, ein Stück Poesie, das fortgeht...

38

‹Ich glaube den Frauen nicht, die schweigen.› Das sagte sich Inspecteur Van Thian, der seit einer guten Stunde vor einer Frau saß, die schwieg.
«Madame redet seit sechzehn Jahren nicht mehr, Monsieur. Madame hört und spricht seit sechzehn Jahren nicht mehr.»
«Ich glaube den Frauen nicht, die schweigen», hatte Inspecteur Van Thian dem sehr diskreten Antoine erwidert, Butler des Ministers Chabotte selig.
«Ich wollte Madame Nazaré Quissapaolo Chabotte sehen.»
«Madame empfängt nicht, Monsieur, Madame redet nicht mehr, Madame hört und spricht seit sechzehn Jahren nicht mehr.»
«Wer hat denn gesagt, daß ich hergekommen bin, um ihr zuzuhören?»
Inspecteur Van Thian hatte sich an eine simple Logik gehalten. Wenn Julie Chabotte nicht exekutiert hatte, war es jemand anderes. Wenn es jemand anderes ist, muß man mit den Ermittlungen wieder bei Null beginnen. Und die Null bedeutet auf dem Gebiet der Ermittlungen: die Umgebung des Opfers. Zuerst die familiäre Umgebung: der Anfangspunkt und der Endpunkt, fast immer. Achtzig Prozent der Kapitalverbrechen sind Familiengeschenke. Aber ja! Die Familie tötet viermal mehr als die Unterwelt, das ist so.
«Wer hat denn gesagt, daß ich hergekommen bin, um mit ihr zu reden?»
Nun reduzierte sich die noch lebende Familie des verstorbenen Ministers Chabotte auf eine stumme Neunzigjährige, seine Mutter, Madame Nazaré Quissapaolo Chabotte, die tatsächlich seit zwanzig Jahren kein Mensch mehr in der Welt gesehen hat.
«Ich bin hergekommen, um sie zu sehen.»

Er wollte sie sehen, und jetzt sah er sie! Sie war ihm zuerst vorgekommen wie ein großer Staubhaufen, der sich vor ewigen Zeiten in der Ecke eines monumentalen Zimmers aufgetürmt hat. Sauberes Halbdunkel, Licht in der Agonie, und in dieser Ecke dort hinten, neben dem Fenster, dieser Staubhaufen, der eine Frau war. Sie wäre aufgewirbelt, wenn Thian die Tür zugeknallt hätte. Er hatte den Raum auf Zehenspitzen durchquert. Aus der Nähe war es kein Staubhaufen mehr, da war es ein Deckenberg, ein Berg aus jenen Decken, die es kaum noch gibt, aus solchen, die die empfindlichen Lacke schützen, die Familienmöbel. Der wichtigste Eindruck blieb derselbe: irgend etwas, das man seit den Zeiten des Umzugs dort vergessen hat. Ansonsten war der Raum quasi leer. Ein Bett mit Baldachin, ein zierlicher Stuhl am Fußende des Bettes – und dieser Deckenfall in der Nähe des Fensters.

Thian nahm sich den Stuhl – schwarze Rückenlehne mit Goldauflage – und stellte ihn ohne den geringsten Laut zwischen das Fenster und das, was von Madame Nazaré Quissapaolo Chabotte übriggeblieben war. Thian erhielt von der alten Frau einen Blick, der seine pessimistischsten Statistiken über die Familienkriminalität bestätigte. In jenen Augen hatte sich ausreichend Haß aufgestaut, um auch die fruchtbarste Familie auszulöschen. Ein Blick, um eine Gebärende zu durchbohren, um den Urenkel im Ei zu ersticken. Thian wußte, daß er sich nicht umsonst auf den Weg gemacht hatte. Der fossile Blick wandte sich plötzlich von ihm ab, um mit dem der kleinen Verdun die Klinge zu kreuzen. Und Thian, der niemals etwas vor den Augen des Kindes versteckt hatte, der sich jeden Morgen nackt vor ihr rasierte, der mit ihr in der Statuensammlung des Père-Lachaise spazierenging (Marmorfinger, die aus Gräbern hervorschießen, vom Granit verschlungene halbe Gesichter...), Thian, der das Kind den Kugeln eines Mörders ausgesetzt hatte, Thian bekam jetzt seine ersten erzieherischen Skrupel. Er deutete eine Bewegung an, wieder aufzustehen, doch er spürte, wie sich Verdun gegen ihn stemmte, er hörte, wie sie einen kurzen Schrei ausstieß: ‹Nein!›, und schon saß er wieder da, als hätte er niemals die Absicht gehabt zu gehen. Eigentlich richtig, daß er sich die Zeit nahm, um das Ausschlüpfen der Sprache aus dem Mund des Kindes zu feiern. ‹Nein...›: Verduns erstes Wort... (Daran ist im übrigen nichts Verwunderliches.) Nein? Gut. Thian richtete sich auf Geduld ein. Ein Biwak, das gut und gerne eine Ewigkeit dauern könnte. Dies hing von nun an von den beiden Frauen ab: der sehr antiken, die die ganz neue am liebsten verbrennen möchte, und der ganz neuen, die das Privileg, Waise zu sein, richtig beurteilte. Eine Stunde.

«Sie haben Glück, Monsieur.»
Irgendwie glaubte Thian, daß diese Worte in ihm selbst gesprochen worden wären. Welche Art Glück denn, um Himmels willen? Er wollte gerade mit sich selbst darüber diskutieren.
«So sehr geliebt zu werden.»
Es war nicht er, der redete. Es war der Deckenhaufen gegenüber von ihm im Sessel. Krachende Worte tönten aus dem Deckenhaufen.
«... aber es wird nicht lange dauern.»
Krachende und böse Worte. Die beiden Augen waren wieder in seinen.
«Es dauert nie.»
Wovon redete sie, diese Frau, die nicht mehr redete?
«Ich spreche von diesem kleinen Mädchen dort, das Sie auf Ihrem Bauch tragen.»
Lippen wie rissiger Gips aus den Gruften.
«Genauso habe ich meines auch getragen.»
Ihres? Chabotte? Sie trug den Minister Chabotte auf dem Bauch?
«Bis zu dem Tag, an dem ich es auf die Erde setzte.»
Bei jedem Wort ein neuer Riß.
«Sie setzen sie auf die Erde, und wenn sie zurückkommen, belügen sie Sie!»
Jeder Riß verbreitete sich zu einer Gletscherspalte.
«Es gibt keine Ausnahme.»
Bis es blutete.
«Entschuldige, ich bin nicht mehr gewohnt zu sprechen.»
Eine Schildkrötenzunge leckte diesen Blutstropfen ab.

Sie war wieder verstummt. Aber Thian hatte Zeit. ‹Ich glaube Frauen nicht, die schweigen.› Der Satz war nicht von Thian. Er war von Pastor. Inspecteur Pastor liebte es, Taube, Stumme, Schlafende zu verhören. ‹Die Wahrheit kommt selten aus den Antworten, die du erhältst, Thian, die Wahrheit entsteht durch die logische Verknüpfung der Fragen, die du stellst.› Thian empfand eine Art trauriges Frohlocken: ‹Ich habe soeben deine Methode verbessert, Pastor. Ich gehe hin, stelle meinen Stuhl vor eine alte Haut, stumm wie ein Alptraum, halte mein Maul, und die Stumme redet.›

Sie redete tatsächlich. Sie sagte ihm alles, was es über das Leben des Ministers Chabotte zu erfahren gab, und alles über seinen Tod. Leben und Tod einer Lüge.
Sie hatte einen kleinen Chabotte zur Welt gebracht, einen derartigen Lügner, aber das hatte sie zunächst nicht gestört. Sie hatte diese geistige Anlage einer Vererbung zugeschrieben, derentwegen sie nicht erröten mußte. Sie hieß Nazaré Quissapaolo, ihr Mädchenname, geboren in einem erfinderischen Land, Brasilien, und Tochter des Paolo Pereira Quissapaolo, der authentischste brasilianische Schriftsteller in diesem Land. Die Lügen ihres Kindes konnten den ehrenwerten Qualitäten ihrer Rasse zu Ansehen verhelfen. Als Enkel eines Erzählers war ihr Chabotte-Kind kein Lügner, sondern ein lebendes Märchen. Das erzählte sie laut den Lehrern, die sie zu sich riefen, den Direktoren, die ihr das Kind zurückgaben, und denen, bei denen sie ihn wieder anmeldete. Im übrigen war das Chabotte-Kind in der Schule ausgezeichnet. Ausgestattet mit einem unersättlichen Gedächtnis und einer erstaunlichen synthetischen Virtuosität, übersprang er einige Stufen. Er war ihr Stolz. So kurz die Aufenthalte in den Einrichtungen, die ihn verwiesen, auch waren, schaffte er dort doch immer die besten Resultate; er ging weg und hinterließ sprachlose Lehrer. Wo er vorbeikam, zettelte er Krieg an, doch sie kümmerte sich nicht darum. Ein Kind, dessen unverstandenes Genie sich an der Mittelmäßigkeit der Welt rächte, das war alles. Sie frohlockte, als er simultan an der Pädagogischen und der Polytechnischen Hochschule zugelassen wurde, Jahrgangsbester in beiden Fällen. Sie tobte, als man ihn nur drei Monate nach seiner Aufnahme vom Polytechnikum warf. Aber der soeben ausgebrochene Krieg meisterte diese Anhäufung von Ungerechtigkeiten. Intimus des Maréchal, wurde der junge Mann Chabotte zum ersten Informanten des Generals. Direktor im Kabinett von Vichy, Held von London – er kam mit dem Erfolg aus dem Krieg, das Unmögliche geschafft zu haben: die Institutionen der Republik erhalten, ohne die Ehre Frankreichs verletzt zu haben. Die Quadratur eines Kreises, in dem die meisten seiner Verleumder ertrunken waren. Ab fünfundvierzig saß Chabotte in allen Regierungen. Dennoch war die Politik nicht seine Berufung. Sagte er. Nichts weiter als ein Tribut, den seine Intelligenz dem Privileg zollte, in einer Demokratie zu

leben. Sagte er. Seine Berufung lag woanders. Seine Berufung ging zurück auf die Wurzeln seiner Mutter. ‹In deinen Wurzeln, Mama.› Sagte er. Er war als Erzähler geboren. Er würde schreiben. Aber schreiben, sagte er, schreiben ist keine Frage des Tuns. ‹Schreiben ist eine Frage des Seins.› Dies sagte er. Und dann fühlte er schließlich die Zeit des Seins gekommen. Das hatte er gesagt. Sie hatte es ihm geglaubt.

Man erzählt Ihnen ein Leben, und der Tag geht zur Neige. Draußen gehen die Lichter an. Thian sah nicht mehr das Gesicht der Frau und auch nicht das Aufblitzen ihrer Augen. Es gab nur noch ihre Stimme. Sie war kein Deckenhaufen mehr, sie war ein Baumstumpf, den ein sehr alter Fluß angeschwemmt hatte. Sechzehn Jahre Schweigen ergossen sich als glattes Wasser in die tosenden Tiefen. Sie ja nicht unterbrechen, dachte Thian, keinen Fuß dort hineinsetzen, sonst werde ich mitgerissen.
«Ein halbes Jahrhundert Lüge!»
Sie schöpfte wieder Luft. Die Geschichte brodelte unter ihr. Die Worte drängten sie. «Fast fünfzig Jahre lang bin ich von einem Lügner zum Narren gehalten geworden. Ich! Unter dem einzigen Vorwand, daß er mein Sohn war.»
Thian fragte sich kurzzeitig, ob das Schweigen der sechzehn darauffolgenden Jahre etwas anderes gewesen sein könnte als der stumme Ausdruck einer enormen Verwunderung.
«Wenn ich nicht Witwe gewesen wäre, hätten die Dinge zweifelsohne einen anderen Lauf genommen.»
Aber ihr Gatte, Chabotte, der junge französische Botschafter in Brasilien, der sie der Zuneigung ihres Vaters entzogen hatte, war auf die Idee gekommen, während ihrer Schwangerschaft zu sterben. Eine schlimme Grippe.
«Er hätte mir die Augen geöffnet, wenn er gelebt hätte. Die Wahrheit ist Männersache. Die Wahrheit ist etwas für Lügner. Polizisten, Rechtsanwälte, Richter, Gerichtsvollzieher – Männerberufe. Und was ist schon ein gewonnener Prozeß, wenn nicht eine transvestierte Wahrheit? Und ein verlorener Prozeß nichts anderes als der Triumph der Lüge?»

‹Nicht abschweifen, Madame, nicht abschweifen›, flehte Thian innerlich.

Sie wäre gerne nach Brasilien zurückgekehrt, wenn sie nicht im selben Jahr – dem Jahr ihrer Schwangerschaft und dem Jahr, in dem ihr Mann starb – auch noch ihren Vater verloren hätte.
«Von einer Intelligenzia aus Lügnern zum Selbstmord getrieben. Ich werde Ihnen das erklären.»
Sie hatte mit Brasilien gebrochen. Sie hatte sich der Erziehung ihres Chabotte-Sohnes gewidmet. Hier. Und eines Abends, vor sechzehn Jahren, betrat besagter Sohn diesen selben Raum mit seinem hüpfenden Gang, so fröhlich, unermüdlich elastisch, eine Lebenskugel, die ein halbes Jahrhundert durchlebt hatte, indem es von Auszeichnungen zu Ehrungen, von Abgeordnetenwürden zu Ministerien sprang, als wäre es darum gegangen, Fangen zu spielen, nicht mehr und nicht weniger, welche Unbekümmertheit! Was für ein entzückendes Kind er doch geblieben war! Er war hier hereingekommen, hatte den Stuhl mit zwei Fingern angefaßt – den Stuhl, auf dem Thian momentan saß –, hatte ihn vor sie gestellt, genauso wie Thian es vorhin getan hatte – es war die abendliche Stunde, in der er ihr sein Herz ausschüttete, die so sehnlich erwartete Stunde, wo er ihr von den Heldentaten des Tages erzählen würde, die Stunde, zu der er sie seit fünfzig Jahren pünktlich belog, aber sie wußte es damals noch nicht. Er hatte sich also zu ihr hingesetzt, auf dem Schoß ein gewaltiges Manuskript, und hatte sie angeschaut, ohne ein Wort zu sagen; sein Blick leuchtete und wartete darauf, daß sie verstand. Sie selbst hielt die Freude, die in ihr hochstieg, zurück. Sie wünschte sich, nicht zu früh zu verstehen. Sie hatte die Sekunden verstreichen lassen. Als würde man sich Zeit nehmen, einem Ei beim Ausbrüten zuzusehen. Als sie es nicht mehr aushielt, murmelte sie:
‹Hast du ein Buch geschrieben?›
‹Ich habe etwas viel Besseres gemacht, Mama.›
‹Was kann man Besseres tun, als ein Buch zu schreiben?›
‹Ich habe eine Richtung erfunden!›
Er hatte es herausgeschrien: ‹Ich habe eine Richtung erfunden!› Dann hatte er ihr in ohrenbetäubender Weise seine außergewöhn-

liche Neuheit erklärt, die er den *liberalen Realismus* nannte. Er war der erste, der dem Handel zu einem Bürgerrecht im Königreich des Romans verhalf, der erste, der dem Händler die Würde eines Gründerhelden verlieh, der erste, der ohne Umschweife das Handelsepos verherrlichte... Sie hatte ihn unterbrochen und zu ihm gesagt:
‹Lies mir vor!›
Er hatte das Manuskript aufgeschlagen. Er hatte den Titel gelesen. Es hieß *Der letzte Kuß an der Wall Street*. Es war kein besonders distinguierter Titel, aber wenn sie ihm die Theorie des *liberalen Realismus* glaubte, dann trafen die Ambitionen ihres Sohnes keinerlei ästhetische Vorwürfe. Wenn es sich darum handelt, dem halben Planeten Lesestoff zu liefern, wählt man keinen zarten Titel.
‹Lies mir vor!›
Sie zitterte vor Ungeduld.
Sie wartete auf diesen Augenblick seit dem lange zurückliegenden Winter, als ein Telegramm aus Brasilien einer jungen, schwangeren Witwe die Mitteilung vom Selbstmord ihres Vaters, Paolo Pereira Quissapaolo, machte.
«Ich muß Ihnen erklären, wer mein Vater war.»
(‹Nein, Madame›, dachte Thian, ‹kommen Sie zur Sache!›)
«Er war der Gründer des ‹Identitarismus›, sagt Ihnen das etwas?»
Überhaupt nichts. Das sagte Inspecteur Thian überhaupt nichts.
«Selbstverständlich nicht.»
Sie erklärte es dennoch. Eine überaus konfuse Geschichte. Zank unter Schriftstellern in den Jahren 1923–1928 in Brasilien.
«Es gab zu der Zeit keinen einzigen Schriftsteller, der echt brasilianisch war, außer meinem Vater, Paolo Pereira Quissapaolo!»
(‹Gut, aber mich interessiert Ihr Sohn, Chabotte, der Minister...›)
«Brasilianische Literatur, welch düsterer Scherz! Romantik, Symbolismus, Parnassienismus, Dekadentismus, Impressionismus, Surrealismus – unsere Schriftsteller verbissen sich hartnäckig in die Idee, ein exotisches Wachsfigurenkabinett der französischen Literatur zu fabrizieren! Affenvolk! Wachsvolk! Die brasilianischen Schriftsteller besaßen nichts, was sie nicht gestohlen hatten! Und dann versteinert!»

(‹Cha-botte! Cha-botte!› skandierte Inspecteur Van Thian innerlich.)
«Allein mein Vater erhob sich gegen diese Frankomanie.»
(‹Die Abschweifung...› dachte Inspecteur Van Thian.)
«Er erklärte dieser kulturellen Entfremdung den totalen Krieg, denn er sah, wie sein so gieriges Land seine Seele darin verlor.»
(‹Das Abschweifen ist das Efeu des Verhörs, seine Inflation, sein Ekzem; es gibt kein Gegenmittel...›)
«Und da es kein literarisches Leben ohne Schule gab, gründete mein Vater die seine, den *Identitarismus*.»
(‹Der Identitarismus...› dachte Inspecteur Van Thian.)
«Eine Schule, deren einziges Mitglied er war, nicht reproduzierbar, nicht verpflanzbar, nicht übertragbar, nicht imitierbar!»
(‹Einverstanden...›)
«Seine Poesie spricht nur von ihm und seiner Identität... seine Identität war Brasilien!»
(‹Ein Bekloppter also. Ein sanfter Idiot. Ein verrückter Poet. Na schön.›)
«Drei Zeilen fassen seine Dichtkunst zusammen, drei Zeilen nur.»
Sie rezitierte sie trotzdem.

> «*Era da hera a errar*
> *Cobra cobrando a obra...*
> *Mondemos este mundo!*»

(‹Und was heißt das?›)

> «Ära des irrenden Efeus
> Schlange, die jedes Werk verschlingt...
> Putzen wir diese Welt aus!»

(‹Und was heißt das?› insistierte Inspecteur Van Thian stumm.)

Kurz...
Die Nacht ist jetzt schon ein gutes Stück fortgeschritten. Die Kälte zwackt. Paris ist ein Lichthof. Thian läuft mit der kleinen Verdun auf seiner Waffe und der Waffe auf seinem Herzen.

Kurz... faßt Inspecteur Van Thian zusammen: Dieser Typ, der brasilianische Dichter, Großvater mütterlicherseits des verstorbenen Chabotte, ist niemals publiziert worden. Nicht das geringste Wort. Er hat sein Vermögen für Produktionen auf Kosten des Autors ausgegeben, mit denen er all diejenigen in seinem Land gratis überschwemmte, die lesen konnten. Ein Verrückter. Unlesbar. Das Gespött seiner Kreise und seiner Zeit. Sogar seine Tochter lachte sich schief.
Und so heiratete sie den französischen Botschafter in Rio! Die am wenigsten vorzeigbare Partie, die sie ihm antun konnte.
Dann das Exil. Und die Schwangerschaft. Und das Witwendasein. Und die Vorwürfe. Sie will in ihre Heimat zurückkehren. Zu spät. Der geschmähte Poet hat sich den Schädel weggesprengt. Sie bringt einen Sohn zur Welt: Chabotte. Sie liest erneut das väterliche Werk: genial! Sie findet es genial. ‹Einzigartig.› ‹Die Authentizität ist immer ein Jahrhundert voraus.› Sie schwört, ihren Vater zu rächen. Sie wird ins Land zurückkehren. Aber hoch zu Roß, auf dem Werk ihres Sohnes!
Eine alte Geschichte...
Der Weg ist weit, und die Rue de la Pompe liegt auf den Hügeln von Belleville, aber die Zeit erscheint einem kurz, wenn man gerade stundenlang zugehört hat, wie ein Leben heraussprudelt. Verdun ist eingeschlafen, Thian läuft durch die Straßen von Paris.
Eine alte Geschichte...
Mutter Chabotte hat immer geglaubt, daß Chabotte, ihr Sohn, eines Tages anfangen würde zu schreiben. Sie hat ihn niemals beeinflußt, nein (‹ich gehöre nicht zu diesen Müttern...›), aber sie wollte so sehr, daß er Schriftsteller würde, daß der arme Chabotte, wenn er ihr in die mütterlichen Augen schaute, dort einen Typ im Akademikeranzug sehen mußte.
Irgendwie so was...
Und so betritt der Chabotte-Sohn eines Abends, einmal zuviel, das Mausoleum, das seiner alten Mama als Zimmer dient. Er liest ihr die ersten Zeilen seines Buches vor, sein so sehnlich erwartetes ‹Werk›! Und die Mutter sagt:
«Hör auf!»
Und der Chabotte-Sohn fragt:

«Gefällt es dir nicht?»
Und die Mutter sagt:
«Geh!»
Und der Sohn macht den Mund auf, aber die Mutter unterbricht ihn:
«Komm nie wieder her!»
Sie präzisiert, auf portugiesisch:
«*Nunca mais!* Nie wieder!»
Und Chabotte geht.
Weil sie sofort kapiert hat, daß der Roman nicht von ihm ist. Thian, der keine zwei Bücher – außer den Lehrbüchern in der Schule und auf der Polizeischule – gelesen hat (was überhaupt nicht zählt, wenn er mit lauter Stimme JLB vorliest), fragt sich, wie solche Sachen möglich sind. Aber anscheinend sind sie es. ‹Er hat etwas Schlimmeres getan als alle Feinde meines Vaters zusammen, Monsieur: *Er hat ein Werk gestohlen, das nicht von ihm stammte!* Mein Sohn war ein Identitätsdieb!›
Das Schönste ist trotzdem die Fortsetzung.
Thian wärmt seine Hände in den Haaren der schlafenden Verdun auf. Ja, in letzter Zeit sind der kleinen Verdun Haare in Hülle und Fülle gewachsen.
Die Fortsetzung...
Chabotte hat sich um das mütterliche Verbot überhaupt nicht geschert. Er kam weiterhin und setzte sich auf den Stuhl vor sie hin, jeden Abend zur selben Stunde. Er schüttete ihr weiterhin täglich sein Herz aus. Aber er belog sie nicht mehr. Und er duzte sie nicht mehr. ‹Siezen scheint mir den arktischen Gefühlen, die Sie in mir immer wachgerufen haben, angemessener zu sein.› Er lachte: ‹Nicht schlecht, wie, *arktische Gefühle*, ist Ihnen das ‚schriftstellerisch' genug, Mama, *identitaristisch* genug?› Kleine Folterungen. Aber sie hatte ihre Waffe gewählt: das Schweigen. Sechzehn Jahre Schweigen! Chabotte war darüber so wahnsinnig geworden wie sein Großvater, der verrückte Poet. Wie alle Verrückten bestand er auf dem totalen Geständnis, der absoluten Wahrheit: ‹Erinnern Sie sich an den jungen Gefängnisdirektor, den Sie so anziehend, so vornehm, so *echt* fanden – Clarence de Saint-Hiver? Nun, es ist einer seiner Pensionsgäste, der mein Werk schreibt. Zu lebenslänglich verurteilt.

Und dadurch schrecklich fruchtbar! Ein riesiges Vermögen winkt uns, liebe Mama! Wir kommen alle auf unsere Kosten, Saint-Hiver, ich und einige zweitrangige Mittelsmänner. Der Gefangene weiß selbstverständlich nichts davon, er arbeitet aus Liebe zur Kunst, er, der kleine Enkel, den mein Großvater Paolo Quissapaolo eigentlich verdient hätte...›

Eines Tages war Chabotte mit einem dieser ‹zweitrangigen Mittelsmänner› in ihr Zimmer gekommen, einem gewissen Benjamin Malaussène, ein kleiner Kerl mit vorstehendem Magen, einem dreiteiligen Anzug, einer ‹falschen, pomadisierten Dicklichkeit wie ein Kosmetik-Vertreter›. Chabotte hatte in Malaussènes Beisein mit dem Finger auf seine Mutter gezeigt und geschrien:

«Meine Mutter! Madame Nazaré Quissapaolo Chabotte!»

Und er hatte hinzugefügt:

«Sie hat mich immer am Schreiben gehindert!»

Rittlings auf dem Stuhl sitzend, hatte er am selben Abend der alten Frau erklärt:

«Dieser Malaussène wird eine Rolle im Rampenlicht spielen. Wenn die Sache schlecht ausgeht, wird er allein den Kopf dafür hinhalten. Denn sehen Sie, Saint-Hiver ist ermordet worden, der Arme, und mein Autor ist ausgebrochen, der Tod streift umher, liebe Mama, ist das nicht aufregend?»

Man hatte zuerst Malaussène getötet. Anschließend ihren Sohn. Das ist der Stand der Dinge.

«Und man hat richtig daran getan.»

Thian hat nur eine einzige Frage gestellt. Gut fünf Minuten nachdem sie ihr letztes Wort ausgesprochen hatte.

«Warum haben Sie mit mir gesprochen?»

Er hat zunächst geglaubt, sie würde ihm nicht antworten. Sie war nicht einmal mehr ein Baumstumpf am Flußufer. Sie war nur ein Felsen in der schwarzen Nacht. Der Fluß muß einstmals dort vorbeigeflossen sein.

Schließlich hörte er sie murmeln:

«Weil Sie den Mörder meines Sohnes töten werden.»

«Und was sonst noch?»
Der Bulle mit dem Kind lief durch die Nacht.
‹Sie werden den Mörder meines Sohnes töten...›
Der Bulle mit dem Kind führte Selbstgespräche in der Pariser Nacht.
«Was sich die Leute für ein Bild von der Polizei machen...»
Bezahlter Killer, oder wie... Diese alte Schachtel, die durch die Worte ihres Vaters und die ihres Sohnes verrückt geworden ist, hielt Thian für einen bezahlten Heiligen Geist.
‹Sie werden den Mörder meines Sohnes töten...›
Lust hätte er schon, so ist es nun auch wieder nicht... Dieser Typ hat Benjamin eine Kugel in den Kopf gejagt... ich würde ihn mir gerne vorknöpfen... aber die Rache ist eine verbotene Frucht für Polizeibeamte, liebe Madame... Nicht davon kosten... niemals... sogar nicht einmal daran denken... sonst gäbe es keine Gerechtigkeit mehr, liebe Madame... Jedem das Seine, Ihnen kommt die Ehre der Literatur zu, mir die Ethik des Gummiknüppels... wir müssen das Beste daraus machen...
Der Bulle mit den beiden Köpfen redete ganz allein in der Nacht. Es sei denn, er wandte sich an diesen zweiten Kopf, den er schlafend in seiner Achselhöhle beherbergte.
«Mir scheint, wenn ich dich jetzt auf die Erde setze, ist alles im Eimer?... Sag, würdest du mich verlassen?... Glaubst du, daß das alles stimmt?... Würdest du mich allein lassen? Du auch?»
Wörter gehen, genau wie Waffen, manchmal von allein los. Den Bullen mit dem Kind traf es in den Magen. Völlig unerwartet. Er spielte damit, und der Schuß hatte sich gelöst. Er blieb sofort stehen. Er sah klar und deutlich, wie das kleine Mädchen vor ihm auf dem Bürgersteig rannte. Ihm blieb die Luft weg. Wuchernde Visionen. Die große Janine auf ihrem Totenbett. Gervaise, Janines Tochter, sozusagen seine, in ihrem Novizinnenkostüm, als sie ihn wegen des lieben Gottes verließ: ‹Soll ich lieber Nutte werden, Thianou, wie Mama?› Warum denn nicht? Nein! Darum. ‹Gott ist eine zutage getretene Krankheit, Thianou, unheilbar.› Gervaise verschwindet in Gott. Auch kein Pastor mehr, die letzte Liebe des alten Bullen. Bis über beide Ohren in Malaussènes Mutter verknallt. ‹Eine ruhige Frau, Thian, eine Erscheinung...› Pastor in Venedig, quetscht verliebt das Schweigen aus dieser Erscheinung.

Und Thian hier.
Auf diesem Bürgersteig.
«Diese bekloppte Alte hat mich ganz schön runtergezogen.»
Streckenänderung.
«Weißt du was? Wir machen einen Abstecher zum Haus. Wir werden dem Chef Bericht erstatten. Es gibt Dinge, die sollte man nicht zu lange mit sich herumschleppen. Einverstanden?»
Neuer Start. Neue Bilder. Coudriers Blick, wenn er erfährt, welche Rolle Malaussène in dieser Angelegenheit spielt! Unglaublich, wenn man sich's überlegt... Coudrier ruft Benjamin zu sich und sagt ihm, er soll sich vom Fall Saint-Hiver Lichtjahre entfernt halten – und ehe er sich versieht, steckt der andere mitten im Zentrum des Schlamassels.
Malaussène...
Der Bumerang des Divisionnaire Coudrier...
Benjamin...
«Der soll froh sein, daß er noch im Koma liegt, dein großer Bruder, wenn du meine Meinung hören willst...»
Unglaublich!
«Denn wenn er wüßte, welche Rolle man ihm in dieser Scheiße zugedacht hat, dann würde er sich eine noch schlimmere Krankheit suchen...»

39

Trotzdem eigenartig, der Ruf des überschrittenen Komas... selbst bei den offensten Geistern... die Bequemlichkeit, was sonst, zumindest die moralische Bequemlichkeit... die gute Seite des Gewissens... Traumseite... Gleichgültigkeit... fliegendes Gewicht im Samtschwarz des Vergessens... Bilder in der Art... unter dem Vorwand, daß das Gehirn verstummt ist... Vorurteile... Gehirnzentralismus... als hätten die sechzigtausend Milliarden übriggebliebenen Zellen überhaupt nichts zu sagen... sechzigtausend Milliarden kleine Molekularfabriken, doch... zusammengefaßt in einem einzigen Körper... Super-Babel... Babel superbe... und man möchte,

daß es schweigend stirbt... von einer Sekunde auf die andere...
aber es stirbt langsam, sechzigtausend Milliarden Zellen... Eine
Sanduhr, die euch Zeit läßt, die Bilanz der Welt zu ziehen... bevor
ihr zu einem Haufen toter Zellen werdet... tote Zellen im Haufen,
wie eine Alte, die in einer Ecke am Fenster vergessen wurde... dieses
Bild schwebte momentan durch Benjamins Nacht, diese schreckliche Alte mit dem schrecklichen Blick, festgeschraubt an der
Decke... Aber Benjamin sah auch wieder Saint-Hivers Gefängnis
vor sich, insbesondere eine Zelle in diesem hübschen Gefängnis,
eine Zelle mit hoher Decke, so breit wie das Wissen eines Mönches,
ganz mit Büchern ausgepolstert... Oh! Nichts Ruhmreiches gab's
in dieser Bibliothek, nur Nützliches: Wörterbücher, Enzyklopädien, die komplette Sammlung ‹Que sais-je?›, National Geographic, Larousse, Britannica, Bottin mondain, Robert, Littré,
Alpha, Quid – kein einziger Roman, keine einzige Zeitung; elementare Handbücher für Ökonomie, Soziologie, Ethnologie, Biologie,
Religionswissenschaften, technische Wissenschaften – kein einziger
Traum, nur das Traummaterial... und ganz am Ende dieses Brunnens der Wissenschaft: der Träumer in Person, jung und alterslos,
geschützte Schönheit, ein zögerndes Lächeln vor Claras Objektiv,
hatte es eilig, wieder an die Arbeit zu kommen, wieder in seine Blätter einzutauchen, sich dieser kleinen, aufgetragenen Schrift hinzugeben, so beruhigend, so eng, als ginge es weniger darum, diese Seiten zu füllen als sie mit Worten zuzudecken (Rekto Verso, keine
Ränder, Durchstreichen mit dem Lineal)... und Saint-Hivers
Stimme, der im Türspalt stehengeblieben war: ‹Gehen wir, Clara,
laß Alexandre arbeiten!›... und Claras letzte Negative für den Papierkorb des Schriftstellers, der überquoll vor nicht zerknüllten
Blättern... und auf einem von Claras Abzügen fand sich der so sehr
gesuchte, entflohene Satz: ‹*Der Tod ist ein geradliniger Prozeß*›...
ganz allein zwischen den konkurrierenden Sätzen, sorgfältig durchgestrichen, der auserwählte Satz: ‹*Der Tod ist ein geradliniger Prozeß*›... aufgehängt in Claras Fotolabor.
Nun, Alexandre, stammt dieser famose Satz von dir?
Und den hat man dir geklaut?
Und all die andern auch?
Und mich hat man damit verkleidet?

Und du hast mich mit einer sehr geradlinigen Kugel – wie mit dem Lineal gezogen – ausgelöscht? Ist es so?
So war es, von der Flut der Erinnerungen in Benjamin angeschwemmt... Erster Besuch im Modellgefängnis von Champrond, erster Blick zwischen Clara und Clarence... ‹ich will nicht, daß Clara heiratet›... Clarence bei Tisch, spricht von seinen Gefangenen: ‹ich versuche nur, sie dazu zu bringen, daß sie sich selbst aushalten, und ich denke, daß mir das zumindest gelingt›... Clarence... Clarences weiße Locke... so überzeugend... hast du Clarence getötet, Alexandre?... warst du das, Saint-Hivers Massaker?... und Chabotte... und Gauthier... und hast Calignac verletzt... weil sie dir deine Prosa geklaut hatten... das verstehe ich... ‹sie töten›, sagte Saint-Hiver, ‹sie töten nicht – wie die Mehrzahl der Kriminellen –, um sich selbst zu zerstören, sondern im Gegenteil, *um sich ihre Existenz zu beweisen*, ein bißchen so, als würde man eine Mauer einreißen›... jawoll... oder als würde man ein Buch schreiben... ‹*die Mehrzahl von ihnen ist ausgestattet mit dem, was man gemeinhin eine kreative Veranlagung nennt*›... ‹was man gemeinhin eine kreative Veranlagung nennt›... nun, zwangsläufig, wenn man ihnen ein Wort stiehlt... eine Zeile... ein Werk... was hätte Dostojewski gemacht, wenn der *Der Idiot* im Einband Turgenjews gefunden hätte?... Flaubert, wenn seine Freundin Collet ihm Emma geklaut hätte?... sie hätten sich beeilt, ihre Umgebung zu massakrieren... sie schrieben wie Mörder...
So spannen sich Benjamins Zellen aus... kleine anfechtbare Meinungen, die sich allmählich auflösten, bis sie nicht mehr angefochten wurden... Staubbilder... mit plötzlichen Stopps... irgend etwas, das nicht hinhaut... wie ein Blutgerinnsel des Bewußtseins... zum Beispiel dieser Satz von Clara: ‹Ich habe Clarence etwas verheimlicht...› – ‹etwas verheimlicht, meine Clarinette?› – ‹mein erstes Geheimnis... ich habe Alexandre einen Roman geliehen...› – ‹Alexandre?...› – ‹Du weißt doch, der, der immer schreibt... ich habe ihm einen Roman von JLB gebracht...› – Was?... was?... WAS?... Clara?... ist alles durch Claras Schuld passiert?... diese Kugel in meinem Kopf... diese Lawine von Toten?... Gottogottogott... und wieder Clarences Stimme: ‹*Die einzige Präsenz an äußerer Welt, die sie innerhalb unserer Mauern dul-*

den, ist die von Clara...› Clara innerhalb unserer Mauern... Clara schleuste in ihrer ganzen Unbefangenheit einen Roman von JLB ein – unter den Augen des *wahren* JLB... ‹Glaubst du, daß es nicht richtig war, Benjamin?...› Wölfe sind unbefangen... es sind nicht der Hunger, nicht die Durchtriebenheit, nicht die Mordlust, die die Wölfe ins weichste Herz der Schafställe treiben, es ist ihre Unbefangenheit... Clara im Schafstall...

So spannen sich Benjamin Malaussènes Zellen aus... ruckweise... ein solcher Schock, daß sich sogar die enzephalographische Linie einen Blitz auf dem aschgrauen Bildschirm leistete... doch ein Blitz, den niemand sieht, wird niemals für jemand ein Blitz sein... und der Tod zieht wieder seinen geraden Faden... Erbarmen mit den Schriftstellern, sagen Benjamins Zellen in ihrem sandigen Murmeln... Erbarmen mit den Schriftstellern... halte ihnen nicht den Spiegel vor... macht euch kein Bild von ihnen... gebt ihnen keinen Namen... das macht sie verrückt...

40

«Krämer.»
«Krämer?»
«Krämer. Er heißt Alexandre Krämer.»
Inspecteur Van Thian schweigt. Divisionnaire Coudrier flüstert. Nicht Verdun aufwecken. Sie soll bloß ihre Augen zulassen.
«Nicht nur die stummen Alten fangen an zu reden, Thian, die abgetrennten Finger auch.»
«Ist genügend Haut übriggeblieben, um die Fingerabdrücke zusammenzusetzen?»
«Ganz sicher.»
«Und woher kommt dieser Krämer?»
«Ihre Kollegen werden es Ihnen sagen.»
Der Divisionnaire Coudrier überläßt das Wort den drei anderen anwesenden Inspektoren. Drei Verhaftungen Krämers, drei Akten, drei Bullen. Der erste, ein alter Kollege mit Pfeife, ergreift das Wort und hat ein wachsames Auge auf Verduns Schlaf.

«Überhaupt nichts beim erstenmal, Thian. Ein kleiner, gut ausgetüftelter Betrug. Krämer war von zu Hause abgehauen. Er war achtzehn. Er hatte sich hier in der Blanchet-Schule eingeschrieben, eine Schauspielschule, die Sorte Schule für die Jungs, die nicht zur Schule wollen, verstehst du? Gut. Schlechter Schauspieler, haben die Lehrer gesagt... hübsche Schnauze, aber keine Präsenz. Allerdings beißt er sich fest. Er will den Beweis liefern und ihn Blanchet, dem Direx, brühwarm unter die Nase halten. Er nutzt die Gelegenheit aus, daß Blanchet und seine Familie den Monat Juli außerhalb verbringen. Er verschafft sich Zugang zu ihrer Wohnung und gibt eine Annonce bei *Le Particulier* auf. Er verkauft die Bude an einen Zahnarzt, wenn ich's dir sage, Thian, Verkauf ordnungsgemäß registriert, der Notar hat nicht gemerkt, daß die Eigentumstitel gefälscht waren. Als der Direx zurückkommt, findet er den Zahnarzt vor, der sich in seinen vier Wänden eingerichtet hat. Kannst dir vorstellen, was der für ein Gesicht gemacht hat... Und Krämer kam an, stolz wie Oskar: ‹Na, Herr Direktor, wirklich ein so schlechter Schauspieler?› Ich fand das eher komisch und hab versucht, die Sache unter den Tisch zu kehren. Der Zahnarzt hat seine Klage zurückgezogen, aber der Direx war eine Schweinebacke, er hat seine aufrechterhalten. Der Notar auch. Alles in allem: sechs Monate für den kleinen Krämer, der zum Tatzeitpunkt seit einem Monat volljährig war.»
«Und die Familie?»
«Weinhändler in Bernheim, Elsaß. Pantschen auf ehrliche Weise ihren Silvaner mit Gros plant aus Nantes. Sie haben Krämer zugunsten ihrer beiden Ältesten enterbt. Bis auf den Pflichtteil natürlich, den sie ihm in Form einer verfallenen Bruchbude überlassen haben. Anständige Leute...»
«Deine Meinung zu Krämer?»
«Spannend. Ehrlich, war damals ein spannender Junge. Ich hab, weiß Gott, seitdem so einen nicht mehr getroffen, du siehst ja, ich erinnere mich noch an ihn, das will was heißen! Ein etwas schüchterner Junge, der redete wie ein Buch, Konjunktiv und so weiter... Er hat zu mir gesagt, als er den Betrug gemacht hat, hätte er sich zum erstenmal im Leben als er selbst gefühlt.»
«Er war sozusagen bereit, nach seiner Entlassung sofort weiterzumachen.»

«Ja und nein, weil da Caroline war.»
«Caroline?»
«Eine Freundin, die er sich auf der Schauspielschule zugelegt hatte, die ihn am Tag seiner Entlassung aufsuchte. Ein Mädchen mit gutem Einfluß, verstehst du? Er hat sie seiner Familie vorgestellt, er hat sie geheiratet, sie haben sogar die verfallene Hütte wieder flottgemacht.»
Dennoch hatte Krämer das im Blut, den Betrug, der große Rausch der Zweiteilung. Eine Leidenschaft, die die gesamte Dicke der zweiten Akte ausmachte. Lebensversicherungsbetrug, Steuerbluff, Betrug bei Weingutachten, erneut betrügerische Immobilienverkäufe… fünf Jahre diesmal. Als der Vorsitzende ihn fragte, womit er seine Taten rechtfertige, ‹was wohl schwer erklärbar ist bei einem Kind, dem es an nichts gefehlt hat›, antwortete Krämer ganz höflich: ‹Um es genau zu sagen, Monsieur le Président, so ist das eine Frage der Erziehung. Ich komme aus einem untadeligen Milieu, also kann man mir nicht vorwerfen, wenn ich das anwende, was ich dort gelernt habe.›
Schweigen.
Es ist seltsam leise, wie sich die fünf Polizisten über den lange zurückliegenden Fall des Alexandre Krämer unterhalten, mitten in der Nacht, mit gedämpfter Stimme, aus Sorge, das schlafende Baby auf dem Bauch ihres vietnamesischen Kollegen aufzuwecken. Das Leben könnte beinahe ein Gemurmel sein…
Wenn es da nicht noch die dritte Akte gäbe. Fette Akte. Der ewige Mauerstein, den sich die Gewohnheitsverbrecher am Ende alle um den Hals binden, um ihr Leben zu ertränken.
«Als Krämer aus dem Gefängnis kam, fuhr er direkt nach Hause und tötete seine Caroline und seine beiden Brüder: Bernard und Wolfgang Krämer.»
«Seine beiden Brüder?»
«Zwillinge. Sie hatte ihr Leben mit dem Paar weitergeführt. Krämer hat sie alle drei erschossen, das Haus angezündet und sich als Gefangener gestellt. Es war für ihn nur eine Hin- und Rückfahrt.»
Das war's.
Der nächtliche Atem der Stadt weht um die flüsternden Männer…

So sieht's aus.
«Und im Knast ist er Saint-Hiver aufgefallen?»
Ja. Krämer hatte angefangen zu schreiben. Erfundene Biographien über hochbegabte Finanzleute. Er wurde ins Gefängnis von Champrond verlegt und hat dort fünfzehn Modelljahre verbracht. Bis zu Saint-Hivers Ermordung.
«Warum hat er keinen Skandal gemacht, als er gemerkt hat, daß man ihm seine Bücher geklaut hatte? Anstatt Saint-Hiver umzulegen...»
Irgend jemand hat diese Frage gestellt.
Woraufhin alle überlegen.
Inspecteur Van Thians Antwort:
«Wem einen Skandal machen?»
Ausführung:
«Versetzt euch in diesen Typen... Erster Knastaufenthalt: Seine Eltern bringen ihn um die Erbschaft... Zweiter Aufenthalt: Seine Brüder schnappen sich seine Frau... Dritter Aufenthalt: Seine gesamte literarische Arbeit verschwindet. Fünfzehn Jahre Arbeit! Von seinem Wohltäter gestohlen... Bei wem soll sich so ein Typ eurer Ansicht nach beschweren? Auf wen soll er eigentlich setzen?»
Schweigen.
«So ein Typ denkt nur noch daran, auf alles zu schießen, was sich bewegt. Rache... Deswegen brummte er übrigens seine lebenslängliche Strafe ab, oder?»
«Apropos schießen, mein lieber Thian, dieser Krämer hat mit Ihnen etwas gemeinsam...»
Commissaire divisionnaire Coudrier runzelt die Stirn und blättert in der dritten Akte...
«Ein ausgezeichneter Schütze, wie Sie. Sein Schwiegervater, Carolines Vater, hatte ein Waffengeschäft in der Rue Réaumur. Er wollte Krämer zu den französischen Meisterschaften schicken. Warten Sie, ich habe da etwas Interessantes gelesen...»
Aber er verzichtet darauf, die entsprechende Seite im Wust der psychiatrischen Gutachten wiederzufinden...
«Kurz, einer der Psychiater, die sich mit Krämer beschäftigt haben, hat eine kuriose Theorie über Eliteschützen aufgestellt... wonach die Besten unter ihnen im Augenblick des Schießens eine Zweitei-

lung erleben; sie würden gleichzeitig Schütze und Zielscheibe sein, wären hier und dort; daher ihre extreme Zielsicherheit, die sich nicht aus der alleinigen Schärfe ihres Blicks erklären läßt... Was halten Sie davon, Thian?»
(‹Dasselbe gilt für die schlechten Schützen›, denkt Inspecteur Van Thian, ‹nur daß die daneben schießen.›)
«So etwas gibt's.»
Der Schluß gehört dem Divisionnaire:
«Von nun an wissen Sie, mit wem Sie es zu tun haben, meine Herren, mit einem Schützen von Thians Qualitäten, der es sich allerdings zur Gewohnheit gemacht hat zu töten, insgesamt sieben Morde, wenn man den Mitgefangenen hinzurechnet, dem er die Kehle durchgeschnitten hat, bevor er floh.»
Ende der Versammlung.
Alle stehen auf. Inspecteur Van Thian hält den Kopf des schlafenden Kindes an seiner Brust.
«Thian, Sie sind gekommen, nachdem wir die neueste Nachricht erhalten hatten. Wir haben allen Grund zu der Annahme, daß es eine achte Leiche gibt.»
«Julie Corrençon?»
«Nein, die Direktorin des Talion Verlages.»
«Die Königin Zabo?»
«Sie sagen es, die Königin Zabo. Seit drei Tagen verschwunden.»

41

«Drei Tage und drei Nächte, kleiner Trottel.»
(...)
«Ich hab's dir nicht eher gesagt, weil ich dich nicht beunruhigen wollte.»
(...)
«Mit diesen Maschinen, die überall aus dir wachsen, hast du bestimmt genug Sorgen.»
(...)

«Aber heute abend brech ich zusammen. Totale Schlaflosigkeit. Entschuldige bitte!»
(...)
«Deine Julie hat wieder zugeschlagen.»
(*Bushi Julie, Loussa!* Es ist nicht Julie, Loussa!)
«Sie hat mir meine Isabelle weggenommen.»
(*Bushi Julie,* bon Dieu!)
«Am Mittwoch ruft mich Isabelle in ihr Büro, und zwischen zwei berufsmäßigen Fragen verkündet sie mir, daß die Bullen sich irren, was Julie betrifft.»
(*Ta shuo de dur!* Sie hat recht!)
«Sie hat mit ihr telefoniert und sich mit ihr verabredet.»
(*Nar? Weishenme?* Wo? Weshalb?)
«Sie hat mir weder sagen wollen, wo, noch weshalb.»
(*Made!* Scheiße!)
«Sie wollte auch nicht, daß ich sie begleite.»
(...)
«Sie war natürlich nervös wie ein Floh. Sie hat mir ihr heiliges Ehrenwort gegeben, daß sie keinerlei Risiko eingeht, bis auf das mit den beiden Inspektoren, die zu ihrem Schutz abgestellt sind und sie verfolgen. ‹Aber ich werde sie abhängen, Loussa, du kennst mich doch.› Sie zwinkerte mir zu, als wären die Zeiten des Untergrunds zurückgekehrt.»
(*Houlai!* Weiter!)
«Hab ich dir schon gesagt, daß sie während der Résistance phantastisch war?»
(*Houlai! Houlai!*)
«Geheime Papiermühlen, Untergrunddruckereien, geheimes Verteilernetz, Untergrundbuchhandlungen. Romane, Zeitungen – sie hat alles gedruckt, was die Deutschen verboten hatten.»
(...)
«Am 25. August 1944, am selben Abend, als Paris befreit wurde, sagte der große Charles persönlich zu ihr: ‹Madame, Sie sind die Ehre des französischen Verlagswesens›...»
(...)
«Und weißt du, was sie ihm geantwortet hat?»
(...)

«Sie hat ihm geantwortet: ‹Was lesen Sie gerade?›»
(...)
«...»
(...)
«...»
(...)
«Ich werde dir jetzt mal was sagen: Isabelle... Isabelle, das ist der Wind der Zeit in Buchform... eine magische Verwandlung... der Stein des Weisen...»
(...)
«So etwas ist ein Verleger, kleiner Trottel, ein wahrer! Isabelle ist DER Verleger.»
(...)
«...»
(...)
«Deshalb will ich auf keinen Fall, daß deine Julie sie mir kaputt-macht.»
(*BUSHI JULIE*, VERDAMMTE SCHEISSE! Wie oft soll ich dir das noch sagen, Loussa!? Es ist nicht Julie! Es ist ein großer blonder Typ, der Gefangener bei Saint-Hiver war, er ist der echte JLB, *KE-KAODE JLB*, HIMMEL, ARSCH UND ZWIRN! Ein Verrückter Schreiberling, der seine Seiten geschwärzt hat, ohne den kleinsten Rand zu lassen, ein wahnsinniger Killer, der Julie die Sache in die Schuhe schieben will! Willst du nicht endlich den Bullen Bescheid sagen, anstatt hier rumzusitzen und in der Erinnerung zu schwel-gen? Die Polizei, Loussa: *Jingchaju! JINGCHAJU!* DIE POLI-ZEI!)

VII. Die Königin
und die Nachtigall

*Die Königin ist imstande,
einen Mörder einzuwickeln.*

42

Sämtliche Wolken des Vercors haben sich über dem Dach des Hofes versammelt. Schwarzer Himmel in schwarzer Nacht. Aber das Gewitter ist ihnen als Stimme der Königin vorausgeeilt. Der Wurstfinger der Königin betont ihre Wut und zeigt auf das Manuskript, das sie soeben vor Krämer auf den Tisch geworfen hat.
«Das hier handelt von *Ihnen*, Krämer, Ihre Autobiographie, keine Ihrer üblichen Figuren, keine Existenz aus Papier! Sie werden bitte so freundlich sein und mir das alles in der ersten Person Singular verfassen. Sie sind nicht hier, um JLB zu schreiben!»
«Ich habe noch nie in der ersten Person Singular geschrieben.»
«Ja und? Wenn man vor allem Angst haben müßte, was man noch nie gemacht hat...»
«Ich werde es nicht können.»
«Was heißt ‹Ich werde es nicht können›? Heutzutage gibt es Maschinen, die das sehr gut machen. Man ersetzt *er* durch *ich*, schickt das in den Speicher, drückt auf eine Taste, und das Ding ist geritzt. Sie wollen mir doch nicht erzählen, daß Sie blöder als eine Maschine sind, Krämer, alles hat seine Grenzen!»
Der Lärm dieser Stimme dringt bis zu Julie. Die Königin mit der sauren Stimme, den verrosteten Worten. Die Königin ist genauso, wie Benjamin sie beschrieben hat. Die Königin hat vor nichts Angst.

Verschanzt im Zimmer ihres Vaters, des Gouverneurs, folgt Julie Wort für Wort der Arbeit dieser Frau, die einen Mörder hochnotpeinlich befragt, da unten in der Küche.
«Und was sollen diese heldenhaften Akzente, um Ihre Morde zu beschreiben, Krämer? Sind Sie etwa so stolz darauf, dem kleinen Gauthier eine Kugel in den Kopf gejagt zu haben?»
Durch den Rauchfang, dessen Rohr ausreichte, um im Winter das Zimmer des Gouverneurs zu heizen, steigen die Worte nach oben zu Julie.
«Krämer, weshalb haben Sie Gauthier getötet?»
Krämer schweigt. Draußen ist das Knirschen des Waldes im Wind zu hören.
«Wenn ich das glaube, was ich gerade gelesen habe, dann weiß Ihre Person ganz genau, weshalb sie Gauthier getötet hat. Ein Kreuzfahrer, der gegen alle Verlagskriecher in den Krieg zieht, das ist der Typus, den Sie lebendig geschildert haben. Und das nennen Sie eine Beichte? In der Realität gibt es keine Kreuzfahrer, Krämer, es gibt nur Killer. Und Sie sind einer. Weshalb haben Sie Gauthier getötet?»
Der Dienstrevolver wacht auf Julies Kopfkissen.
«Weil Sie ihn verdächtigten, mit Chabotte unter einer Decke zu stecken?»
«Nein.»
«Nein?»
«Nein, das war nicht so wichtig.»
«Wie meinen Sie das, nicht so wichtig? Sie haben ihn nicht deshalb getötet, weil Sie ihn verdächtigten, Ihre Bücher gestohlen zu haben?»
«Nein. Und Chabotte auch nicht.»
Krämers Stimme klingt wie die eines Schuljungen, den man beim Lügen erwischt hat... Schweigen... und plötzliches Aufflackern der Wahrheit. Der Himmel kracht. Der Regen fällt aus allen Wolken. Von ganz oben herab.
«Okay, Krämer, jetzt hören Sie mir mal gut zu! Ich habe eine lange Reise hinter mir, mir graut vor Reisen, deshalb sag ich's Ihnen nicht zweimal: Entweder frischen Sie Ihre Gehirnzellen ein bißchen auf und schreiben schwarz auf weiß den wahren Grund für diese Morde

auf, oder ich packe meine Siebensachen und fahre zurück nach Paris. Jetzt! Im Gewitter!»
«Ich wollte...»
(Aber, sagte Benjamin, die Königin Zabo kennt auch die einlullende Musik der Hebammen.)
«Verstehen Sie mich nicht falsch, Alexandre, Sie sind ein ausgezeichneter Romanschriftsteller. Wenn Ihnen die gerissenen Burschen eines Tages das Gegenteil sagen, töten Sie nicht diese gerissenen Burschen! Die sollen sich ruhig über Ihre Stereotypen lustig machen! Tun Sie Ihnen den jämmerlichen Gefallen der Intelligenz, und schreiben Sie in aller Ruhe weiter! Sie gehören zu den Romanschriftstellern, die die Welt in Ordnung bringen, so wie man ein Zimmer aufräumt. Der Realismus ist nicht Ihre Sache, das ist alles. Ein gut aufgeräumtes Zimmer, das bieten Ihre Romane den Träumereien Ihrer Leser an. Die das dringend brauchen, wenn ich mir Ihren Erfolg ansehe.»
Die Stimme der Königin ist jetzt die Besänftigung des Himmels, das Flüstern der Dachrinnen. Benjamin hatte recht, die Königin hat manchmal Yasminas Stimme. Die Königin konnte Krämer baden, einseifen, was es einzuseifen gab. Die Königin ist imstande, einen Mörder einzuwickeln.
«Allerdings haben Sie die Umstände aus Ihrem Zimmer getrieben, Alexandre. Die Welt ist nun da. Sie müssen diesem Tohuwabohu ins Angesicht sehen und mir sagen, weshalb Sie Chabotte getötet haben. Und Gauthier.»
Der große blonde Killer ist blaß, ein wenig steif – wie alt mag er wohl sein? – und sagt schließlich:
«Ich wollte Saint-Hiver rächen.»
Die Königin erwidert in einer Art überzeugender Bedächtigkeit:
«Saint-Hiver rächen? Aber *Sie* haben doch Saint-Hiver getötet, Alexandre...»
Er schweigt.
Dann sagt er:
«Das ist kompliziert.»

43

Er hatte vor sechzehn Jahren angefangen zu schreiben, nach dem dreifachen Mord an Caroline und den Zwillingen. Nichts Autobiographisches. *Er* – die Person, die ihm unter der Feder am natürlichsten erschienen war, dieser ewige Sieger im internationalen Finanzwestern – befand sich an den Antipoden seiner selbst: ein Fremder, ganz neu, den es zu erforschen galt, ein perfekter Zellengenosse.
Alexandre war zu lebenslänglich verurteilt.
Er schrieb mit einer Art konzentrierter Zerstreuung, etwa so, wie man auf das Telefonbuch kritzelt: Man hört immer weniger zu, und dabei entsteht ein Bild. So schrieb Alexandre; er zog sich zurück in die Auf- und Abstriche dieser vernünftigen Schrift, dieser angewandten Kritzelei.
Saint-Hiver war hingerissen von so viel Eifer.
Von den Seiten, die sich anhäuften.
Saint-Hiver bot ihm die Gastfreundschaft an, im Gefängnis von Champrond.
Dort oder woanders... Alexandre schrieb.
In Wahrheit waren diese Golden boys, die sich unter seiner Feder entfalteten, kein reines Produkt seiner Phantasie, sondern früher Vater Krämers Lieblingsthema. Die frühreifen Kinder... Vater Krämer hatte immer von den Kindern der anderen geträumt. Die Frühreife der Kinder der anderen... ‹Lhermitiers Sohn war noch keine dreißig, da hat er die Leitung der Staatlichen Kohlebergwerke übernommen.› ‹Müller schickt seinen Jüngsten nach Harvard. Studiert Zahnmedizin und ist noch keine siebzehn, stark, was?› ‹Erinnert ihr euch an den jungen Metressié? Na ja, der steckt jetzt hinter dem Aktienkaufgesuch für die S.L.V. ...das macht ihn zum Mehrheitsaktionär des weltgrößten Backpulverkonzerns... Dreiundzwanzig Jahre!› Kein Abendessen verging, ohne daß Vater Krämer nicht die Legion der Mustersöhne Revue passieren ließ. Vergleiche klugerweise mit inbegriffen, an einem Tisch, an dem die Zwillinge hinter einer juristischen Kapazität nur schwer mithalten konnten und Alexandre nach der dritten Klasse das Handtuch geworfen hatte. Krämer tröstete sich darüber auf seine Art hinweg: ‹Aber das will

nicht viel heißen; der junge Perrin hat in der Schule auch nichts zustande gebracht, aber er kann nicht klagen: Seine Kugellager gehen weg wie warme Semmeln, er hat sich gerade in Japan niedergelassen...›
Alexandre schrieb.
Alexandre pauste die Motive durch, mit denen der fliegende Teppich seines Vaters bedruckt war. Das hieß nicht gerade, von schönen Erinnerungen zu reden. Wirklichkeitsfremde Reminiszenzen eher, aus denen sich eine methodische Phantasie ohne Ironie entwickelte. Alexandre phantasierte klug. Er widersetzte sich nicht der Ordnung der Dinge, er beschrieb die Dinge in der Ordnung, in der sie sich durchsetzten. Diese Ablaufplanung einer Welt, in der ihrem Helden alles gelang, beruhigte Alexandre. Wenn er einen Satz durchstrich – und er strich ihn immer mit dem Lineal durch –, war es selten deshalb, weil er den Inhalt verändern, sondern weil er die Kalligraphie verbessern wollte. Die Seiten häuften sich in Quadern, die er am Abend so lange zusammendrückte, bis die Kanten tadellos waren.
Alexandre war einer der allerersten Pioniere von Saint-Hivers Experiment.
«Ohne Sie», sagte Saint-Hiver zu ihm, «wäre Champrond nicht möglich gewesen.»
«Sie können sich als Gründungsmitglied Ihres Gefängnisses betrachten.»
Diese Bemerkung stammte von Chabotte, einem hüpfenden Kabinettsdirektor mit spritzigem Geist und sicherem Urteil, dessen Inspektion entscheidend gewesen war, um die nötigen Gelder für das Funktionieren von Champrond frei zu machen.
Alexandre schrieb.
Seine Zelle war kreisförmig. Er hatte das Fenster zugunsten eines Gucklochs verschließen lassen, was ihr das Aussehen eines mit Büchern gepolsterten Lichtbrunnens verlieh.
Sechzehn Jahre Glück.
Bis zu jenem Morgen, an dem Saint-Hivers blutjunge Verlobte arglos einen JLB-Roman auf Alexandres Tisch legte.
Es vergingen gut vierzehn Tage, bevor Krämer das Buch aufschlug. Hätte er sich nicht daran erinnert, daß Saint-Hiver am nächsten Tag

heiraten würde, hätte er es wahrscheinlich nie aufgeschlagen. Alexandre las keine Romane. Alexandre las nur die Dokumentation seiner eigenen Romane. Er las ‹Que sais-je?›, Enzyklopädien, die Nahrungsmittel seiner Träume.

Er erkannte sich nicht in den ersten Zeilen von JLB. Er erkannte seine Arbeit nicht wieder. Die Klarheit der gedruckten Schriftzeichen, der Rhythmus der Absätze, das Weiß der Ränder, die Stofflichkeit des Buches an sich, der eisige Kontakt mit dem Einband leiteten ihn fehl. Der Titel *Der letzte Kuß an der Wall Street* sagte ihm nichts. (Er selbst schrieb, ohne sich um das Ende zu kümmern, und gab dem Text nie einen Titel. Es war das Gleichgewicht des Ganzen, das das Ende des Buchs bestimmte, und eine geheime Vertrautheit stand für den Titel. So glitt er ohne Überleitung zum Anfang einer neuen Erzählung.) Er las sich also, ohne sich wiederzuerkennen, denn er hatte sich übrigens niemals selbst gelesen. Man hatte die Namen seiner Figuren und einige Ortsnamen verändert. Man hatte die Kapitel auseinandergeschnitten, ohne auf sein Atemholen Rücksicht zu nehmen.

Schließlich erkannte er sich wieder.

Ein Alexandre Krämer in einem unpassenden Anzug.

Er fühlte sich durch die Überraschung keineswegs vollkommen am Boden zerstört, und er kochte auch nicht vor Wut.

In dieser Nacht, als er seine Zelle verließ, um sich zu Saint-Hivers Gemächern zu begeben, hatte er nichts weiter im Kopf als eine Liste von Fragen. Sehr präzise. Er wollte seine Neugierde befriedigen, nicht mehr. War er es wohl, Saint-Hiver, der ihm diesen Roman gestohlen hatte? Die anderen auch? Aber warum? Konnte es sein, daß man mit solchen Kindereien Geld verdiente? Denn Alexandre machte sich nichts vor; seine naiven Epen hatten in seinen Augen keinen größeren Handelswert als Wandmalereien auf dem Schulhof. Verträumter Ausdruck seines Kerkerglücks, sonst nichts. Nicht eine Sekunde lang hätte er sich eingebildet, ein Romanautor im Exil zu sein. Viel eher im Sessel einer Stickerin, die mit Wonne immer wieder dasselbe Motiv aufnimmt. Diese Art von Glück. Das auch alle anderen von Saint-Hivers Gefangenen teilten. Alle, Maler, Bildhauer, Musiker, sie lebten hier in derselben Ewigkeit wie Alexandre. Es hatte sich sogar ein Jugoslawe eingefunden, ein gewisser Stojil-

kovic, der damit beschäftigt war, Vergil ins Serbokroatische zu übersetzen, und sich mit dem Gedanken trug, Berufung einzulegen, damit man seine Strafe verdoppelte. Worauf Saint-Hiver lächelnd erwidert hatte: «Kümmern Sie sich nicht um Kleinigkeiten, Stojil, wir werden Sie nach Ihrer Entlassung als Ehrenmitglied hierbehalten.»
Nein, das war kein Mörder, der in jener Nacht zu Saint-Hivers Gemächern ging.

«Man versteht übrigens nicht besonders gut, weshalb Sie Saint-Hiver getötet haben», sagt die Königin in dem Haus, das von der Wut des Vercors geschüttelt wird. «Sie machen sich auf in sein Büro ohne die geringste Mordabsicht. Sie verwandeln sich unterwegs und werden zu einem Rimbaud-Rambo, der an Saint-Hivers Tür klopft. Als hätte das *Er* Ihrer anderen Bücher unterdessen sein Recht gefordert. Man glaubt es keine Sekunde, Alexandre. Was ist *tatsächlich* passiert?»

Tatsächlich? Wie gewohnt war Alexandre ohne zu klopfen hineingegangen. Er hielt das Buch in der Hand. Saint-Hiver stand in schwarzen Hosen und weißem Hemd vor dem Spiegel und probierte seinen Hochzeitsanzug an. Er schüttelte den Kopf. Er war ein schlanker Mann, lockere Umrisse, an alten Tweed und Cordhosen gewöhnt. In diesem Smoking hatte er keine Ähnlichkeit mit sich selbst. Ein zweifelnder Pinguin, den man auf das Packeis einer Hochzeitstorte gesetzt hatte. Als er sich umdrehte und das Buch in Krämers Hand sah, wurde er noch zu etwas ganz anderem. Zu einem festlich gekleideten Dreckskerl, den man auf frischer Tat ertappt hatte.
«Was suchen Sie hier, Krämer?»
Eine Reaktion, Worte, eine Blässe, die absolut keine Ähnlichkeit mit Saint-Hiver hatte. Es war nämlich nur so etwas wie das Zusammenzucken eines Gefängnisdirektors, der in der Tat plötzlich in seinem Büro in die Enge getrieben wurde, und zwar von einem bewaffneten Gefangenen. Und Krämer kam die Erkenntnis, daß er niemals etwas

anderes als ein Gefangener gewesen war. Hier drin ebenso ausgeplündert, wie er draußen ausgeplündert worden war. Und dann war mit ihm genau die gleiche Sache passiert wie in dieser anderen Nacht, als er Caroline und die beiden Zwillinge zusammen im Bett überrascht hatte. Der Fuß der Lampe, der Saint-Hiver an der Schläfe erwischt hatte, hatte ihn glatt getötet.
Dann hatte Krämer ihn massakriert.
Systematisch.
Um den Eindruck eines kollektiven Verbrechens entstehen zu lassen.
Was die Polizei auch geglaubt hatte.
An nächsten Morgen, im Gefängnishof, hatte Krämer mit den andern zusammen Saint-Hivers Tod beweint. Wochenlang hatten er und die anderen die Verhöre einer ergebnislosen Untersuchung über sich ergehen lassen. Dann hatte das Leben wieder seinen Lauf genommen. Neuer Direktor. Dieselben Direktiven. Nichts hatte sich an den Gefängnis-Statuten geändert.
Alexandre hatte sich wieder an die Arbeit gemacht. Er hatte wieder zu dem Vergnügen seiner Kalligraphie zurückgefunden, hatte sich zurückgezogen in das Refugium seiner von oben bis unten geschwärzten Seiten – Rekto Verso –, die er niemals numerierte. Diesmal hatte er beschlossen, sein Leben zu erzählen, den Weg einer Existenz, die nur dazu geschaffen zu sein schien, ausgeplündert zu werden. Vom Mord an seinen beiden Brüdern, über die Opferung von Caroline bis hin zur Ermordung Saint-Hivers hatte er sich darauf beschränkt, Plünderer zu exekutieren. Er entschied sich, seine Beichte niederzuschreiben (aber die Königin hatte recht, «Beichte» war nicht das richtige Wort, denn er hatte es ja in der Ausgeglichenheit der dritten Person geschrieben).
Er hatte mit der Schilderung der Operation begonnen.
Diese chirurgische Barbarei, doch, das war der Anfang und das Ende von allem gewesen.
Bis zum Tag der Operation war Alexandre ein fröhliches Kind gewesen, ein perfekter Spielkamerad für die Zwillinge, aber manchmal Opfer von Erstickungsanfällen, die zugleich beängstigend und angenehm waren. Das Knappwerden der Luft in seinen Lungen ließ ihn dann mit den Armen wie ein Ertrinkender um sich schlagen,

verschaffte ihm aber auch einen klaren Rausch, eine so deutliche Vision der Wesen und der Dinge, daß er gerne den Rest seines Lebens damit zugebracht hätte, die Luft wie eine verrückte Windmühle umzuwälzen. Vater Krämer aber und die Chirurgie entschieden anders. Eines Tages, als eines seiner verrückten Lachen zu einem Röcheln der Agonie degenerierte, transportierte man den kleinen Alexandre in eine Klinik, wo eine Reihe Röntgenaufnahmen etwas Seltsames in der Brust des Kindes feststellte. Die Kugel aus Fleisch und Haaren, die ihm die Chirurgen daraufhin entfernten, war der nekrotische Embryo eines Zwillings, der sich um sein Herz zusammengerollt hatte. Diese Fälle von embryonaler Anthropophagie waren zwar nicht außergewöhnlich, aber spektakulär genug, um eine Bande von Assistenzärzten und Studenten im Zimmer des Jungen in Erstaunen zu versetzen.

«Klassisch», sagte eine Stimme, «er hat seinen kleinen Bruder gefressen, der Strolch.»

In dem Glasbehälter, den man forttrug, glaubte Alexandre das Aufblitzen eines Zahnes wahrzunehmen – wie eine letzte Erinnerung an ein verlorenes Lachen.

Alexandre kehrte mit einer brutalen Narbe nach Hause zurück, wie ein Krebs, den man mit einer Zange aufgeknackt hatte.

Er war ein Kind von zehn Jahren.

Man hatte eine Hälfte von ihm amputiert.

44

Die Königin ißt wenig. Nach eigener Aussage unterhält die Königin ihre Magerkeit wie einen Bonsai. Die winzigen Häppchen, die sie sich geschickt zwischen ihre enormen Backen schiebt, erfüllen die Mission, sie am Leben zu erhalten. Mehr nicht. Wenn die Königin ein Häppchen zuviel durchläßt, steht sie ohne weiteres auf und geht auf die Toilette, um sich zu übergeben. Julie kocht zu gut. Julie fühlt sich für das zusätzliche Häppchen verantwortlich. Sie verspricht, sich zu bessern. Morgen abend keine Torte. Ob Torte oder nicht, Julie wird morgen abend, mit derselben Regelmäßigkeit, mit der sie

Krämers Verband wechselt, hören, wie die Königin die Äste ihres inneren Bonsai schneidet. Krämers Verletzung ist verheilt. Die beiden fehlenden Finger erinnern auch an ausgeschnittene Äste. Die Hand treibt um die Verletzung herum Knospen. Der Kallus eines alten Baumes. Nur Krämers Hand verrät das Alter eines reifen Mannes. Der Rest ist eine Art unverwüstlicher junger Mann.
«Wir setzen die Antibiotika ab», sagt Julie.
Die Königin steigt wieder behutsam die Treppe hinab; ihre unerklärlich rundliche Hand krallt sich an das hölzerne Geländer.
«Apropos», sagt sie, «Jérémy Malaussène, der Bruder Ihres Benjamin, hat beschlossen, unsere Lagerhallen anzuzünden.»
Sie setzt sich hin. «Ich würde gerne einen Lindenblütentee trinken.»
Julie macht einen Kräutertee.
«Ich werde Ihnen erklären, was ein Verlag ist, Krämer, wie er funktioniert. Meiner jedenfalls... Schließlich bin ich ja Ihr Verleger...»
Sie stehen früh auf. Wenn das Wetter es zuläßt, machen sie zuerst einen Spaziergang. Man braucht in dieser Jahreszeit im Vercors keine Begegnung zu fürchten. Die Königin läuft vorneweg, auf Krämers Arm gestützt. Julie folgt, den schweren Revolver im Regenmantel des Gouverneurs. Der Tag geht über dem Loscence-Tal auf.
«Warum sind Sie nicht sofort ausgebrochen, Alexandre?»
«Ich wollte meine Beichte in Frieden schreiben.»
«Nun, warum sind Sie dann hinterher ausgebrochen?»
«Sie hatten jemanden geschickt, der mich töten sollte.»

Einen Pianisten. Der Pianist hatte die Sympathien aller in Champrond gewonnen. Der Pianist gab Konzerte. Er spielte auswendig, fröhlich vor sich hinbrummelnd, à la Glenn Gould. Das mochten die Gefangenen. Doch Krämer hatte sich geschworen, jedem Neuankömmling gegenüber mißtrauisch zu sein. In der Nacht, in der der Pianist ihn erdrosseln wollte, hatte Krämer ihm zwanzig Zentimeter Stahl in die Kehle gerammt. Dann war er ausgebrochen, hatte soviel Geld wie möglich und die bereits geschriebenen Seiten seiner Beichte in der dritten Person mitgenommen.

Es war kein echtes Problem, aus diesem Gefängnis auszubrechen, das kein Inhaftierter jemals verlassen wollte.
Im Gegenteil, es war eins, draußen zu leben.
Städte vermehren sich durch Parthenogenese. Innerhalb von sechzehn Jahren hatte Paris eine Stadt hervorgebracht, deren Geburt Krämer nicht gesehen hatte. Die Kleider, die Autos und die Häuser hatten die Form verändert. Die Luft hatte nicht mehr dasselbe Geräusch. Die Metrotickets waren dieselben geblieben, aber man mußte sie in Schlitze stecken, deren Geheimnis Krämer nicht kannte. Die Fluggesellschaften, die Reisegesellschaften boten zu Niedrigpreisen den interkontinentalen Ausbruch an, aber seine Blicke sahen nicht mehr zu den Plakaten hoch. Krämer ertappte sich dabei, wie er sich die Geschichte eines jungen Werbefachmanns ausdachte, der die Idee hatte, die Wände der Konkurrenz zu überlassen, um sich des Bodens zu bemächtigen, des ganzen Bodens; Kais, Gehsteige, Landebahnen voller Werbung – begehbarer Traum, weltweit. Das würde er schreiben, jawohl, wenn er mit seiner eigenen Geschichte fertig wäre. Nun aber erzählten die Wände von Paris einen Teil von Krämers Geschichte. Er hob den Kopf, er betrachtete die Plakate. Die meisten von ihnen priesen die Vorzüge von Gegenständen, deren er sich nicht hätte bedienen können. Aber einige redeten von ihm. JLB ODER DER LIBERALE REALISMUS – EIN MANN, EINE SICHERHEIT, EIN WERK! – 225 MILLIONEN VERKAUFTE EXEMPLARE. Und der Kopf des Typen. Sein eigener Kopf, eigentlich. Also war Saint-Hiver nur ein Mittelsmann gewesen... Die Plakate um Krämer herum multiplizierten sich. Paris erzählte ihm nur noch das. Man konnte nicht sagen, daß Krämer ein einsamer Mann in der Stadt war. Sein Double zwinkerte ihm an jeder Straßenecke zu. In ihm stieg wieder das Gefühl der beinahe heiteren Verblüffung auf, das er verspürt hatte, als er das von Clara mitgebrachte Buch entdeckte. Er hätte vor Wut explodieren, sich auf der Stelle in ein rachedurstiges Raubtier verwandeln sollen. Das geschah erst hinterher. Seine ersten Schritte machte er aus reiner Neugierde. Diese Geschichte *interessierte* ihn. Er befragte die Buchhändler: ‹Wie, Sie kennen JLB nicht?› Die Überraschung war einmütig. Wo kam denn der Typ her, der JLB nicht kannte? 225 Millionen verkaufte Exemplare, weltweit, seit fünfzehn Jahren! Hatte der

die geringste Idee, was 225 Millionen verkaufter Exemplare darstellten? Nein, nicht die geringste. Man ging sogar so weit, ihm seine Tantiemen auszurechnen. Man fügte noch eine grobe Schätzung der Geldsumme hinzu, die sich durch den Verkauf der Filmrechte ansammeln würde. JLB war ein Imperium. Wer verlegte ihn? Genau darin bestand der ganze Trick: kein Name, kein Gesicht, kein Verleger. Bücher, die vom Himmel fielen. Oder die von irgendeinem ihrer Leser hätten verfaßt sein können. Das war übrigens ein Bestandteil ihrer «Kaufmotivation». Die Kunden sagten sich häufig: ‹Er schreibt gut, ich denke ganz genauso.› Jawohl, ein phantastischer Marketing-Coup! Kaum war es ausgesprochen, stagnierte der Verkauf ein wenig; daher der Entschluß, JLBs Person zu enthüllen. Die öffentliche Präsentation seines letzten Romans, *Der Herr des Geldes*, würde eine gigantische Fiesta werden!

In einem Gang der Metro hatte ein Junge ein Kaugummi in JLBs Mundwinkel geklebt. Krämer, der abwesend daran vorbeiging, blieb plötzlich wie angewurzelt stehen. Es war das Aufblitzen des Zahns, den man ihm mit der Kugel aus Fleisch und Haaren genommen hatte. Krämer mußte sich an der Wand gegenüber anlehnen. Als sein Herz wieder seinen normalen Rhythmus gefunden hatte, kratzte er das Kaugummi sorgfältig ab.

Er fing an, das Gesicht zu betrachten. Er blieb stundenlang auf einer Bank gegenüber einer Plakatwand sitzen. Es war ein Männerkopf mit Pausbacken und messerscharfem Blick unter energischen Brauenbögen, mit einem ironischen und sinnlichen Mund, fleischigem Kinn und Haaren, die von einer Spitze in der Stirn aus glatt nach hinten gekämmt waren, was dem Gesamten das leicht faustische Aussehen eines Schöpfers verlieh, der sich an seine Zeit verkauft hatte. Aber in anderen Momenten des Tages, unter anderen Blickwinkeln, entdeckte Krämer so etwas wie eine unschuldige Belustigung in der Tiefe dieser Augen, die den Blick nicht mehr von ihm abwandten. Er ließ sich von den Plakaten nicht mehr überraschen. Er kam ihrem Auftauchen zuvor. Es war zu einem Spiel zwischen seinem Double und ihm geworden. ‹Diesmal hab ich dich erwischt›, murmelte er, wenn er ihn hinter einer Litfaßsäule ertappt hatte. ‹Gut gespielt!› rief er während einer Busfahrt, als sich das Bild des Doubles lächelnd entfernte. Sie machten sich einen Jux miteinander.

Am Abend in seinem Hotelzimmer – er nannte sich Krusmayer, deutscher Großhändler, der ein sehr grobes Französisch sprach – notierte er hastig die Eindrücke des Tages, die zum gegebenen Zeitpunkt ihre Verwendung an passender Stelle in seiner Beichte finden würden. Vor dem Einschlafen las er noch einmal ein paar Seiten seines Werks. Das in der Buchhandlung zu finden war. Echte Bücher. Glänzende Einbände, riesige Titel, oben die Initialen des Autors: JLB, in Großbuchstaben, rätselhaft und siegesgewiß, und dieselben Initialen unten: *jlb*, winzige und bescheidene Schrägschrift, verlegerische Diskretion – wie ein Bildhauer, der seine Initialen in den Sockel seines eigenen Genius eingravierte. So entdeckte er, daß er Schriftsteller war. Er fand Kraft bei dem, was er las. Eine einfache Kraft, elementar, tellurisch, eine Kraft, die Bücher produzierte wie unbeirrbare Steinblöcke. Wo 225 Millionen Leser ihre Wurzeln gefunden hatten, den genauen Sinn ihres Lebens. Eigentlich wäre daran nichts Erstaunliches, zumal ja sein Name, *Krämer*, bereits die Seele der kleinen Leute in sich trägt. Außerdem trug er den Vornamen eines Eroberers: Alexandre! Alexandre Krämer! Und er hatte auch nichts anderes geschrieben als das Epos des erobernden Handels! Anders ausgedrückt: die menschliche Geschichte dieses Jahrhunderts. Er fragte sich, wie er während der ganzen Zeit im Gefängnis seine Arbeit für eine Kinderei halten konnte. Die Antwort kam von allein: Saint-Hiver hatte ihn im Kindesstadium festgehalten. Ihn und alle seine Kameraden in Champrond. Seine *Kameraden*... er sprach von ihnen immer noch wie ein Schüler, wie ein einfacher Pensionsgast Saint-Hivers.

Er wandte sich wieder den Seiten seiner Beichte zu, die vom Mord an Saint-Hiver handelten. Er schrieb eine zweite Fassung. Die Metamorphose hatte auf dem Flur stattgefunden; Krämer wurde auf wenigen Metern erwachsen, und es war Faust, der Saint-Hiver ermordete. Faust beglich seine Rechnung mit dem Teufel.

Er würde auch diesen JLB töten, der dadurch, daß er ihm sein Werk gestohlen, seine Krebsbrust einmal zuviel geöffnet hatte.

Er betrachtete nicht mehr die Plakate.

Er bereitete die Exekution vor.

Er wollte eine öffentliche Exekution.
Er würde diesen JLB am Abend seines Auftritts im *Palais omnisport* in Bercy töten. JLB vereinbarte mit ihm übrigens mittels dieser Werbekampagne das Rendezvous; sie lieferte ihm den Tag, die Uhrzeit und den Ort der Opferung. Das Interview, das JLB dem *Playboy* gewährt hatte, bestärkte ihn in seinem Vorhaben. Die dumme Arroganz seiner Antworten rief allein schon nach einer exemplarischen Bestrafung.
Er besorgte sich die Waffe bei seinem Schwiegervater, dem Waffenhändler in der Rue Réaumur. Er kannte das Haus. Unmöglich, das Geschäft wie ein normaler Kunde zu betreten. Aber die Wohnung des Besitzers hatte eine Verbindung zum Waffengeschäft. Er führte seinen Plan an einem dieser sonnigen Sonntage durch, an denen Paris das Land überflutet. Er wählte eine 22er Swinley mit Zielfernrohr und zwei Faustfeuerwaffen für den Fall, daß er in der Folge der Ereignisse in die Situation käme, sich verteidigen zu müssen. Das Bargeld, das er in der Wohnung fand (Carolines Großmutter verhielt sich störrisch gegenüber den Abstraktionen einer Bank und versteckte ihre Barschaft zwischen den Bettlaken, aus denen Caroline im jugendlichen Alter auch ihr wöchentliches Taschengeld bezogen hatte), das Bargeld kam genau richtig, denn von dem, was er aus Champrond mitgenommen hatte, war nicht mehr viel übrig.
Nun begann die Arbeit der Standortbestimmung.
Im *Palais omnisport* wählte er als sein Mördernest eine Hängebrücke aus Metall, die sich zwischen zwei Scheinwerfern befand, deren Intensität diejenigen blendete, die es wagen würden, in seine Richtung zu schauen.
Am Abend der Exekution lag er also auf der Hängebrücke zwischen den beiden Scheinwerfern, vor ihm sein Karabiner. In seinen Gürtel hatte er eine Smith & Wesson gesteckt. Den zweiten Revolver, eingewickelt in eine Plastiktüte, hatte er im Jardin de Luxembourg vergraben, ein öffentliches Versteck, das unendlich sicherer war als sein Hotelzimmer.
Das *Palais omnisport* füllte sich unter ihm.
Da sah er zum erstenmal die schöne Frau.

45

Es war ein Schock für ihn, als die schöne Frau in seinem Zielfernrohr auftauchte. Er sah, daß sie schön war und daß die Männer um sie herumstanden. Gleichwohl wagte es keiner von ihnen, in das Innere des Kreises zu dringen, den ihre Bewunderung hervorgerufen hatte. Er erkannte dort das Paradoxon ihrer Schönheit: allein über ein Imperium herrschen, das durch das Begehren verriegelt ist. Er hatte das in seiner Kindheit erlebt. Zu schön, um Freunde zu gewinnen. Die sehr Schönen waren eine Außenseiterrasse. Er hatte es so oft in seinen Romanen beschrieben! Und jetzt stand sie da, in einem Kreis aus Männern, stand in seinem Visier!
Als er JLB niedergeschossen und sich die schöne Frau mitten in der Menge entleert hatte, faßte er die Explosion dieses Körpers als die wunderschönste Liebeserklärung auf. Sie glaubte, er sei tot. Sie schenkte ihm die üppige Huldigung einer vulkanischen Trauer. Sie wußte nicht, daß es sich bei demjenigen auf der Bühne nicht um ihn handelte, sondern um eine lächerliche Karikatur seiner Person. Sie stellte sich vor, daß sie nun ihren Lieblingsautor verloren hatte, wo doch ihr Autor, ganz im Gegenteil, sie gerade entdeckt hatte!
Dies waren die Sätze, die er an jenem Abend, Wort für Wort, in sein Notizbuch eintrug.
Er wartete, bis sich das *Palais omnisport* geleert hatte, und verließ es ein paar Schritte nach der schönen Frau. Er stieg in denselben Metrowagen. Er begleitete sie bis zu ihrem Haus, erkundete das Stockwerk und ihre Wohnungstür. Er wechselte das Hotel und mietete ein Zimmer in der Nähe ihrer Fenster. Und in jener Nacht schrieb er, wie in allen anderen Nächten. Er war dabei, den Pianisten zu beschreiben, den Mord an dem Pianisten. Er, seine Figur, wußte ganz genau, was er tat. «Er» würde seine Identität wiederherstellen, den Verleger ausfindig machen, ihn zwingen, sich zu erkennen zu geben und ihn wieder in seine Rechte einzusetzen. Doch nun würde er sich der schönen Frau vorstellen. Und auch das lag sehr wohl in Krämers Absicht.
Aber er wollte sie noch einmal sehen, bevor er sich auf die Jagd machen würde. Er erkannte sie wieder, trotz der Perücke. Er erkannte sie an ihrem Gang: eine außergewöhnliche Entschlossen-

heit. Er hatte nicht die Kraft, sie zu verlassen. Er wollte auch den Grund für diese Perücke wissen, erfahren, wohin sie diese Entschlossenheit führen würde. Er wohnte der Anmietung der Autos bei, folgte ihr bis zu den Türen ihrer verschiedenen Dienstmädchenzimmer, machte sich mit ihrer Perückensammlung vertraut. Er selbst fuhr einen kleinen Renault, den er auf den Namen Krusmayer geliehen hatte. Er wohnte der Aufstellung bei, die sie rund um das besondere Gebäude in der Rue de la Pompe herum vornahm. Die drei Leihwagen bildeten ein Dreieck um die Zielscheibe. Sie wechselte nacheinander die Autos, nacheinander ihr Aussehen und zog so eine feste Garde vor diesem besonderen Gebäude auf. Sie ließ die Zündschlüssel auf dem Armaturenbrett liegen, zweifelsohne, um gegebenenfalls schneller verschwinden zu können. Er kannte nicht das Ziel dieser Einkreisung. Er kapierte, als er den Minister Chabotte wiedererkannte. Als er sah, wie sie dem Minister einen Revolver in den Bauch drückte und sich mit ihm in den Mercedes stürzte, den sie soeben gerammt hatte. Das alles geschah so schnell, daß er, noch auf dem Gehsteig, davon überrumpelt wurde. Er lief bis zum BMW, den sie an der benachbarten Kreuzung geparkt hatte, und hatte alle erdenkliche Mühe, den Mercedes einzuholen. Glücklicherweise fuhr der Mercedes gemessenen Schrittes. Als er am Rand des Bois de Boulogne anhielt, parkte er nicht weit von ihnen entfernt, schlüpfte ins Unterholz und schlich sich an. Und ob das Chabotte war, der lebhafte Kabinettsdirektor, der von seiner Arbeit hell begeistert gewesen war, siebzehn Jahre zuvor. Chabotte gehörte zu den trockenen Temperamenten, die das Leben nicht nudelt. Absolut wiederzuerkennen. Aber wieso kannte die schöne Frau Chabotte? Das war eine Frage, die er dem Minister stellen würde, wenn sie ihn nicht töten würde. Sie tötete ihn nicht. Sie zwang ihn, in die mittlerweile hereingebrochene Nacht hinauszugehen, und der Mercedes entfernte sich. Krämer warf Chabotte auf den Boden, ins Gestrüpp, mit der Nase ins Moos, und drückte ihm seinen Revolver ins Genick.

«Zweimal innerhalb von fünf Minuten, das ist mindestens einmal zuviel», protestierte der Minister gelassen.

Krämer drehte ihn herum.

«Sie sind es, Krämer? Waren Sie das auch in Bercy? Glück-

wunsch... In der Rolle des Täters sind Sie kooperativer als in der des Opfers.»
Nicht die geringste Angst.
Und direkt die Karten auf den Tisch.
Ja, Chabotte hatte ihm sein Werk gestohlen, ja, er gestand, jetzt, wo er nicht mehr anders konnte. Ein Teil seiner Absichten indes war löblich: Ein beträchtlicher Prozentsatz des Gewinns hatte das Funktionieren des Gefängnisses vom Champrond sichergestellt.
«Sie haben Saint-Hiver zu Unrecht massakriert, nebenbei bemerkt. Er konnte nichts dafür, der arme Alte, er hat für sich keinen Centime eingesteckt, ein echter Heiliger. Aber wir leben in einer Welt, in der sich sogar Heilige als Realisten erweisen müssen: entweder das oder ein Gefängnis wie alle anderen für seine Pensionsgäste.»
Chabotte mißtraute Krämers Schweigen.
«Wundert Sie das, Krämer? Wie, Sie hatten geglaubt, das Gefängnis von Champrond würde von der öffentlichen Hand finanziert? Können Sie sich einen Staat vorstellen, der seine Kassen aufmacht, damit Mörder den Künstler spielen können? Und gar den französischen Staat?»
Krämer fragte ihn, wer die schöne Frau sei.
«Nicht die geringste Idee. Sie wollte wissen, weshalb ich den komischen Knaben hätte umbringen lassen, der auf der Bühne Ihre Rolle spielte. Das ist doch die Höhe, nicht wahr? Gut, Krämer, kommen wir jetzt zu den ernsthaften Dingen. Ich mache Ihnen einen Vorschlag...»
Er drehte Chabotte wieder auf den Boden und tötete ihn.

«Um Saint-Hiver zu rächen?»
Krämer nickt mit dem Kopf. Er sitzt neben einer untröstlichen Königin.
«Mein armer Krämer, die Zahl der Gründe, die Sie sich liefern, um Menschen zu töten...»
Sie reden mit gedämpfter Stimme. Eine lange braun-ockerfarbene Natter schlängelt sich zwischen den Stockrosen hindurch zu der mit Milch gefüllten Untertasse, die ihr Julie hinter einen Stein geschützt hingestellt hat.

«Und Gauthier?»
«Ich wollte die ganze Belegschaft des Verlags exekutieren.»
«Warum?»
«Vielleicht wurde ich mit dem Tod Saint-Hivers zum echten Mörder...»
«Was ist denn das, ein *echter* Mörder? Finden Sie, daß Sie noch nicht *echt* genug waren?»
Die Natter bewegt sich langsam vorwärts, wobei sich jedes ihrer Glieder mit einer peitschenartigen Geschwindigkeit um sich selbst windet. Es ist eine gezügelte Kraft. Wie eine aufgeschobene Entscheidung.
«Zur Zeit meines Vaters hatte sich an der gleichen Stelle eine Natter eingenistet, die Ähnlichkeit mit dieser hier hatte», sagt Juli zu ihnen.

Er hatte Gauthier getötet, weil er auf einem Foto im *Playboy* als JLBs Sekretär abgebildet war. Als die schöne Frau (diesmal braune Perücke) Gauthier in der Rue Gazan, am Rand des Montsouris-Parks laufen ließ, hatte er ihm gar nicht erst Fragen gestellt, sondern ihn ganz schnell getötet. So würde er nun alle exekutieren, die dadurch, daß sie sein Werk gestohlen, das Saint-Hivers zerstört haben. Das war sein neuester Entschluß. Er würde nicht mehr sich, sondern Saint-Hiver rächen. Und aus unerklärlichen Gründen führte ihn die schöne Frau zu seinen Zielscheiben, zeigte ihm die Schuldigen. Sie bildeten ein Team. Er wettete, daß sie ihn bald zu dem Riesen führen würde, der gebaut war wie ein Rugbyspieler und sich auf einem anderen Foto des *Playboys* gutgelaunt an JLBs Seite präsentiert hatte. Die schöne Frau war sein Köderfisch. Sie führte ihre eigenen Ermittlungen durch und kaschierte damit seine. Sie hatte Chabotte und Gauthier ausgelassen, weil die beiden sie sicherlich zum Gehirn der ganzen Sache geführt hatten. Sie arbeitete sich zu einer Quelle vor, über einen Weg, auf dem er, Krämer, niemanden auslassen würde.
Eine fabelhafte Idee war ihm in den Wogen der Begeisterung gekommen, in die ihn Chabottes Exekution gestürzt hatte: die schöne Frau kompromittieren! Die Ermittler auf ihre Spur lenken. Aus zwei

Gründen. Die er numerierte: 1. um Bewegungsfreiheit für seine Exekutionen zu haben, 2. um sie zu retten, wenn man sie verhaften würde. Er lebte nur noch in der Erwartung dieses Augenblicks. Des Augenblicks, in dem er sich für sie stellen würde. Womit er gleichzeitig ihre Unschuld beweisen würde. Diese Aussicht hielt ihn munter; er war erfüllt von einer strahlenden, überschwenglichen Freude, die aus ihm eine Art fröhlichen, außergewöhnlich instinktiven, unverwundbaren Mörder machte. Die Realität bekam für ihn denselben Lichtschein, der damals, während seiner Erstickungsanfälle, die Wesen und Dinge umgab. Er wußte, was er zu der schönen Frau sagen würde, wenn er sie rettete. Vielleicht würde ihr Aufeinandertreffen nur eine kurze Begegnung sein, doch er würde genügend Zeit haben, es ihr zu sagen. Er würde lächelnd mit dem Finger auf sie zeigen und zu ihr sagen:
«Sie... ich liebe Sie *korrekt*.»
Er konnte sich keine schönere Liebeserklärung vorstellen.
«Ich liebe Sie *korrekt*.»
Vielleicht würde er eine kurze Verzögerung zwischen dem Verb und seinem Adverb machen:
«Ich liebe Sie... *korrekt*.»
Vielleicht auch nicht.

«Das war übrigens das erste, was er mir sagte, als er aus der Ohnmacht aufwachte.»
«Was denn?»
«Das: Ich liebe Sie korrekt.»
«Im Ernst?»
«Wortwörtlich.»
Die Königin und Julie reden leise. Krämer schläft im Zimmer neben der Küche. Die Königin hat den Mörder völlig eingewickelt. Sie müssen bei Sonnenaufgang aufstehen. Eine gewaltige Arbeit wartet auf sie: Krämers Beichte überarbeiten, ihr die erste Person Singular zurückgeben und diejenigen Passagen neu schreiben, wo sich seine Feder in die Trugbilder des Epischen verirrt hat. ‹Sind Sie immer noch einverstanden, Alexandre?› Er hatte genickt. ‹Gut, dann schlafen Sie jetzt!› Die Königin hatte ihre rundliche Hand auf die

Stirn des Mörders gelegt. Der letzte Mann, den sie auf diese Weise berührt hatte, war Malaussène, ein paar Minuten bevor der Mörder ihn niedergeschossen hatte. Krämer schlief unter der rundlichen Hand der Königin Zabo ein.

«Es ist trotzdem eine eigenartige Situation», sagt die Königin vor ihrem abendlichen Kräutertee zu Julie. «Zwei Frauen im hintersten Winkel des Vercors sind damit beschäftigt, die Wiedereingliederung eines Mörders vorzubereiten... seine Wiedereinkerkerung.»

Sie haben folgendes beschlossen: Krämers Beichte auszuarbeiten und sie Commissaire divisionnaire Coudrier zu übergeben, damit er seine Bulleninfanterie entwaffnen kann. Sonst wird Krämer umgelegt, sobald er auch nur einen Fuß nach Paris setzt. Die Königin und die Journalistin arbeiten an der Wiedereingliederung einer Nachtigall. Damit sie wieder ein friedliches Eckchen in ihrem Käfig bekommt und sich erneut in das Nest ihrer Schreiberei kuschelt. Die Königin interessiert sich für alles Geschriebene.

«Hier haben Sie also ihre Kindheit mit Ihrem Vater, dem Gouverneur, verbracht?»

«Ja, das ist mein Elternhaus», antwortet Julie, «in dieser Küche bin ich zur Welt gekommen.»

«Eine berühmte Person...»

Die Königin spricht in kochenden Schlückchen.

«Der Kolonialgouverneur, der entkolonialisiert...»

Julie stimmt ihr zu. Sie fand ihren Vater auch ziemlich «berühmt», doch.

«Hat es Sie nie gereizt, ein Buch über ihn zu schreiben?»

«Das kommt nicht in Frage.»

«Wir werden später noch mal darauf zurückkommen.»

Die beiden Frauen schweigen. Man hört, wie die Waldmäuse mit ihren kleinen Pfoten im neokolonialen Sammelsurium des Speichers ihre nächtliche Sarabande veranstalten.

«Und was haben Sie ihm geantwortet?»

«Wie bitte?»

«Krämer, als er Ihnen die Liebeserklärung gemacht hat...»

Als die schöne Frau erschien, wurde er ohnmächtig. Der hohe Blutverlust, gewiß, aber vor allem die Emotionen. Er fiel in Ohnmacht, als würde er sich hingeben. Bei seinem Sturz hatte er eine kleine Kommode umgerissen. Die Seiten seiner Beichte in der dritten Person lagen um ihn herum verstreut.
Als er wieder aufwachte, lag er nackt im Bett des Dienstmädchenzimmers, war verbunden und hing am Tropf. In einem Bürosessel, dessen aufgeschlitztes Skai schaumige Tumore freigab, saß die schöne Frau und las seine Beichte.
«Sie...» sagte er.
Sie blickte auf.
«Sie... Ich liebe Sie korrekt.»
Sie kniete sofort neben ihm. Sie drückte ihm den Lauf eines Dienstrevolvers an die Schläfe.
«Noch ein Wort, und ich werde dir deinen dummen Kopf wegschießen!»
Er zweifelte keine Sekunde daran, daß sie ihre Drohung wahrmachen würde. Er schwieg. Doch die Welle des Kummers, die ihm aller verliebter Logik nach den Rest gegeben hätte, kam nicht über ihn. Einmal mehr trug ihn die Neugierde fort. Aus welchem Grund könnte eine Frau, die dir das Leben gerettet hat, vorhaben, dir eine Kugel in den Kopf zu schießen? Die Frage *interessierte* ihn. Er stellte sie ein bißchen später, als sie sich wieder beruhigt hatte und wollte, daß er ihr den Rest seiner Geschichte erzählte.
«Sie haben in Bercy den Mann erschossen, den ich geliebt habe.»
Dieser Typ im Sonntagsstaat auf der Bühne im *Palais omnisport* war der Mann, den sie liebte? In gewisser Hinsicht machte die Antwort der schönen Frau alles nur noch rätselhafter. Krämer versuchte zu ergründen, zu welcher Art Mann der Typ wohl gehörte, wenn er nicht gerade die Rolle eines anderen im lächerlichen Flitterkram einer pseudoliterarischen Kirmes spielte. Die schöne Frau gab sich lakonisch:
«Zu der Art, die ich liebe.»
Dann fügte sie noch hinzu:
«Einzigartig.»
Und als er sie fragte, weshalb ein so liebenswerter Mann diese unwürdige Rolle akzeptiert hätte – in die Haut eines anderen Schrift-

stellers zu schlüpfen –, antwortete sie ihm mit einem boshaften Angriff:
«Um seine Schwester zu trösten, um eine Mitgift für das Kind seiner Schwester anzulegen, um seiner Familie Zerstreuung zu verschaffen und sich selbst zu amüsieren. Weil er eine tragische Veranlagung hat: er spielt, er amüsiere sich, aber in Wirklichkeit amüsiert er sich nie, lacht aber trotzdem... ein Idiot, der am Ende deshalb ermordet wurde, weil er sich ständig bemüht hatte, kein Mörder zu sein!»
«Er hat mir mein Werk gestohlen.»
«Er hat Ihnen überhaupt nichts gestohlen. Er glaubte ernsthaft, daß Chabotte JLB war.»
‹Ein Bild›, dachte Krämer gleichgültig, ‹in jener Nacht habe ich auf ein Bild geschossen...›
«Und alle Angestellten von Talion glaubten es auch, inklusive Gauthier!»
Sie bebte vor Wut. Krämer war darauf gefaßt, daß sie wieder den Dienstrevolver in die Hand nehmen würde. Statt dessen hörte er sie grummeln:
«Und jetzt halten Sie Ihr Maul, ich muß Ihren Verband wechseln!»
Sie arbeitete mit der brutalen Fingerfertigkeit eines Chirurgen.
Sie verließen Paris, sobald er sich aufrecht halten konnte. Sie fuhren nachts los. Sie hatte ein Blaulicht auf ihrem weißen Renault befestigt und ihn gezwungen, einen Sanitäterkittel anzuziehen.
«Sie suchen einen Verletzten, also werden sie einen Sanitäter nicht verdächtigen.»
Sie kamen im Morgengrauen auf dem Hof im Vercors an. Wolken, Tannenbäume, Felsen und Stockrosen.
«Sie werden dort schlafen.»
Sie deutete auf eine Klappcouch in einem Zimmer, das mit hellem Tannenholz getäfelt war. Eine chinesische Lampe hing von der Decke.
«Sie können an diesem Tisch am Fenster schreiben.»
Durch das Fenster sah man auf einen jungen Eichenwald.
«Ich werde die Direktorin von Talion anrufen, wenn Sie mit dem Text weit genug sind.»
Das hatte er sich vorgenommen: seine Beichte zu Papier zu bringen.

Mit so vielen mildernden Umständen gespickt, konnten die Seiten eigentlich nur zu seinen Gunsten plädieren. Man würde nicht nach Paris fahren, bevor Divisionnaire Coudrier sie nicht gelesen hätte.
«Warum tun Sie das?»
Warum eigentlich? Er hatte immerhin ihren Mann getötet...
«Ich bin kein Mörder», antwortete sie, «ich löse keine Probleme, indem ich sie eliminiere.»
Er wollte auch wissen, weshalb sie so großen Wert darauf legte, daß seine Beichte veröffentlicht würde. Vielleicht würde man ihn sogar vor dem Gefängnis Champrond bewahren.
Nach dieser ganzen Zeit, die Krämer in ihrer Gesellschaft verbracht hatte, empfand er nicht mehr die geringste Zuneigung für die schöne Frau. Ihre Präzision anästhesierte ihn. Er ließ sie in exakt demselben Maße über sein Schicksal entscheiden, in dem ihm sein Schicksal gleichgültig war. Er war, wie immer, neugierig, was wohl passieren wird, aber den Folgen gegenüber gleichgültig. Ob man Champrond am Leben hielt oder nicht, bedeutete ihm nichts mehr. Er war im Theater. Die schöne Frau war für ihn dieses Theater. Sie besaß für ihn ebensowenig Realität wie die Figuren, die von allein unter seiner Feder entstanden. Welcher von Rätseln freien Phantasie war diese Frau, der alles gelang, entsprungen? Sie konnte alles: einen Wagen tarnen, mit einem Revolver umgehen, sich in jede beliebige Person verwandeln, eine Hand mit zwei amputierten Fingern versorgen... Sie konnte alles, Antibiotika ohne Rezept beibringen, drei Liter Blut für eine Bluttransfusion im Untergrund besorgen, beliebig das Auto wechseln, ein abgelegenes Haus im Vercors auftreiben... Sie war schön, gewiß, aber von einer *so offensichtlichen* Schönheit... Die schöne Frau war ein Stereotyp. Aber ein Stereotyp ihrer Zeit, überzeugt von ihrer Einzigartigkeit.
«Und Sie, was halten Sie von meinen Romanen?» fragte Krämer sie zwischen zwei Ewigkeiten des Schweigens.
«Ein Haufen Blödsinn.»
Als Revanche klammerte er sich vom ersten Augenblick an an die Königin. Die Königin behandelte ihn grob, sprach aber die echte Sprache der Bücher. Er arbeitete mit Inbrunst unter der absoluten Autorität der Königin. Er drehte der dritten Person Singular den

Hals um und exhumierte ein *Ich*, das in seinem Namen schrieb. So machte er auch die Entdeckung, daß er nicht der idealistische Rächer war, für den er sich hielt (und dessen Seelenzustände er liebenswürdig beschrieben hatte), sondern ein impulsiver Mörder, nur dem Präsens Indikativ verpflichtet.

«Alexandre, denken Sie manchmal noch an Saint-Hiver? Überlegen Sie, bevor Sie antworten! Denken Sie von Zeit zu Zeit noch an Saint-Hiver?»

«Nein.»

«Und an Ihr Leben im Gefängnis von Champrond?»

«Nein, ich denke niemals richtig daran, nein.»

«Nichtsdestoweniger waren Sie glücklich in Champrond?»

«Ich glaube, ja.»

«Beschäftigt Sie das Schicksal Ihrer Kameraden?»

«Nicht richtig.»

«Wie erklären Sie sich das?»

«Ich weiß nicht. Ich bin jetzt hier. Ich bin bei Ihnen.»

«Denken Sie manchmal an Caroline?»

«Caroline?»

«Ihre Frau, Caroline...»

«Nein.»

«Alexandre, weshalb haben sie Saint-Hiver wirklich getötet?»

«Ich weiß nicht. Ich sah mich plötzlich als Gefangenen, glaub ich, und ihn als Gefängnisdirektor.»

«Und Chabotte?»

«Um Saint-Hiver zu rächen.»

«Den Gefängnisdirektor?»

«Nein, den anderen Saint-Hiver, den Gründer von Champrond.»

«Aber wenn Sie doch nicht mehr an ihn dachten...»

«Chabotte hat mir von ihm erzählt; er hat sich über ihn lustig gemacht, es war furchtbar.»

«Furchtbar?»

«Es war furchtbar, ja, brutal. Ich habe diese Brutalität nicht ertragen.»

«Gauthier?»

«Ich mußte einen Menschen rächen, und ich mußte einen Traum rächen.»

«Das haben Sie in der dritten Person geschrieben, aber es ist nicht von Ihnen, es ist eine JLB-Formulierung. Weshalb haben Sie Gauthier getötet?»
«Es schien mir, daß ich dazu bestimmt war.»
«Unzureichend.»
«...»
«...»
«Ich wollte...»
«...»
«Ich wollte Julie kompromittieren.»
«Um sich in die Rolle des Retters zu begeben, indem Sie sich nach Ihrer Verhaftung stellen?»
«Ja.»
«Schreiben Sie das! Und überarbeiten Sie alles im Präsens Indikativ, wenn ich bitten darf!»
Die Königin hatte ihm geholfen, seine Beichte gut zu Ende zu bringen. Im Präsens Indikativ, der Zeit seiner Morde, und in der ersten Person Singular, der Person des Mörders. Um die hundert Seiten, nicht mehr, aber es waren die ersten, die von ihm waren, die ersten, die *er* waren. Die Königin schabte keine Krebse aus, sie füllte sie mit ihrem eigenen Fleisch, sie ließ die Narben verschwinden.

Der Morgen kam, an dem die Königin und die schöne Frau nach Paris zurückkehrten, um seinen Fall der Polizei vorzutragen. Er blieb allein in dem Haus im Vercors zurück.
«Bleiben Sie hier, bis man Sie abholt!»
«Schreiben Sie in der Zwischenzeit, Alexandre! Fangen Sie einfach mit der Geschichte des Werbefachmanns an, der sich den Boden nimmt – das ist eine gute Idee für den Anfang.»
Aber das Vercors hatte ihn zu einem anderen Projekt inspiriert: die Geschichte eines kleinen Holzfällers von zehn Jahren, der am 21. Juli '44 mit ansehen mußte, wie seine ganze Familie von SS-Kommandos auf dem Plateau von Vassieux niedergemetzelt wurde, und sich schwor, alle wiederzufinden und sie einen nach dem andern zu bestrafen. Im Zuge dessen wird der Holzfäller die tropischen Regenwälder retten, die mittlerweile in die Hände derselben

Henker gefallen waren; dann wird er zum größten Papierbreihersteller der Welt, der Freund der Verleger und Schriftsteller, er wird derjenige, der dem Buch zum Flug verhilft.

Er fragte die Königin Zabo, als er ihre Wagentür zumachte:

«Wenn Sie kommen und mich abholen, seien Sie doch bitte so nett und bringen Sie mir eine vollständige Dokumentation über das Druckwesen und über den Papiermarkt mit!»

Und als der Wagen davonfuhr, rief er:

«Ich werde es in der ersten Person Singular und im Präsens Indikativ schreiben!»

VIII. Es ist ein Engel

Wir nennen es «Es Ist Ein Engel».

46

«Reden Sie nicht um den heißen Brei herum, Berthold, Sie haben Malaussène ausgenommen wie eine Auster!»
Professor Marty war aus Japan zurück, und die Krankenhausflure konnten ein Lied davon singen.
«Alles, was Sie wollten, Marty, war, daß man ihn nicht abschaltet!»
Mit seinen unendlich langen Beinen hatte Berthold Mühe, Martys Raserei zu folgen.
«Ich werde Ihnen die Hölle so heiß machen, Berthold..., daß Sie Malaussène noch beneiden!»
Berthold zweifelte nicht daran.
«Aber was werfen Sie mir denn vor, verdammte Scheiße, ich hab ihn nicht abgeschaltet!»
Die Gänge waren wie gelähmt, wenn der kleine Wüterich und der große Jammerlappen vorbeieilten.
«Ich werfe Ihnen vor, daß Sie unheilbar sind, Berthold!»
Sie schossen in Malaussènes Zimmer.
«Mein Gott, was soll das? Ich hab ihm doch nur ein kleines Stück Leber rausgenommen!»
«Ich weiß, um sie einem zirrhotischen Leberkrebs einzupflanzen, der am nächsten Tag gestorben ist.»
«Transplantationsexperiment, Marty, es hätte klappen können.»
«Er war schon vorher hinüber, und Sie wußten das! Es gibt Experimente, die man nicht wagt.»

«Um einen Kranken zu retten! Experimente, die man nicht wagt? Ist das Ihre Vorstellung von Medizin?»
«Exakt. Sie stellen für sich allein schon ein Experiment dar, das ich niemals gewagt hätte, Berthold!»
«Passen Sie auf, was Sie sagen!»
«Wenn Sie aufpassen, was Sie machen!»
«Und die doppelte Nierentransplantation, und die Herz-Lungen-Transplantation, sind die vielleicht nicht geglückt?»
«Mit dem Einverständnis der Familie?»
«Der Familie? Der Familie Malaussène? Reden wir ein bißchen über die Familie! Eine zur Hälfte arabische Sippe von Nervensägen, die uns von früh bis spät reinquatschen, hübsche Familie, die Malaussènes! Gut, wenn wir schon mal dabei sind, dann sehen Sie sich diese Familie doch gleich mal an! Bewundern Sie sie, Marty, bewundern Sie sie!»
Berthold hatte die Tür des Krankenzimmers mit siegessicherer Handbewegung aufgemacht.

Alle waren sie da, in Benjamins Zimmer. Da waren Thérèse, Clara, Jérémy, der Kleine, Thian und Verdun, Louna, ihr Mann und die Zwillinge, Amar, Hadouch und Yasmina, es waren da: Nourdine und Leila, Mo der Mossi und Simon der Kabyle mit Sondererlaubnis; Julius der Hund und Julie waren da, Loussa de Casamance war da, und die Königin Zabo war da; es hatte sich sogar ein Bulle in einer Fliegerjacke mit gefüttertem Kragen eingefunden und der Divisionnaire Coudrier, sein hierarchischer Vorgesetzter.
Dreiundzwanzig Besucher.
Vierundzwanzig mit Marty.
Die Familie Malaussène.
Die Sippe des Subjekts.
Dessen Geburtstag man feierte.
«Bleiben Sie draußen, Berthold», befahl Doktor Marty, «diese kleine Fete geht Sie nichts an!»
Es gab einen Kuchen mit Kerzen und Champagner für alle. Es gab sogar eine Menge Geschenke in Form guter Nachrichten, die Jérémy eins nach dem andern an Benjamins Ohr auspackte.

«Julius ist wieder gesund, Ben, das ist ein gutes Zeichen. Der Kleine hat keine Alpträume mehr, Marty ist zurück, Julie hat den Mörder geschnappt, ich habe den Talion Verlag nicht abgefackelt. Es läuft wie geschmiert, Ben, das ist das Ende des Tunnels, ich schwör's dir! Glaub mir, bald bist du wieder auf den Beinen!»

«Ich glaub's dir, Jérémy, es ist ein schöner Geburtstag. Danke für die tollen Geschenke, danke, daß Julie und Marty wieder da sind, danke! Was meine Wiederauferstehung angeht, da kannst du lange warten, aber trotzdem, danke! Freut mich, wenn ihr's gut meint, und dabei ist das Wichtigste gar nicht da, Jérémy, das schönste Geschenk kündigt sich außerhalb an. Wieso steht ihr eigentlich alle überhaupt hier rum, reißt die Augen und sperrt die Ohren auf, seid alle so lebendig und wahnsinnig empfindlich – wieso kommt es, daß euch das Wichtigste entgeht, wie immer in diesem schönen Jahrhundert der Klarsicht? Wieso muß ich derjenige sein, der alles sofort kapiert, ausgerechnet ich, der ich nur noch meine eigene Hülle bin, das ohnmächtige Telefax der Welt? Hörst du nicht Claras doppeltes Herz, Jérémy? Clara kriegt ihr Kind!
Julie, Hadouch, Yasmina, Clara kriegt ihr Kind!
Marty! Doktor! Meine Schwester Clara kriegt jeden Moment ihr Kind!
Und ihr kleiner Untermieter hat solch einen Schiß, wenn ihr sein Herz hören würdet, wie ich es höre! Neun Monate ernährt, beherbergt, geschaukelt, umhegt und dann plötzlich, ohne Vorwarnung und Fallschirm, in ein Minenfeld geworfen! Genauso, als würdest du eine 22er Kugel mit hoher Durchschlagskraft sehen, wie sie in deine dreißig Zentimeter tiefe Lesezone dringt. An dem Punkt hatte Bergson recht: Was die Existenz betrifft, so hören der Ankömmling und der Abgeschossene die Trompeten des Ausweglosen, und sie haben beide die Hosen gestrichen voll, genau gleich voll. Sterben oder geboren werden – wer's nie erlebt hat, dem ist es wurscht. Man muß radikal seine Gewohnheiten ändern, und das, obwohl der Mensch ein Gewohnheitstier ist – im Schatten der Heckenscheren, der Blödmann!
Marty, Doktor, könnten Sie sich nicht ein bißchen Zeit nehmen, um

den kleinen Hausbesetzer meiner Clara zu begrüßen? Sie würden mir wirklich einen großen Gefallen tun, mir scheint, er hätte dann weniger Angst, wenn ihm garantiert wäre, daß er nicht mit drei Füßen und sechs Ohren zur Welt käme, und dann wäre da auch ein menschliches Wesen, das den Teppich vor ihm ausrollen würde, eine gute Sache für die Moral eines Anfängers. Auf der anderen Seite der Tür wird er nicht mehr so viele davon treffen, von den menschlichen Wesen...»

Es kündigte sich dadurch an, daß die Mutter diskret in Ohnmacht fiel. Ein zu Schaum geschlagenes Eiweiß, das in sich zusammenfällt. Ein Hauch.
«Clara!»
Aber Clara lag schon in den Armen eines Bullen mit Fliegerjacke, und ‹Hier lang!› sagte der Arzt, und die Sippe der dreiundzwanzig folgte Marty über die Gänge des Krankenhauses (zweiundzwanzig, um genau zu sein, Julie blieb bei Benjamin), und die Gänge marschierten im Takt vorbei, bis zu dem Tisch, auf dem alles beginnt, wo Clara aufwacht, wo es hochgekrempelte Ärmel gibt, der Arzt hat begonnen, nach dem Lebenden zu fischen, und die Sippe schließt sich wie beim Rugby-Gedränge um den Ball, ein famoser Stürmer drückt und pustet im Rhythmus von Clara, denn sie haben ja alle in den letzten Monaten mit ihr trainiert, einatmen, Atem anhalten, ausatmen und pusten, sogar die Verteidiger mischen sich in die Partie ein, eingeübte Schritte, die Außenstürmer, die Zweifler des Lebens, die richtig vereinten Schritte, sie wundern sich darüber, daß sie die ganze Luft der Welt einatmen, die Königin Zabo (‹Was mach ich denn da? Ich bin total bescheuert...›), sie drücken, als wollten sie einen Sektkorken knallen lassen, als handele es sich um ein Buch, das dort zwischen diesen Schenkeln auftauchen würde, atmen, der Mossi, Atem anhalten, der Kabyle, und drücken, der Divisionnaire persönlich (‹Den Quietismus heben wir vielleicht besser für morgen auf...›), Leila, Nourdine, Jérémy und der Kleine laufen um das Gedränge herum, ohne sich um das Abseits zu kümmern, gucken, wo der Ball herauskommen wird. Sich als erster auf den Ball stürzen, darum geht's...

Aber der Ball taucht hoch oben über ihren Köpfen auf...
In den siegesfroh ausgestreckten Armen Martys.
Und das Gedränge bricht auf, Köpfe drehen sich um, gehen ein Stück beiseite wie beim Einwurf, um besser sehen zu können, was der Arzt gleich ins große Spiel wirft.
Es sieht ganz ähnlich aus wie ein gewöhnliches Neugeborenes, und wie gewöhnlich hat es nichts damit zu tun.
Zunächst einmal schreit es nicht.
Und es sieht sich um. Man schämt sich sogar ein wenig, als man merkt, daß man als Zuschauer hergekommen ist.
Und es zeigt nicht den geringsten Schiß.
Eher nachdenklich. Macht ein Gesicht, als würde es sich fragen, was denn die ganzen Sportler hier zu suchen haben.
Entscheidet sich dann, sie anzulächeln.
Was sehr selten ist, daß ein Neugeborenes lächelt. Im allgemeinen muß man ein bißchen warten, bis es lächelt, so lange, bis die ersten Illusionen entstehen. Aber nein, hier gibt's ein Lächeln zu Spielbeginn. Und es haut genau hin mit dem Rest. Der Rest, das ist Clara Malaussène, und das ist Clarence de Saint-Hiver. Es ist Claras Oval unter Clarences Locke, es ist Saint-Hivers weißes Blond auf Malaussènes Mittelmeer, es ist matt und es ist leuchtend, es ist gerade erst geboren und es ist schon peinlich genau darauf bedacht, niemanden zu kränken, weder Vater noch Mutter zu vergessen in der Aufteilung der Ähnlichkeiten... Was aber Claras verträumte Aufmerksamkeit und Clarences nachdenkliche Begeisterung am besten verbindet, ist eben dieses Lächeln, trotzdem mit einem Deut an Persönlichem, eine Lefze ein bißchen höher gezogen als die andere, eine kleine fröhliche Spitze in einem Überschuß an Ernstem, ein Gesichtsausdruck, der findet, daß es insgesamt, Jungs, gar nicht so schlimm ist... wir werden uns bald davon erholen... ihr werdet sehen...
«Es ist ein Engel», sagt Jérémy.
Er überlegt eine Zeitlang und fügt hinzu:
«So nennen wir es.»
«Engel? Kannst du es Engel nennen?»
Jérémy hat schon immer getauft.
Thérèse hat immer protestiert.
«Nein», sagt Jérémy, «wir nennen es ‹Es Ist Ein Engel›.»

«In einem einzigen Wort? Esisteinengel?»
«In mehreren und alle groß geschrieben.»
«Es Ist Ein Engel?»
«Es Ist Ein Engel.»

Was anschließend geschah (als Doktor Marty – Clara war schon eingeschlafen – Es Ist Ein Engel in seine Wiege legte), sollte das Leben des Inspecteur Van Thian grundlegend verändern. Als wollte es den Vornamen, den es nie wieder ablegen würde, einweihen, warf Es Ist Ein Engel seine Locke à la Saint-Hiver und schlief seinerseits ein, ganz wie ein Engel, der seine Flügel zusammenfaltet. ‹Engel schlafen sofort nach der Landung ein›, bemerkte Jérémy. Der Satz fiel in ein unbewegliches Schweigen. Es hatte etwas von einer katatonischen Verzückung oder einer Gedenkfeier voller Inspiration. Kein Mensch wäre auf die Idee gekommen, auch nur den kleinen Finger zu bewegen. Dies war der Augenblick, den sich Verdun ausgesucht hatte, um in ihrem Ledergeschirr zu strampeln. Der alte Thian dachte, daß der Kleinen die Zeit lang werden würde, und wollte sie mit Streicheln beruhigen. Aber Verdun stieß die Hand des Inspecteur entschieden zurück, hielt sich am Rand des Geschirrs gut fest und schob so lange mit ihren Ellbogen, bis sie den ganzen Körper herausgezogen hatte. Thian hatte gerade noch Zeit, sie aufzufangen, bevor sie auf den Boden gefallen wäre. Aber durch eine Drehung ihrer mageren Gestalt entwischte ihm die Kleine und bewegte sich entschlossenen Schrittes, kaum wankend, auf Es Ist Ein Engels Wiege zu. Als sie das Bettchen erreicht und einen langen Blick auf das schlafende Baby geworfen hatte, drehte sie sich zur versammelten Mannschaft um, und allen Anwesenden wurde klar, daß keine Macht der Welt Verdun wieder von ihrem Wachposten würde losreißen können. ‹Verdun kann laufen›, dachte Jérémy, ‹nicht vergessen, Benjamin zu sagen, daß Verdun laufen kann.› Unterdessen hatte sich Inspecteur Van Thian geräuschlos zurückgezogen. Drei Schritte rückwärts, die ihn in den Flur des Krankenhauses geführt hatten.
Jetzt ging er zum Ausgang. Die diskrete Entbindung des Inspecteur Van Thian war ohne allgemeinen Schmerz erfolgt.

47

Der Präsens Indikativ bedeutete Krämer nichts. Er brauchte nicht einmal eine Nacht, um sich davon zu überzeugen, in diesem Haus im Vercors. Nachdem die Frauen abgefahren waren, hatte er sich an den Arbeitstisch gesetzt, aber es waren ihm keine Worte eingefallen. Schlimmer noch, sogar die Lust, nach ihnen zu suchen, hatte ihn verlassen. Er blieb leer vor dem berühmten weißen Blatt sitzen. Das war ihm noch nie passiert.

Zunächst einmal hatte ihm diese Urlaubssituation durchaus gefallen. Es interessierte ihn, wie alles, das ihn überraschte. ‹Im Grunde bedeutet mir der Präsens Indikativ nichts.› Aber die Lust, im Perfekt zu schreiben, schien auch vorüber zu sein. ‹Das Perfekt auch nicht.› Er saß an seinem Tisch und ließ den Tag bis in die dunkle Nacht hinein verstreichen. Als der kleine Eichenwald vor seinem Fenster nur noch eine lichtundurchlässige Mauer war, ging er schlafen. Er hatte das Gefühl, daß sich das Bett unter ihm entzog. ‹Was das Futur angeht, so ist es nicht der Mühe wert, darüber nachzudenken.› Der Gedanke, daß man ihm eine Zukunft zubilligen könnte, schüttelte ihn wahnsinnig vor Lachen, was das Stampfen des Bettes verstärkte. Er warf die Arme nach vorne, um seinen Sturz abzubremsen, aber das Gefühl des Abrutschens blieb. Die große Schlummerrolle, in die sich seine Finger gekrallt hatten, war auch nicht stabiler als der Rest. Er faßte den Entschluß, sich auf den Fußboden des Zimmers rollen zu lassen. ‹Dieses Floß so schnell wie möglich verlassen.› Schlechte Aktion. Der Fußboden gab auch nach. ‹Diese Geschichten mit der Zeit – ein ewiger Erdrutsch…› Er hatte die ganz deutliche Vision einer Rolltreppe, die er in umgekehrter Richtung hinaufhetzte, ohne einen Schritt vorwärts zu kommen. Mehr schlecht als recht hielt er sich an dem stampfenden Bett fest, floh vor dem Tisch in die Ecke, griff nach der sehr unsicheren Rückenlehne des Stuhls, schaffte es irgendwann, sich hinzuknien, zog sich dann hoch und stand schließlich. Stabil. ‹Auf meinen Füßen.› ‹Die Erde braucht Senkrechte.›

Er hüllte sich in die Daunendecke, ging hinaus und setzte sich auf die Bank, die man neben die Küchentür gestellt hatte. Ein durch die Witterung ausgebleichtes Rüsternbrett, das auf ein paar flachen Steinen lag. ‹Von mir aus. Beinahe stabil.› Mit dem Rücken an die unebene Wand gelehnt, dachte er flüchtig an diese Königin Zabo, die ihm die Zeit in den Kopf gesetzt hatte. Und damit alles andere ausgeleert hatte. Reduziert auf den Augenblick. ‹Nicht im Präsens, sondern *im Augenblick* – das ist nicht unbedingt dasselbe.› Ein sehr weißer Halbmond erleuchtete die Einkesselung der Stockrosen. Er bekam Lust, mehr über die nächtliche Landschaft dahinter zu erfahren. Er ließ das Daunenbett langsam fallen, bewaffnete sich mit der Sense, die auf dem Gestell im Holzschuppen hing, und fing an, das Bollwerk niederzumetzeln. Über dem Bett der schönen Frau hing das Foto eines Mannes in weißer Uniform, das in dieser wilden verschwenderischen Fülle aufgenommen worden war. Nackt unter dem Mond, befreite Krämer endlich den Gouverneur. Es schien so, als würde die schöne Frau den Gouverneur sehr lieben. Krämer mähte planmäßig und bemerkte dabei, daß er gegen diese so gar nicht planmäßige Liebe empfindlich wurde, die die schöne Frau den Männern ihres Lebens entgegenzubringen schien. Sie ließ ihre Lieben unter wilden Gräsern ersticken. (Die Königin hatte ihm gesagt, um Malaussènes Bett würden verborgene Lianen wachsen... eine medizinische Vegetation.) Hinter dem Bollwerk aus Stockrosen erhob sich die Mauer der Brennesseln. Krämer mähte bis zum Morgen. Die Sonne ertappte ihn nackt, wie er ‹sehr aufrecht› dastand und die letzten Pflanzen mit einem gleichmäßigen Schwung seines Oberkörpers abschlug; seine Füße und Waden waren gegenüber der brennenden Agonie unempfindlich.

Er zog sich an. Er goß frische Milch in die Untertasse der Natter. Er fügte den roten Kontrast einiger Giftkörner hinzu, die für die Mäuse auf dem Speicher bestimmt waren. Die Einsamkeit ist eine Qual, die man gezähmten Tieren ersparen muß.

Er schlich sich in den jungen Eichenwald bis an die Grenze zum benachbarten Hof. Als der Briefträger das Gebäude betrat, um seine Post abzuliefern, klemmte er sich hinter das Lenkrad seines gelben Lieferwagens.

In Grenoble nahm er den T.G.V.* nach Paris. In Paris nahm er die Métro zum Jardin de Luxembourg.

---

* Train à grande vitesse: Hochgeschwindigkeitszug

Der Mann mit den drei Fingern grub ein Loch in den Jardin de Luxembourg.
«Suchst du einen Schatz?»
Der Mann mit den drei Fingern drehte sich um. Zwei Kinder zwischen vier und sieben Jahren – er konnte das Alter von Kindern nicht einschätzen – beobachteten ihn verwundert.
«Ich suche ein Osterei.»
Der Junge schüttelte den Kopf, genau wie seine Schwester.
«Die Osterferien sind doch schon vorbei», sagte der Junge.
«Und die Osterhasen legen die Eier in den Garten zu Hause», sagte das kleine Mädchen, «nicht im Jardin de Luxembourg.»
«Die Osterhasen legen ihre Eier überallhin», sagte der Mann mit den drei Fingern, «deshalb findet man auch überall Eier, zu jeder Jahreszeit.»
«Sollen wir dir helfen?» fragte das kleine Mädchen, das mit einer Schippe und einem Eimer bewaffnet war.
«Aber gern», sagte der Mann mit den drei Fingern.
Er faßte den Sockel einer etwa zehn Meter entfernt stehenden Statue ins Auge und eine Kastanie in der entgegengesetzten Richtung.
«Du», sagte er zu dem kleinen Mädchen, «wirst unter diesem Baum graben und du an dieser Statue.»
Die Kinder gruben eifrig, fanden aber kein Ei. ‹Das hab ich mir doch gedacht›, ging es ihnen gemeinsam durch den Kopf. Als sie ihm seinen Irrtum mitteilen wollten, war der Mann mit den drei Fingern verschwunden. Wo er gestanden hatte, war ein Loch. Und im Loch lag eine Plastiktüte.
«Er hat eins gefunden», sagte das kleine Mädchen.

Im Taxi, das ihn zum Krankenhaus Saint-Louis fuhr, überprüfte Krämer den Revolver und paßte dabei auf, daß er nicht ins Blickfeld des Rückspiegels geriet. Er war hundertprozentig funktionstüchtig. Er blitzte. Es war eine schöne Waffe, wie sie Carolines Vater liebte. Eine verchromte Smith & Wesson. Die Trommel gab ein samtenes Klicken von sich. Das erinnerte an die Türen von schönen Autos, wenn man sie ohne Hast zuschlug. Obwohl sie so dünn war, hatte die Plastiktüte ihn völlig geschützt. ‹Wißt ihr, daß die Plastiktüte

eine französische Erfindung ist?› Vater Krämer liebte diese Geschichte. Er erzählte sie ihnen oft bei Tisch. ‹Ein junger Franzose hat das Prinzip entdeckt: Henri Préaux, ein Junge aus dem Norden, keine dreißig Jahre alt. Leider hatte er einen Schurken als Kompagnon, der die Herstellungstechnik leider unter der Hand nach Amerika verkauft hat. Und Préaux hat die Schlacht um die Patente verloren.› ‹Er war nicht einmal dreißig.›
Vater Krämers Idealsohn war immer unter einem bestimmten Alter. Krämer fragte sich, wie alt wohl Malaussène – die zweite Liebe der schönen Frau – gewesen sein mochte, als er ihn im *Palais omnisport* umgelegt hatte.
Wie dem auch sei, seit diesem Abend hatte Malaussène kein Alter mehr. Gefangener von dem Augenblick an, in dem sich diese Kugel in seinem Kopf eingenistet hatte. Koma. Die Königin hatte daraus eine traurige Beschreibung gemacht.
‹Jetzt werde ich ihn sehen können›, hatte die schöne Frau geantwortet. Und Krämer zweifelte nicht daran, daß er sie ebenfalls dort treffen würde.
Sie machte alles besser als die anderen. Sie war eine Frau, die den Rest ihres Lebens am Bett dieses Augenblicks dort sitzen bleiben könnte.
Aber Krämer würde Malaussène und die schöne Frau befreien – wie er den Gouverneur von der Natter befreit hatte. Dann würde er selbst aus diesem lebenslänglichen *Augenblick* heraustreten, der zugesehen hatte, wie sich eine kleine Kugel aus Fleisch und Haaren entfernte, wie Caroline und die Zwillinge, Saint-Hiver, der Pianist, Chabotte und Gauthier starben – es wäre doch einfach unglaublich, wenn es nicht gelingen sollte, diesen kleinen Zuckerwürfel in einer kochend-heißen Tasse aufzulösen!
«Sind Sie Arzt?» fragte der Taxifahrer.
«Ich bin Krankenpfleger», antwortete Krämer, um seinen weißen Kittel zu erklären.
«Ach so...»
«Wissen sie», sagte Krämer, als der Fahrer angehalten und den Fahrpreis genannt hatte, «wissen Sie, daß ich 225 Millionen Exemplare verkauft habe?»
«Ach ja?» gab der Taxifahrer von sich.

«Ich habe sehr jung angefangen», erklärte Krämer und hielt ihm einen 200-Franc-Schein hin.
Er fügte hinzu:
«Seien sie so nett und behalten Sie das Geld!»

Er hatte sich nicht getäuscht. Die schöne Frau war sehr wohl da, kauerte an Malaussènes Bett, hielt Malaussènes Hand, streichelte mit dem Kopf Malaussènes Brust, mit ihrem schönen Kopf, dessen Harre wieder gewachsen waren, der aber wiederum im Flechtwerk der medizinischen Tentakel hing, die in Malaussènes Körper eintauchten. Sie hörte nicht, wie Krämer ins Zimmer kam. Sie schien zu schlafen, die Beine unter sich übereinandergeschlagen, die graziöse Krümmung ihres Rückens, der sie ganz zu Malaussène hinüberbeugte.
Er wollte sie nicht aufwecken.
Er spannte den Revolver in einem zutiefst besorgten Schweigen.

48

«Krämer!»
Instinktiv schleuderte Thian das Gehänge der kleinen Verdun zur Seite, um seine Dienstwaffe zu ziehen. Ohne Kind leistete das Gehänge nicht den gewohnten Widerstand. Ein Überraschungsmoment, der es Krämer erlaubte, sich umzudrehen und zu schießen.
Die beiden Revolver gingen zur selben Zeit los.
Inspecteur Van Thian erlebte diesen Funken Ewigkeit mit einem Gefühl, das zusammengesetzt war aus berufsmäßiger Verärgerung (ein guter Bulle darf nicht wegen einer Angewohnheit in die Falle geraten), aus unglaublicher Bewunderung (kein Zweifel: die Vorhersage der alten Chabotte erfüllte sich in jeder Hinsicht: Verdun hatte ihn verlassen, und er war dabei, den Mörder ihres Sohnes zu töten), aus Dankbarkeit gegenüber Krämer (der dadurch, daß er ihm für seine Kugel das Wechselgeld rausgab, ihm die unendliche Agonie eines Rentnerdaseins ersparte), aus einer riesigen Erleichterung (er mußte

nicht um seine kleine Verdun trauern) und aus einer leuchtenden Hoffnung (wenn Gervaise keinem Irrtum unterlegen war, als sie den Nonnenschleier nahm, würde Thian todsicher in den Armen der großen Janine aufwachen, oben, auf der Couch des lieben Gottes). Zudem kam noch die Befriedigung darüber hinzu, daß er im richtigen Moment an Benjamins Zimmer vorbeigekommen war – in der Gewißheit, daß Benjamin auf jeden Fall bis ins Alter von dreiundneunzig Jahren leben würde, unter der Bedingung, daß er, Thian, genug Zeit haben würde, eine zweite Kugel in Krämers Kopf zu schießen, der das äußerst dringend benötigte.

Hintereinander hallten drei Schüsse durch die Gänge des großen Krankenhauses, bis hin zu den Ohren der Malaussène-Sippe, deren zahlreiche Köpfe bald in der Zimmertür standen.

Krämers Körper lag fast vollkommen verscharrt unter Benjamins Bett, und Thians Körper, der auf den Flur hinausgeschleudert worden war, rutschte an der Wand entlang, um zusammengekrümmt auf seinen Absätzen liegenzubleiben, das Gewächs seiner Plattfüße in der meditativen Haltung eines thailändischen Bauern.

Man beugte sich über ihn.

Schlagader...

Da war kein Leben mehr.

‹Engel schlafen sofort nach ihrer Landung ein›, sagte sich Jérémy wieder, als sich das weiße Tuch über die Flügel des alten Thian legte. Und der Junge hätte seinen Tränen freien Lauf gelassen, wenn der Kleine nicht geschrien hätte:

«Guckt mal! Benjamin redet!»

Alle Köpfe warfen ihre Augen auf Benjamin. Selbstverständlich schwieg Malaussène, immer noch derselbe. Er lag in beneidenswerter Gleichgültigkeit unter dem schützenden Körper Julies.

«Nein, da! Julie, sieh mal!»

Julie hob schließlich den Kopf und entdeckte, was alle in der Richtung suchten, in die der Kleine mit dem Finger zeigte. Dort hinten, hinter dem Gewimmel aus durchsichtigen Lianen, in die sie sich selbst verschlungen hatte, vibrierte sanft der Elektroenzephalograph; es sah aus wie eine Waldlichtung, auf die die Sonne fiel. Benjamins Gehirn überquerte diese Lichtung mit zornigen Sprüngen.

«Mein Gott!» sagte irgend jemand.

«Ein Kurzschluß offensichtlich!»
Berthold durchquerte mit drei Sätzen das Zimmer, beugte sich über die Maschine und grummelte, er wisse nicht, woran es liege, und dann fing er auch noch an, sich auf einen passend zusammengestellten Kranken zu stürzen. Abhorchen, Knöpfe nach rechts drehen, nach links, verschiedene Blinklichter... nichts zu machen: Benjamin übersättigte weiterhin den Bildschirm.
«Was sagt er?» fragte Jérémy.
Und da ihm niemand antwortete, wiederholte er:
«Was sagt er?»
Berthold schlug jetzt auf die Maschine, zuerst mit der flachen Hand, dann mit der Faust, stand dann skeptischer vor den Anzeichen dieser Regeneraissance des Gehirns als ein Experte der römischen Kurie vor einer Sammlung aufblühender Wundmale.
«Habt ihr keinen Bock, uns zu sagen, was er sagt?»
Jérémy wandte sich direkt an Marty.
Marty hatte mit Thérèse Blicke getauscht.
Nichts zu erwarten aus dieser Ecke. Thérèse war Thérèse. Nicht die geringste Überraschung.
«Ist es so?» insistierte Jérémy.
Berthold schüttelte die Maschine mit beiden Händen.
«Die Familie Malaussène...»
Kopf gesenkt, war der wiederaufgetauchte Benjamin nicht allerbester Laune. Der Bildschirm war jetzt schwarz vor Wut.
«Mann, Scheiße, was erzählt er denn, dieser Bildschirm?» grölte Jérémy. «Ihr habt nämlich keinen Bock, es uns zu erklären, stimmt's? Benjamin ist wieder gesund, was? Heißt das klipp und klar, daß Benjamin wieder gesund ist? Dann kann man ihm ja den ganzen Schlauchkram rausnehmen, damit er nach Hause kann... Marty, Doktor, ich rede mit Ihnen! Können Sie uns sagen, ob Benjamin wieder gesund ist oder nicht? Gibt es einen Doktor auf der Welt, einen einzigen, der ‹ja› oder ‹nein› sagen kann?»
Jérémys Stimme hatte ausreichend an Höhe gewonnen, um Marty auf seiner Wolke des Erstaunens zu alarmieren. Marty warf dem Jungen einen Blick zu, den Jérémy gut kannte, und fragte:
«Jérémy, willst du unbedingt, daß ich dir eine knalle, oder geht's auch ohne?»

Worauf er hinzufügte:
«Alle raus!»
Dann sanfter:
«Bitte!»
Und nun, mit einem genießerischen Zug um die Lippen:
«Laßt mich mit Doktor Berthold allein...»

IX. ICH – ER

‹Lazarus, komm raus, hierher!› Und dann steigt die ganze Welt aus der Gruft.

49

«Die Karaffe ist leer, und ich habe Durst! Gibt's denn hier keinen Diener, der diese Scheißkaraffe wieder füllt?»
Es gab keinen Diener, aber ein halbes Dutzend Studenten stürzte herbei, sie stürmten die Kanzel Professor Bertholds, erklommen die ersten Stufen ihrer Karriere, stritten sich um das Behältnis.
«Doktor!» brüllte einer der Journalisten in sein Mikro.
«Professor!» korrigierte ihn Berthold. «Ich bin nicht hergekommen, um mich einen Kopf kürzer machen zu lassen!»
«Professor, wie viele Stunden hat die Operation gedauert?»
«Bei einem anderen als mir hätte es so lange gedauert, bis Sie in Pension gehen, mein Junge, aber die Chirurgie ist ein Beruf, in dem man schneller arbeiten muß als Sie.»
Auf dem großen Rummel, den sich die Medizin alljährlich unter der Veranstaltung «Bichat-Gespräche» gestattete, nutzte das Uniklinikum Pitié-Salpêtrière die Gelegenheit, um die unfaßbare Glanzleistung Professor Bertholds zu preisen, eine Vierfachtransplantation von Nieren, Bauchspeicheldrüse, Herz, Lungen, die er an einem seit Monaten komatösen Subjekt durchgeführt hatte, ein spektakulärer Erfolg, nicht das kleinste Anzeichen einer Abstoßung, so daß der Patient bereits zehn Tage nach der Operation wieder über die Gesamtheit seiner Körperfunktionen verfügte, nach Hause zu seiner Familie entlassen wurde und seinen beruflichen Aktivitäten nachgehen konnte. Eine wahre Auferstehung.

«Dank unserer technischen Kapazitäten und einer Versorgungsampel», tönte Professor Berthold, «konnte ich acht Stunden hintereinander operieren, in einer Laminar-Air-Flow-Kammer zur Vermeidung aller septischen Probleme. Und ich habe auch nicht gezögert, eine Sternolaparotomie* durchzuführen, wodurch ich ein ausreichend breites Operationsfeld erhielt, um alle Schlachten in vorderster Front zu führen!»
«Hatten Sie Mitarbeiter?» fragte eine strahlende Journalistin, die ein paar Schwierigkeiten damit zu haben schien, gleichzeitig mit Mikro, Notizbuch, Stift und ihrem Enthusiasmus umzugehen.
«Die Hilfskräfte zählen in solchen Angelegenheiten überhaupt nicht», sagte Professor Berthold scharf, «ein paar kleine Hände im Dienste eines einziges Kopfes – das hat die Chirurgie mit der Haute Couture gemeinsam, Mademoiselle!»
«In welcher Reihenfolge sind Sie vorgegangen?»
«Ich habe mit der Herz-Lungen-Einheit angefangen, aber das mußte schnell gehen, da die Bauchspeicheldrüse fordert, spätestens fünf Stunden nach der Entnahme wieder eingepflanzt zu werden.»
«Also haben Sie mit den Nieren aufgehört?»
«Ein Kinderspiel, die Nieren, ein Spaziergang!... Der Rest war übrigens auch nicht mehr sehr schwierig... ich meine, für mich... ich habe darauf bestanden, daß die meisten Anastomosen mit automatischen Zangen gemacht wurden... man muß mit der Zeit gehen.»
«Wie erklären Sie sich das außergewöhnliche Fernbleiben von Abstoßungen bei Ihrem Empfänger?»
«Ich habe einen Trick.»

Über die Süße der Rekonvaleszenz ist alles gesagt worden: der Körper, der in den frischen Laken des Lebens aufwacht, die vertraute Überraschung, sich selbst wiederzufinden, jeden Tag ein bißchen mehr, und so neu, daß man sich mit den Vorsichtsmaßnahmen einer Bedienungsanleitung behandelt... Oh, die erste Gabel Kartoffelpü-

---

* Gleichzeitige Öffnung der Brust- und Bauchhöhle

ree und ein Schinkenatom unter dem vorsichtigen Backenzahn...
Oh, das Einfahren auf den Zentimetern des Lebens... Und ganz
plötzlich Belleville in den Lungen, daß man davonfliegen würde,
hätte man nicht immer noch sein Krankengewicht... Oh, das weiche Lager des Bettes für diese ersten ermatteten Kräfte... und diese
Lächeln, von denen man umgeben wird... diese Behandlung wie
Porzellan... Schlaf im Schatten... ein langer Schlaf des Rekonvaleszenten... Oh, die Morgensonne!
Man hat alles über die Süße der Rekonvaleszenz gesagt.
Doch über die Auferstehung...
Berthold hat mich wieder zum Leben erweckt, das ist wahr. Unter
Martys Drohungen, gewiß, dennoch: Berthold hat mich wieder
zum Leben erweckt. Durch Schneiden und Entnehmen aus Krämers
Körper, durch Einpflanzen und Zunähen des meinen. Berthold hat
mich wieder zum Leben erweckt. Aus Mörder und Ermordetem hat
Berthold einen einzigen gemacht... Und der hätte auch ein paar
Kleinigkeiten zum Thema Auferstehung zu sagen. Zunächst dies:
daß die frömmsten Gläubigen daran glauben, ohne daran zu glauben. Wie die Claras und Jérémys geguckt haben, als sich meine Augen öffneten! Sogar Thérèse! Ich würd's nicht schwören, aber es
schien mir, als hätte ich den kurzen Anflug der Überraschung in
Thérèses Blick vorbeihuschen sehen, als sie mich das erste Mal auf
den Beinen sah. Sie haben mich mit ganz neuen Augen angesehen...
man hätte meinen können, sie wären die Auferstandenen! Oh, Lazarus, alter Vetter aus Bethanien, ist das nicht die Überraschung der
Überraschungen? Wenn sie uns wieder zum Leben bringen, *wecken
sie doch das Leben wieder vom Tode auf*! Der schöne Wassergänger
erschafft dir ein zweites Mal Martha und Maria! Sogar mehr als
das, ganz Judäa läßt er für dich auferstehen, für dich allein, ganz
Judäa wiederbelebt! ‹Lazarus, komm raus, hierher!› Und dann
steigt die ganze Welt aus der Gruft, alles vertraut und ganz neu, dort
liegt das wahre Wunder! Diejenigen, von denen man geglaubt hat,
man würde sie nie mehr wiedersehen, sind da, wie ein frisch gelegtes
Ei, aber mit einem Gefühl wie immer: Julie, Clara, Thérèse, Julius,
Jérémy und der Kleine, Louna, Verdun, Hadouch, Amar und Yasmina... Oh, köstlicher Rosenkranz der Namen... Loussa, Calignac, Zabo, Marty und Coudrier... oh, Trauben von Namen der

Auferstandenen... und die Auferstandenen wiederholen deinen Namen, Benjamin! Benjamin! Wie man sich zwickt, um sich zu vergewissern, daß man noch lebt...

Ja, es ist diese Atmosphäre der baß erstaunten Auferstehung, die im Talion Verlag herrscht, in Calignacs großem Büro, vierzehn Tage nach meiner Entlassung aus dem Krankenhaus, nach genußvoller Rekonvaleszenz, um meine Rückkehr ins Diesseits zu feiern. Champagner fließt, Freundschaft steht in allen Gesichtern, und unsere Blicke konvergieren zum flimmernden Bild des Fernsehers dort hinten zwischen zwei Fenstern, wo Berthold, der alte Haudegen, mit dem magischen, großen Küchenmesser die 13-Uhr-Nachrichten allein ausfüllt. Berthold gestikuliert wie eine Präsidentschaftswahlkampagne, Berthold beantwortet alle Fragen gleichzeitig, Berthold trinkt gierig das ganze Faß Ruhm aus.

Frage: «Auf welche Art von Schwierigkeiten stößt man bei dieser Art von Operation am häufigsten?»
Berthold: «Auf die Vorurteile der Kollegen, auf das Gedränge der Familie, den Unwillen der Spender, die Baufälligkeit des Materials, auf die gewerkschaftliche Betätigung des Pflegepersonals und den unversöhnlichen Haß eines Kollegen, der unter mir steht und dessen Namen ich hier verschweige. Aber die Chirurgie ist ein Apostelamt, das seinem Liebhaber alles abverlangt!»

«Dieser Scheißtyp...», schimpft Jérémy mit einem Rest von Wut in der Tiefe der Kehle.
«Die Liebhaber des Apostelamts – ein kühnes Bild», sagt die Königin Zabo ironisch, immer dicht am Text.
Und Marty, das prickelnde Glas in der Hand, zurückhaltend heiter:
«Wie stellen Sie es an, um die Leute glücklich zu machen, Benjamin?»

Frage: «Professor, könnten Sie uns ein paar genauere Angaben über die Person des Spenders machen?»

Berthold: «Ein Knastbruder von vierzig Jahren, aber top ernährt, in technisch perfektem Zustand, Nieren wie ein Erstkläßler, nicht die geringste Spur von Hyperlipämie in den Adern, die ja das erste Anzeichen für eine Arteriosklerose sind... und da gibt es immer noch Leute, die die Diät in französischen Gefängnissen kritisieren!»

Es ist einhellig die Stunde des Telejournals. Während die Kameras und ihre Satelliten der Welt die Glanzleistungen des Professors Berthold übermitteln – neben dem Gott der Vater gerade mal als Heilkundiger vom Lande durchgeht –, schiebe ich meinen Arm unter Martys Arm:
«Darf ich Ihnen eine Frage stellen, Doktor?»
Und ohne ihm die Wahl zu lassen:
«Die Frage der Abstoßung... Wieso akzeptiert mein Organismus so ohne weiteres Krämers Geschenke?»
Marty überlegt zwei Sekunden lang und sieht dabei dem Kleinen zu, wie er Julius dem Hund ein Glas Champagner anbietet.
Heftiges Beben von Julius' Schnauze angesichts des Anschlags der Champagnerbläschen.
«Krämer und Sie waren histokompatibel.»
«Das heißt?»
Und schlabber-schlabber, vorsichtiges Nippen.
«Daß Krämers Antigene mit Ihren identisch waren.»
«Kommt das oft vor?»
«Nie, außer bei Zwillingen, bei eineiigen.»
«Und wieso verwundert Sie das nicht sonderlich?»
Julius, dort unten, hat seine Meinung geändert. Mit einem Zungenschlag ist das Glas in der Hand des Kleinen sauber; er düst sofort los, um ihm noch eins zu holen.
«Bei allem, was mit Ihnen und Ihrer Familie passiert», antwortet schließlich der Arzt, «bin ich auf so viele Überraschungen gefaßt, daß mir keine Zeit mehr bleibt, mich zu wundern. Aber sagen Sie mal, Ihr Hund hat so einen komischen Gang... kommt das vom Champagner?»
«Nachwirkungen seines epileptischen Anfalls, der Hals und die Vorderpfoten sind ein bißchen steif... Und mein Gehirn, Doktor, diese plötzliche Regeneraissance?»

«Wollen mal sehen», sagt Marty und geht auf den Weinkenner-Köter zu, «gib Pfötchen, Julius, bitte!»
Ergriffen von so viel Höflichkeit, hält Julius dem Doktor eine Pfote hin, steif wie ein Falangistengruß.
«Tatsächlich», brummelt der andere und kniet sich hin, «und jetzt setz dich, bitte schön!»
Und dann läßt sich Julius auf seinen dicken Hintern fallen, seine beiden tetanuskranken Pfoten heben vom Boden ab und rahmen Martys Gesicht ein.
«Jawohl», sagt der Taster-Doktor.
«Ja, ja…»
«Der Tierarzt sagt, man kann nichts machen», mischt sich Jérémy ein, der Marty weder aus den Augen noch aus den Ohren läßt. Marty ist sein Held, sein Halbgott, die Quelle seiner neuerlichen Berufung zum Mediziner. ‹Wenn ich groß bin, werd ich Arzt, wie Marty!› ‹Ehrlich, Jérémy, Arzt?› ‹Logo, um die Bertholds fertigzumachen!›)
«Na schön», sagt Marty und steht wieder auf, «wir werden Julius dem Typ auf dem Bildschirm dort anvertrauen, das ist ein astreiner Klempner, der schlägt mir keinen Wunsch aus.»
Der «astreine Klempner» besetzt immer noch das Bild, wo er, steif wie die göttliche Gerechtigkeit, sich gerade über die Undankbarkeit seines Auferstandenen ausläßt, «der eigentlich hier neben mir stehen und der Medizin die Ehrerbietung entgegenbringen sollte, die sie verdient!»
Das ist das Los der Götter, Berthold, lauter Gehörnte: ihre Kreaturen machen anderswo Luftsprünge, das ist nicht zu verhindern…
«Was Ihr Gehirn betrifft…», murmelt Marty nachdenklich, «so ist der augenblickliche Zustand nach unserem Kenntnisstand…»
Schräger Blick:
«Fragen Sie das lieber Thérèse!»

50

Eine Anregung, die mich in eine Meditation wirft, aus der mich Loussas und Calignacs Stimmen herausreißen.
«Da wartet ein Typ in deinem Büro auf dich, kleiner Trottel», sagt der erste.
«Was für ein Typ?»
«Die Sorte Typ, die dich in deinem Büro erwartet», grinst die zweite. «Exklusiv und ungeduldig.»
Auch das ist die Auferstehung: Wiederaufnahme der Arbeit.
Da müßte man mal drüber nachdenken...

«Monsieur Malaussène, guten Tag!»
Ich hab ihn zunächst nicht erkannt. Machte einen seltsamen Eindruck auf meine auferstandenen Sinne: Ich hab den Mann schon mal gesehen, das ja, ich habe seinen Anzug schon mal gesehen, das auch, aber das eine in dem andern, niemals. Auch nicht den Diplomatenkoffer für gefräßige Texaner. Verwette meinen Kopf.
«Da staunen Sie, was?» sagt er und quetscht mir alle Finger mit der Kraft der Begeisterung.
Ein hochroter Koloß, ein Affenbrotbaum im Sonntagsstaat, der in fröhlichen Rätseln spricht:
«Da sind Sie wohl platt, daß man sich so sehr verändern kann! Behaupten Sie nicht das Gegenteil, ich kann es in Ihren Augen lesen!»
Ich entkomme mit knapper Not dem Küßchengeben und schiebe mich hinter meinen Schreibtisch. Geh in die Hütte! Schutz!
Das Leben macht klug – der Tod begrüßt das.
«Und so, erkennen Sie mich so wieder?»
Mit einem Satz springt er über den Teppichboden, der uns voneinander trennt, beugt seine gewaltige Masse über meinen Arbeitstisch, packt die Armlehnen meines Sessels und stellt uns beide, meinen Sessel und mich, auf den Schreibtisch, ihm gegenüber, und zündet tatsächlich die Funzel meines Gedächtnisses wieder an: mein verrückter Riese! Mein Gott, mein verzweifelter Riese! Derjenige, der mein Büro verwüstet hat! Aber fröhlich wie ein Menschenfresser,

aufgeblasen wie ein Zeppelin, entdeckt man nicht mehr die Spur von seinem Skelett; ein aufblasbarer Koloß, der in ein Lachen ausbricht, das sämtliche Bücher der Königin durcheinanderpurzeln läßt. Aber was hat er denn bloß mit seiner Wildschweinbürste gemacht? Wo hat er denn bloß die gute Laune aufgegabelt? Und weshalb ist mir sein Anzug – so korrekt wie das Gewissen eines Schweinehundes – so vertraut?
«Ich bin hergekommen, weil ich Ihnen zwei Dinge sagen möchte, Monsieur Malaussène.»
Das Lachen hat auf der Stelle gestoppt.
«Zwei Dinge.»
Was zwei riesige Finger bestätigen, die sich unter meinem bescheidenen Zinken breitgemacht haben.
«*Primo*...»
Er öffnet den Diplomatenkoffer, nimmt das Manuskript heraus, das ich ihm anvertraut hatte, und wirft es auf meinen Schoß.
«Ich habe Ihre Prosa gelesen, mein Ärmster, in dieser Hinsicht können Sie nichts erwarten. Lassen Sie die Schreiberei sofort sausen, sonst werden Sie grausam desillusioniert werden!»
(Bravo! Ich sollte lernen, meinen Job auch so einfach zu erledigen.)
«*Segondo*...»
Seine Hände auf meinen Schultern, seine Augen in meinen, ein kleines, notwendiges Schweigen. Dann:
«Sie haben sich für den Fall JLB interessiert, Monsieur Malaussène?»
(Na ja, das heißt...)
«Ein wenig.»
«Das ist nicht genug. Ich, ich habe mich dafür gewaltig interessiert. Haben Sie schon einmal einen Roman von JLB gelesen?»
(‹Gelesen› kann man nicht direkt sagen...)
«Nein, nicht wahr? Ich auch nicht, bis zu den letzten Ereignissen... Zu simpel für so vornehme Geister wie die unseren, nicht wahr?»
Er schweigt.
Er schweigt, um mir zu erklären, daß das Wesentliche in dem liegt, was folgt. Man kann alle möglichen Reden unterbrechen, aber nicht diese Art von Schweigen.

«Wir sind Kinder, Monsieur Malaussène, Sie und ich... ganz kleine Kinder...»
Ein letztes Nachdenken. Ein letztes Aufwärmen des Champions, bevor er in den Ring schießt.
«Wenn ein Mann umgebracht wird, während er seinen neuesten Roman vor einem zahlreichen Publikum vorstellt, ist es das mindeste, daß man den besagten Roman liest. Das habe ich getan, Monsieur Malaussène. Ich habe *Der Herr des Geldes* gelesen, und ich habe alles verstanden.»
Ich auch, und ob! Ich glaube, daß ich anfange zu verstehen... Da schwelt ein sagenhafter Brand in den Andeutungen meines Kolosses. Wir bewegen uns standhaft in seinem Kesselhaus. Die letzten Schaufeln voll Enthusiasmus lassen den Druck entlang seiner Nerven hochklettern. Das bringt den Kessel seines Herzens zum Kochen. Seine Muskeln bündeln sich, seine Fäuste schließen sich, seine Backen bekommen eine Farbe wie überhitztes Blech, und plötzlich erkenne ich seinen Anzug wieder, es ist JLBs Anzug, der, den ich im *Palais omnisport* trug, fünf oder sechs Nummern größer, und seine Frisur ist die JLBs, Haare geschnitten, gekämmt und wie eine gigantische Concorde mit erobernder Spitze auf den Kopf geklebt! Und ich weiß, was er mir gleich sagen wird, und er sagt es mir: er läßt die Trompeten der Wachablösung schmettern, *er ist der neue JLB*, er hat alle Rezepte des alten kapiert, und er nimmt sich fest vor, sie so lange anzuwenden, bis er den Jackpot des internationalen Buchmarkts gesprengt hat, so ist es und nicht anders, er preist den *liberalen Realismus*, er scheißt den «Nabelsubjektivismus unserer geschraubten Literatur» (sic) zusammen, er wird militant für einen Roman, bei dem es um den Geldbeutel geht, und nichts wird ihn aufhalten können, denn «*Wille, Monsieur Malaussène, heißt wollen, was man will!*»
Sagt er und schlägt mit seiner gewaltigen Faust auf das Telefon, das soeben geläutet hat.
Wenn Sie selbst in einem Sessel auf Ihrem Schreibtisch sitzen, können Sie die Wogen des Leids eindämmen, die gegen einen abgelehnten Autor branden, das ist machbar, das habe ich schon getan. Aber bei einem Orkan, in dem ein Schriftsteller wirbelt, der von seinem immensen Reichtum überzeugt ist... in Deckung! Aber keine Kraft

der Welt kann die Explosion eines Staudamms unter dem Druck der Illusionen aufhalten – die unsere einzigen Erfordernisse sind. Erheben Sie sich nicht gegen diesen Sturzbach, bleiben Sie sitzen, seien Sie klug, schonen Sie Ihre Kräfte... warten Sie, bis die Zeit des Bedauerns wiederkommt!
Was ich getan habe.
Ich habe meinen Riesen lauthals die Kommandos des liberalen Realismus brüllen lassen: ‹Ein einziger Vorzug: Unternehmen! Eine einzige Schwäche: Nicht alles zu erreichen!› Schande über mein Haupt, er kannte alle JLB-Interviews auswendig: ‹Ich habe einige Schlachten verloren, Monsieur Malaussène, aber ich habe aus ihnen immer die Lehren gezogen, die zum Endsieg führen!›
Bei jedem Stichwort sprang ein Knopf seiner Weste auf, die zu straff saß für eine so triumphierende Freude.
«Schreiben heißt rechnen, Monsieur Malaussène, und rechnen heißt kassieren!»
Er hatte das Porträt von Talleyrand-Périgord (großes Immobilienvermögen) von der Wand gerissen und ihm auf den Mund den Knutscher des Jahrhunderts verpaßt, dann hielt er ihn mit gestreckten Armen hoch:
«Mein lieber Prinz, wir werden ein immenses, immenses, immenses Vermögen machen!»
Die Federn der Concorde auf seinem Kopf stellten sich auf, und seine Hemdzipfel machten sich selbständig.
«Die Leute, die nicht lesen, lesen nur einen einzigen Autor, Monsieur Malaussène, *und dieser Autor werde ich sein*!»
Er heulte vor Freude. Er war wieder als zerlumptes Wildschwein zu seinen Ursprüngen zurückgekehrt.
Und ich...
Auf meinem Thron...
Wie ein König, der sich schämt...
Ich wohnte diesem Untergang bei, der sich für einen Aufstieg hielt.

51

«*Haizimen ye an, nanman shui!* (Gute Nacht, Kinder, schlaft gut!)»
«*Manman shuiba*, Benjamin! (Du auch, Benjamin!)»
Das war's. Die Kinder schlüpfen nach ihrer täglichen Chinesisch-Lektion in ihre Betten. Eine Idee von Jérémy. ‹Erzähl uns keine Geschichte, Ben, bring uns lieber Loussas Chinesisch bei!› Und dieser tiefsinnige Gedanke von Clara: ‹In einer Sprache, die man nicht kennt, stecken alle Geschichten der Welt.› Linguistischer Appetit ist in Belleville willkommen, seit sorgfältig lackierte Enten in diesen Schaufenstern hängen, aus denen uns gestern noch Hammelköpfe beim Vorbeilaufen angesehen haben. Loussa hatte recht, Belleville wird chinesisch. Die Königin Zabo hatte sich nicht getäuscht, die Chinesen sind da, und ihre Bücher haben bereits das Nest ihrer Seelen in der Buchhandlung *Herbes Sauvages* gewoben. Belleville ist die Geographie, die vor der Geschichte resigniert hat: die Fabrik der Sehnsüchte... Und Benjamin Malaussène sitzt auf dem Hocker des alten Thian und bringt seinen Kindern die drei Töne dieser neuen Exilmusik bei. Die Kinder hören zu, die Kinder sprechen nach, die Kinder behalten. Es gab an diesem Abend nur eine einzige Unterbrechung: Thérèse hat sich plötzlich in unserer Mitte aufgerichtet. Sie ist nicht aufgestanden, sie hat sich aufgerichtet, man könnte meinen, sie sei ein Obelisk, von oben bis unten gerade, sie hat gefährlich auf dem Sockel geschwankt, ihre Augen haben sich dreimal um ihren Kopf gedreht, und als sie wieder ihr Gleichgewicht gefunden hat, sagt sie mit der weißen Stimme jener Momente:
«Onkel Thian läßt euch ausrichten, er sei gut angekommen.»
Woraufhin Jérémy bemerkt:
«Vierzehn Tage? Da hat er sich aber Zeit gelassen!»
Thérèse sagt:
«Er mußte noch Leute treffen.»
Bevor sie schließt:
«Die große Janine und er lassen euch ganz lieb grüßen!»

Na also. Es Ist Ein Engel schläft, wie sein Name es andeutet. Seine Zukunft ist gesichert, und es braucht sich vor der Nacht nicht zu fürchten: die kleine Verdun patrouilliert in ihrem Schlaf, und Julius der Hund hat schon immer im Schatten der Wiegen geschlafen.

Julie und ich haben die Tür zwischen Kinderzimmer und der Sehnsucht nach uns beiden zugemacht. Wie an jedem Abend seit vierzehn Tagen konnte unser Wiedersehen nicht warten, bis wir im fünften Stock waren. (Eine Begleiterscheinung der Auferstehung.)

«*Ban bian tian?*» hat der Kleine in seinem ersten Traum der Nacht geschrien.
‹*BAN BIAN TIAN!*› Sein Schrei wirbelt durch den Hinterhof. ‹*BAN BIAN TIAN!*› ‹*Die Frau trägt die Hälfte des Himmels!*› Weiß der Himmel, warum, ich habe an die Königin Zabo gedacht, an die Art, wie sie meinen Riesen eingewickelt haben muß (‹Sie sind also der neue JLB, tatsächlich? Dann erzählen Sie mal...›), ein gigantisches Küken unter dem Federbett der Königin (‹Und Sie haben ein Thema? Mehrere? Mindestens zehn! Phantastisch!›), Richtung aufwärts (‹In meinem Büro sind wir ungestört...›), in den vier so nackten Wänden (‹Ich fühle, daß wir eine Zeitlang zusammen verbringen werden!›), die Bruthenne aller Träume...
Und zu mir, zwischen Tür und Angel:
«Schluß, Malaussène, ich entmutige keine einzige Berufung mehr, man muß die Lehren aus der Geschichte ziehen; hätte man Adolf Hitler den Preis von Rom verliehen, wäre er niemals in die Politik gegangen...»

Das wärs's. Auch Julie ist eingeschlafen. Sie ist rundum warm. Sie schläft mit angezogenen Beinen, sieht aus wie ein Revolverhahn, aber angenehm. In Kurven, die exakt zu mir passen. Als würde ich jeden Abend in einen Geigenkasten schlüpfen. Und da ist es, an den glühenden Samt ihrer Haut gepreßt, das jungfräuliche Herz meines

Mörders, das in meiner Brust schlägt und das ich in Julies Ohr die schönste Liebeserklärung, die es gibt, flüstern lasse.
Ich habe gesagt:
«Julie...»
«...»
«Julie, ich liebe dich *korrekt*.»

Postskriptum:

Das Leben ist kein Roman, ich weiß... ich weiß. Aber es gibt nur das Romanhafte, um es lebenswert zu machen. Mein Freund Dinko Stamback ist gestorben, während ich diese Geschichte erzählte. Er war der alte Stojil der Malaussène-Sippe. In Wirklichkeit war er die Poesie, dieses Elixier des Romanhaften. Er war ein lächelnder Grund zu leben. Und zu schreiben. Ihn zu beschreiben.
Ich will, daß diese Seiten bis zu ihm fliegen; sie sind in der Ungeduld geschrieben worden, daß er sie lesen möge.

D. P.

Boileau / Narcejac

«Trotz ihres zungenbrecherischen Doppelnamens sind die beiden fleißigen Franzosen **Pierre Boileau** und **Thomas Narcejac** für die Krimi-Gemeinde längst ein Begriff. Ihre temporeich und milieugenau abgespulten Geschichten haben stets das Maß an Mysterium, das Mordkommissionen fürchten und Kenner schätzen.» *FAZ*

Eine Auswahl der thriller von Boileau / Narcejac:

Tod de luxe
(thriller 3016)

Appartement für einen Selbstmörder
(thriller 2839)

Gesichter des Schattens. Die Gleichung geht nicht auf
(thriller 2963)
«... raffinierte Geschichten, in denen das Verbrechen die Menschen wie ein Alptraum befällt.»
Westdeutsch Allgemeine Zeitung

Im Mord vereint
(thriller 2982)

Tote leben nicht allein. Parfüm für eine Selbstmörderin
(thriller 3008)
Er hat sie vor dem Selbstmord gerettet und will ihr hlefen, ein neues Leben zu beginnen. Aber es war nicht das erste Mal, daß sie dem Tod entronnen ist. Natürlich gibt es immer Unfälle – aber so häufig?

Bruder Judas. Die Dame in Rot. Meine schöne Mörderin
(thriller 3024)

Der Traum vom Gold
(thriller 3033)
Wer würde nicht davon träumen, einen Goldschatz zu bergen, der auf dem Grund eines Sees liegt? Doch erste Tauchversuche schlagen fehl. Als Jean-Marie überaus leichtsinnig seiner Tante und dem holländischen Filmemacher van Loo von seinem Bergungsversuch berichtet, nimmt das Schicksal seinen Lauf.

Die Karten liegen falsch
(thriller 2786)

Boileau / Narcejac, Helga Riedel / John Bingham
Tote sollen schweigen. Ausgesetzt. Der sechste Plan
(thriller 3056)
Garantie für atemberaubende Spannung ...

rororo thriller wird herausgegeben von Bernd Jost. Ein Gesamtverzeichnis der Reihe finden Sie in der *Rowohlt Revue*. Jedes Vierteljahr neu. Kostenlos in Ihrer Buchhandlung.

Paula Gosling

«Es sieht so aus, als seien zur Zeit die besten Krimi-Autoren weiblichen Geschlechts. **Paula Gosling** zu versäumen wäre ein Fehler für Krimi-Fans.»
Frankfurter Rundschau

Ein echtes Gaunerstück
(thriller 2939)
Wahrscheinlich hätte die schöne Ariadne noch ein paar fröhliche Jahre vor sich gehabt, mit einem Mann, der sie anbetete und einer liebevollen Stieftochter – wenn sie nicht im unpassenden Moment gelacht hätte...
«Ein spannender und amüsanter Krimi für Strandkorbtage.»
Frankfurter Rundschau

Tod auf dem Campus
(thriller 2858)
Professor Aiken Adamson war ein gehässiges, hinterhältiges Ekel. So hat Lieutenant Stryker beim Motiv ein Dutzend Verdächtiger, beim Alibi aber keine – zunächst jedenfalls...
«Bildung schützt vor Dummheit nicht – zum Vorteil des Lesers, der in genußvoller Spannung gehalten wird, wenn Selbstüberschätzung die Wissenschaftler zu verhängnisvollen Begegnungen mit dem Täter führt, wenn überraschend akademische Fassaden bröckeln und aus der wütenden Gegnerschaft zwischen dem Polizisten und einer Verdächtigen eine Liebesgeschichte entsteht.»
FAZ

Alpträume
(thriller 3070)
Ein Autounfall raubt Tess Leland nicht nur den Ehemann: Wohnungseinbrüche folgen und anonyme Telefonanrufe, sodaß schließlich auch die Polizei nicht mehr an einen simplen Autounfall glaubt.

Der Polizistenkiller
(thriller 2971)
In Grantham versetzt eine Mordserie Polizisten in Panik. Drei Kollegen sind schon tot, aus dem Hinterhalt erschossen. Den ersten Tip gibt kein Informant, sondern der Polizeicomputer...

Blut auf den Steinen
(thriller 2826)
Wychford ist ein kleines verträumtes Städtchen am Ufer des Flusses Purle – bis grausame Frauenmorde die Idylle zerstören.

rororo thriller

Barbara M. Gill

«Bestechende Logik, gekonnte Dialoge und atemberaubende Handlungen.»
Saarbrücker Zeitung

Nocturno für eine Hexe
(thriller 2926)
«Das ist eine Fahrstuhlfahrt in den Abgrund. Angetrieben von Mißverständnissen, gekränkter Eitelkeit und Haß. Ausgelöst durch ein Mädchen, das auf geheimnisvolle Weise der Frau auf einem alten Foto gleicht ... ein Thriller, der einen frösteln läßt.»
Frankfurter Rundschau

Seminar für Mord
(thriller 2775)

Herzchen
(thriller 2818)
Die kleine Zanny ist ein reizendes Mädchen mit blauen Augen und blonden Locken. Aber Zanny kann es nicht ertragen, wenn ihr jemand etwas wegnimmt ...

Die Zeit danach
(thriller 2968)
Maeve Barclay ist an ihrem siebenundzwanzigsten Geburtstag aus der Haft entlassen worden. Die Rückkehr in ihr Haus ist ein ebensolcher Kulturschock wie das Gefängnis, das unauslöschliche Spuren bei ihr hinterlassen hat. Ihr Mann, erfolgreicher Börsenmakler, möchte dieses dunkle Kapitel so schnell wie möglich vergessen, doch die Vergangenheit holt Maeve immer wieder ein ...

Der zwölfte Geschworene
(thriller 2738)

Die Rapunzel-Morde
(thriller 3046)
Der tödlich verunglückte Bradshaw hat durch seinen Bericht wesentlich zur Überführung des fünffachen Frauenmörders Hixon beigetragen. Aber Hixon gesteht nur vier Morde, den fünften habe er nicht begangen. Seltsamerweise ist genau bei dieser Toten Bradshaws Bericht unpräzise. Chief Inspector Maybridge ahnt bald, daß er vor einem bizarren Mordfall steht.

Blind in den Tod
(thriller 3053)

rororo thriller wird herausgegeben von Bernd Jost. Ein Gesamtverzeichnis der Reihe finden Sie in der *Rowohlt Revue*. Jedes Vierteljahr neu. Kostenlos in Ihrer Buchhandlung.

Christine Grän

«Anna Marx, 35, tizianrot und rubensdick ist das ausgekochte Phantasiegeschöpf der Bonner Journalistin **Christine Grän**, die ihre Krimiheldin als sinnenfrohe Gerechtigkeitsfanatikerin gegen die sattsam bekannte lakonische Melancholie alter Krimihaudegen antreten läßt.»
Neue Presse Hannover

Ein Band ist schnell gelegt...
(thriller 2901)

Weiße sterben selten in Samyana
(thriller 2777)
«Vergnüglich plaudernd begleitet Christine Grän ihre Heldin auf Mördersuche, läßt die Liebe nicht zu kurz kommen und sorgt an den richtigen Stellen für einen Schuß Spannung.»
Hamburger Abendblatt

Dead is Beautiful
(thriller 2944)
Peter Münzenberg ist nicht der Mann, der sich seine Politikerkarriere von einer Frau zerstören läßt. Als er erpreßt wird, soll Anna Marx ihm helfen. Sie hätte lieber nicht zusagen sollen. Erst ein Frontalangriff auf ihre Linie, dann auf ihr Leben...

Nur eine läßliche Sünde
(thriller 2865)
Ein rotzfrecher Teenager zwingt ihre Mutter, den rechtmäßigen Vater um Geld anzugehen. Dem paßt die Sache überhaupt nicht in den Kram - er ist nämlich Bonner Politiker auf der höchsten Ebene.

Ein mörderischer Urlaub *Stories*
(thriller 2950)

Grenzfälle
(thriller 3031)
Als Anna Marx die Zeitungsmeldung über den Tod der dreiunddreißigjährigen Susanne Sawitzki liest ist sie wie elektrisiert. Das ist doch der Name gewesen, den der geschwätzige Typ in der Bar so beiläufig erwähnte. Und seitdem dieser Name gefallen ist, hat sich Philipp Handke verändert. Geistesabwesen und abweisend hat er auf Annas vergebliche Versuche reagiert, wieder Kontakt zu ihrem Geliebten zu bekommen. Aber Anna wäre nicht Anna, wenn sie nicht versuchen würde, der Geschichte auf den Grund zu gehen ...

rororo thriller wird herausgegeben von Bernd Jost. Ein Gesamtverzeichnis der Reihe finden Sie in der *Rowohlt Revue*. Jedes Vierteljahr neu. Kostenlos in Ihrer Buchhandlung.

Tony Hillermann

«Bei **Tony Hillermann** wird das Erkunden fremder Welten zum Abenteuertrip. Nach wie vor gibt es keinen aufregenderen Weg, die Kultur und die Denkweise der Navajos und Pueblos kennenzulernen, als Tony Hillermanns Kriminalromane, in denen endlich einmal nicht nur tote Indianer gute Indianer sind.»
Hannoversche Allgemeine Zeitung

Die Wanze
(thriller 2897)
Vorwahlkampf in einem US-Bundesstaat. Erst stürzt ein Reporter im Capitol in den Tod, dann wird ein zweiter Opfer eines angeblichen Verkehrsunfalls. Der Journalist Joseph Cotton hat zunächst nur eines im Sinn – sein eigenes Leben zu retten...
«Eine Mordsgeschichte.»
Darmstädter Echo

Der Wind des Bösen
(thriller 2849)
Ein Privatflugzeug stürzt im Reservat der Hopi- und Navajo-Indianer in New Mexico ab. Offenbar ist bei einer Schmuggelaktion mit Rauschgift etwas schiefgelaufen. Im Flugzeugwrack findet Navajo-Polizist Jim Chee einen Toten und einen sterbenden Mann... «eine faszinierende Story, gut geschrieben und spannend bis zum letzten Buchstaben.»
Norddeutscher Rundfunk

Wolf ohne Fährte
(thriller 3022)
Neuauflage des lange vergriffenen Erfolgs-Thrillers. Der erste Ethnokrimi von Tony Hillermann (1970).

Tod der Maulwürfe
(thriller 2853)
Während Chee redete, kurz die Tat, den Mörder und dessen Pistole beschrieb und hinzufügte, daß der Mann vermutlich mit einem neuen, grün-weißen Plymouth unterwegs wäre, tastete er mit der linken Hand das Haar der Schwester ab. Knapp unter dem Rand der Haube entdeckte er ein kleines, kreisrundes Loch...

Wer die Vergangenheit stiehlt
(thriller 2931)

Das Labyrinth der Geister
(thriller 2857)

rororo thriller wird herausgegeben von Bernd Jost. Ein Gesamtverzeichnis der Reihe finden Sie in der *Rowohlt Revue*. Jedes Vierteljahr neu. Kostenlos in Ihrer Buchhandlung.

Harry Kemelman

Harry Kemelmans Held ist Rabbi in einer amerikanischen Kleinstadt: unsportlich, ziemlich kurzsichtig und ein wenig linkisch – aber im Denken am Talmud geschult. Mit kluger Beharrlichkeit, sanfter Skepsis und Unbefangenheit löst David Small seine Fälle. «Man muß diesen Rabbi einfach lieben.» *taz*

Am Montag flog der Rabbi ab
(thriller 2304)

Am Dienstag sah der Rabbi rot
(thriller 2346)

Am Mittwoch wird der Rabbi naß
(thriller 2430)

Der Rabbi schoß am Donnerstag
(thriller 2500)
«Immer wieder gibt es wahre Kabinettstückchen an bissiger Entlarvung kleiner Neidereien unter den ehrgeizig–beschränkten Synagogen–Mitgliedern.»
Süddeutscher Rundfunk

Am Freitag schlief der Rabbi lang
(thriller 2090)
Für dieses Buch erhielt Harry Kemelman den Edgar Allan Poe–Preis.

Am Samstag aß der Rabbi nichts
(thriller 2125)
Als ersten Kriminalroman überhaupt kürte die Darmstädter Jury im Februar 1968 diesen Thriller zum «Buch des Monats».

Am Sonntag blieb der Rabbi weg
(thriller 2291)

Eines Tages geht der Rabbi
(thriller 2720)

Ein Kreuz für den Rabbi
(thriller 2860)

Quiz mit Kemelman
Kriminalstories
(thriller 2172)

rororo thriller wird herausgegen von Bernd Jost. Ein Gesamtverzeichnis der Reihe finden Sie in der *Rowohlt Revue*. Jedes Vierteljahr neu. Kostenlos in Ihrer Buchhandlung.

Jerry Oster

Jerry Oster arbeitete viele Jahre als Journalist und Filmkritiker in New York, bevor er begann, Bücher zu schreiben. Die *New York Times* bezeichnet ihn als den besten Krimiautor der letzten Jahre.

Saint Mike
(thriller 2924)
Susan Van Meter ist ein Undercover-Narco. Deckname: Saint Mike. Ihr Mann hat an einem brisanten Fall gearbeitet, bis er von einer unbekannten Schönen eiskalt hingerichtet wurde. Saint Mike muß diesen Fall aufklären.

Death Story
(thriller 3011)
Herzschuß. Der Mittelfinger ist abgetrennt und steckt im Mund der Leiche. An der Wand prangt kryptisch das Graffiti: Raleigh... Kein leichter Job für Joe Cullen, denn er muß gegen Kollegen ermitteln.

Violent Love
(thriller 3037)
Die New Yorker Intellektuellen-Schickeria trägt eine der Ihren zu Grabe, es ist die brutal ermordete Maklerin Karin Justice... Ein neuer Fall für Detective Joe Cullen.

Nowhere Man
(thriller 2925)
Der dritte Gedanke des Joggers war sein letzter, denn das, was die Gestalt ihm entgegenhielt, war kein wertloses Schmuckstück, auch keine Hand, die ihn stoppen wollte, sondern eine Pistole. Die Kugel schlug ein Loch in seine Stirn und beendete das Denken...

Dschungelkampf
(thriller 2773)
In der U–Bahn stirbt Carlos Pabon mit einem Loch in der Stirn. Die Zeitungen reden vom «Samariter-Killer», denn Pabon war ein mieser und kaputter streetboy. Weitere Morde passieren . Detective Jake Neumann und sein Partner setzen sich auf die Spur...

rororo thriller wird herausgegen von Bernd Jost. Ein Gesamtverzeichnis der Reihe finden Sie in der *Rowohlt Revue*. Jedes Vierteljahr neu. Kostenlos in Ihrer Buchhandlung.

Janwillem van de Wetering

«Seine Helden sind eigensinnig wie Maigret, verrückt wie die Marx-Brothers und grenzenlos melancholisch: Der holländische Krimiautor **Janwillem van de Wetering**, der mitten in den einsamen Wäldern des US-Bundesstaats Maine lebt, schreibt mörderische Romane als philosophische Traktate.»
Die Zeit

Der blonde Affe
(thriller 2495)

Der Commissaris fährt zur Kur
(thriller 2653)

Eine Tote gibt Auskunft
(thriller 2442)

Der Feind aus alten Tagen
(thriller 2797)

Inspektor Saitos kleine Erleuchtung
(thriller 2766)

Die Katze von Brigadier de Gier
Kriminalstories
(thriller 2693)

Ketchup, Karate und die Folgen
(thriller 2601)
«... ein hochkarätiger Cocktail aus Spannung und Witz, aus einfühlsamen Charakterstudien und dreisten Persiflagen.»
Norddeutscher Rundfunk

Massaker in Maine
(thriller 2503)

Kuh fängt Hase *Stories*
(thriller 3017)

Outsider in Amsterdam
(thriller 2744)

Rattenfang
(thriller 2744)

Der Schmetterlingsjäger
(thriller 2646)

So etwas passiert doch nicht!
Stories
(thriller 2915)

Ticket nach Tokio
(thriller 2483)
«Dieses Taschenbuch macht süchtig: nach weiteren Krimis von Janwillem van de Wetering und nach Japan.»
Südwestfunk

Tod eines Straßenhändlers
(thriller 2464)

Der Tote am Deich
(thriller 2451)

Drachen und tote Gesichter
Japanische Kriminalstories 1
(thriller 3036)

Totenkopf und Kimono
Japanische Kriminalstories 2
(thriller 3062)